# L'amour
AU TEMPS DE LA
## guerre de
# Cent Ans

Catalogage avant publication de Bibliothèque et Archives nationales
du Québec et Bibliothèque et Archives Canada

Alain, Sonia, 1968-
L'amour au temps de la guerre de Cent Ans
Sommaire: t. 2. L'insoumission.
ISBN 978-2-89585-230-8 (v. 2)
1. Guerre de Cent Ans, 1339-1453 - Romans, nouvelles, etc. 2. France -
Histoire- 1328-1589 (Valois) - Romans, nouvelles, etc.
I. Titre. II. Titre: L'insoumission.
PS8601.L18A62 2012    C843'.6    C2012-941199-X
PS9601.L18A62 2012

Image de la couverture : Aberration, 123RF

Les Éditeurs réunis bénéficient du soutien financier de la SODEC
et du Programme de crédits d'impôt du gouvernement du Québec.

Nous remercions le Conseil des Arts du Canada
de l'aide accordée à notre programme de publication.

Nous reconnaissons l'aide financière du gouvernement du Canada
par l'entremise du Fonds du livre du Canada pour nos activités d'édition.

*Édition :*
LES ÉDITEURS RÉUNIS
www.lesediteursreunis.com

*Distribution au Canada :*
PROLOGUE
www.prologue.ca

*Distribution en Europe :*
DNM
www.librairieduquebec.fr

 *Suivez Les Éditeurs réunis et les activités de Sonia Alain sur Facebook.*

*Pour communiquer avec l'auteure : soniaalain@videotron.ca*

Imprimé au Canada

Dépôt légal : 2013
Bibliothèque et Archives nationales du Québec
Bibliothèque nationale du Canada
Bibliothèque nationale de France

SONIA ALAIN

# L'amour
AU TEMPS DE LA
## guerre de
# Cent Ans

★★

*L'insoumission*

LES ÉDITEURS RÉUNIS

*À mon frère Éric, qui, malgré qu'il soit plus jeune que moi,*
*me dépasse d'une bonne tête et est très protecteur.*
*À mes cousin et cousines, Marco, Louise et Johanne. Vous êtes comme des*
*frère et sœurs pour moi, puisque vous avez bercé toute mon enfance.*
*À ma belle-sœur Marie, une force de la nature et un soutien en tout temps.*
*Finalement, à Marie-Josée, la meilleure amie qui soit.*
*Merci d'être présents dans ma vie !*

# Prologue

En cette fin d'année 1348, on enregistrait une brusque augmentation des agressions de la part des peuplades du Proche-Orient à l'encontre des Francs, engendrant ainsi méfiance et haine. De leur côté, les Barbaresques étaient nombreux à sillonner la mer Méditerranée et le littoral du sud de l'Europe et du nord de l'Afrique. Ces hommes sans scrupules disposaient de galères rapides et de marins en grande quantité. Ils n'hésitaient pas à attaquer les navires anglais et français, à la recherche de bonnes prises. Lorsqu'ils étaient capturés, les fidèles incapables de payer une rançon substantielle pour être libérés étaient vendus au marché des esclaves. S'ils se révélaient récalcitrants, ils étaient fouettés, torturés, voire décapités. Reliés les uns aux autres par une chaîne, les prisonniers étaient entraînés jusqu'à une estrade où on les exposait impunément aux regards de tous comme une simple marchandise à écouler… Un commerçant vantait les mérites de chacun en faisant état de leurs attraits pendant que les acquéreurs criaient leur prix. Parfois, certains avaient la chance de se faire racheter par des rédempteurs, des prêtres chrétiens qui recueillaient des fonds dans le but de sauver leurs semblables ; mais c'était, hélas, chose rare.

À cette période, les Mérinides occupaient la région du Maroc et de l'Algérie. Ils étaient gouvernés par un sultan du nom de Abu al-Hasan ben Uthman. Ce souverain détenait le pouvoir absolu sur tous. Il était entouré d'une armée redoutable et d'hommes de confiance qui occupaient les fonctions de vizir et de haut administrateur. Il était le chef incontesté et faisait régner la justice parmi les siens. Il possédait un harem imposant, peuplé de jeunes femmes de toute nationalité et de quelques concubines choisies pour son bon plaisir.

Les Mérinides, une dynastie marocaine d'origine berbère, s'étaient installés dans la partie orientale du Maroc dès le début des années 1200. Ils étaient les maîtres du Maghreb et leurs frontières s'étendaient de l'océan Atlantique à la mer Méditerranée, en passant par le Sahara et le domaine des Abdalwadides. Tlemcen constituait l'une des villes principales de cette monarchie et l'un des centres névralgiques du pouvoir.

Mais la région du Maghreb était vaste, et le sultan ne pouvait gouverner seul. Il avait donc besoin du soutien des cheikhs pour arriver à ses fins. Ces chefs de tribu, des seigneurs parmi les leurs, s'avéraient respectés et vénérés par tous. C'est grâce à eux que le souverain parvenait à garder un certain contrôle sur ses sujets.

Pendant ce temps, en Europe, alors que la peste poursuivait ses ravages jusqu'en Angleterre, une trêve momentanée avait été signée entre Édouard III et Philippe VI le 28 septembre. Mais d'autres bouleversements attendaient la France. En effet, en 1350, le pape Clément VI tenta de faire dissoudre la secte des flagellants en les déclarant hérétiques. C'est également l'année où mourut Philippe VI, le roi de France. Son fils, Jean II, lui succéda alors et fut sacré à Reims le 26 septembre 1350.

Dans les coulisses, le roi de Navarre concluait une alliance avec le Prince Noir, le fils d'Édouard III, afin d'affaiblir le nouveau monarque de France. Plus que jamais, Jean II nécessitait l'aide et l'appui de ses seigneurs pour défendre son royaume. Si bien que les défections étaient considérées comme des crimes de haute trahison, avec la pendaison en guise de châtiment.

# 1
# Exil forcé

Rémi chevauchait à bride abattue en direction de la Normandie. Il savait de source sûre que l'héritier du trône de France s'y trouvait. Sa mission consistait à s'introduire au cœur même de l'entourage de Jean II afin d'y espionner les Français pour le compte d'Édouard III, roi d'Angleterre.

Pour parvenir à ses fins, il avait l'intention de se démarquer des autres galants de la cour et de s'imposer auprès du prince afin de devenir l'un de ses favoris. Rémi espérait en secret que Philippe VI, le roi de France actuel, trépasse incessamment et que son fils prenne le pouvoir. De cette façon, il pourrait le manipuler à sa guise et mettre à exécution la première partie de son plan, celle qui concernait son demi-frère, Joffrey de Knox. À l'idée d'être sous peu en mesure de faire circuler de fausses rumeurs au sujet du seigneur de Knox, il eut un rictus cynique. Quel plaisir il aurait alors à le briser ! Ce serait un jeu d'enfant en ces temps incertains. Surtout que Joffrey lui avait facilité la tâche en quittant la France avec autant de précipitation. Rémi ferait en sorte de profiter au maximum de cet avantage. Nul doute qu'il aurait les coudées franches une fois qu'il obtiendrait ses entrées à la cour et une place aux côtés de Jean II.

❦

L'astre solaire frôlait l'horizon de ses derniers rayons incandescents. Un sourire rêveur sur les lèvres, Anne s'appuya au bastingage, à l'écart des matelots, et contempla le spectacle avec ravissement. Elle appréciait plus particulièrement cette période de la journée et ne se lassait pas d'admirer le soleil couchant. S'étant habitués à sa présence, les membres de l'équipage ne lui prêtaient plus attention et poursuivaient leurs manœuvres avec entrain. Seul Joffrey la suivait des yeux, du haut du gaillard d'arrière. Il parvenait à ne laisser rien paraître de l'inquiétude qui le tenaillait, car il n'avait pas eu l'occasion de s'entretenir en privé avec elle et ignorait son état réel. Depuis leur départ, il avait été fort occupé avec le capitaine Killer et son second. Quitter la France en ces moments de troubles n'avait pas été aisé et avait exigé plusieurs ajustements. Si bien que, la nuit dernière, il ne s'était autorisé qu'un bref repos sous le pont en compagnie de ses hommes. Maintenant que l'essentiel était réglé, il disposait d'un peu de temps qu'il comptait consacrer à son épouse et à leurs enfants.

Alors que Joffrey se préparait à rejoindre Anne, le vent tourna soudainement avec violence. Simultanément, les voiles se gonflèrent en claquant sinistrement et les cordages gémirent. En un instant, le calme apparent qui régnait sur les flots fut remplacé par une mer déchaînée. Des vagues énormes se formèrent et vinrent se fracasser contre la coque du navire avec un bruit sourd. Sous l'effet de la surprise, Anne recula et se retint de justesse au grand mât pour ne pas être emportée quand une lame de fond balaya le pont. Ne sachant que faire, elle s'accrocha avec énergie, la peur au ventre. Muni d'une aisance attribuable à de longues années passées sur l'océan, Joffrey l'atteignit à grandes enjambées et l'empoigna fermement par le coude.

Tout autour d'eux, les hommes regagnaient leur poste dans une agitation organisée, prêts à affronter la tempête qui s'annonçait, tandis que le capitaine Killer leur enjoignait de rabattre les voiles qui menaçaient de se déchirer. Avec un empressement évident, Joffrey entraîna son épouse vers leurs quartiers. Un pli soucieux lui barrait le front et ses yeux prirent cette teinte métallique qui les caractérisait si bien lorsque des émotions violentes l'habitaient. Anne tenta de l'interroger, mais dès qu'il ouvrit la porte de la cabine il l'y repoussa.

— Dépêchez-vous d'attacher les enfants à leur couchette, ordonna-t-il aux femmes qui se trouvaient dans la pièce. Sous aucun prétexte vous ne quitterez cet endroit! poursuivit-il sans équivoque, avant de les abandonner sans un seul autre mot d'explication.

D'un même élan, dame Viviane, Berthe, Crisentelle et Pétronille se tournèrent vers Anne. Avec une vivacité qu'elle n'avait pas démontrée depuis sa fausse couche, elle se dirigea vers les petits et les installa confortablement dans le lit escamotable. En leur faisant croire à un jeu, elle les couvrit avec soin et les arrima au montant. Sa mère vint la rejoindre et leur adressa un sourire incertain. Sensibles à la tension qui régnait dans la cabine, les bambins demeurèrent cois en les contemplant de leurs grands yeux ouverts. Le cœur près de chavirer, Anne ravala sa peur et s'efforça de demeurer calme.

Pendant ce temps, Crisentelle, Pétronille et Berthe fixaient et rangeaient la vaisselle, ainsi que tous leurs effets personnels, afin de minimiser les dégâts. À l'extérieur, l'orage faisait maintenant rage avec violence. Malgré leurs efforts, il devint évident qu'elles devraient à leur tour s'attacher à un meuble ancré au plancher. En priant pour leur sauvegarde, Anne s'activa le plus rapidement possible, mais elle avait toutes les peines du monde à garder son équilibre. Ballotée en tous sens, elle se cogna à plusieurs reprises avant de trouver refuge entre ses deux enfants. De son côté, dame Viviane, la mère d'Anne, s'installa près de la petite Myriane et la pressa contre elle en silence.

Le bateau plongea de manière soudaine dans les flots et fut déporté brusquement sur le côté. Terrorisés, Charles-Édouard et Marguerite se blottirent contre leur mère en hurlant. Anne chercha à les apaiser et à endiguer du même coup le mal de mer qui menaçait de la terrasser. Elle blêmissait à vue d'œil. Attentive à tout ce qui se passait, Crisentelle lui jeta un regard inquisiteur. Remarquant l'inquiétude de la vieille femme, Anne lui adressa un bref signe de la tête afin de la rassurer et serra les dents. Sous aucun prétexte elle ne devait flancher, au risque d'empirer leur situation déjà précaire. Elle devait songer à ses enfants et leur éviter ce spectacle affligeant. Inspirant par secousses, elle déglutit avec peine. Consciente du malaise d'Anne et de ses efforts pitoyables pour le refréner, sa mère emprisonna sa main dans la sienne et la pressa. Anne lui fut reconnaissante de son encouragement silencieux et reporta son attention sur sa fille qui tremblait contre elle. Avec ferveur, elle l'embrassa sur le front et lui murmura des paroles réconfortantes à l'oreille.

Malgré qu'il fût occupé à maintenir le navire à flot avec le capitaine Killer, Joffrey ne put s'empêcher d'aller vérifier par lui-même que sa femme et les petits se portaient bien. Lorsque le seigneur pénétra avec brutalité dans la cabine, un courant glacial s'engouffra dans la pièce en même temps que lui. Tout de suite, Joffrey avisa la mine défaite d'Anne et jura. À l'évidence, elle ne se trouvait pas au meilleur de sa forme. Tout en rageant de ne pouvoir la soulager, il s'avança dans sa direction. À sa vue, Anne réprima un sursaut en remarquant les vêtements détrempés, les cheveux plaqués sur la tête de son époux et l'eau qui dégoulinait sur son visage et dans son cou. En songeant que, tout comme ses hommes, il affrontait cette mer déchaînée, elle fut prise d'une peur irraisonnée. Elle savait qu'il encourait le risque d'être emporté à tout moment par une vague. Et si une telle horreur devait se produire, nul ne pourrait lui venir en aide. Cette idée la troublait à un point tel qu'elle le fixa d'un regard empli d'effroi. Joffrey dut percevoir l'angoisse de sa femme, car il se pencha alors vers elle en esquissant un geste souple. D'une main ferme, il lui emprisonna la nuque et frôla sa tempe de ses lèvres glacées.

— N'aie aucune crainte, ma mie, nous réussirons à traverser cette tempête, comme nous l'avons toujours fait par le passé, lâcha-t-il avec assurance.

Tout en frissonnant, Anne déglutit avec peine. En dépit des circonstances, elle chercha à se ressaisir. Elle ne voulait pas l'inquiéter. Quelque peu rasséréné, Joffrey se redressa et lui montra un air confiant. Après s'être assuré que tous les occupants de la cabine semblaient en sécurité, il ébouriffa avec chaleur la tignasse de Charles-Édouard et déposa un baiser rapide sur la tête de Marguerite et de Myriane avant de rejoindre ses hommes sur le pont. Anne fixa son regard sur la porte close, priant pour qu'il lui revienne sain et sauf.

La nuit était fort avancée lorsque la mer commença enfin à s'apaiser. Berthe et Pétronille sommeillaient et les enfants s'étaient assoupis entre les bras d'Anne. Bien que dame Viviane et Crisentelle fussent éveillées tout comme elle, les trois femmes restaient taciturnes. À l'affût du moindre bruit, Anne tenta de percevoir des signes en provenance de l'extérieur. Incapable de demeurer plus longtemps dans l'incertitude, elle se releva après s'être défait des enfants et se retint au rebord du lit pour ne pas perdre l'équilibre. Le fait de se mettre en mouvement soulagea son corps ankylosé. Les nerfs à fleur de peau, elle arpentait la cabine, attendant des nouvelles.

Au bout d'une attente interminable, des pas lourds résonnèrent derrière la porte. Paralysée par l'appréhension, Anne se figea dans un silence lugubre. Lorsque le battant s'ouvrit, livrant passage à Joffrey, elle poussa un cri d'allégresse et se jeta sur lui. Joffrey la reçut contre son torse avec une joie évidente. D'instinct, ses bras se refermèrent sur elle et il enfouit son visage avec plaisir dans les boucles folles. Puis il l'embrassa sans retenue, ce qui arracha un gloussement à sa belle-mère. Quand il la libéra, Anne était à bout de souffle et un réel bonheur faisait briller son regard. Avec douceur, Joffrey frôla son visage radieux.

— La tempête est derrière nous. Je sais que tu as été effrayée et secouée, mais il n'y a plus rien à craindre désormais. Nous ne nous trouvons plus très loin de la mer méditerranéenne, et sous peu nous aurons quitté ces eaux incertaines. Maintenant que te voilà rassurée, tu devrais aller te reposer.

— Non, murmura Anne. Pas sans vous…

Relevant un sourcil interrogateur, il la détailla longuement, un sourire taquin sur les lèvres.

— J'ai l'intention de dormir dans un hamac sur le pont, ma belle. Est-ce toujours ton souhait de m'accompagner ?

Pour Anne, peu importait l'inconfort de la couche qu'ils partageraient, pourvu qu'elle puisse se nicher entre ses bras. Elle avait besoin de sa chaleur et de sa force. Comprenant tout de l'étendue des émotions qui l'agitaient, Joffrey redevint sérieux et l'entraîna à sa suite. Après avoir livré une bataille aussi périlleuse contre les éléments de la nature, il désirait également sentir sa présence tout près de lui.

⚜

Accoudée au garde-corps, Anne parcourait l'horizon d'un regard incertain. La veille, la mer les avait pris par surprise. Au souvenir des tourments ressentis, elle frissonna et serra les doigts sur le parapet. Il s'en était fallu de peu que le navire les engloutisse, corps et biens. Ils ne devaient leur sauvegarde qu'au courage des hommes et au savoir-faire du capitaine Killer et de Joffrey. Elle espérait ne jamais revivre une telle expérience. La nuit avait été longue et les enfants, épuisés après cette rude épreuve, dormaient encore sous la surveillance de la vieille Berthe et de sa mère. Crisentelle et Sédrique soignaient tous deux les blessures des membres de l'équipage. Par chance, ils ne déploraient qu'une seule victime, un pauvre matelot ayant été entraîné par les flots déchaînés. À la pensée du malheureux passé par-dessus bord, sa gorge se serra. La mer pouvait se révéler si traîtresse par moments.

Joffrey vint la rejoindre. Perdue dans ses rêveries moroses, Anne ne l'entendit pas s'approcher et sursauta à son arrivée. Joffrey la prit par les épaules et lui fit faire demi-tour. En silence, il l'enveloppa de sa cape et noua les pans autour de son cou, puis il lui releva le menton et plongea ses yeux au plus profond de son être.

— Rien ne sert de broyer du noir. Nous avons survécu, c'est tout ce qui importe. La vie nous réserve parfois de rudes épreuves, mais il ne faut pas oublier qu'elle est aussi emplie d'agréables surprises. Tu en es la preuve vivante.

Un faible sourire se dessina sur les lèvres d'Anne en comprenant le sens réel de ses propos.

— Ainsi, ma présence à vos côtés ne constitue plus une calamité, mon seigneur ? demanda-t-elle avec une pointe d'humour.

— Tout dépend des circonstances, lâcha-t-il avec malice.

Faisant semblant d'être offusquée par cette réplique, elle croisa les bras sur sa poitrine et riva son regard au sien sans pudeur. Amusé, Joffrey l'attira à lui et l'embrassa avec fougue.

— Et si nous allions dans ma cabine ? Nous pourrions en discuter en toute intimité. Les enfants ne s'y trouvent plus.

En avisant la lueur concupiscente au fond du regard de Joffrey, Anne éclata d'un rire cristallin. Elle avait l'impression de revivre et cela la galvanisait.

— Pourquoi pas, mon seigneur !

Enthousiaste, Joffrey la souleva sans effort et se dirigea vers ses quartiers. Sur leur passage, quelques marins sifflèrent, faisant rougir Anne.

꧁꧂

Un fumet appétissant la réveilla. En s'étirant, Anne releva ses paupières lourdes de sommeil et elle aperçut Joffrey allongé à ses côtés. Celui-ci la fixait d'un regard empli de tendresse. De sa main, elle frôla la mâchoire volontaire, heureuse qu'ils soient sortis tous deux indemnes des épreuves qu'ils avaient traversées au cours de la dernière année. Sans doute Joffrey avait-il suivi le cours des pensées d'Anne, car son expression se voila légèrement.

Il appréciait plus que tout ce bref instant de plénitude. Cependant, ils approchaient du détroit de Gibraltar et, par le fait même, des terres du sultan. Il souhaitait la mettre en garde contre les dangers que recelait cette contrée. Elle devait en connaître un peu plus sur le mode de vie des Mérinides.

— Anne, tu dois savoir certaines choses avant notre arrivée, déclara-t-il à brûle-pourpoint.

Le ton employé l'alerta aussitôt. Elle se raidit en le scrutant. À l'évidence, ce qu'il s'apprêtait à lui dire ne lui plairait pas. Joffrey se passa une main sur le visage puis soupira avec résignation.

— Anne, naviguer en ces eaux n'est pas sans risque… Mais nous nous apprêtons à traverser des eaux encore plus dangereuses. Surtout pour une femme telle que toi.

— En quoi suis-je une exception ? demanda-t-elle avec étonnement en se redressant.

Joffrey lui lança un regard appuyé. « Faut-il qu'elle soit aveugle pour ne pas voir ce qui est si évident à mes yeux ! » En s'avançant vers elle, il caressa avec amour sa joue du revers de la main.

— Anne, ta chevelure flamboyante, la finesse de tes traits, ta silhouette généreuse, la blancheur de ta peau et ton raffinement, voilà autant d'éléments qui attirent l'attention d'un homme. Si nous devions tomber entre les mains de Barbaresques, tu ferais une prise de choix.

— Je ne comprends pas…, s'alarma-t-elle.

— Depuis fort longtemps déjà, les Barbaresques sillon-
nent le bassin méditerranéen et profitent de l'étroitesse du
détroit de Gibraltar pour piéger les marins. Le capitaine
Killer a toujours su leur échapper, mais rien ne nous
garantit qu'il en sera constamment ainsi. Loin de moi
l'idée de vouloir braver le destin, mais le problème est que
le détroit demeure le seul passage maritime qui nous
permette d'aller de l'océan à la mer. De plus, ce n'est
malheureusement pas l'unique endroit périlleux dans cette
région. En fait, le port de Melilla près de Tlemcen grouille
également de Barbaresques. Mon statut particulier dans
cette contrée me protège en temps normal, mais je ne peux
m'y fier entièrement. Il faudra nous montrer très vigilants.

Sous le coup de l'émotion, Anne demeura abasourdie.
Pourquoi les avoir entraînés en ces lieux ? Face à sa confusion, Joffrey s'assombrit.

— Je sais que cela peut te paraître hasardeux *a priori*,
mais nous pouvons gérer la situation. Une fois franchie
cette étape, vous vous trouverez tous en sécurité à l'intérieur
de mon palais, et hors de portée de mon demi-frère et du
roi d'Angleterre. De plus, vous ne serez plus exposés au
fléau qui ravage la France. Voilà tout ce qui importe pour
le moment.

— Si par malheur nous étions interceptés et capturés,
qu'arriverait-il ? ne put-elle s'empêcher de demander
d'une voix blanche.

— Tu devrais alors abjurer ta foi et te convertir à l'islam,
répondit-il d'un ton sans équivoque.

— Jamais…, lâcha-t-elle avec virulence.

Nullement surprise par cette réaction, Joffrey s'avança
vers elle en grommelant. « Satanée bonne femme ! » Elle

avait la religion rivée aux chevilles, sans compter qu'elle s'avérait aussi entêtée qu'une mule. «Nom de Dieu! Ce n'est pas un caprice qu'elle peut se permettre. Il en va de sa vie!» La peur au ventre, il l'agrippa par les épaules et la fixa avec dureté.

— Que cela vous plaise ou non, ma dame, c'est ce que je vous ordonne de faire si une telle chose devait se produire. Cela ferait une différence considérable, car au lieu de vous retrouver avec la lie dans un marché d'esclaves public, vous seriez vendue par un établissement renommé pour ses prises de choix. Désirez-vous réellement être obligée de vous prostituer dans les bas-fonds, ou préfériez-vous être traitée avec plus de dignité dans un harem?

La narguer ainsi ne servait habituellement à rien, sinon à la braquer davantage.

— Ni l'un ni l'autre, mon seigneur! Plutôt mourir! cracha-t-elle avec indignation.

— Bon sang, Anne! De quelle manière pourrais-je te racheter si tu es morte? De quelle aide seras-tu pour nos enfants dans ces conditions? Si tu es fait captive, il te faudra apprendre à être moins fière et à courber l'échine, sous peine de subir la morsure du fouet, répliqua-t-il d'un ton tranchant.

Anne resta silencieuse tandis que la colère de Joffrey couvait. Les poings serrés, il la détailla longuement. Joffrey avait besoin de se changer les idées avant de commettre l'irréparable. Il trouva ainsi plus judicieux de l'abandonner à ses réflexions et de retourner sur le pont.

— Utilisez le temps qui vous est imparti pour réfléchir, ma dame. Pour ma part, je dois rejoindre mes hommes.

Puis il sortit de la cabine en lui adressant un bref signe de tête. Anne demeura interdite quelques secondes. L'esprit confus, elle se dirigea mécaniquement vers la table. Le cuisinier leur avait préparé un repas digne d'un chef. Il ne lui restait plus qu'à le déguster. À cette perspective, son estomac se contracta et elle grimaça. Il lui fallait pourtant se résoudre à manger afin de reprendre des forces, car elle était décharnée et ne pouvait raisonnablement continuer à se nourrir de miettes. À contrecœur, elle s'installa sur l'une des chaises rivées au plancher et poussa un soupir de découragement. De mauvaise grâce, elle entreprit de goûter à chacun des mets.

⚜

La journée s'était écoulée avec une lenteur démesurée. De nouveau seule sur le pont, Anne observait les matelots à l'œuvre. Maintenant que les enfants avaient été raccompagnés à leur cabine, elle disposait de tout son temps pour réfléchir à la discussion qu'elle avait eue avec Joffrey. Ne l'ayant pas revu depuis, elle commençait à croire qu'il l'évitait délibérément. Posant son regard sur l'attroupement d'hommes qui s'était formé sur le gaillard d'avant, elle chercha à définir la cause de tout ce chahut. D'une démarche un peu chancelante, elle se dirigea dans cette direction.

Elle aperçut Hassen au centre du regroupement, un garçon de neuf ans qu'elle avait remarqué la veille. Curieuse à son sujet, elle s'était informée auprès de l'équipage et avait appris qu'il s'agissait en fait du fils aîné d'un cheikh puissant de Tlemcen. Ses cheveux et ses iris noirs, ainsi que sa peau mate, trahissaient ses origines arabes. On décelait toutefois chez lui quelque chose qui dénotait aussi une ascendance occidentale. Un guerrier à la stature imposante du nom de Jounaidi l'accompagnait dans tous ses déplacements. Pour le moment, celui-ci affichait une mine impassible, alors qu'Hassen trépignait sur place. En comprenant que le garçonnet se préparait à grimper au mât de misaine, elle se révolta. « C'est de la folie ! L'enfant se rompra le cou ! » Au moment où Anne s'apprêtait à intervenir, une main ferme s'abattit sur son épaule. Faisant volte-face, elle croisa le regard tranquille de Joffrey.

— Tu ne dois pas t'interposer, Anne. Tu risquerais d'embarrasser le petit, et cela constituerait un affront impardonnable à ses yeux. Le temps est arrivé pour lui de faire ses preuves.

— Vous n'êtes pas sérieux ! Il n'est qu'un enfant, s'indigna-t-elle avec conviction.

— Tu fais erreur, Anne. D'où il vient, Hassen est considéré comme un homme. S'il désire gagner le respect de l'équipage, il doit grimper jusqu'à la hune de misaine sans aide. Un jour, il devra commander un navire tel que celui-ci. Il s'agit donc d'un passage obligé pour lui !

À peine ces paroles prononcées, Jounaidi et Hassen se tournèrent vers le seigneur de Knox et le saluèrent avec déférence. Joffrey s'avança vers le garçonnet et étreignit son épaule avec chaleur.

— Fais honneur aux tiens, Hassen ! dit-il d'un ton confiant.

L'enfant lui adressa un sourire éblouissant et se dirigea vers le mât. Il grimpa aux cordes de chanvre avec une agilité confondante, faisant battre le cœur d'Anne à coups redoublés. Des sifflements d'encouragement l'accompagnèrent. Soudain, la voile de misaine claqua tout près de lui, ce qui le fit sursauter et son pied droit dérapa. Anne retint de justesse un cri de frayeur. À ses côtés, Joffrey ne perdait pas une seule seconde de la scène.

Quand le petit atteignit la hune, des hourras enjoués résonnèrent sur le pont. Radieux, Hassen secoua la main avec vigueur et entreprit de redescendre. Les hommes l'arrachèrent au cordage avec enthousiasme lorsqu'il fut à leur hauteur et le firent sauter dans les airs. Dès que le gamin fut déposé au sol, Joffrey le rejoignit et l'empoigna fermement. Une telle fierté se lisait sur le visage de son époux qu'Anne ressentit un pincement inconfortable. Que représentait exactement ce garçon pour Joffrey, et pourquoi se trouvait-il sous la surveillance de ce Jounaidi ? Intriguée, elle se promit d'interroger son époux à ce sujet plus tard.

⁓⬥⁓

Les étoiles brillaient de mille feux et Anne ne se lassait pas de les contempler. Alors qu'elle parcourait les cieux du regard, Joffrey se glissa derrière elle et l'entoura de ses bras. En se lovant contre lui, elle apprécia le plaisir simple de son étreinte. Depuis leur face-à-face, elle avait réfléchi et en était venue à la conclusion qu'il avait raison. Aussi doulou-reux cela serait pour elle de suivre sa recommandation, elle abjurerait sa foi pour survivre. Elle savait toutefois que, dans son cœur, il en serait différemment. Elle garderait sa foi pour elle-même.

— Joffrey, je me plierai à votre volonté, déclara-t-elle d'une voix cassée.

Comprenant ce à quoi elle faisait référence, il la pressa contre lui avec ferveur. Soulagé, il la fit pivoter vers lui et captura ses lèvres avec une fougue contagieuse. Malgré le désir qui la gagnait, Anne parvint à se ressaisir et mit fin à leur baiser. Elle devait éclaircir certains points avec lui d'abord. En s'écartant, elle chercha à reprendre contenance. Incertaine, elle releva la tête et riva son regard au sien.

— Joffrey, qui est Hassen? Que représente-t-il à vos yeux? osa-t-elle lui demander.

Nullement surpris par ces questions, il la scruta avec attention. Anne était vive d'esprit. Il s'était bien douté qu'elle n'aurait pas mis beaucoup de temps avant de soupçonner quelque chose au sujet du garçon. En revanche, il aurait préféré que cet entretien se déroule plus tard. Réfrénant un geste d'impatience, il s'assombrit.

— C'est mon fils…, répondit-il sans détour.

Anne se raidit et un éclair douloureux fit briller ses prunelles.

— Je suis désolé, ma mie, pour l'émoi que je vous cause.

Alors qu'elle cherchait à se dégager de son étreinte, il resserra son emprise. « Que puis-je faire pour l'apaiser? » se désola Joffrey.

— Anne, me repousser ne servira à rien. Nous devons discuter, car il y a certaines choses que tu ignores encore à mon sujet.

— Il semblerait que ce soit le cas, en effet, lâcha-t-elle, les lèvres pincées. Dites-moi, mon seigneur, combien de bâtards croiseront encore ma route, au juste? demanda-t-elle avec hargne.

— Anne, nul besoin de faire preuve d'autant de morgue. Tu connais très bien la vie dissolue que je menais avant de te rencontrer. Il est vrai que mon penchant pour les femmes a dû faire en sorte que je laisse des enfants illégitimes derrière moi, mais je n'ai eu à en reconnaître aucun jusqu'à ce jour.

Il fallut un moment à Anne pour comprendre l'implication réelle des propos de son mari. S'il n'avait pas eu connaissance d'avoir engendré un bâtard par le passé, cela signifiait donc qu'Hassen était son fils légitime. Inconfortable tout à coup, elle se dégagea d'un mouvement brusque et se détourna. En agrippant le bastingage, elle inspira profondément. Plus que jamais, elle prenait conscience du roulis sous ses pieds. Prise d'un malaise soudain, elle réprima un haut-le-cœur. Inquiet, Joffrey l'obligea à lui faire face et emprisonna son menton dans sa main calleuse.

— Anne, je sais que la vie qui t'attend à Tlemcen te semblera difficile à accepter à certains égards. Néanmoins, ne doute jamais d'une chose : je t'aime ! Les enfants et toi êtes ce que je possède de plus précieux. Rien ni personne ne pourra changer cela. Hassen est peut-être mon fils, mais je ne le connais pas pour autant. Toute sa jeunesse, il l'a passée aux côtés de sa mère, dans mon palais. Ce n'est que depuis peu qu'il voyage à bord du *Dulcina*. Il n'héritera pas du titre et des terres des Knox, car la loi française ne le reconnaît pas comme mon fils légitime. En revanche, selon les dogmes arabes, il est mon premier-né. C'est donc à lui que reviendra mon palais à Tlemcen, ainsi que les richesses qui s'y trouvent.

— Vous avez épousé sa mère selon leurs coutumes ?

— Je n'ai pas eu à l'épouser, Anne, puisqu'elle m'appartient. Kahina fait partie de mon harem personnel.

À cette nouvelle, Anne se braqua et le repoussa avec vigueur. Animée par une rage et une douleur sans nom, elle s'éloigna de lui précipitamment. Lorsqu'une distance respectable fut entre eux, elle se retourna et le toisa avec rancœur.

— Soyez maudit, Joffrey de Knox. Vous ne valez pas mieux que tous ces impies. De quel droit vous permettez-vous de nous entraîner dans ce milieu aux mœurs douteuses ? Il est hors de question que vous m'enfermiez là-bas, parmi toutes ces femmes. J'exige que vous me rameniez en France. Du moins, j'y connaissais mes ennemies et j'étais à même de me protéger.

— Comme ce fut le cas lors de ta fuite du couvent ? Je te rappelle, ma chère épouse, que cela a coûté la vie à l'enfant qui grandissait en ton sein, lança-t-il avec exaspération.

Sous le coup de l'émotion, elle pâlit. La culpabilité remonta en elle, comme une plaie à vif. Comprenant qu'il avait été trop loin, Joffrey se frotta les tempes avec énergie.

— Pardonne-moi, Anne ! Ce n'est pas ce que je voulais dire. Je n'aurais pas dû t'accuser de la sorte. Tu n'étais en rien responsable de ces événements tragiques, déclara-t-il en s'approchant d'elle.

— Taisez-vous ! siffla-t-elle entre ses lèvres.

— Anne…, tenta-t-il vainement en déposant une main sur son bras.

Elle se dégagea d'une secousse brusque et le fusilla d'un regard courroucé. Tout son être vibrait sous la colère.

— Je vous interdis de me toucher, goujat.

Sur ces mots, elle retourna vers sa cabine en vitesse, ne voulant pas trahir son désarroi. Cependant, Joffrey savait qu'elle avait été blessée par ses propos et eut le temps d'entrevoir une larme silencieuse sur sa joue avant qu'elle ne se détourne prestement. «Diantre! Quel imbécile je fais!» Il devait absolument trouver un moyen de l'amadouer avant leur arrivée au port, mais ignorait de quelle manière il s'y prendrait pour y parvenir.

⚜

Lorsque Anne se réveilla le lendemain, elle était d'humeur morose. Elle avait peu dormi, la tête emplie de questions sans réponses. «Connaissait-elle Joffrey, en définitive?» Au regard de ce qu'elle avait appris la veille, elle commençait à éprouver de sérieux doutes et cela la perturbait. Ne souhaitant pas s'imposer aux autres alors qu'elle se trouvait dans cet état, elle embrassa furtivement les trois enfants, puis sortit sans un seul mot d'explication. Inconsciemment, ses pas l'amenèrent jusqu'au chevalier de Dumain.

Le vieil homme s'était fait très discret depuis leur départ. En réalité, il n'approuvait pas la décision de Joffrey et craignait qu'elle ait des répercussions désastreuses. Selon son point de vue, c'était immoral de vouloir astreindre une chrétienne à s'intégrer dans un harem. De plus, Anne était trop indépendante et fougueuse pour accepter de vivre au milieu des concubines du maître des lieux, d'autant plus que Kahina y régnait, pareille à une reine. L'affrontement serait inévitable entre les deux femmes, et nul besoin d'être prophète pour deviner que la favorite ne ferait qu'une bouchée d'Anne. Mouley, le chef des gardes, et Abbes, le chef des eunuques, étaient au service de Kahina, qui profitait également de la présence d'Emna, une servante dévouée. Anne n'aurait aucune chance dans un tel nid de vipères, et sa vie risquait d'être mise en danger. De Dumain avait essayé d'en avertir Joffrey, mais celui-ci refusait d'entendre raison et assurait que la loyauté des femmes du harem à son endroit transcenderait tous ces problèmes.

Toutefois, s'il y avait une chose que le chevalier avait apprise au cours de ses nombreux voyages en Orient, c'était que la fidélité des personnes allait d'abord aux membres de leur clan. Joffrey avait beau avoir été pourvu du titre de cheikh par le sultan en personne, rien ne changerait le fait qu'il était français avant tout.

Lorsque Anne le rejoignit, le vieux chevalier ressassait ces réflexions peu joyeuses. En l'apercevant, il comprit que quelque chose la tracassait. Elle arborait cette expression qui la caractérisait si bien dans les moments difficiles. Arrivée à sa hauteur, elle s'exhorta au calme avant de river son regard au sien.

— Étiez-vous au courant pour Hassen? le questionna-t-elle sans ambages.

Dans un soupir, de Dumain fit un signe affirmatif de la tête. Ainsi, la petite avait découvert la vérité à ce sujet. Voilà pour quelle raison elle semblait si troublée.

— Pourquoi n'avoir rien dit, dans ce cas? Vous, plus que quiconque, auriez dû me mettre en garde avant que nous nous embarquions dans cette galère.

— Vous êtes injuste à mon encontre, ma dame. Vous savez pertinemment qu'il ne m'appartenait pas de vous en informer.

Se ressaisissant, Anne se détourna et effectua quelques va-et-vient d'un pas saccadé. De Dumain avait raison. Il n'était en rien responsable de cette situation. Tout comme elle, il s'était plié aux exigences de Joffrey.

— Pardonnez-moi, de Dumain ! C'est indigne de ma part de vous assaillir de la sorte. Seigneur ! C'est insensé…

— Mais non, ma dame ! J'aurais pourtant souhaité vous être d'un quelconque secours !

Pour toute réponse, elle lui retourna un pauvre sourire. Il était hors de question qu'elle débarque sur cette terre d'impies sans savoir ce qui l'attendait. À l'évidence, de Dumain connaissait certaines choses et constituait donc une mine d'informations vitales. L'interroger serait plus facile que d'affronter directement Joffrey.

En avisant son expression, de Dumain comprit qu'il ne s'en sortirait pas si aisément. Sa dame semblait résolue. Prenant les devants, il entama la discussion d'un ton las.

— J'imagine que vous comptez me questionner jusqu'à ce que vous ayez obtenu satisfaction, n'est-ce pas ?

— De Dumain…, commença-t-elle d'une voix tendue.

— Je sais, ma dame ! Loin de moi l'idée de vous juger. Que voulez-vous savoir exactement ?

S'accordant un temps de réflexion, Anne fronça les sourcils. « Par quoi débuter ? » Tant de points restaient à éclaircir…

— En premier lieu, parlez-moi de ce peuple. Qui sont-ils ?

— Les Mérinides ont pour dirigeant le sultan Abu al-Hasan ben Uthman. En fait, il gouverne un vaste territoire. La ville de Tlemcen, qui est au cœur des intrigues politiques, s'y trouve. On dit du sultan qu'il est un être sans pitié, au pouvoir absolu, mais qui agit en grand souverain. Il a deux fils, mais de fréquentes divergences les opposent. La première femme de son harem, celle lui ayant donné son fils aîné, jouit de la préférence du sultan et règne sur tous ceux qui l'entourent.

À peine ces paroles prononcées, Anne cilla. En allait-il de même pour Joffrey ? Dans ce cas, quelle position occuperait-elle une fois au palais ? Déterminée plus que jamais à connaître le sort qu'on lui réservait, elle poursuivit en faisant attention à bien formuler ses questions afin d'obtenir les réponses souhaitées.

— Devrai-je partager les quartiers de ces femmes ? demanda-t-elle d'une voix chevrotante.

Comprenant ce à quoi elle faisait référence, de Dumain réfréna un mouvement d'humeur.

— Hélas, je n'en suis pas certain, ma dame ! Sachez cependant que je ferai tout ce qui est en mon pouvoir pour influencer le seigneur de Knox afin qu'il vous octroie vos propres appartements. Je m'assurerai en personne que vous soyez entourée de vos gens. Il ne serait pas sain que vous et les petits vous retrouviez mêlés à ces diablesses au sein du harem.

Retenant de justesse un cri de désespoir, Anne dirigea son regard vers le pont arrière. Elle ne permettrait pas à quiconque de s'en prendre aux enfants. De son côté, de Dumain ruminait. S'il lui fallait rosser Joffrey de Knox pour se faire écouter de lui, il n'hésiterait pas un instant. Il n'avait que faire des humeurs du seigneur. Joffrey devrait entendre raison une bonne fois pour toutes. Reportant son attention sur Anne, il se rembrunit.

— Ma dame, vous devez comprendre que les mœurs de ces païens n'ont rien de commun avec les nôtres. Les femmes de ce peuple sont entièrement soumises à leur seigneur. Elles vivent en communauté, dans l'attente du maître des lieux, et ne visent qu'un seul but dans la vie : avoir le privilège de le combler. Elles sont prêtes à tout pour y parvenir. Vous devrez constamment vous tenir sur vos gardes en leur compagnie et ne jamais accepter quoi que ce soit qui provienne de l'une d'entre elles. Elles manient les intrigues et les poisons avec un art redoutable…

À l'énoncé de cette mise en garde, Anne pâlit. C'était plus préoccupant qu'elle ne l'aurait cru de prime abord. « Comment ? Ces femmes se battront pour obtenir les faveurs de Joffrey ? » s'indigna-t-elle. Si par malheur Joffrey osait se permettre des libertés avec ces impies, elle le contraindrait à abandonner cette pratique païenne et déshonorante pour elle. « Et dire que ces femmes sont prêtes à tout pour écarter une rivale de leur chemin. Comment accueilleront-elles ma venue, moi qui suis la seule et légitime épouse de Joffrey, devant Dieu et les hommes ? » Il y avait fort à parier que cette Kahina se révélerait une adversaire de taille. Sous aucune considération Anne ne devrait laisser transparaître la moindre faiblesse en sa compagnie. Étant la mère du fils du maître, Kahina jouissait d'un statut particulier dans le harem et elle ne désirait probablement pas concéder cette place à une autre. Sans doute se croyait-elle tout permis étant donné sa position de favorite en titre. « Eh bien ! Je n'ai pas l'intention de me laisser damer le pion ! » songea Anne avec détermination. Elle saurait défendre ceux qui lui étaient chers, et il était hors de question qu'elle partage son époux avec quiconque, même avec sa première concubine.

Si Joffrey n'avait pas prévu d'appartement privé pour elle, les enfants et sa suite, elle exigerait qu'il en soit autrement. Joffrey n'était pas cruel, il comprendrait son besoin d'intimité. Revenant au moment présent, elle fixa le vieux chevalier d'un regard résolu.

— Qu'y a-t-il d'autre, de Dumain ? Je dois me parer à toute éventualité.

— Vous devez savoir, ma dame, qu'il ne sera pas aisé pour Sédrique et moi d'évoluer dans votre entourage. Aucun homme, à moins qu'il ne soit un eunuque, ne peut approcher les femmes du harem.

Pour avoir déjà entendu le terme « eunuque » lors de festivités à la cour du roi de France, Anne devinait de quoi il en retournait exactement. La conversation qu'elle avait surprise à une certaine époque l'avait scandalisée. Comment pouvait-on mutiler de pauvres garçonnets de la sorte ? Quelle horreur d'imaginer ces marchands d'esclaves sans scrupules qui n'hésitaient pas à commettre ces abominations contre nature, à départir ces malheureux d'une partie intime de leur anatomie. Peu d'enfants survivaient à cette pratique barbare. « Ciel ! » À la seule évocation de cette ignominie, elle se sentit mal. Répugnée, elle eut un rictus amer.

De Dumain, qui devinait dans quelle direction l'esprit d'Anne vagabondait, étouffa un juron avant de poursuivre.

— Ma dame, comprenez que, pour ces païens, cette coutume semble tout à fait normale. Ne vous avisez pas de la critiquer en public. Mieux, abstenez-vous de tout commentaire durant votre séjour. Les murs ont parfois des oreilles. Il existe une multitude de dédales secrets entre les cloisons du palais, et même Joffrey ignore l'existence de certains d'entre eux.

Songeuse, Anne médita ces paroles en silence. Elle ressentait l'urgence et l'inquiétude dans la voix du vieux chevalier et cela ne la rassurait guère. Plus que jamais, elle avait l'impression de perdre pied. Conscient du trouble de son interlocutrice, de Dumain se permit un geste audacieux et il étreignit l'avant-bras d'Anne avec affection.

— Quoique Joffrey en pense, Kahina est une femme redoutable. Tous ceux qui sont au service de Joffrey seront plus enclins à la satisfaire, elle, plutôt que lui. Méfiez-vous tout particulièrement d'Abbes, le chef des eunuques. C'est un tyran vicieux à qui tous obéissent aveuglément et qui n'hésitera pas à éliminer l'un des siens pour servir ses intérêts et ceux de la favorite. Quant à Mouley, le chef des gardes, il est sans pitié. Il escortait Kahina à son arrivée au sérail et ne reculera devant rien pour la protéger. Sa fidélité lui est acquise, ainsi qu'à Hassen. Je le soupçonne de surcroît de détester Joffrey en secret.

Inquiète et agitée, Anne se mordait la lèvre inférieure en entendant ces mises en garde. Elle n'était qu'une femme. Quel pouvoir avait-elle ? À l'évidence, Joffrey refusait d'entendre raison et se croyait maître des lieux. Ce qui ne semblait pas évident après l'exposé du vieux chevalier. Mais Joffrey était si sûr de lui et si arrogant parfois…

— Ma dame, vous pourrez avoir confiance en deux personnes : Farouk et Hadi. Farouk est le serviteur de Joffrey. Selon la loi du désert, lorsque vous sauvez quelqu'un d'une mort certaine, sa vie vous appartient. C'est le cas de Farouk. Il fait donc preuve d'un dévouement profond envers votre époux. Quant à Hadi, c'est un ami loyal de Joffrey. Étant de sang mêlé, sa présence dans cette région ne fait pas l'unanimité. Mais puisqu'il occupe un poste important à Tlemcen, il vaut mieux ne pas le compter parmi ses ennemis.

— Je tâcherai de m'en souvenir. Selon toute vraisem-blance, vous semblez bien au fait de ce qui se trame entre les murs de ce palais…

— Le capitaine Killer y séjourne régulièrement lors de ses passages. Je dispose d'un informateur avisé en sa personne.

Nullement surprise, Anne promena un regard scrutateur sur les hommes de l'équipage. Elle n'avait aucun mal à imaginer l'opinion du capitaine en ce qui concernait les Mérinides. Fervent catholique, il devait avoir leurs pratiques païennes en horreur.

— Qu'en est-il des femmes du harem ? Ai-je une chance d'y trouver des âmes charitables ? demanda-t-elle sans grande conviction.

— En ce domaine, je vous incite à la plus grande prudence. Le harem est un vrai nid de vipères, et certaines sont plus dangereuses que d'autres. Restez loin d'Emma, la servante de Kahina. Cette fille perfide voue une adora-tion sans limites à sa maîtresse. Il faudra aussi vous méfier d'Aïcha, une concubine africaine ; de Chaïma, qui est d'origine espagnole ; de Faïha, qui vient de la Syrie ; et enfin de Latifa, une jeune Asiatique sous la férule de Kahina. Ces quatre fidèles forment un noyau rapproché qui gravite autour de Kahina. Toutes les autres sont inoffensives, mais elles ont si peur de la favorite qu'elles sont prêtes à tout pour lui complaire. La seule qui demeure hors de sa portée est Amina, une douce femme du sud de la France qui n'aspire qu'à une chose : retrouver sa liberté. Elle est arrivée au harem peu de temps avant votre mariage avec Joffrey. Par la suite, le seigneur de Knox a refusé tout cadeau de ce type.

Ainsi, Joffrey avait éprouvé quelques scrupules à nantir son harem de nouvelles prises après leur union. Peut-être que, avec un peu de chance et de persuasion, il accepterait de se départir des femmes qui le garnissaient, ou du moins de ne pas les honorer. Elle espérait que les sentiments de Joffrey à son égard soient assez forts pour lui enlever tout désir en ce sens. Lasse, elle se massa le front. Elle devait rejoindre les enfants. Cependant, elle était tiraillée entre son devoir et son besoin d'en apprendre un peu plus.

— De Dumain, je ne peux m'absenter plus longtemps. Toutefois, il me reste plusieurs points à éclaircir avec vous. Serez-vous toujours enclin à répondre à mes questions demain ?

— Si c'est là votre souhait, ma dame, je serai tout disposé à vous renseigner.

Satisfaite, Anne le salua d'un bref signe de la tête et prit congé. L'esprit confus, elle retourna à sa cabine la tête tourbillonnante. Partagée entre des émotions diverses, elle ne savait que penser. Désireuse de se ressaisir avant de se retrouver en compagnie des enfants et de sa suite, elle s'immobilisa au bas des marches menant aux cabines et fit le vide.

Joffrey choisit ce moment pour la rejoindre. Déstabilisée par les propos qu'elle venait d'entendre, elle demeura silencieuse, le corps raide et les lèvres pincées. Joffrey sourcilla en avisant cette expression hargneuse. De toute évidence, elle lui en voulait toujours et semblait détermi-née à le tenir éloigné. « Pardieu ! Il est hors de question que ma propre femme me fuit, et surtout pas devant mes hommes ! » Adoptant alors une attitude de conquérant, il se redressa et la surplomba de toute sa hauteur. Aucune-ment impressionnée, Anne le défia du regard et posa ses poings minuscules sur ses hanches. Son aplomb était confondant. Loin d'en être offusqué, Joffrey en éprouva une pointe de fierté. Peu d'hommes pouvaient se targuer d'avoir osé le braver aussi ouvertement. Pourtant, ce bout de femme n'hésitait pas à le faire à la moindre occasion. D'humeur joyeuse, il décida de l'acculer dans ses derniers retranchements. Un petit face-à-face leur ferait le plus grand bien !

— Il suffit, femme ! lâcha-t-il d'un ton bourru. Il serait temps que tu quittes ton air renfrogné et que tu viennes réchauffer ma couche, la provoqua-t-il de plus belle.

Tel qu'il s'y attendait, elle ne fut pas longue à réagir. Hors d'elle, Anne le frappa sur le torse sans retenue en le traitant de butor. Le courroux évident de son épouse le fit sourire. En constatant l'amusement de Joffrey, Anne s'irrita d'autant plus qu'il demeurait imperméable à ses coups.

Déterminée à lui tenir tête malgré tout, elle tenta de le repousser pour se frayer un passage, mais l'étroitesse du couloir lui donnait peu de latitude. De plus, elle était défavorisée par le fait qu'elle se trouvait en bas des escaliers. Profitant de son avantage, Joffrey l'empoigna par les épaules d'une étreinte ferme et la plaqua tout contre lui. D'un baiser fougueux, il étouffa les protestations qu'elle s'apprêtait à lui lancer au visage en la coinçant contre le mur. Ses lèvres se firent exigeantes et sensuelles tout à la fois. Prisonnière de ses caresses, Anne fut incapable de se soustraire à son emprise. Lorsqu'il la libéra, elle chercha à reprendre son souffle et le fusilla du regard. En réponse à cette ultime provocation, il s'empara de nouveau de sa bouche. Sans pudeur, il entreprit d'explorer son corps de ses mains habiles, réveillant un brasier en elle. Furieuse autant contre elle-même que contre lui, Anne se trémoussa pour tenter de lui échapper. Ses efforts ne firent qu'accroître encore plus le désir de Joffrey.

Ce qui n'avait été qu'un simple jeu au début se transformait en quelque chose de beaucoup plus primitif. En s'ébrouant, Joffrey s'arracha d'elle à contrecœur.

— Seigneur, Anne ! Tu finiras par me tuer, murmura-t-il contre son oreille d'une voix rauque.

Pour un peu, il l'aurait culbutée dans ce couloir à la vue de tous. Il avait une telle faim d'elle ! Demeurer à ses côtés sans pouvoir la toucher s'était révélé une vraie torture ces derniers jours, car hormis leur brève escapade la veille dans sa cabine, cela faisait des mois qu'il ne l'avait pas fait sienne. Pour un homme comme lui, cette abstinence forcée commençait sérieusement à jouer sur son humeur, d'autant plus qu'il n'était pas reconnu pour sa patience. Néanmoins, cela ne justifiait pas cette agression en règle.

Pour sa part, Anne ne savait que penser. Elle percevait très bien l'agitation de Joffrey alors qu'il tentait de maîtriser ses pulsations. D'un côté, une colère soutenue l'animait encore, mais de l'autre côté la passion qui s'était déchaînée entre eux l'ébranlait. Le souffle court, elle s'appuya contre les montants pour contenir le tremblement qui la secouait.

Contre toute attente, Joffrey fut le premier à retrouver ses esprits. En l'attrapant par la taille, il l'entraîna à sa suite. Il devait trouver un endroit tranquille pour discuter calmement. La mésentente qui les séparait devait être dissipée avant que les événements échappent à leur contrôle et que la situation ne dégénère. Homme d'action, il préférait faire face au problème plutôt que de tourner autour du pot inutilement. Son approche était peut-être brutale, mais du moins donnait-elle des résultats.

Joffrey ne pouvant l'amener dans leur cabine avec les enfants, ni dans la cale au milieu des matelots, il ne lui restait plus que la coquerie. C'est donc d'un pas décidé qu'il se dirigea vers cette pièce qui servait de cuisine. Là, ils jouiraient d'un semblant d'intimité, ce qui constituait un luxe en soit sur un navire tel que le *Dulcina*. Certes, leur cuisinier ne serait pas enchanté d'être ainsi expulsé de son antre, mais grand bien lui fasse. Joffrey n'entendait pas à rire. D'ailleurs, le cuistot n'osa pas prononcer le moindre reproche. Il quitta silencieusement les lieux en faisant signe à ses apprentis de le suivre sans rouspéter.

Lorsqu'ils furent enfin seuls, Joffrey se retourna et fit face à Anne. Son regard était perçant et sa mâchoire, contractée.

— Je sais que vous êtes furieuse, ma dame, et sans doute vos griefs sont-ils justifiés. Malgré tout, vous êtes ma femme et vous me devez obéissance.

La voyant prête à se rebeller, Joffrey emprisonna son épaule d'une poigne ferme.

— Loin de moi l'idée de te contraindre à quoi que ce soit, Anne. Si par le passé j'ai fait preuve de brutalité à ton encontre, tu sais qu'il en est autrement depuis ce jour où j'ai porté allégeance au roi de France. J'ai juré de te chérir et de te protéger, ma mie, ajouta-t-il avec plus de douceur dans la voix. Tout ce que je désirais en vous emmenant tous à Tlemcen, c'était que les enfants et toi soyez en sécurité. Demeurer en France se serait révélé trop risqué dans la situation actuelle.

Prenant un temps d'arrêt, il la contempla avec gravité. Prise au dépourvu par la tournure de leur discussion, Anne baissa la garde. Satisfait, Joffrey se racla la gorge avant de poursuivre.

— Anne, je n'ai que faire des femmes qui se trouvent sous ma tutelle dans ce maudit harem. Après tout ce que nous avons traversé ensemble, toi, tu devrais savoir plus que quiconque à quel point je te suis fidèle.

Devant l'intensité de son expression, Anne frémit. Il avait raison… N'avait-il pas abandonné le roi de France sur le champ de bataille pour la retrouver après son enlèvement au château de Knox ? N'avait-il pas été le seul à croire en elle, alors que tous avaient perdu espoir de la revoir vivante après son plongeon forcé dans la Sèvre ? Et, plus d'une fois, n'avait-il pas cherché à la protéger, et cela, au péril de sa vie ? Dans ces conditions, pour quelle raison doutait-elle de lui maintenant ? Qu'est-ce qui différait ? La réponse à cette question la frappa comme un coup de fouet. « C'est moi… C'est moi qui ai changé… ! » Sa captivité à la tour Blanche, puis au château de Clisson par la suite, ainsi que sa fuite pour échapper au demi-frère de Joffrey l'avaient irrémédiablement transformée. La perversité de Sir John et la cruauté de Rémi l'avaient marquée au fer rouge, tout comme la mort de l'enfant qu'elle avait porté. Ces événements l'avaient certes endurcie à certains égards, mais l'avaient aussi fragilisée au point de ne plus ressentir cette confiance aveugle en ceux qui l'entouraient. Au fond, Anne craignait que cela ait endommagé aussi les liens les unissant, Joffrey et elle.

Accablée devant ce constat sinistre, elle baissa la tête et chercha à cacher son trouble. Mais Joffrey eut le temps d'entrevoir sa souffrance. Son regard s'obscurcit. Quelque chose avait changé en elle. Elle semblait soudain si vulnérable.

— Anne…, souffla-t-il avec tendresse.

Incapable de lui répondre, elle déglutit avec peine et refusa obstinément de croiser son regard.

Touché au plus profond de lui-même par la détresse évidente de son épouse, il frôla ses lèvres d'une douce caresse, avant de l'étreindre amoureusement.

— Anne, je t'aime…, murmura-t-il contre sa bouche. Ne peux-tu me redonner ta confiance? demanda-t-il douloureusement.

Chavirée par ses propos lourds de sens, elle s'affala contre sa poitrine, des larmes silencieuses au bord des yeux. Tout son corps tremblait contre le sien. Joffrey l'embrassa sur le dessus de la tête. Comme il aurait voulu connaître les mots qui l'apaiseraient! Sauf qu'il n'était pas un troubadour sachant conter fleurette aux femmes… Il était un guerrier, rude et impétueux, qui n'avait pas de temps à perdre en vaines paroles. Anne s'était toujours montrée solide et déterminée, alors pourquoi réagissait-elle si vivement aujourd'hui?

— Anne, qu'y a-t-il? la pressa-t-il avec inquiétude.

Tourmentée par l'avenir incertain qui les attendait, Anne hésita quelques secondes avant de se lancer. Incapable tout à coup de lui faire face, elle appuya son front contre son torse. Désireux de savoir le fin mot de cette histoire, Joffrey inséra une main dans ses boucles folles et entreprit de caresser sa nuque avec adresse. Elle paraissait si crispée sous ses doigts. Peu à peu, elle se détendit entre ses bras et fut parcourue d'un long frisson. Alors qu'il croyait devoir insister de nouveau, elle se résigna à parler.

— Avez-vous l'intention d'honorer ces femmes durant notre séjour au palais? demanda-t-elle d'une voix à peine audible.

Malgré lui, Joffrey éclata d'un grand rire sonore. Indécise, Anne releva la tête et lui lança un regard orageux. Comment osait-il se moquer d'elle? Alors qu'elle se braquait, Joffrey l'étreignit avec plus de vigueur.

— Tout doux, ma belle! Point n'est besoin de te cabrer de la sorte. Anne, n'as-tu donc pas compris ce que je tente de t'expliquer depuis deux jours? Je me contrebalance de ce harem. Que dois-je faire pour te convaincre de ma bonne foi?

— Vous en débarrasser! lâcha-t-elle d'un ton sec.

— Ma dame, ce pouvoir ne m'appartient pas. De par mon statut de cheikh, je me dois d'entretenir un harem entre mes murs. C'est la tradition. Si je néglige ces femmes pendant mon séjour, je risque fort de devoir en répondre devant le sultan. Il se questionnera probablement à mon sujet. C'est pourquoi, afin d'éviter tout problème, je te demanderais de te plier aux coutumes de la région.

— Pourquoi ne pas m'accorder mes propres quartiers, au lieu de m'enfermer dans cet endroit de perdition? s'exclama-t-elle avec indignation.

— Dès notre arrivée, je devrai faire mon rapport au sultan. Ce qui signifie que je serai absent pendant quelques jours. Le seul endroit où tu seras en sécurité, c'est dans mon harem. Personne n'oserait toucher aux concubines d'un homme, alors qu'il en serait différemment si tu te trouvais dans des appartements privés. À mon retour, je prendrai d'autres dispositions, mais pas avant. Il te faudra pour un moment vivre parmi ces femmes, lâcha-t-il avec un sourire moqueur.

— Si cela vous amuse, mon seigneur, il en va tout autrement pour moi. Vous nous placez dans une position inconfortable et dangereuse. Au contraire de vous, je n'ai aucune confiance en elles.

— Cesse de te tracasser à ce sujet. Kahina et les autres sont inoffensives! De plus, elles suivront mes ordres.

— Dans ce cas, vous êtes beaucoup plus crédule que je ne l'aurais cru, Joffrey de Knox. Sans la protection de Dumain et de nos hommes, vous nous envoyez tous vers une mort certaine. Jamais elles n'accepteront de renoncer à vous, et encore moins la mère d'Hassen.

— Elles obéiront! la coupa Joffrey avec impatience.

— Je l'espère pour nous tous! Mais il existe différentes façons de se débarrasser d'une rivale encombrante. Peut-être vous retrouverez-vous veuf plus rapidement que vous ne l'auriez souhaité, sans aucun héritier en vie pour vous succéder! cracha-t-elle avec rancœur en se dégageant de son étreinte.

— Bon sang, Anne! Qu'est-ce que tu attends de moi?

— Que vous me rameniez en France!

— Diantre! s'écria-t-il avec plus de force. C'est impossible, femme, et tu le sais!

— Alors permettez-moi d'occuper des appartements indépendants avec ma suite et ma garde personnelle, et cela, dès notre arrivée.

— Je t'ai exposé la raison qui motivait ma décision. Peux-tu faire preuve de bon sens et accepter la situation telle quelle est? s'énerva-t-il.

— Si c'est là votre dernier mot, mon seigneur, cette discussion n'a plus lieu d'être. Je me retire de ce pas dans ma cabine. Je vous saurais gré de ne pas m'importuner cette nuit, car je préférerais dormir seule.

Trop abasourdi pour répliquer, Joffrey la regarda quitter la coquerie la tête haute. Sous le coup de l'émotion, il frappa la table de bois massif de son poing. Il n'arrivait pas à croire qu'elle l'ait congédié si cavalièrement et qu'elle lui refuse du même coup l'accès à leur couche. Furieux, il sortit à son tour de la pièce minuscule et déboula sur le pont d'une démarche abrupte.

À sa vue, les hommes s'écartèrent sur son passage. Ils connaissaient trop bien le tempérament explosif de leur seigneur pour se risquer à l'aborder dans ces conditions. Non loin de là, le chevalier de Dumain l'observait avec acuité, prêt à intervenir en cas de besoin. Non qu'il craignit que Joffrey s'en prenne à Anne ou aux petits, mais on ne savait jamais avec le seigneur de Knox. Mieux valait prévenir toute catastrophe.

Lorsque Anne pénétra en trombe dans le réduit qui leur servait de chambre, son état d'agitation était tel que Crisentelle et dame Viviane échangèrent un regard interrogateur. Pour sa part, Berthe croisa les bras sur sa poitrine en silence. Indécise quant à l'attitude à adopter, Pétronille préféra reporter son attention sur les enfants, laissant le soin aux autres femmes de gérer cette crise.

— Ciel, Anne! Qu'y a-t-il, ma chérie? demanda dame Viviane en s'approchant d'elle.

— Il persiste à vouloir nous enfermer dans ce lieu de perdition! s'écria Anne d'une voix rendue aiguë par l'émotion. Mon Dieu! Je ne peux croire qu'une telle chose soit possible. Nous devrons de surcroît nous plier à leurs coutumes, mère, et cela ne me plaît pas du tout. Et ce n'est pas tout. De Dumain nous recommande de demeurer constamment sur nos gardes et de veiller nuit et jour sur les enfants. À l'évidence, nous serons seules…, souffla-t-elle avec découragement.

En percevant la menace à peine voilée dans les propos de sa maîtresse, Pétronille échappa un cri. Alors que chacune réfléchissait à la portée réelle des paroles d'Anne, un silence lourd s'installa dans l'habitacle.

⸙

Anne tournait en rond sur le gaillard d'avant depuis un bon moment lorsque de Dumain la rejoignit en ce début de matinée. Elle avait une mine affreuse, et pour cause, car elle n'était pas parvenue à fermer l'œil de la nuit. Tout ce temps, elle l'avait passé à se torturer l'esprit. Elle en voulait à Joffrey de les placer dans une pareille situation. C'était une chose de résider dans un palais parmi des païens, mais c'en était une tout autre d'adopter leur mode de vie. Elle ne pouvait imaginer sa mère, la vieille Berthe, Crisentelle ou même Pétronille parées d'un caftan et de voilettes. Ce serait d'une telle indécence! Elle-même s'y refusait. Quelle serait la réaction des enfants lorsqu'ils feraient face à des femmes nues qui n'éprouveraient aucune pudeur à déambuler dans leur plus simple appareil à tout moment de la journée? Sans parler des eunuques qu'ils côtoieraient quotidiennement. C'était déjà suffisamment traumatisant pour eux d'effectuer ce voyage improvisé, sans rajouter ces éléments perturbateurs.

Habitée par une exaspération de plus en plus grandissante, elle ne fit pas attention à l'arrivée du vieux chevalier. Celui-ci se racla la gorge pour signaler sa présence. Se retournant vivement vers lui, Anne sentit des larmes traîtresses voiler son regard.

— Ma dame, murmura de Dumain en enserrant ses mains dans les siennes, vous ne devez pas laisser le désespoir vous submerger de la sorte. Courage !

— De Dumain…, commença-t-elle avant de s'étrangler.

Sur le point de craquer, elle ravala ses sanglots. Sous aucun prétexte elle ne devait laisser transparaître sa vulnérabilité devant ses gens. C'était indigne d'une femme de son rang. « Mais, Dieu ! Qu'il est difficile de tenir mon rôle en cet instant, alors que tout mon univers bascule irrémédiablement. »

— Il a refusé d'acquiescer à votre requête, n'est-ce pas ? demanda-t-il avec douceur.

Pour toute réponse, elle fit un bref signe affirmatif de la tête. En inspirant profondément, elle se tourna vers le large. Le souffle puissant soulevant sa chevelure transportait une odeur marine avec lui, ce qui l'apaisait d'une certaine manière. Redressant les épaules, elle fit de nouveau face au vieux chevalier.

— Parlez-moi de Tlemcen, de Dumain. À quoi ressemble cette ville ?

— Il s'agit d'une place fort stratégique et la capitale des Méridines. Le palais du sultan est d'ailleurs érigé à cet endroit. Tlemcen constitue un point central de la région et l'on y trouve un port important où s'effectue tout le commerce.

— Il ne s'agit donc pas d'un village perdu aux confins du désert ?

— Non, au contraire. Tlemcen jouit d'un climat parti-culier. L'air marin qui circule sur la contrée tempère la rigueur de l'hiver ainsi que la chaleur en été. Cela en fait un lieu de prédilection par excellence. La ville s'étale sur de vastes plaines à la base des montagnes. Parfois, les eaux descendent en cascade des hauteurs, irriguant les terres sur leur passage, ce qui fertilise les sols.

— Qu'est-ce qu'on y cultive? demanda Anne avec surprise.

— Principalement des oliveraies et des vignobles, à ma connaissance, ainsi que quelques vergers et potagers. La population vit très bien du fruit de ses récoltes.

Alors qu'Anne réfléchissait à ce que le vieux chevalier venait de lui dire, celui-ci porta son regard sur l'horizon. De Dumain connaissait ce bourg pour y avoir séjourné à différentes occasions par le passé. Il se rappelait les solides remparts qui entouraient les palais majestueux. L'emplacement du chef-lieu de la région en faisait un endroit presque imprenable pour quiconque désirait renverser le sultan, même si plus d'un le convoitait. Tlemcen était un centre commercial de prédilection qui se targuait d'accueillir des commerçants loyaux à la parole sûre, plusieurs savants renommés et des religieux reconnus pour leur grande piété. L'honneur et le respect consti-tuaient deux valeurs prédominantes dans cette contrée d'infidèles, ce qui ne cessait de surprendre de Dumain. On y retrouvait des gens fiers et profondément ancrés dans leurs croyances, et là se situait le cœur du problème. La présence des Francs était à peine tolérée. Étant donné que l'islam prenait de plus en plus d'ampleur, il apparaissait évident qu'un jour ou l'autre ils ne seraient plus les bienve-nus. Par le passé, les résidents de cette ville avaient partagé des affinités avec la péninsule andalouse de l'Espagne, mais il n'en était plus ainsi désormais. Cet échange de traditions avait cédé la place à une coupure percevable dans la vie de tous les jours. La consommation de vin était désormais interdite et la prière était exigée six fois par jour. Les regards des hommes qu'ils croisaient dans les rues animées se faisaient plus hostiles à leur encontre. Ce qui inquiétait de Dumain, c'est qu'il avait appris que la cité était dorénavant divisée en deux entités distinctes, séparée par un mur imposant. D'un côté se trouvait les militaires et de l'autre, les habitants. Quelle raison expliquait cette soudaine scission ? Quel but poursuivait le sultan en agissant de la sorte ? Préparait-il un nouvel affrontement sanglant avec l'un de ses fils ? Si tel était le cas, il ne désirait nullement qu'Anne et les autres se retrouvent au centre du conflit.

Il en était à cette réflexion peu amène lorsqu'il aperçut au loin la voile d'un navire. Au même moment, la vigie alertait le capitaine à grands cris et tous les marins se précipitèrent à leur poste. Déjà, Joffrey rejoignait Anne et de Dumain sur le gaillard d'avant, sa longue-vue en main. Un juron lui échappa en reconnaissant le pavillon ; une tête de mort surplombée d'un sabre. « Ghalib », songea-t-il avec amertume. Ce n'était ni un ennemi ni un allié. Tout comme lui, cet homme servait sous les ordres du sultan, sauf que Joffrey le suspectait de frayer en secret avec les Barbaresques. Il s'agissait d'un être peu recommandable, envers qui Joffrey n'éprouvait que méfiance. « Que cherche-t-il ? » À l'évidence, il filait droit sur eux pour les intercepter, et cela ne l'enchantait guère. Jetant un bref coup d'œil en direction d'Anne, il plissa les yeux en évaluant la situation. Il devait s'assurer qu'elle soit hors de portée avant l'arrivée du navire.

— Anne, tu vas devoir m'écouter avec attention et obéir à mes ordres sans contester. Sous peu, nous serons rattrapés par ce navire. Le capitaine de cet équipage ne m'inspire aucune confiance. En temps normal, il n'est pas autorisé à nous aborder. J'ignore donc ce qu'il désire, mais je ne souhaite prendre aucun risque.

— Pourquoi ne pas tenter de lui échapper, dans ce cas ? demanda Anne avec une pointe d'angoisse.

— C'est hors de question ! Cela équivaudrait à une déclaration de guerre, car il croirait que je dissimule quelque chose. Je suis tenu par mes fonctions auprès du sultan de le recevoir sur le *Dulcina*. Tout comme moi, il représente le sultan. Il est possible qu'il veuille profiter de la situation pour inspecter le bateau de fond en comble, pensant peut-être que j'y cache des trésors susceptibles de l'intéresser. Il ne doit pas voir ton visage ni deviner qui tu es… sous aucune considération ! lâcha-t-il d'un ton tranchant.

La peur au ventre, Anne demeura interdite. Incapable de prononcer la moindre parole, elle hocha la tête en signe d'assentiment. Se contentant de cette réponse, Joffrey l'entraîna vers leur cabine sans plus tarder.

Lorsqu'il franchit le seuil, il se dirigea vers un coffre imposant fixé à l'une des parois de la pièce. Anne le vit extirper de la malle plusieurs étoffes soyeuses. En détaillant les tuniques droites et longues, à manches amples, elle crispa les lèvres. Il s'agissait en fait de caftans. Malgré son déplaisir évident, elle s'abstint de tout commentaire. Avec précipitation, Joffrey déploya devant elle un caftan de soie noire, brodé délicatement de motifs. Celui-ci s'ouvrait sur une jupe d'un rose satiné, identique au tissu des manches et à la large bande qui ceinturait la taille. Pendant qu'elle enfilait le tout promptement, Joffrey distribuait des vêtements similaires aux quatre autres femmes. Dans un même temps, il revêtit un pantalon ébène et une chemise blanche brodée au col et aux manches. Sans hésitation, il fixa une épée courbée à ses hanches et se chaussa de bottes aussi noires que la nuit. Avec des gestes précis, il se para d'un turban orné d'une pierre sur la tête.

Fin prêt, il se tourna vers Anne. En silence, il s'empara d'un voile à peine transparent et dissimula son visage. Le regard scrutateur avec lequel il la détailla fit froid dans le dos à la jeune femme. Il n'avait plus rien de l'homme chaleureux et dévoué qu'elle connaissait. Il ressemblait plutôt au guerrier vindicatif qui l'avait enlevée au château de son père pour l'épouser de force. Malgré elle, Anne ne put retenir un frisson. Attentif aux réactions de son épouse, Joffrey s'adoucit un bref instant. Avec tendresse, il releva le voilage et déposa un baiser léger sur ses lèvres.

— Tout ira bien, ma mie ! Aucun mal ne te sera fait, murmura-t-il avec douceur. Je t'en fais la promesse !

En lisant la panique sur le visage d'Anne, Joffrey eut un pincement au cœur. Tout en l'étreignant avec ferveur, il l'embrassa de nouveau.

— Anne ! Aie confiance en moi ! lâcha-t-il avec une note poignante dans la voix.

À ces paroles, Anne cilla et se lova dans ses bras. Joffrey la sentait trembler tout contre lui et n'en fut que plus bouleversé encore, mais des coups répétés à leur porte le ramenèrent brutalement à la réalité. Jetant un dernier regard sur les femmes, il fut tranquillisé.

— Assurez-vous d'avoir le visage voilé en tout temps. Gardez les enfants sous les couvertures afin de les dissimuler le plus possible et, surtout, demeurez silencieuses.

En aucun cas vous ne devez parler. Votre accent vous trahirait. Ghalib ne doit pas savoir qui vous êtes.

Sur ces mots, il sortit de la cabine en coup de vent. Lorsque la clé tourna dans la serrure, Anne dut prendre sur elle pour ne pas céder à la panique qui la gagnait. Bien malgré elle, des images du passé s'imposèrent cependant avec force à son esprit : sa captivité dans les bas-fonds de la tour Blanche, puis au château de Clisson. Le corps en sueur, elle s'agrippa au dossier d'une chaise. Étouffant sous le voile de mousseline, elle résista à l'envie de le soulever en se raisonnant.

Consciente du trouble de sa maîtresse, Pétronille vint la rejoindre et lui enserra les épaules avec chaleur. Elle, plus que quiconque, comprenait ce qu'Anne ressentait puisqu'elle avait été présente lorsque la gardienne Priska l'avait fait sortir de sa cellule misérable à la tour Beauchamp. En songeant au cachot lugubre, Anne fut parcourue d'un nouveau spasme d'effroi. Elle devait oublier ces horreurs et ne plus se laisser ronger par ces souvenirs cauchemardesques. Se secouant, elle redressa la tête.

Dans le silence lourd qui les enveloppait, elle s'exhorta au calme et observa tour à tour sa mère, Crisentelle et Berthe. Puis elle reporta son attention sur Pétronille. Les quatre femmes étaient vêtues comme elle d'un caftan somptueux et d'une voilette, si bien qu'il serait difficile pour un étranger de déterminer leur âge exact et la couleur de leur peau. Seules leurs mains pouvaient les trahir et, pour y remédier, il leur suffisait de les camoufler entre les replis de leurs vêtements.

Résolue à soustraire les enfants à la vue de quiconque, Anne s'avança vers la couchette et y allongea les trois petits en rabattant la couverture sur eux. D'un signe de la main, elle invita sa mère et Pétronille à l'y rejoindre. Ainsi, elles formeraient un écran de leurs corps. Pour leur part, Crisentelle et la vieille Berthe prenaient place à la table, le dos droit.

Le temps s'écoula avec une lenteur angoissante. Au-dessus d'eux, Anne percevait les pas précipités sur le gaillard d'arrière. Vint alors le bruit fracassant des grappins qui s'incrustaient dans les rambardes. Le navire vacilla légèrement avant de reprendre sa position initiale. Sous le coup d'une émotion vive, Anne saisit l'avant-bras de sa mère et tourna une expression incertaine vers elle. Pour toute réponse, Viviane posa sa main sur la sienne.

⋅⋗✦⋖⋅

Joffrey dardait un regard inquisiteur sur le bateau qui venait de les aborder. À ses côtés, de Dumain grommelait des propos peu élogieux alors que le capitaine Killer serrait la mâchoire.

— Vous êtes conscient, mon seigneur, que ce Ghalib n'attend qu'une occasion pour se saisir du *Dulcina* et usurper votre place, cracha le capitaine avec mépris.

— Je le sais pertinemment, lâcha Joffrey avec morgue. Tout comme je devine que sa visite a pour seul but d'évaluer ma marchandise. Je ne serais pas surpris qu'il ourdisse en secret une offensive contre nous. C'est pourquoi nous devrons l'en dissuader promptement. Il doit comprendre à qui il s'attaque.

— Cela ne l'empêchera pas pour autant de vous tendre une embuscade sur terre, intervint de Dumain. Il convoite depuis trop longtemps déjà votre titre de cheikh, votre palais, votre navire. Sa présence ici ne me dit rien qui vaille.

— Je n'ai pas l'intention de me laisser abattre, de Dumain, et ce n'est certainement pas cet imbécile qui y parviendra, déclara Joffrey avec arrogance. Donnez le signal aux hommes de prendre leur position et assurez-vous que chacun est suffisamment bien armé pour donner matière à réflexion à Ghalib.

Sur un signe de tête, le vieux chevalier rejoignit les marins avec énergie. Maintenant que les deux bateaux se juxtaposaient, Joffrey reconnaissait Ghalib au centre de sa garde rapprochée. Esquissant un sourire caustique, Joffrey quitta le gaillard d'arrière et vint à la rencontre de son homologue. Une fois arrivé sur le pont, il se campa sur ses deux jambes et croisa les bras. Si Ghalib n'apprécia pas cet accueil cavalier, il n'en fit rien paraître. D'un coup d'œil circonspect, il nota la présence des matelots munis d'armes et de l'équipement militaire du navire. Perdant un peu de son aplomb, il franchit la distance qui le séparait de Joffrey.

Parvenu à la hauteur du seigneur de Knox, Ghalib le salua selon la coutume du pays. Joffrey porta à son tour sa main droite à son front, puis à sa bouche et enfin à son cœur. Tout comme l'homme qui lui faisait face, il n'avait pas du tout l'intention d'éterniser cet entretien. Demeurer accroché à un second bateau en pleine mer pouvait se révéler désastreux si un vent violent se levait soudain. Ils devaient donc en finir rapidement. Joffrey fixa d'un regard glacial chaque marin qui accompagnait Ghalib, démontrant ainsi qu'il ne les craignait en rien. Préférant ne pas relever l'inconvenance de ce comportement, Ghalib serra les poings. Paré d'un pantalon blanc brodé d'or et d'une chemise de soie verte également doublée d'or, Ghalib offrait l'image même du parvenu. Car, malgré son turban orné de perles et sa longue cape richement brodée, il ne possédait ni le raffinement ni les manières d'un noble. En cela, il s'avérait inférieur à Joffrey, et le contraste entre les deux hommes était frappant. Ghalib en était conscient et cela le faisait écumer de rage. Il arriva pourtant à se contrôler en la présence de son rival et masqua son ressentiment derrière une attitude hautaine dont Joffrey ne fut pas dupe.

— Que me vaut l'honneur de cette visite ? demanda Joffrey avec impatience.

Son ton sarcastique ne passa pas inaperçu, mais Ghalib préféra ne pas prendre acte de l'affront. Sans se départir de son sourire faux, il s'approcha de Joffrey et déposa une main burinée par le soleil sur son épaule.

— D'étranges rumeurs courent à ton sujet, mon ami, et je m'inquiétais, répondit Ghalib d'une voix mielleuse.

Joffrey demeura de marbre, attendant la suite. Le nouveau venu poursuivit avec un plaisir évident.

— Il semblerait que tu aies fui la France sans le consentement de ton monarque et, qui plus est, en compagnie de l'une de ses parentes… une jeune femme ayant échappé depuis peu à la vindicte du roi d'Angleterre. Il ne s'agissait que de racontars jusqu'à ce jour, mais cela se révèle fondé en définitive puisque te voici.

Joffrey ne fit rien transparaître de sa surprise. À l'évidence, quelqu'un avait eu vent de ses préparatifs deux semaines plus tôt, ce qui le laissait perplexe. Lequel de ses hommes l'avait trahi ? Déçu de ne provoquer aucune réaction chez son adversaire, Ghalib opta pour une approche plus directe.

— Il y a longtemps que tu n'es pas venu dans la région. Le sultan sera heureux d'apprendre que tu daignes enfin t'acquitter des obligations qui t'incombent, car de grands remous secouent notre belle cité en ces temps incertains et notre sultan désire assurer la fiabilité de ses frontières.

Joffrey de Knox n'était pas quelqu'un qu'on pouvait attaquer de front. Fin limier, Ghalib n'alla pas plus loin en percevant la menace silencieuse sous le calme apparent de son ennemi. Réfrénant ses ardeurs, il lui donna une tape dans le dos qui se voulait amicale.

— Loin de moi l'idée de t'accuser de négligence. Je me contente de te rapporter les allégations qui circulent à ton sujet.

— Tu m'en vois ravi, et je te suis reconnaissant d'avoir fait ce détour pour m'en informer, lâcha Joffrey avec flegme.

— Tout le plaisir est pour moi. Mais trêve de balivernes ! Nous devons aborder des choses plus sérieuses. Comme il ne faudrait pas créer d'incident diplomatique, j'imagine que tu ne verras pas d'inconvénient à ce que je visite ton navire afin de m'assurer que tout est réglementaire à bord, déclara Ghalib sournoisement.

Joffrey aurait voulu pourfendre cette misérable crapule de son épée, mais la présence d'Anne et des enfants à bord mit un frein à son tempérament belliqueux. Arborant un sourire froid, il recula d'un pas et fit signe au nouveau venu de procéder. N'ayant aucune confiance en Joffrey, Ghalib signifia à trois de ses hommes de le précéder vers la cabine du capitaine, alors que le reste des marins se déployaient sur tout le bateau. L'équipage du *Dulcina* demeura en faction sur le pont à la demande du capitaine Killer. Il y avait suffisamment de monde à bord du navire pour garder ces mécréants à l'œil. Quant à Joffrey, il s'occupa personnellement de suivre Ghalib. Il était hors de question qu'il laisse Anne seule en compagnie de ce profiteur sans foi ni loi.

Lorsque la porte s'ouvrit sur les étrangers, Pétronille émit un faible cri de stupeur, mais se reprit rapidement en reconnaissant le seigneur de Knox. En se mordant la lèvre inférieure, elle baissa la tête. D'instinct, les quatre femmes en firent autant. Anne observait discrètement le visage de son époux entre ses cils mi-clos. L'impassibilité de ce dernier lui faisait craindre le pire. Apparemment, il n'appréciait pas cette visite-surprise et souhaitait même en découdre. Elle connaissait bien Joffrey et percevait son attitude « calme avant la tempête », mais l'homme à ses côtés ne semblait pas s'apercevoir du danger qui le guettait. Soucieuse de ne commettre aucun impair, elle ploya l'échine davantage et s'imposa une immobilité complète. Malheureusement, sa fille commença à s'agiter derrière elle en laissant fuser de petits gémissements, ce qui pouvait s'avérer désastreux. Joffrey dut faire le même constat, car sa mâchoire se contracta et il se tendit. Une lueur féroce l'animait alors que Ghalib s'avançait vers la couchette, après avoir jeté un bref regard en direction des deux femmes assises à la table.

— Tiens, tiens ! Voilà une surprise de taille, mon ami, lâcha-t-il sans se détourner des trois femmes installées sur la couchette. Sont-elles toutes les cinq pour votre harem ou certaines prendront-elles le chemin du marché des esclaves ?

— Aucune n'est à vendre, trancha Joffrey d'un ton sans équivoque.

— Dommage…, murmura Ghalib, songeur. Que vous êtes insatiable ! Je ne vous connaissais pas ce penchant. Vous devez savoir que cela n'enchantera guère cette chère

Kahina. Cinq rivales du même coup… je vous plains. Vos eunuques auront fort à faire dans les jours à venir pour maintenir la paix dans votre petit royaume, poursuivit-il en éclatant d'un rire gras.

Pour toute réponse, Joffrey s'avança vers lui et le domina de toute sa hauteur. Il n'y avait plus rien d'aimable dans son expression. Sans doute Ghalib perçut-il la menace sous-jacente, car il s'éloigna, l'air circonspect. Alors que l'homme s'apprêtait à sortir, Marguerite s'extirpa des draps en criant, attirant ainsi l'attention des étrangers sur elle. Avant même qu'Anne puisse la retenir, la fillette tira sur son voile en se jetant dans ses bras. Un sourire malveillant étira les lèvres de Ghalib en apercevant le visage découvert d'Anne, d'une beauté lumineuse. Tout comme l'enfant, elle aussi était parée d'une chevelure de feu. S'agissait-il de l'épouse de son rival et de sa fille? De plus, à voir la bosse qui s'agitait sous les couvertures, un ou deux enfants supplémentaires devaient s'y dissimuler.

En remarquant le regard calculateur rivé sur elle et Marguerite, Anne s'empressa de soustraire sa fille à la vue de l'homme et se détourna avec précipitation. Mais le mal était fait, et elle craignait que cet incident ait des répercussions désastreuses sur la suite des événements. De son côté, Joffrey s'était figé, mais il retrouva rapidement ses esprits.

— Tu as trouvé ce que tu étais venu chercher, Ghalib. Je te demanderais dès lors de quitter mon navire, déclara-t-il d'un ton incisif.

Alors qu'ils s'apprêtaient tous à sortir, Ghalib se retourna vers Anne en ignorant volontairement Joffrey.

— Ma dame, souffla-t-il en s'inclinant. À bientôt, je l'espère !

Nullement rassurée, Anne ne répondit pas et se retint de lever les yeux vers lui. Un silence oppressant emplit la pièce lorsque la porte se referma derrière les intrus.

Joffrey se contrôlait avec peine. Maintenant que Ghalib avait aperçu Anne et Marguerite, il ne lâcherait pas cette affaire de sitôt. «Diantre !» Il détestait l'idée même du regard torve de cet homme posé sur sa femme. Dès l'instant où Ghalib et son équipage quittèrent le *Dulcina*, Joffrey ordonna l'appareillage. Il fallait gagner Tlemcen avant que l'alerte ne soit donnée et qu'une horde de Barbaresques se lancent à leur poursuite. Ils devaient rejoindre son palais avant que Ghalib ne trame un plan pour enlever sa famille sous son nez. Pour qui voulait atteindre ou anéantir Joffrey, Anne et leurs enfants constituaient une monnaie d'échange par excellence. Il espérait toutefois que sa réputation de guerrier sanguinaire et d'adversaire redoutable sur un champ de bataille le précéderait et que cela suffirait à faire réfléchir quiconque ourdirait un plan contre sa famille.

Mais alors que le navire filait vers le détroit de Gibraltar, toutes les voiles dehors, Ghalib fomentait déjà sa vengeance...

# 2
## Découverte d'une contrée lointaine

Accoudée au bastingage du pont, Anne contemplait la ville qui se déployait à ses pieds avec une certaine réserve. Malgré la beauté saisissante qui s'en dégageait, elle ne pouvait réfréner un mouvement d'humeur. Ce jour-là, elle avait dû revêtir un simple caftan de soie bleu chatoyant. Le vêtement ample était adapté au voyage qu'ils s'apprêtaient à faire pour gagner le palais de Joffrey. Par-dessus la tunique, elle portait un haïk qui la recouvrait de la tête aux pieds. Le voile remonté sur son nez dissimulait en partie son visage et l'irritait. Seuls ses yeux demeuraient visibles sous cet amoncellement de tissus. Fatiguée par sa nuit d'insomnie, elle se massa le front. Tout en ployant les épaules, elle dirigea de nouveau son regard sur la cité.

En contrebas, elle apercevait plusieurs maisons à étages d'un blanc éblouissant qui s'élevaient tout autour d'une mosquée nacrée. À la différence des autres bâtiments, l'endroit de culte était entouré de quatre minarets où se rendaient les imams pour appeler le peuple à la prière. En détaillant les résidences, Anne nota au passage que les terrasses se situaient en hauteur et qu'aucune fenêtre ne perçait les rez-de-chaussée. Les ouvertures qui surplombaient la ville étaient garnies d'entrecroisements qui formaient un treillage charmant. Quant aux rues, elles lui apparaissaient beaucoup plus propres qu'en France, quoique plus étroites. Des ruelles escarpées et parsemées de marches semblaient mener tout droit vers le cœur de la cité. Il s'agissait d'un vrai labyrinthe pour des étrangers et de Dumain lui avait expliqué qu'on pouvait aisément s'y perdre. Beaucoup d'hommes circulaient librement, tandis que les quelques femmes voilées qui s'y risquaient étaient accompagnées d'un époux, d'un frère ou d'un père.

Joffrey, qui se trouvait à ses côtés, l'étreignit avec force et déposa un léger baiser sur son front. Il percevait sa tension et ne savait que faire pour l'apaiser. Pressé de regagner son domaine, il l'entraîna d'une démarche énergique vers la passerelle. Plus nerveuse que jamais, Anne s'agrippa à sa main. Il n'y avait plus de retour possible. Elle devait affronter cette nouvelle réalité qui était désormais la sienne… Mais que n'aurait-elle pas donné pour retrouver la France! En frôlant le sol aride de ses pieds, elle se crispa. La superposition des vêtements qui la recouvraient rendait la chaleur accablante quasi insupportable. L'agitation qui régnait sur le port n'arrangeait pas la situation, si bien qu'elle commença à suffoquer. Pour ne pas s'écrouler, elle dut s'appuyer sur Joffrey. Instinctivement, celui-ci passa un bras protecteur autour de sa taille. Sa mine était soucieuse et, pour la première fois depuis leur départ, Joffrey éprouva un doute quant à la pertinence de cette expédition. Se rappelant les paroles de Dumain la veille, il eut un rictus amer. Celui-ci l'avait rejoint sur le pont au milieu de la nuit, alors qu'il méditait sur leur avenir. Comme à son habitude, le vieux chevalier ne s'était pas gêné pour le morigéner. Il redoutait les mois à venir dans ce pays de païens et avait clairement exposé son opinion. Joffrey avait dû menacer de le jeter par-dessus bord pour le faire taire, et encore là de Dumain avait grommelé dans sa barbe un bon moment avant de se décider à partir. Se pouvait-il que son mentor ait raison? Dans ce cas, il les menait à leur perte… Et si par malheur il devait arriver quelque chose à Anne ou aux enfants, il savait qu'il ne se le pardonnerait jamais.

Reportant son attention sur le moment présent, Joffrey tenta de percer les pensées de son épouse, mais Anne demeurait hors d'atteinte. Impossible de deviner si elle était revenue à de meilleurs sentiments en ce qui le concernait. Certes, elle ne le rabrouait plus lorsqu'il s'approchait d'elle ou la touchait, mais son expression demeurait sans chaleur et elle ne recherchait plus son contact de façon volontaire. Las de se poser sans cesse les mêmes questions, il se passa une main dans les cheveux avec brusquerie. Surprise, Anne leva un regard scrutateur vers lui et l'observa longuement en silence. Il y avait belle lurette qu'elle n'avait pas lu pareille tourmente dans ses yeux. À l'évidence, Joffrey doutait de lui, ce qui était inhabituel de sa part. En temps normal, il affichait une confiance excessive, à la limite de l'arrogance. Que lui arrivait-il tout à coup? Était-ce la visite impromptue de ce Ghalib qui l'avait ébranlé, ou décelait-il quelque chose dans l'atmosphère de la cité qui échappait à Anne? Réprimant un mouvement de recul, elle se détourna et s'apprêtait à rejoindre la litière qui lui était réservée lorsque Joffrey l'obligea à lui faire face.

— Est-ce là ce qui m'attend, ma mie? demanda-t-il dans un souffle.

N'étant pas certaine du sens exact de la question, Anne préféra s'abstenir de tout commentaire. «Ai-je réellement perçu une fêlure dans sa voix?» Sans nul doute Joffrey distingua-t-il son trouble, car il se pencha vers elle avec véhémence.

— Avez-vous l'intention de me tenir rigueur pour toute la durée de notre séjour ici, Anne? Ou puis-je espérer un jour être pardonné? Vous me manquez, ma dame, et je me languis de vous. Pas uniquement de votre corps ensorceleur, mais aussi de votre compagnie, de nos discussions et de notre complicité d'antan, termina-t-il d'une voix éraillée.

Surprise, Anne ne sut que répondre. Elle s'ennuyait également de lui, de sa présence rassurante, de sa chaleur et de sa passion débridée. Il y avait si longtemps qu'ils avaient passé un moment paisible ensemble qu'elle ne se souvenait plus de son rire ni du goût de sa peau. Déglutissant avec peine, elle ferma les yeux et tenta de refouler les larmes traîtresses qui menaçaient de la submerger.

Avec douceur, Joffrey souffla sur ses paupières closes avant de presser sa main contre sa nuque. Sous cette caresse légère et cette tendresse inouïe, Anne sentit son cœur tressauter dans sa poitrine. Joffrey l'aimait, et il en avait toujours été ainsi. Il ne leur voulait pas de mal, il cherchait seulement à les protéger. «Mais nous enfermer dans son harem n'est pas la solution idéale! Quel homme obtus… Cette dispute entre nous ne résout absolument rien.» N'avaient-ils pas assez souffert par le passé? Il ne servait pourtant à rien de l'affronter directement, ce n'est qu'avec finesse qu'elle se ferait entendre de lui. Déterminée à agir, elle le fixa avec intensité.

— N'allez surtout pas croire que je me comporterai en petite épouse modèle et prude au milieu de toutes ces femmes impies, lâcha-t-elle soudain.

Déconcerté par cet aplomb et ce revirement inattendu, Joffrey demeura interdit quelques secondes avant d'éclater d'un grand rire sonore. Ravie par la métamorphose qui s'opérait sur le visage aimé, Anne eut un bref sourire en coin.

— Vous vous en mordrez les doigts, mon seigneur. J'apprends vite… et s'il me faut user des mêmes armes qu'elles pour me faire respecter, je n'hésiterai pas un seul instant à le faire. Tenez-vous-le pour dit! termina-t-elle avec virulence.

Pour toute réponse, Joffrey la plaqua contre lui, le regard brûlant de convoitise. La poigne ferme et possessive sur ses hanches la remua jusqu'au plus profond de son être. Une chaleur troublante irradiait de Joffrey, principalement entre ses jambes où son membre durci palpitait d'un désir pressant. En percevant le renflement contre son bassin, Anne hoqueta. Elle avait voulu le provoquer, mais cette manifestation allait au-delà de ses espérances. Même voilée de la tête aux pieds, Anne réussissait à attiser sa passion. Prenant appui sur ses avant-bras, elle accentua la pression entre leurs deux corps. Les yeux de Joffrey se plissèrent alors qu'un grognement féroce montait dans sa gorge.

— Attention, ma dame! Vous jouez avec le feu! Je pourrais vous prendre au mot…

— Je ne suis pas si fragile et réservée, et vous le savez pertinemment. Je n'ai pas peur d'outrepasser les convenances. C'est pour nos enfants que je suis inquiète, ainsi que pour nos gens.

— Aucun mal ne leur sera fait. Ne vous en ai-je pas fait la promesse? Quant à vous, ma dame, je ne peux rien garantir en ce qui *me* concerne… car je ne rêve plus que d'une seule chose depuis plusieurs jours, et c'est de vous posséder… corps et âme.

Ne pouvant lui dérober un baiser en raison de son habit, Joffrey la relâcha à contrecœur. Autour d'eux, des coups d'œil désapprobateurs accueillaient cette démonstration d'affection publique inconvenante.

— Votre litière vous attend, ma dame, annonça-t-il en désignant le lit recouvert qui reposait sur des brancards.

Une fois qu'elle se trouva à l'intérieur, Joffrey tira les rideaux pour la soustraire aux regards des curieux. Aussitôt isolée à l'intérieur de l'habitacle, Anne frôla du bout des doigts les tentures richement ornées de fils d'or. Enfin, elle pouvait dégager son visage du voile qui la masquait en partie afin d'être en mesure de respirer plus librement dans cette chaleur accablante. Par chance, Joffrey avait fait déposer une gourde d'eau à sa portée. S'installant le plus confortablement possible, elle s'allongea sur les coussins de soie aux couleurs chaudes. Au même moment, quatre eunuques soulevèrent la litière avec une aisance déconcertante. À peine perçut-elle le balancement provoqué par le mouvement. N'étant pas habituée à ce type de transport, elle mit néanmoins un certain temps avant de se sentir à l'aise.

Quant à Joffrey, il montait un magnifique étalon sur sa droite et ne cessait de scruter les environs, une main appuyée sur le pommeau de son épée. Même dûment dissimulée, Anne demeurait vulnérable. Les rues encombrées et la place centrale semblaient plus animées que dans ses souvenirs. Ne voulant prendre aucun risque, il exigea que dame Viviane, Berthe et Pétronille voyagent toutes trois séparément accompagnées de l'un des enfants. Seule Crisentelle refusa ce traitement de faveur, prétextant que sa vieille carcasse ne représentait plus aucun attrait pour la gent masculine. Vêtue d'un haïk bleu, elle chevauchait donc devant les dromadaires qui transportaient les coffres personnels du seigneur de Knox. Derrière eux suivaient deux charrettes contenant les autres effets ainsi que quelques hommes lourdement armés.

Averti le matin même du retour de leur cheikh par un coursier, Mouley, le chef des gardes, les rejoignit avec plusieurs soldats pour les escorter jusqu'à la résidence. Joffrey nota que celui-ci affichait une expression soucieuse et ne souhaitait visiblement pas s'attarder, ce qui l'intrigua d'autant plus. Comprenant par l'attitude de Mouley qu'il était préférable de regagner les murs protecteurs du palais le plus rapidement possible, Joffrey donna aussitôt le signal du départ.

Entourés de nombreux cavaliers, ils cheminèrent sans embûches jusqu'au marché. Des commerçants s'y regroupaient pour vendre leurs marchandises. On y retrouvait d'autre part un amalgame de produits, dont diverses qualités de tissus, des oiseaux exotiques en cage, une panoplie de vaisselles en provenance des quatre coins du monde et de la nourriture locale. Le bruit environnant était assourdissant, si bien qu'Anne se risqua à glisser un bref coup d'œil derrière les rideaux. Ce qu'elle vit alors la glaça d'effroi. Maintenant qu'ils avaient dépassé les étalages multicolores, ils se trouvaient devant une estrade chargée d'hommes enchaînés les uns aux autres. Entièrement nus, ils n'en gardaient pas moins la tête haute. Fascinée bien malgré elle par ce spectacle morbide, Anne ne parvenait pas à détourner le regard. Le sifflement d'un fouet qui parvint jusqu'à ses oreilles la sortit de sa torpeur. Un cri de surprise lui échappa quand la lanière de cuir déchira avec cruauté la peau balafrée de l'un des esclaves. Anne se rejeta contre les coussins, une main plaquée sur les lèvres.

Son cœur battait violemment contre sa poitrine. Elle revoyait avec précision l'expression douloureuse qui était apparue brièvement dans les pupilles de l'homme sous la morsure du fouet. Un masque d'impassibilité avait toutefois vite repris le dessus et l'esclave avait alors redressé les épaules puis toisé son bourreau avec arrogance. De nouveaux coups retentirent dans l'air, faisant sursauter Anne. Elle n'eut aucune peine à imaginer le calvaire qu'endurait ce pauvre malheureux. Ne l'avait-elle pas supporté elle aussi par le passé ?

Au souvenir des heures sombres vécues au château de Clisson, elle ferma les paupières et s'efforça de recouvrer son calme. Elle ne devait plus songer à Sir John ni aux supplices qu'il lui avait fait subir. Cet homme était mort. Il ne pouvait plus lui faire le moindre mal. Malgré tout, il lui arrivait à l'occasion de rêver qu'il la retrouvait et terminait ce qu'il avait commencé. Plus d'une fois, elle s'était réveillée en pleine nuit, détrempée et la peur au ventre. Jamais elle n'avait osé en glisser un mot à quiconque, pas même à Joffrey. Pourtant, il l'avait souvent questionnée à ce sujet, mais elle hésitait à se livrer. Ces mauvais souvenirs demeuraient trop frais encore dans sa mémoire. Tout en réfrénant un gémissement, elle inspira profondément à plusieurs reprises. Lorsque sa respiration se fut calmée, elle s'empara de la gourde et but de grandes rasades. À demi apaisée, elle se rallongea et ferma les yeux. Elle obligea son esprit à se concentrer sur le mouvement régulier de la litière. Épuisée, elle sombra dans un sommeil sans rêves.

La scène dont Anne avait été témoin n'avait pas non plus laissé Joffrey indifférent. Autrefois, il avait lui aussi été victime d'un tortionnaire fanatique, avide de vengeance, qui l'avait fait fouetter jusqu'au sang sans aucune impunité. Joffrey avait été laissé pour mort et abandonné à son triste sort au fond d'un cachot lugubre. Sans le secours de son fidèle ami Sédrique ainsi que du chevalier de Dumain, il ne serait plus de ce monde. Les estafilades affreuses qui marbraient son dos et son torse en constituaient un rappel constant. En secouant la tête pour chasser ses pensées lugubres, il songea à son épouse qui avait peut-être elle aussi été témoin de la scène. Inquiet de n'entendre aucun bruit provenant de la litière, Joffrey s'inclina sur sa selle et écarta doucement les tentures. Il fut soulagé en constatant qu'Anne dormait. Toutefois, à la vue du beau visage encore crispé, il serra les poings. Nul besoin d'être prophète pour deviner qu'elle avait fort probablement tout vu. Il referma la tenture et poursuivit sa route en se promettant de tout mettre en œuvre pour lui faire oublier ces jours funestes.

⚜

Lorsqu'ils arrivèrent en vue du palais, Joffrey souleva un pan de rideau et caressa avec tendresse un bras d'Anne qui reposait mollement sur les coussins. Avec douceur, il murmura son nom. D'abord confuse, Anne jeta un regard embrumé tout autour d'elle. En se remémorant la scène qui s'était déroulée au marché, elle se redressa sur son séant. D'instinct, ses doigts se crispèrent sur le tissu de son haïk.

— Du calme, Anne! chuchota Joffrey d'un ton paisible. Il n'y a plus lieu de t'inquiéter, ma belle!

Deux yeux de braise se posèrent sur lui et la panique qui les habitait s'évanouit lorsqu'Anne le reconnut.

— Joffrey…, souffla-t-elle d'une voix enrouée.

— Nous sommes arrivés à destination. Je vous souhaite la bienvenue dans mon humble demeure, ma mie! lâcha-t-il avec malice, un sourire mystérieux sur les lèvres.

D'un geste assuré, il rajusta le voile sur le visage de son épouse et fit reculer sa monture. Curieuse, Anne se pencha et jeta un regard à l'extérieur. Elle resta muette à la vue du palais érigé au cœur de la végétation. Cette résidence, digne d'un prince, n'avait rien de comparable avec le château des Knox. Alors qu'ils remontaient lentement l'allée centrale, elle contempla les palmiers qui bordaient le chemin de gravier. Les arbres majestueux déployaient leurs feuilles palmées sur leur passage. Tout au bout se dressait la casbah de granit rose, ainsi que les hauts remparts qui protégeaient l'ensemble des bâtiments et les jardins. Une fois devant l'entrée principale, les eunuques posèrent la litière au sol et saluèrent respectueusement Joffrey avant de s'éloigner. D'un bond vif, celui-ci sauta en bas de son destrier et le contourna pour rejoindre Anne. En silence, il tendit la main à sa femme et l'aida à se relever. D'une légère pression des doigts, il l'invita à le suivre. Sur ses ordres, plusieurs serviteurs se dirigèrent vers le reste du cortège et s'occupèrent des bagages.

Alors qu'ils arrivaient sous une immense voûte flanquée de deux lourdes portes, Anne s'immobilisa pour détailler avec incrédulité les motifs complexes gravés dans le bois massif. Les battants devaient faire trois fois sa hauteur, ce qui était plutôt impressionnant. En haut, sur le mur, d'autres ornements géométriques étaient sculptés à même la pierre. Sur un signe de tête de Joffrey, deux esclaves noirs comme le jais saisirent les poignées façonnées dans le bronze et leur ouvrirent le passage. Derrière les portes, un couloir menait tout droit à une vaste salle de marbre blanc. Des colonnes surmontées d'arches dentelées se dressaient de chaque côté de la pièce. Plusieurs portes débouchaient sur les lieux, mais toutes demeuraient closes. Une fontaine trônait au centre d'un bassin rempli d'eau où des pétales de fleurs flottaient en surface et dégageaient une odeur veloutée et légèrement sucrée. Un balcon à l'étage parcourait l'endroit dans sa longueur. Des fenêtres à treillis y étaient visibles et seules deux voûtes plus discrètes laissaient présager la présence de battants. Des lanternes accrochées sur les piliers laissaient filtrer une lumière diffuse.

Joffrey afficha un sourire amusé devant l'expression médusée d'Anne. À l'évidence, elle ne s'était pas attendue à un tel déploiement de richesses. Ce qui n'était pas surprenant, puisqu'il n'était pas du genre à faire preuve d'ostentation. Ils étaient unis depuis trois ans déjà, mais Joffrey n'avait jamais vu la nécessité d'informer Anne concernant les biens qu'il possédait en Orient, car un homme digne de ce nom n'avait pas besoin de faire étalage de ses richesses pour impressionner quiconque, pas même sa femme. En fait, Anne en savait très peu à son sujet et il était même étonnant qu'elle s'en remette si facilement à lui, considérant surtout le fait qu'il n'avait eu aucune réticence à la violer et à la brusquer au début de leur mariage. Il ressentait d'ailleurs toujours un certain malaise au souvenir des préjudices qu'il lui avait fait subir à cette époque. C'était bien la première fois du reste qu'il éprouvait des regrets face à ses actions. Il ne s'encombrait pas de tels scrupules ordinairement. Il n'avait rien d'un courtisan, mais il s'était néanmoins fort adouci en sa présence, et l'arrivée des enfants lui avait porté le coup de grâce. Il escomptait bien prendre un nouveau départ avec Anne et passer plus de temps en sa compagnie. Il connaissait son courage, sa détermination, sa force et sa loyauté, mais il voulait découvrir les différentes facettes de sa personnalité, mettre son cœur et son âme à nu, afin qu'elle n'ait plus aucun secret pour lui. Il avait tant combattu, et il aspirait désormais à plus de quiétude. Qui l'aurait cru ?

Ramené au présent par un mouvement d'Anne qui poursuivait son exploration, il la contempla longuement. Elle était plus belle que jamais… Il se languissait tant d'elle ! Il songea avec amertume aux cérémonies d'usage et aux gens qui défileraient bientôt pour accueillir son retour alors que seule son épouse existait à ses yeux. Au fond, il se moquait bien des convenances. Impatient de la retrouver, il la souleva donc avec une facilité déconcertante et la porta sans aucune hésitation vers ses quartiers.

Ils traversèrent de nombreuses galeries aux arcades somptueuses avant d'atteindre les appartements de Joffrey. Sur leur passage, des esclaves ouvraient les portes et le saluaient avec déférence. Heureuse de ce moment d'intimité, Anne demeura blottie entre les bras de Joffrey, son regard rivé sur lui. Les traits du visage de son époux révélaient tout du désir qui le consumait. Quant à elle, elle frémissait à la perspective de ce qui l'attendait; son corps avait si soif de ses étreintes et de ses caresses. Joffrey avait dû percevoir la fièvre qui l'habitait elle aussi, car il marchait maintenant d'un pas vigoureux et sa respiration était plus saccadée. Inconsciemment, Anne se pressa contre son torse et effleura un de ses lobes d'oreille du bout des doigts, lui arrachant des frissons.

— Bon sang, femme! Cesse de me dévorer ainsi des yeux et tiens-toi tranquille, sinon je ne réponds plus de rien, lâcha Joffrey d'une voix rauque.

Enchantée par l'effet qu'elle déchaînait en lui, Anne fit résonner son rire cristallin. Avec sensualité, elle parsema son cou et sa mâchoire de légers baisers. Le frôlement affriolant du voile contre sa peau exacerbait les sens de Joffrey. De plus, le souffle chaud de sa douce risquait à tout instant de lui faire perdre le peu de maîtrise qu'il lui restait. Par chance, sa chambre n'était plus très loin. « Petite diablesse! Tu ne perds rien pour attendre! » songea-t-il avec délectation.

Dès qu'il pénétra dans ses appartements, Joffrey referma la porte d'une poussée énergique. Reposant Anne sur le sol, il la plaqua étroitement contre le battant. D'un geste vif, il releva la voilette qui la dissimulait et s'empara de ses lèvres avec fougue. Incapable de se rassasier, il la possédait tout entière, lui arrachant des gémissements enroués. Emportée par ce torrent impétueux, Anne se raccrochait aux épaules de son mari pour ne pas s'effondrer. La pression qu'il exerçait sur son bassin la mettait au supplice. Au moment où Joffrey s'apprêtait à la départir de son caftan, un raclement de gorge insistant se fit entendre sur leur gauche. Aussitôt, Joffrey la relâcha et fit volte-face, une dague au poing. Dans la foulée, il obligea Anne à se cacher derrière lui, formant par le fait même un rempart de son propre corps. Férocité, soulagement et puis colère se succédèrent sur son visage avec une rapidité effarante lorsqu'il rencontra le regard moqueur de son plus fidèle ami.

— Nom de Dieu, Hadi! Sors d'ici immédiatement! s'écria Joffrey avec fureur.

— Du calme, mon ami! Est-ce ainsi qu'on accueille un compagnon de longue date? s'exclama Hadi avec amusement.

— Lorsque celui-ci se révèle indésirable, *oui*!

Pour toute réponse, le principal intéressé éclata d'un rire tonitruant. Après avoir rabattu sa voilette, Anne risqua un coup d'œil par-dessus l'épaule de Joffrey afin de détailler l'inconnu avec attention. Cet homme devait être fou pour narguer son époux de la sorte.

— Mais que vois-je? questionna Hadi avec une pointe de curiosité en désignant Anne. Quelle est donc cette splendide fleur qui fait perdre toute prudence au grand cheikh Chahine? Il fut un temps où tu n'aurais jamais commis une telle erreur. Aurais-tu égaré quelque part cette finesse qui te caractérisait si bien? demanda-t-il en laissant percer un soupçon de réprobation.

Joffrey s'énerva face à cette remarque pour le moins judicieuse. Il avait baissé la garde et, si l'intrus s'était révélé hostile, Anne et lui en auraient payé le prix. Il ne devait plus oublier qu'ils se trouvaient désormais en Orient et que d'autres lois prévalaient. Ils étaient l'ennemi dans cette contrée lointaine, les infidèles… Il replaça sa dague dans son étui en grommelant.

— J'imagine que ta présence dans mes quartiers avait un but autre que celui de me provoquer? répliqua Joffrey plus brusquement qu'il ne l'aurait voulu.

— En effet, mon ami! Mais je te remercie pour ce charmant spectacle qui ne manquait pas de piquant, le nargua Hadi avec un plaisir évident. Alors, tu nous présentes ou bien dois-je le faire moi-même?

— Tu parles trop, Hadi. Un jour ou l'autre, cette mauvaise habitude causera ta perte.

— Eh bien, Chahine! Il me semble avoir touché une corde sensible. Tu n'as jamais été pointilleux concernant les femmes de ton harem. Les demoiselles de France t'auraient-elles fait perdre tout sens de l'hospitalité?

— Elle ne fait pas partie de mon harem. Il s'agit d'Anne de Knox, mon épouse, et elle est mienne uniquement, annonça Joffrey d'un ton cassant.

Hadi saisit la menace sous-jacente. Cette dame était sacrée et nulle remarque ou nul geste déplacé ne seraient tolérés envers elle. Pour le moins stupéfait, Hadi plissa les yeux et scruta son compagnon avec plus d'attention. Joffrey n'était plus le même, quelque chose de majeur avait changé en lui… En comprenant tout à coup de quoi il en retournait, Hadi arbora un large sourire. Ainsi, le grand cheikh Chahine s'était laissé piéger par les affres de l'amour. Pour la seconde fois, il éclata de rire et se tapa la cuisse avec vigueur.

— Houlà! Quel exploit! Cette beauté a réussi à te terrasser? Je serais vraiment honoré de faire sa connaissance.

Nullement amusé par la tournure que prenaient les événements, Joffrey se rembrunit. Hadi était son seul allié en Orient. Toutefois, l'humour déplorable de son compagnon avait le don d'exaspérer Joffrey qui n'aimait pas être la cible de ses railleries, et encore moins quand Anne se retrouvait au cœur de ces plaisanteries douteuses. Joffrey devait se rendre à l'évidence : du moment où Hadi flairait une piste intéressante, plus rien ne pouvait l'arrêter. Ce qui se révélait un atout majeur lorsqu'il cherchait des informations devenait une vraie plaie dès l'instant où cela le concernait personnellement. Se retournant vers Anne, il prit soin d'ajuster son voile sur son visage avant de se déplacer. Hadi détailla minutieusement la jeune femme et afficha une mine réjouie en rencontrant les yeux pleins de vie qui le fixaient sans gêne. Il nota aussi le port altier et la finesse des mains.

— Si je m'attendais à une telle surprise! Décidément, tu ne fais pas les choses à moitié, mon ami. Ton épouse semble pourvue d'un caractère bien trempé. Quant à sa beauté, j'imagine qu'elle est exceptionnelle si je me fie à l'éclat de ses yeux. Si j'étais toi, j'éviterais d'ébruiter sa présence. Qui sait, le sultan pourrait être tenté de faire sa connaissance, si tu comprends ce que je veux dire…

— Sois tranquille! Je n'ai pas l'intention de l'exhiber aux regards de tous. Cependant, Ghalib l'a entraperçue sur mon bateau et cela ne cesse de me préoccuper depuis. Je compte sur toi pour m'informer si quoi que ce soit de louche parvenait à tes oreilles. Elle m'est plus précieuse que ma propre vie, Hadi. Tâche de t'en rappeler, termina Joffrey en enlaçant la taille d'Anne d'un geste possessif.

Cette manifestation évidente de la part de son compagnon ne manqua pas de surprendre Hadi. «Par le prophète! Mon ami est vraiment épris de cette jeune femme! Et pourtant, en l'amenant ici, il lui fait courir de biens grands risques…»

— Chahine, ce n'était pas très judicieux de ta part de ramener ton épouse à Tlemcen. Un vent de révolte souffle sur la ville. Les Francs sont pourchassés et tués un peu partout en Orient. La haine germe dans le cœur de mes frères. Un jour ou l'autre, ces lieux deviendront dangereux pour les tiens. Tu ne demeureras pas éternellement sous la protection du sultan, d'autant plus si Ghalib se met en tête de te nuire.

— La situation est-elle donc à ce point critique? demanda Joffrey avec une pointe d'agacement.

— J'en ai peur, mon ami! Il ne fait plus bon vivre dans cette cité.

— Diantre! s'écria Joffrey en marchant de long en large. Hadi, je ne peux ramener Anne et les enfants en France pour le moment. Ils ne sont plus en sécurité là-bas!

— Les enfants…, s'exclama Hadi avec une expression abasourdie.

Se renfrognant davantage, Joffrey s'arrêta et croisa les bras sur sa poitrine. Anne cilla et leva un regard incertain vers lui. Joffrey affichait désormais un masque d'impassibilité, ce qui la rendait habituellement nerveuse. Tournant la tête, elle scruta de nouveau l'homme qui lui faisait face. Qui était-il exactement? Quel lien les unissait? Et avant tout, pourquoi cet étranger appelait-il son époux Chahine? Ne sachant quelle attitude adopter, elle se tendit. Elle ignorait tout des coutumes de ce pays, et le peu qu'elle connaissait la portait à la prudence. Étonnamment, lorsque Joffrey reprit la parole, il paraissait plus détendu.

— En fait, j'ai un fils et une fille. De plus, j'ai une nièce à ma charge, lança-t-il de but en blanc.

Comme le nouveau venu demeurait silencieux, Joffrey pencha la tête de côté, un sourire narquois dansant sur ses lèvres.

— Tu sembles interloqué… Hadi !

— Tu dois reconnaître qu'on le serait à moins. Cette nouvelle n'a pas dû réjouir Kahina…

— Kahina fera ce que je lui commanderai. Elle n'a rien à y redire.

Surprise par la dureté qui transperçait tout à coup dans la voix de Joffrey, Anne sourcilla. Ce n'était pas dans les habitudes de son époux de faire preuve d'autant de froideur, surtout quand une femme était en cause. De plus en plus nerveuse, elle se tordit les doigts, en proie à l'incertitude. De toute évidence, la rencontre avec la première concubine de Joffrey ne se ferait pas sans heurts. Attentif à leurs réactions, Hadi ne manqua pas de remarquer le changement qui s'était produit chez la compagne de son ami.

— Si j'étais vous, gente dame, je ne me tracasserais pas outre mesure en ce qui concerne Kahina. Je n'ai aucun doute que vous saurez la remettre à sa place, car il faut beaucoup de courage et de résistance pour s'accommoder de cet individu, déclara-t-il avec espièglerie en désignant Joffrey.

— Attention à ce que tu pourrais dire, Hadi!

— Oh, mais sois sans crainte! Je n'ai pas l'intention de dévoiler tes secrets! Quoi que…

— Hadi…, le coupa Joffrey en signe d'avertissement.

— C'est bon! J'ai compris! Après tout, j'étais venu te rejoindre pour te transmettre un message et non pour engager le combat avec toi, poursuivit Hadi en relevant les mains en signe de reddition.

— Et quel est ce message exactement, si ce n'est pas trop te demander?

— Une fête sera donnée ce soir en ton honneur. Tes gens sont fort impatients de te revoir… surtout tes merveilleuses et délicieuses concubines, termina Hadi en dissimulant mal un air frondeur.

— J'ignore pourquoi tu cherches à me provoquer, Hadi, mais prends garde. Je suis désormais marié selon les lois françaises. Pour ta gouverne, sache que j'ai comme projet de vendre les concubines qui seront intéressées à servir un nouveau maître.

En entendant ces paroles dénuées de toute compassion, Anne s'échauffa. «Le goujat! Comment peut-il traiter ces femmes aussi cavalièrement? Sont-elles une simple marchandise dont on peut disposer à volonté? Seigneur! Il s'agit d'êtres humains!» Pressentant l'orage qui couvait en elle, Joffrey la devança.

— Je te conseille de demeurer en dehors de ça, Anne, la prévint-il d'un ton impérieux.

— Il n'en est pas question, explosa-t-elle d'entrée de jeu. Je ne resterai pas ici les bras croisés pendant que vous vous débarrasserez aussi bassement de ces pauvres créatures !

— Tu ignores de quoi tu parles, femme ! Alors tais-toi ! s'emporta Joffrey.

Ulcérée, Anne se rebiffa. Son nez frémissait sous la colère et tout son corps tremblait d'une rage à peine contenue. Levant la main, elle pointa un doigt accusateur dans sa direction.

— Vous n'avez pas le droit d'agir ainsi ! Elles ne méritent pas d'être avilies de la sorte, sous prétexte qu'elles sont de simples concubines.

— Qu'est-ce que tu crois, Anne ? Je n'ai pas l'intention de les abandonner au premier venu. Je prendrai soin de m'assurer que leur nouveau maître les traitera avec égards.

— Ce n'est pas suffisant !

— Que veux-tu de plus, femme ? Toi-même, tu refuses de partager leur existence dans mon harem. Je ne peux les livrer à elles-mêmes, car elles ne sauraient quoi faire de cette liberté. De surcroît, aucun homme ne les prendrait comme épouse.

— C'est injuste…, s'écria-t-elle avec désespoir.

— Je te le concède, mais c'est comme ça, et ni toi ni moi n'y pouvons rien changer.

— Vous ignorez ce que l'on peut ressentir lorsqu'on se fait déshonorer de cette manière… mais moi je le sais ! Et croyez-moi, voilà un sort que je ne souhaiterais pas même à ma pire ennemie.

Comprenant alors qu'elle faisait référence à sa captivité aux mains de Sir John, il crispa la mâchoire.

— Je n'ai rien en commun avec le lâche qui t'a enlevée, Anne. Me comparer à lui est injurieux, lâcha-t-il d'une voix meurtrie.

Réalisant tout à coup qu'elle l'avait blessé sans le vouloir, Anne baissa les yeux, déchirée par ses démons intérieurs. Des larmes silencieuses roulèrent sur ses joues. Perdant de sa hargne face à cette détresse évidente, Joffrey s'avança vers elle en soupirant. Avec douceur, il l'attira contre lui et l'étreignit. Ce faisant, il croisa le regard indécis de son ami. Tout signe d'amusement avait déserté son visage.

— Il serait préférable que tu nous laisses seuls, Hadi.

D'un hochement de tête, Hadi signala qu'il avait très bien compris. Personne ne saurait ce qui s'était passé dans cette pièce. Si cela venait à transparaître, Anne encourrait de graves ennuis. À Tlemcen, le châtiment réservé à une femme qui s'adressait ainsi à un homme – à son époux et maître de surcroît – s'avérait des plus sévères. La mine sombre, Hadi quitta la chambre, non sans jeter un dernier avertissement à Joffrey.

— Tu devras lui apprendre à tenir sa langue acérée. Sinon je ne donne pas cher de sa peau. Vous n'êtes plus en France. Tu connais nos coutumes…

— Je sais! murmura Joffrey avec accablement. Je te suis reconnaissant de ta discrétion.

— De rien, mon ami! Ne tarde plus et, si tu veux un bon conseil, viens seul.

Sur ces paroles, il referma la porte derrière lui et salua au passage le chevalier de Dumain qui demeurait en faction devant les quartiers de son seigneur.

Joffrey sentait Anne trembler tout contre lui. Il devinait que l'adaptation se révélerait difficile pour elle. Elle devrait toutefois s'ajuster rapidement ; il en allait de sa sauvegarde.

— Anne ! l'appela-t-il avec tendresse.

D'abord réticente, elle hésita avant de relever la tête. Elle croyait fondamentalement qu'elle avait eu raison de se révolter de la sorte même si elle regrettait d'avoir perdu le contrôle de ses émotions. Redressant le menton, elle le toisa avec fierté. Joffrey ne fut pas surpris par sa bravade.

— Ma douce, souffla-t-il. Tu dois te montrer plus prudente. Je ne condamne pas ton ressentiment. Cependant, puisque nous sommes uniquement tolérés en ces lieux, nous ne pouvons nous insurger. Cela est d'autant plus vrai en ce qui te concerne. Fais attention, Anne ! l'implora-t-il avec ferveur. Si une autre personne que Hadi avait été témoin de cette scène, j'aurais été forcé de prendre des mesures drastiques et de te punir, sous peine de te voir lynchée par la vindicte populaire. Est-ce que tu comprends ce que j'essaie de t'expliquer ?

Incapable de répondre tant sa gorge était nouée, Anne hocha simplement la tête. Un frisson la parcourut. Désireux de la réconforter, Joffrey l'embrassa avec affection sur le front.

— Dès que le danger sera écarté, je vous ramènerai tous en France. C'est là une promesse que je te fais. Cet exil est seulement temporaire, Anne, tâche de t'en accommoder du mieux que tu peux. Il en va du bien-être de chacun. Je sais que ce n'est pas facile, en particulier pour toi et ta mère, mais vous saurez y faire face. Je n'ai aucun doute à ce sujet, termina-t-il avec conviction.

— Ne présumez pas aussi aisément de ma mère, mon seigneur. Elle vous en veut encore plus que moi de nous avoir entraînés dans cette galère.

— En réalité, je n'ai que faire de ses états d'âme, ma chérie. Nous nous sommes toujours défiés l'un de l'autre, et cela, depuis le début. Elle ne m'a jamais pardonné de t'avoir déshonorée sur le parquet de l'église ni de lui avoir forcé la main pour t'épouser. Je dois avouer que je ne peux le lui reprocher. J'aurais pourfendu celui qui aurait osé faire pareillement avec ma fille.

Réprimant un sourire amusé, Anne plissa le nez et contempla son mari avec circonspection. C'était bien la première fois que Joffrey abordait cet épisode de leur vie matrimoniale. Quelque peu perplexe face à la tournure que prenait cette discussion, elle demeura songeuse. Dieu seul savait à quel point elle l'avait détesté au début de leur mariage. Si elle en avait eu l'occasion à l'époque, nul doute qu'elle l'aurait tué de ses propres mains. Pourtant, la situation avait évolué entre eux et, par un détour inattendu du destin, elle en était venue à le considérer autrement. La vieille Berthe l'avait aidée à voir au-delà du masque qu'il affichait. En réalité, Joffrey avait été profondément marqué par la brutalité de son père lorsqu'il était enfant, si bien qu'en grandissant il était devenu à son image : un guerrier sanguinaire et cruel. Au fond de lui subsistait malgré tout cette noblesse d'âme héritée de sa mère. Cette flamme avait été entretenue et attisée par les bons soins du chevalier de Dumain et de Berthe, sans que Merkios puisse l'étouffer entièrement. Joffrey s'était débattu comme un forcené contre les émotions contradictoires qui l'assaillaient au moment de sa rencontre avec Anne, si bien qu'il s'était presque perdu en chemin. En définitive, il était un être complexe et tourmenté, mais aussi d'une loyauté à toute épreuve. À aucun moment il ne l'avait abandonnée, même dans les instants les plus sombres de leur existence commune. Il avait toujours été présent et attentionné. Certes, il était pourvu d'un tempérament de feu et d'un orgueil démesuré, et peut-être n'arriverait-elle jamais à le comprendre entièrement. En revanche, Anne avait une certitude : son époux sacrifierait sa vie sans aucune hésitation pour les protéger, elle et les petits. Elle devait donc se montrer à la hauteur à son tour.

— Je ferai de mon mieux pour vous faire honneur, mon seigneur. Néanmoins, je ne peux présager l'avenir.

— Anne, j'ai vu des femmes recevoir le fouet pour moins que ça. Lorsque nous sommes seuls, tu peux laisser libre cours à ta vraie nature sans aucune crainte de représailles de ma part. Mais en présence de tierces personnes, tu dois demeurer sur tes gardes. Ne l'oublie jamais… En ce qui concerne la réception donnée ce soir, je préfère que tu n'y assistes pas. Profite de cet instant pour te reposer et reprendre des forces.

— Non ! Je refuse d'être tenue à l'écart.

— Anne, si je me fie à la mise en garde de Hadi, la fête n'est pas pour toi. Crois-moi, je sais de quoi je parle. Cela risquerait de te choquer…

— Et pourquoi donc ? se révolta-t-elle. Juste ciel ! Je ne suis plus une enfant et je ne m'offense pas de si peu.

— N'en sois pas si certaine, ma belle ! Tu n'as aucune idée de ce qui t'attend. Même moi, je n'arrive pas à conserver le contrôle dans une telle ambiance dissolue. De plus, pour éviter que ces débordements ne t'importunent, je m'abstiendrai de te rejoindre cette nuit.

— C'est ridicule…

— Anne, tu dois comprendre que je ne suis plus moi-même après ces soirées. J'aurais trop peur de te blesser involontairement ou encore de heurter ta sensibilité.

Les joues en feu, Anne demeura muette de stupeur. Quelque chose au fond d'elle-même l'indisposait. Elle n'avait pas besoin d'explications supplémentaires pour saisir que Joffrey faisait référence au côté charnel lorsqu'il parlait de ces « débordements ». Se souvenant tout à coup des pratiques sexuelles auxquelles il avait voulu l'initier, elle s'empourpra de plus belle. Elle avait refusé de se plier à la plupart d'entre elles et avait éprouvé une vive gêne à mettre les autres en application. Le corps embrasé, elle baissa la tête, incapable de croiser plus longtemps son regard. En lissant les pans de sa tunique, elle tenta de reprendre contenance. Ayant suivi le cours des réflexions d'Anne, Joffrey s'assombrit.

— Tu devines maintenant pourquoi je juge plus judicieux que tu ne m'accompagnes point, et pour quelle raison il est plus souhaitable que je ne te rejoigne pas cette nuit.

Se braquant une fois de plus, Anne le toisa avec aplomb. S'il ne souhaitait pas lui faire l'amour, que comptait-il faire pour se soulager dans ce cas ? Comprenant soudain qu'il envisageait peut-être la possibilité de recourir à l'une de ses concubines pour assouvir ses bas instincts, elle s'enflamma.

— Si vous honorez l'une de ces femmes, Joffrey de Knox, je vous promets que vous le regretterez amèrement.

La saisissant par les épaules, Joffrey la plaqua contre lui sans douceur. Il était tendu comme un arc. Sans pudeur, il s'empara de sa main et l'appuya contre son entrejambe. Anne sursauta en le sentant si dur et si vibrant sous sa paume. Le souffle court, elle tenta de ralentir les battements désordonnés de son cœur et de se soustraire à son emprise.

— Anne, murmura Joffrey d'une voix rauque contre son oreille. Je connais ta répulsion pour mes pratiques sexuelles audacieuses. Je n'ai aucun mal à brider mes ardeurs en temps normal, mais ce soir… Je te désire à un point tel qu'il me serait impossible de réfréner mes pulsions sous l'influence licencieuse qui régnera autour de moi. Ne comprends-tu donc pas que je cherche à t'épargner ?

— En couchant avec l'une de vos concubines ? se rebella-t-elle.

— S'il le faut, *oui*! lâcha-t-il sans hésitation.

— C'est hors de question! J'irai avec vous et je serai la seule à partager votre lit par la suite. Je ne veux pas que vous honoriez une autre femme que moi… quelle que soit la raison.

— Tu commets une terrible erreur, Anne! Les principes religieux auxquels tu adhères avec tant de rigueur t'accableront à un point tel que tu en seras profondément marquée. Je refuse que ta pureté et ta ferveur te soient enlevées si crûment.

— J'y survivrai, mon seigneur! De toute façon, je dois d'ores et déjà vivre avec cette culture immorale.

— Anne, il y a un monde entre la vie dorlotée de harem et ce genre de débauche.

— Eh bien ! Voyez le bon côté des choses. J'aurai assisté au pire avant d'être enfermée dans ce fichu harem. Mon existence ne s'en trouvera qu'allégée.

Là-dessus, elle se dégagea d'un geste brusque et se dirigea vers ses malles. Furieux autant envers lui-même que de la tournure des événements, Joffrey quitta la pièce avec empressement et gagna la salle des bains. Il devait se calmer avant d'affronter ses gens et d'assister à cette maudite soirée. Contre toute attente, il lui faudrait réaliser l'impossible. « Bon sang ! Nous courrons tous deux à notre perte ! »

⋄⋅⊰✿⊱⋅⋄

Quand il revint à ses quartiers, Joffrey était toujours crispé. En passant la porte, il resta coi en apercevant son épouse. Anne portait un caftan de soie bourgogne qui soulignait à merveille son buste et sa taille. Le décolleté qu'elle affichait attirait indéniablement le regard sur sa gorge laiteuse. Les manches et la jupe amples étaient brodées de perles et de fils d'or, et des pantoufles dorées complétaient l'ensemble. Des mèches ornées de minuscules perles cascadaient sur ses épaules. Des bracelets ouvragés avec finesse encerclaient ses poignets et ses chevilles, et les breloques qui pendouillaient tintèrent discrètement lorsqu'elle s'avança vers lui. D'un geste fluide, elle déposa un voile arachnéen sur son visage et le fixa à l'aide d'un diadème. « Par tous les feux de l'enfer ! Elle dégage une sensualité à couper le souffle ! » se morfondit-il.

Oubliant toutes ses bonnes résolutions, Joffrey parcourut la distance qui les séparait en un instant et s'apprêtait à la posséder séance tenante lorsqu'un léger coup fut frappé à la porte. Avant que le seigneur ait pu répondre, le battant s'ouvrit sur Farouk, son serviteur personnel. Celui-ci venait le reconduire jusqu'à la salle principale du palais. Dardant un dernier regard en direction d'Anne, Joffrey eut un mouvement d'humeur et s'adressa à elle d'un ton rude.

— Il est encore possible de reculer, ma dame !

— Il n'en est pas question, eut-elle pour toute réponse.

— Dans ce cas, j'enverrai Hamida te chercher. Elle sera ta servante attitrée durant ton séjour ici. Prête bien attention à ce qu'elle te dictera.

Sur ces paroles dépourvues de toute chaleur, il s'inclina avec sécheresse avant de quitter la pièce. La froideur avec laquelle il l'avait traitée la blessa plus qu'autre chose. Joffrey était furieux contre elle. Pourtant, Anne pressentait au fond d'elle-même qu'il était vital qu'elle traverse cette épreuve. Joffrey était un homme passionné et exigeant, qui savait néanmoins faire preuve de retenue avec elle lors de leurs ébats. Elle n'ignorait pas cependant qu'il aurait aimé la voir plus audacieuse dans leur lit. Elle devait apprendre à dépasser les convenances lors de leurs moments d'intimité ; voilà pourquoi elle avait tant insisté pour l'accompagner ce soir.

Redressant les épaules, elle fixa la jeune fille qui entrait à son tour. Malgré sa petite taille, Hamida dégageait une force tranquille qui étonna Anne. La nouvelle venue lui adressa un sourire amène avant de courber la tête en signe de respect. Puis d'un geste gracieux de la main, elle l'invita à la suivre.

Quand elles débouchèrent dans la salle principale, Anne perdit un peu de son assurance. L'endroit était relativement sombre et une odeur persistante flottait dans l'air. Plusieurs hommes s'y trouvaient déjà, à demi allongés sur des amoncellements de tissus chatoyants. Tout au fond de la pièce, sur une estrade recouverte d'une multitude de coussins, Joffrey trônait dans une position tout aussi nonchalante. Un étrange vase muni d'un long tuyau reposait aux pieds des invités qui en aspiraient le contenu en affichant un air étrange. Joffrey aussi porta le tuyau à ses lèvres lorsqu'Anne fit son entrée. La jeune femme remarqua aussitôt que Joffrey paraissait différent. En fait, il n'avait plus rien en commun avec celui qu'elle aimait. Ce n'était pas seulement attribuable au fait qu'il portait une djellaba et un turban. Ses yeux n'avaient plus le même éclat et semblaient plus obscurs, voire menaçants. Il ne broncha pas à l'approche de son épouse et se contenta de lui désigner brièvement le moucharabié au fond de la salle. Elle devait prendre place derrière ce grillage avec les autres concubines, ce qui accru son malaise.

Son arrivée déclencha une série de murmures. Plusieurs regards convergèrent vers elle et la détaillèrent avec animosité, sauf une femme qui fit exception. Celle-ci se leva et lui tendit la main avec amitié. L'inconnue avait des iris aussi noirs que la nuit et le sourire qu'elle dissimulait derrière son voile apparaissait sans malice.

— Je suis Amina, l'une des concubines du cheikh. Vous devez être Samia.

En la voyant pincer les lèvres, Amina réprima un rire léger. La nouvelle venue avait cillé lorsqu'elle l'avait appelée « Samia ». Sans doute n'était-elle pas au fait de leurs pratiques.

— Lorsqu'une étrangère arrive en sol arabe, elle doit adopter un prénom arabe. C'est une façon de commencer sa nouvelle vie. C'est le maître qui a choisi le vôtre. Dans notre langue, «Samia» signifie «celle qui est emplie de noblesse», expliqua-t-elle dans un français impeccable.

Ne sachant que répondre, Anne lança un regard meurtri en direction de son époux. À l'évidence, il n'avait pas jugé important de l'en aviser. Ravalant son amertume, elle se retourna vers la jeune femme. Amina ressentit probablement sa détresse, car elle s'empara des mains d'Anne et les pressa entre les siennes en signe de réconfort.

— Installez-vous près de moi, très chère.

En s'essayant sur les coussins, Anne remercia la Providence d'avoir placé un être si compréhensif et si sensible sur sa route. Si elle pouvait compter sur une alliée parmi cette gent féminine, elle se sentirait sûrement moins démunie. Quelque peu rassérénée, elle profita du bref intermède qui lui était alloué pour examiner la pièce où elle se trouvait. Le sol sous ses pieds était couvert de carreaux de céramique et de tapis fabuleux aux couleurs variées. Tout comme le plancher, de magnifiques mosaïques qui s'étendaient jusqu'au plafond décoraient les murs, dont certains pans étaient tapissés de tentures sombres. Au-dessus d'elle, des sculptures en bois peint traversaient un dôme d'une extrémité à l'autre. Mal à l'aise dans cette atmosphère surchargée, Anne tressaillit et lança un regard noir en direction du moucharabié.

Derrière elle, les femmes s'agitaient et piaillaient avec exubérance. Leur surexcitation ne manqua pas de l'étonner. Remarquant l'incrédulité de la nouvelle venue, Amina se pencha vers elle.

— Le maître vient de donner le signal pour que les réjouissances commencent. En premier lieu, une variété de mets seront proposés aux invités. Il vous faudra goûter au loukoum, ma chère. Croyez-moi, ces confiseries sont sublimes, un vrai délice pour le palais.

Au même moment, six jeunes filles firent leur entrée. À leur vue, Anne fut sidérée. Elles devaient avoir à peine 16 ans et ne portaient pour tout vêtement qu'un pantalon bouffant à taille basse qui laissait leur nombril visible. Sans éprouver le moindre embarras, elles déposèrent les plats colorés sur les tables. Certains hommes présents ne se gênèrent pas pour caresser un sein au passage lorsque les servantes présentaient un mets.

Avec détachement, Joffrey se lava les mains dans une cuvette d'or remplie d'une eau parfumée au jasmin. L'étalage des charmes des jeunes filles ne semblait pas l'émouvoir outre mesure. Pas une seule fois il ne leva les yeux sur l'esclave qui lui tendait la bassine. Son regard demeurait rivé vers le moucharabié et Anne sentait la brûlure traverser le grillage. Manifestement, il s'attendait à ce qu'elle soit outrée et quitte les lieux, mais elle n'en avait pas l'intention. Des effluves exotiques parvinrent jusqu'à elle et lui soulevèrent le cœur. Si bien que, lorsque deux eunuques déposèrent des bols de riz au safran et des assiettes de poulet farci aux amandes à leur intention, Anne fut incapable d'y toucher. Elle se rabattit sur un thé à la menthe servi dans un gobelet d'argent et grignota quelques raisins pour la forme. Quant à Joffrey, il mangeait avec ses doigts des olives ainsi que des côtelettes d'agneau. Il porta à plusieurs reprises à ses lèvres une outre de raki, une eau-de-vie aromatisée à l'anis.

Commençant à étouffer dans cette pièce surchauffée, Anne essaya de s'éventer afin de se rafraîchir. Amina ne manqua pas de remarquer son geste et lui offrit d'emblée un verre de citronnade. Le breuvage frais eut au moins l'avantage de la désaltérer. Anne remercia son amie d'un bref signe de tête avant de reporter son regard sur Joffrey. Il continuait à fumer cette étrange pipe à eau, le narghilé. Amina lui en avait décrit l'usage, et cela ne l'avait pas rassurée. Joffrey s'enfonçait de plus en plus dans un état second. Anne n'osait imaginer ce qui se produirait s'il en venait à perdre le contrôle de lui-même. Cette réflexion lugubre fut chassée par les musiciens qui arrivaient sur les lieux. Instantanément, Amina se pencha vers elle et la tira par la manche pour attirer son attention.

— Dès que les musiciens auront pris place avec leurs tambours et leurs flûtes, les danseuses feront leur apparition.

— Quelles danseuses? s'informa aussitôt Anne, plus nerveuse que jamais.

— Regardez et découvrez par vous-même.

Sur ces entrefaites, un chant s'éleva dans l'air et se fondit à la musique. Six jeunes femmes rejoignirent les musiciens d'une démarche souple et assurée. Toutes étaient vêtues de jupes en mousseline superposée et affichaient leur poitrine dénudée. Un voile transparent recouvrait leur visage et le haut de leur corps. Leurs cheveux dénoués et d'un noir profond flottaient librement dans leur dos, ce qui les rendait plus sensuelles encore aux yeux des hommes qui les dévoraient sans pudeur. À leur vue, Anne sentit un nœud se former dans son estomac. Même de sa position, elle apercevait les pierres incrustées dans leur nombril ainsi que leurs mains et leurs pieds recouverts de dessins au henné. Tout en elles suscitait déjà le désir parmi l'assistance, qu'en serait-il lorsqu'elles entameraient leur danse?

Au moment où les femmes commencèrent à danser en symbiose, un grand frisson parcourut l'assemblée. Tremblant malgré elle, Anne n'osa pas croiser le regard de Joffrey, par

peur de ce qu'elle y lirait. Tour à tour, les danseuses se penchè-
rent vers l'avant puis vers l'arrière en secouant le haut de leur
corps avec vigueur. D'un balancement des hanches suggestif,
elles s'avancèrent vers Joffrey et ondulèrent langoureusement
sous ses yeux. Peu à peu, le voile qui cachait leur visage glissa,
dévoilant leurs charmes sans pudeur. Fascinée par la sensualité de leurs mouvements, Anne ne parvenait plus à détourner
les yeux. Les mains moites, elle déglutit avec difficulté. « Bonté
divine ! C'est d'une telle décadence… » Pour la première fois
de la soirée, elle se mit à regretter amèrement sa décision.
Peut-être vaudrait-il mieux qu'elle rejoigne sa mère et les
enfants, avant que la situation ne dégénère. Elle n'était pas à
sa place ici. Elle s'apprêtait à s'éclipser en douce quand
soudain les danseuses s'effondrèrent au sol, les bras en croix
et les jambes repliées sous elles. Le chant qui les accompagnait cessa à son tour et seul le son d'une flûte persista. Anne
se figea et jeta un coup d'œil vers le fond de la salle.

Joffrey regardait toujours dans leur direction. D'un signe
de la main, il fit venir un eunuque et murmura quelque
chose à son oreille. Après un bref salut, celui-ci se dirigea
vers le moucharabié et se posta devant deux concubines.

— Il s'agit d'Aïcha et de Faïha, l'informa Amina d'une
voix légèrement essoufflée. Le maître a décidé de les offrir
à ses deux illustres invités en signe d'hospitalité. Voilà un
grand honneur pour elles.

En apercevant les deux jeunes femmes prendre place aux
côtés des hommes à la droite de Joffrey et fumer la pipe
qu'ils leur tendaient, Anne sentit son estomac se révulser.

— Amina, je dois quitter cet endroit immédiatement. Je
ne me sens pas bien, chuchota-t-elle misérablement.

— Vous devez vous reprendre, Samia, et ne rien laisser transparaître de votre faiblesse devant Kahina.

En s'entendant appeler «Samia», Anne crispa la mâchoire. Il était hors de question qu'elle soit dépourvue de son prénom en plus de sa dignité. Serrant les poings pour ne pas défaillir, elle tenta de juguler la nausée qui s'emparait d'elle. Amina avait raison, elle ne devait ni flancher ni abaisser sa garde devant sa rivale. Alors qu'elle redressait les épaules, l'eunuque vint les trouver.

— Je suis curieuse de savoir lesquelles d'entre nous auront la faveur du maître cette nuit, déclara Amina avec fébrilité.

— *Lesquelles*…, ne put s'empêcher de répéter Anne avec incrédulité.

— Parfaitement! Lors de ces soirées particulières, le cheikh a l'habitude de demander deux ou trois d'entre nous pour se soulager. Il dédaigne les danseuses, ce qui nous convient amplement puisqu'il déborde d'énergie après leur passage. De plus, les effets du narghilé décuplent son appétit. Si bien qu'il faut plus que l'une de nous pour le satisfaire.

— Oh mon Dieu! s'écria Anne avec angoisse.

Refusant d'être témoin plus longtemps de cette déchéance, elle se releva avec brusquerie, plus déterminée que jamais à fuir ces lieux tandis que c'était encore possible. Son élan fut cependant freiné par l'eunuque qui arrivait. Celui-ci s'empara de son coude, l'entraîna à sa suite et fit signe à Kahina de le suivre également. Saisie d'effroi, Anne chercha à s'esquiver, mais l'homme la retint avec plus de fermeté encore et la fusilla du regard. Paralysée, elle se laissa faire, la mort dans l'âme. Au passage, elle remarqua Faïha, la concubine syrienne, affalée mollement sur les coussins, les bras étendus de chaque côté de son corps et les jambes écartées. Ses yeux étaient vitreux et sa poitrine dénudée s'offrait sans pudeur aux paumes qui la pétrissaient. La pipe à eau qui reposait sur le sol semblait être la cause de son impassibilité. Lorsqu'un deuxième invité se pencha sur Faïha et insinua ses doigts charnus sous le caftan, c'en fut trop pour Anne. Dégoûtée, elle porta une main à sa bouche et reporta son attention sur son époux. Elle évita de regarder les danseuses qui, adoptant une position obscène, demeuraient immobiles à ses pieds. Retenant avec peine ses larmes, elle se mordit la lèvre inférieure jusqu'au sang. Joffrey n'avait d'yeux que pour elle et guettait la moindre de ses réactions. Frustrée de ne pas être le centre de son intérêt, Kahina se laissa tomber à genoux et lui baisa les pieds avec dévotion. Anne se pétrifia. Alors que Kahina se relevait et s'installait langoureusement auprès de Joffrey, l'eunuque exerça une pression sur l'épaule d'Anne pour l'obliger à s'agenouiller devant le maître. Écœurée, elle se crispa, mais en prenant conscience des regards rivés sur eux, elle ne put faire autrement que de se prosterner à son tour. Après avoir brièvement embrassé les pieds de Joffrey, elle se redressa et le foudroya sans retenue. Seule une légère contraction de la mâchoire de son époux lui apprit qu'elle dépassait les limites acceptées. Se rappelant la mise en garde contre les coutumes très strictes de ce pays, elle se contraignit à prendre place à sa gauche. Son souffle précipité fit redouter un éclat à Joffrey. D'une poigne rude, il l'agrippa par la nuque et l'approcha de lui.

— Je t'avais avertie, Anne! À toi d'assumer les conséquences de ton choix maintenant, murmura-t-il d'un ton mordant.

Anne tenta d'endiguer la panique qui la gagnait. L'attitude de Joffrey l'effrayait. Elle voyait un étranger, un inconnu dénué de toute moralité. Elle n'était pas prête à le suivre sur le chemin qu'il avait choisi d'emprunter, soit celui de la luxure et de la décadence. Son âme n'y survivrait pas.

— Laissez-moi partir, Joffrey! le supplia-t-elle d'une voix étranglée.

— Il est trop tard à présent, ma dame…

Cette réponse fut pour elle comme un coup de glas. Le corps parcouru de tremblements incontrôlables, elle chercha du regard un moyen de fuir, telle une biche aux abois. Joffrey ressentait ses émotions avec une acuité étonnante, mais il n'était plus en mesure de modifier le cours des événements. En outre, le mélange explosif qu'il avait fumé l'avait rendu esclave de son désir et les danseuses avaient exacerbé ses sens au-delà du supportable.

Kahina, qui connaissait bien les effets qu'avaient ces soirées sur les hommes, commença à promener ses doigts sur les cuisses crispées de Joffrey. Instinctivement, il réagit et donna le signal aux danseuses de reprendre leur exhibition. Anne aperçut le manège de sa rivale du coin de l'œil. Simultanément, le rythme de la musique se fit plus rapide. En réponse, les mains des jeunes filles virevoltèrent pendant que leur corps s'agitait et que leurs seins tressautaient de façon impudique. Puis le tempo ralentit, amenant des mouvements plus lents et plus langoureux. En harmonie avec elles, Kahina glissa sa paume sur le membre gorgé de Joffrey et entama un va-et-vient aguichant, lui arrachant du même coup un grognement de contentement. Incapable d'ignorer ce qui se passait sous ses yeux, Anne la dévisagea avec colère. Satisfaite, la concubine lui décocha un sourire victorieux et se lova plus lascivement encore contre Joffrey.

Le cœur en lambeaux, Anne détailla le visage de son époux. Ce qui la surprit d'abord, ce fut son regard teinté d'un désir sauvage qui la fit frémir de la tête aux pieds. Mal à l'aise, elle s'aperçut ensuite qu'il la fixait avec intensité. En avisant ses poings crispés sur les coussins, elle réalisa alors qu'il espérait qu'elle fasse preuve d'initiative. Il aspirait à ce que ce fut Anne qui le touche comme le faisait Kahina, mais dans le cas où elle ne pourrait s'y résoudre, il ne saurait retarder le moment fatidique. Il avait tenté de l'en avertir plus tôt dans la soirée, mais elle n'avait rien voulu entendre. Maintenant, elle comprenait. Joffrey savait pertinemment ce qui arriverait et il avait souhaité la préserver de tout cela. À sa manière, il cherchait à repousser l'inévitable, mais elle voyait bien qu'il ne pourrait se contenir plus longtemps. Voilà pourquoi il l'avait fait mander à ses côtés avec la favorite en titre. Il lui donnait une chance de se battre à armes égales contre Kahina. Il lui suffisait de faire taire ses scrupules. Elle devait se concentrer sur Joffrey et oublier le reste.

Avec hésitation, elle déposa ses doigts sur la cuisse de son époux et remonta avec lenteur vers l'aine. La respiration de Joffrey s'accéléra au fur et à mesure qu'Anne progressait vers la source même du plaisir. Une fois parvenue au membre, elle marqua un temps d'arrêt. Face à cette incertitude, Joffrey tiqua et se tendit. Tout en le fixant, Anne se pencha vers lui et s'arrêta à quelques centimètres de sa bouche puis elle souleva son voile. Sans doute lut-il sa détermination dans son expression, car il retira la main de Kahina et la repoussa sans douceur sur les coussins. En femme soumise, celle-ci se releva et retourna vers le moucharabié, non sans avoir jeté au préalable un regard assassin en direction d'Anne.

Le souffle court, Joffrey demeura immobile, attendant un geste de la part de son épouse. Alors que le rythme s'intensifiait, les danseuses commencèrent à se départir de leurs jupes. Il ne leur resta bientôt plus qu'une voilette nouée autour de la taille. Leurs mouvements de plus en plus ensorcelants simulaient la montée du désir. Malgré elle, les sens d'Anne s'éveillèrent au son de la musique endiablée et des gémissements de plaisir qui parvenaient jusqu'à ses oreilles. Sensible à l'ambiance fiévreuse, elle se mit à caresser le membre de Joffrey avec plus d'assurance. Au moment de jouir, Joffrey s'empara de ses lèvres et la plaqua avec rudesse contre son corps. Le baiser qu'ils échangèrent fut sauvage et dévastateur. Il ne semblait plus en mesure de se rassasier et il la dévorait littéralement. Lorsqu'il la relâcha, elle était à bout de souffle et complètement chavirée.

— Viens avec moi! lui ordonna-t-il en l'entraînant vers une porte dissimulée derrière l'estrade.

Dès qu'ils furent isolés de tous, il se jeta sur elle et l'embrassa. Sans égards pour ce qui l'entourait, il se débarrassa de sa djellaba et la lança dans un coin. Anne éprouva un choc en remarquant sa nudité sous sa tunique. Dans un même temps, elle réalisa qu'ils se trouvaient sur une terrasse extérieure. Même si les rideaux avaient été tirés pour préserver leur intimité, il n'en demeurait pas moins qu'une brise fraîche glissait sur eux. Bien vite pourtant, elle oublia tout de l'endroit où elle se trouvait. Sans qu'elle ait pu dire quoi que ce soit, Joffrey la dépouilla de son caftan et de son voile. Aussi dénudée que lui, elle rougit et chercha à dissimuler sa poitrine à son regard avide. Avec un grognement féroce, il la plaqua contre le mur et coinça ses poignets au-dessus de sa tête d'une seule main. Sans réserve, il inséra deux doigts à l'intérieur de sa féminité et l'explora avec fièvre, pendant que sa bouche s'emparait de ses seins avec voracité. Prisonnière de cette passion débridée, Anne ploya sous lui. Un feu traître prit naissance dans son bas-ventre et sa respiration devint saccadée. Son être entier tremblait sous cet assaut dévastateur. À peine lui eut-il arraché un cri d'extase que déjà il entrait en elle d'une forte poussée énergique. Il la posséda sans ménagement, l'emplissant tout entière et la labourant sans pitié. La jambe d'Anne qu'il avait relevée et qu'il maintenait autour de ses hanches lui permettait de la pénétrer jusqu'à la garde, accroissant ainsi son plaisir. Relâchant les bras d'Anne, il l'agrippa par la taille, la souleva sans effort puis l'allongea sur une table. Il était déchaîné et ne pouvait plus s'arrêter. Au moment de jouir, il l'empoigna avec tant de rudesse que ses doigts s'empreignirent dans la chair tendre de ses cuisses. Sous l'effet de la douleur, elle émit une faible complainte.

Lorsqu'il la libéra enfin, Anne roula sur le côté et se replia sur elle-même en étouffant un sanglot. Après avoir repris son souffle, Joffrey se passa une main sur le visage. L'esprit encore embrouillé, il prit appui sur ses coudes et secoua vivement la tête pour s'éclaircir les idées. Il était conscient qu'il aurait dû se contenir pour ne pas l'effaroucher, mais la faim insatiable qu'elle éveillait en lui l'obnubilait, et il savait que ce n'était qu'une question de temps avant qu'il ne la possède de nouveau. Il demeurait suffisamment lucide cependant pour se rendre compte qu'il aurait dû demander l'une de ses concubines pour terminer la nuit, mais c'était au-dessus de ses forces. C'est Anne qu'il convoitait plus que tout, et personne d'autre. Les yeux injectés de sang, il l'entraîna vers le sofa et s'affala sur les coussins. Anne sursauta et tenta de s'éloigner de lui, mais il la rattrapa par la taille et l'obligea à s'asseoir sur lui. Prisonnière de son étreinte, elle ne put faire autrement qu'appuyer sa tête sur son torse, espérant qu'il soit enfin débarrassé de cette fièvre pernicieuse.

— Dors, Anne… Pendant que tu le peux, déclara-t-il d'une voix implacable.

Comprenant alors que son calvaire ne faisait que commencer, elle se referma sur elle-même, priant pour que tout s'achève rapidement.

⸙

Le soleil n'était pas levé, mais déjà Joffrey réveillait Anne par des baisers de plus en plus entreprenants. Ouvrant tout à coup les paupières, elle croisa son regard beaucoup trop brillant. Il se trouvait toujours sous l'emprise de cette substance incendiaire. Elle le voyait bien au feu dévastateur qui animait ses yeux. Il ne subsistait nulle trace de l'homme qu'elle aimait. Pourtant, elle savait qu'il était là quelque part, tapi tout au fond. Elle sentit le membre de Joffrey durcir contre sa hanche et en éprouva une certaine crainte. Indécise, elle fixa son époux, ne sachant à quoi s'attendre. D'un mouvement preste, Joffrey la bascula sur les coussins du sofa et s'agenouilla. Il l'attira brusquement à lui et écarta ses cuisses. Son visage se trouvait tout près de sa féminité, et Anne percevait son souffle chaud sur sa peau. Son cœur rata un battement quand il enfouit sa tête entre ses jambes et qu'il la pénétra de sa langue, se délectant de son goût suave. Anne sursauta et essaya de fuir cette intrusion beaucoup trop obscène. Mais Joffrey faisait preuve d'un tel art qu'elle sentit sa réserve s'effriter. Ce fut d'autant plus vrai lorsqu'il entreprit d'aspirer avec sa bouche le bourgeon niché entre ses lèvres humides. Le corps moite, Anne se contorsionna en gémissant. Incapable d'échapper à son emprise, elle tenta alors d'ignorer le plaisir qui affluait dans tout son être. Mais Joffrey était impitoyable, et il l'amena bien malgré elle vers la jouissance.

Encore secouée par cette lame de fond, elle n'opposa aucune résistance lorsqu'il la retourna sur le ventre. Mais quand il releva son bassin avec l'intention évidente de la prendre comme un animal, elle se rebiffa. Elle se débattit en vain et il parvint avec facilité à la maîtriser, son désir accru par sa réaction. Il encercla sa taille d'une poigne ferme et l'envahit tout entière. Ses coups de butoir énergiques résonnèrent en elle avec puissance. Il s'agissait presque d'un viol en un sens. Pourtant, la douleur se mua brusquement en quelque chose de plus troublant et, contre toute attente, un orgasme fulgurant la terrassa traîtreusement, la laissant anéantie après son passage. Joffrey la pilonna de plus belle, puis emporté à son tour, il jouit. Épuisé, il s'affala sur elle de tout son poids.

Réalisant après quelques minutes qu'il l'écrasait, il roula sur le côté et l'attira à lui. Anne demeura retranchée dans ses pensées. « Comment ai-je pu prendre plaisir à ce que Joffrey m'a fait subir ? » Accablée de remords, elle se tortura l'esprit pendant un certain temps, puis sombra dans un sommeil de plomb.

❦

Une sensation de bien-être emplit Anne à son réveil. Avec surprise, elle constata qu'elle se trouvait dans un bain aux dimensions disproportionnées, dans les bras de Joffrey. Malgré sa mine de déterré, le seigneur de Knox semblait redevenu lui-même. Soulagée, elle jeta un rapide coup d'œil autour d'elle et remarqua qu'ils étaient seuls. En dépit du fait qu'il fût son époux, elle désirait garder une distance entre eux pour l'instant. Elle avait trop en mémoire ce qui s'était passé la veille pour se risquer à demeurer près de lui. Percevant sa réserve, il ne fit rien pour la retenir quand elle recula. Son attitude en revanche reflétait tout de son désarroi profond. De toute évidence, il s'en voulait amèrement pour la nuit dernière et ne savait que faire pour combler le fossé qui s'était creusé entre eux.

Toujours remuée, Anne préféra reporter son attention sur les lieux. La pièce, tout de marbre blanc, était supportée par des colonnes de chaque côté. Au-dessus d'eux, des arches reliaient les supports cylindriques entre eux, alors qu'au centre plusieurs ouvertures laissaient pénétrer la lumière du jour à flots. Une vapeur bienfaitrice s'échappait d'un bassin rectangulaire encastré. Trois petits pots de terre cuite et un chandelier reposaient sur le rebord du bain, ainsi qu'un plat de porcelaine rempli d'oranges. Sur sa droite se trouvaient deux serviettes bourgogne et une lingette sur laquelle avait été déposé un savon. S'immergeant dans l'eau jusqu'au cou, elle ferma les yeux et tenta de se détendre. Elle sentit qu'on s'approchait d'elle par derrière. Avec une tendresse désarmante, Joffrey releva sa longue chevelure et parsema sa nuque et ses épaules de doux baisers. D'instinct, elle se raidit, craignant ce qui suivrait.

— Tout doux, ma belle! murmura Joffrey contre sa tempe d'une voix chaude. Aie confiance en moi, Anne!

C'était plus facile à dire qu'à faire. Déglutissant avec peine, elle réfréna un frisson et inspira profondément. La délaissant quelques secondes, Joffrey étendit l'une des serviettes près du bassin et lui intima de s'y allonger. Le ventre noué par l'appréhension, elle émergea de l'eau et prit place en silence. Inconfortable à l'idée de se retrouver nue à la lumière du jour, elle crispa les doigts sur le tissu épais et moelleux. En la rejoignant, Joffrey s'empara de l'un des flacons et le déboucha. Une odeur agréable de rose s'en dégagea. Lorsqu'il enduisit son corps d'huile aromatisée, Anne sursauta. Avec douceur, il lui massa les épaules, la nuque et le dos d'une main experte. Un à un, ses muscles se délièrent, chassant toutes les tensions qui l'habitaient. Un soupir de contentement lui échappa, arrachant un sourire amusé à Joffrey. Somnolente, elle s'abandonna, l'esprit à la dérive. Sans doute dut-elle s'endormir, car le parfum sucré d'une orange fraîchement pelée la réveilla.

De nouveau dans l'eau, Joffrey s'appuyait nonchalamment contre le bord du bain et la contemplait avec amour. En silence, il l'invita à le rejoindre. Elle trempa ses pieds dans l'eau mais resta en retrait tandis qu'il lui offrait un quartier d'orange. Le fruit semblait juteux et savoureux. Affamée, elle n'osa refuser et Joffrey porta ses doigts vers la bouche de sa femme. Une langueur envahit Anne au moment où il frôla avec sensualité ses lèvres entrouvertes. Inconsciemment, sa respiration se précipita. Joffrey s'avança avec lenteur et s'extirpa de l'onde. Dès qu'il fut à sa hauteur, il happa sa lèvre inférieure avec suavité, faisant parcourir un frisson délicieux dans tout son corps. Encouragé par sa réaction, il glissa ses mains sur les hanches d'Anne et s'approcha plus près d'elle encore. Son regard brillant hypnotisait la jeune femme. Les baisers qu'ils échangèrent par la suite terminèrent de la perdre. Avec délicatesse, il la retourna et se lova contre son dos. Il entreprit alors d'explorer ses seins d'une caresse légère, aiguillonnant du même coup les pointes durcies. Un râle échappa à son épouse, suivi par des gémissements de plaisir quand il descendit jusqu'à sa féminité frémissante et qu'il y inséra ses doigts. Au passage, il effleura le bouton sensible. En réponse, elle s'arqua et rejeta la tête vers l'arrière. Il mordilla le lobe de son oreille, puis son cou, jouant de ses sens avec volupté. Les halètements d'Anne l'excitaient tant qu'il ne put résister à l'envie de la refaire sienne. Afin de ne pas l'effaroucher, il s'introduisit tout doucement en elle. « Par tous les diables ! Comme j'aime me perdre en elle ! » En effectuant de lents va-et-vient dans son fourreau soyeux, il se laissa imbiber par son odeur si enivrante. Prenant garde à ne pas la brusquer, il contrôla son rythme et concentra toute son attention sur elle. Avec une science affriolante, il l'amena jusqu'aux portes de la jouissance. D'un puissant coup de reins, il la fit chavirer et but son cri de félicité. Ce n'est qu'après qu'il se répandit en elle sans retenue.

Leurs corps perlés de sueur luisaient à la lueur des chandelles et le cœur d'Anne battait à coups redoublés. Comblé, Joffrey la retourna et l'étreignit avec tendresse en déposant un baiser sur son front. Puis il la pressa contre son torse massif et la garda prisonnière de ses bras. Le contraste entre la nuit précédente et ce qui venait de se passer joua sur les nerfs déjà à vif d'Anne. Sans raison, elle éclata en sanglots. Joffrey la berça amoureusement en lui murmurant des mots arabes à l'oreille. Anne ne parvenait pas à comprendre leur sens, mais cela l'apaisa toutefois étrangement.

Joffrey l'écarta légèrement et saisit la lingette ainsi que le savon. Il entreprit de faire la toilette de son épouse avec des gestes doux. Rompue de fatigue, Anne le laissa faire sans protester et ferma les yeux. S'emparant ensuite d'un second flacon, Joffrey versa un liquide plus épais sur sa tête et commença à la masser, provoquant une mousse parfumée. Jamais il ne lui avait lavé les cheveux auparavant et cela se révéla une expérience des plus agréables. Quand il eut terminé, il prit soin de les rincer et les sécha par la suite avec une serviette. Finalement, il l'essuya à sa sortie du bain. Avant qu'elle ne puisse dire quoi que ce soit, il la souleva et la transporta jusqu'à la pièce adjacente. Ils se trouvaient désormais dans sa chambre. Avec délicatesse, il l'allongea sur le matelas de soie puis s'éclipsa. Anne en profita pour détailler l'endroit avec curiosité. La veille, elle n'avait pas prêté attention aux couleurs chaudes qui l'habillaient. Outre le lit, un sofa jonché de coussins et une table basse en mosaïque meublaient le tout. Des draperies en mousseline dans les mêmes teintes ondulaient sous la brise du matin, conférant à la chambre un aspect presque féérique.

Avertie du retour de Joffrey par le froissement du pantalon qu'il avait revêtu, Anne tourna la tête pour l'accueillir. Il était toujours pieds et torse nus, ce qui la troubla. Rarement elle avait eu le loisir de le contempler dans toute sa splendeur au château. Force lui fut de reconnaître qu'il se dégageait de sa personne une énergie et une puissance guerrière qui lui échauffait les sens et la faisait rougir d'embarras. Si Joffrey perçut son agitation, il n'en montra rien, car il se contenta de prendre place à ses côtés. Dans le pot qu'il tenait se trouvait une crème adoucissante. Gardant son regard rivé sur celui d'Anne, il trempa deux doigts dans l'onguent et en oint les meurtrissures qu'elle avait subies à l'intérieur des cuisses. Anne tressauta à ce contact et bloqua sa respiration. Joffrey suspendit son geste quelques secondes avant de poursuivre avec diligence. Une tension s'installa entre eux. Le corps d'Anne se réveillait de nouveau sous le toucher et réclamait un apaisement immédiat. «Ciel! Que m'arrive-t-il? La nuit dernière ne m'a-t-elle pas suffi?» Confuse, elle détourna la tête et fixa son regard sur le paysage qu'elle entrevoyait derrière la porte. Joffrey capta cette étincelle indéfinissable qu'elle voulait soustraire à ses yeux et devina qu'une sensualité toute nouvelle s'éveillait chez sa jeune épouse. Anne avait toujours été prisonnière du carcan rigide dicté par l'Église. Il soupçonnait toutefois depuis longtemps qu'un être passionné se cachait sous ces dehors réservés. Il l'avait vue perdre tout contrôle d'elle-même sous la colère. Elle était farouche et rebelle, et voilà qu'elle s'ouvrait enfin, telle une fleur avide de soleil. Abandonnant le petit pot de terre cuite, il se glissa entre ses jambes et plongea directement vers sa féminité. De sa langue, il joua avec le bourgeon gorgé. Il attisa le feu qui couvait en elle, la faisant trembler d'une attente mal contenue. Agrippant ses hanches, il lui imposa sa propre cadence. Avec délectation, il la goûta sans retenue. Anne se tortilla, désirant malgré elle succomber aux affres du désir. Prise par surprise, elle ne fut pas en mesure de se dérober avant qu'il ne soit trop tard. Une vague l'emporta avec une force inouïe et balaya tout sur son passage. Une plainte rauque lui échappa. S'allongeant à demi sur le matelas, Joffrey l'attira à lui. Anne se lova contre son flanc, la tête appuyée contre sa large poitrine. Avec des gestes apaisants, il caressa ses boucles cuivrées et sa nuque. Elle ne tarda pas à s'endormir. Un sourire de satisfaction flotta sur les lèvres de Joffrey alors qu'il la contemplait, totalement abandonnée entre ses bras. Heureux, il sombra à son tour dans une torpeur réparatrice.

⁌⁌⁌

Anne émergea du sommeil au son du gazouillement des oiseaux. Elle palpa la place vide à ses côtés en s'étirant. Les draps étaient frais sous ses doigts, signe que Joffrey avait déserté leur couche depuis longtemps déjà. Tirant parti de ce moment d'intimité, elle en profita pour mettre de l'ordre dans ses idées. Les événements s'étaient succédé depuis la veille à un rythme effréné, si bien qu'elle ne savait plus où elle en était. Ne désirant pas s'attarder sur les émotions contradictoires qui l'agitaient, elle se redressa avec vivacité. Joffrey n'était pas visible dans la chambre, et aucun bruit ne provenait de la salle des bains. «Peut-être se trouve-t-il dans le jardin extérieur?» Anne chercha ses vêtements partout dans la pièce, sans succès. S'emparant de l'une des chemises de Joffrey, elle l'enfila prestement. Par chance, celle-ci lui tombait jusqu'aux genoux et était suffisamment ample pour dissimuler ses formes. Faisant abstraction de la gêne qui la gagnait à l'idée de se promener si peu vêtue et les pieds nus de surcroît, elle se dirigea vers l'ouverture en forme d'arche dentelée.

Le jardin était d'une beauté à couper le souffle. Les lieux regorgeaient de giroflées d'un orange vif et flamboyant. Leur couleur contrastait d'ailleurs avec le vert foncé des feuilles d'un chêne majestueux. Celui-ci trônait au centre et procurait une pénombre rafraîchissante. Une variété de plantes locales égayait le tout. Cet endroit clos semblait sortir tout droit de l'éden. Une telle sérénité s'en dégageait que cela l'apaisa. Parcourant la cour d'un regard émerveillé, elle discerna sur sa droite une fontaine de marbre sur pied. L'eau qui en jaillissait s'écoulait vers un petit bassin décoré de tuiles blanches et bleues. Des coussins pourpres recouvraient en partie le sol de mosaïques aux dessins simples tout autour. S'avançant à pas feutrés, elle frôla les feuilles d'un arbousier. D'ici à quelques mois, des fraises juteuses y pousseraient en abondance. Selon les dires du chevalier de Dumain, ce fruit se révélait savoureux. Ignorant si elle serait encore ici à ce moment-là, elle afficha une mine perplexe. Un éclat de rire vibrant troubla la quiétude des lieux. Tournant la tête, elle ne fut pas surprise de rencontrer le regard pénétrant de son époux.

— Qu'a bien pu te faire cette pauvre plante pour s'attirer une telle désapprobation de ta part? demanda-t-il avec une pointe d'amusement en désignant l'arbousier du menton.

— Sûrement rien d'aussi répréhensible que votre conduite d'hier soir, mon seigneur! répliqua-t-elle du tac au tac d'un ton cinglant, avant de s'empourprer.

Morfondue par son audace, elle se mordit la lèvre et se figea. «Seigneur! Cette réplique est indigne d'une dame!» De plus, cette remarque risquait de les entraîner sur une pente dangereuse. Joffrey, tout autant médusé qu'elle-même, s'assombrit. Il méritait ce reproche, il ne pouvait le nier. Cependant, la fêlure qu'il perçut dans la voix de sa douce le blessa davantage. En secouant la tête, il s'avança vers elle. Malgré la gravité de la situation, il ne manqua pas de constater à quel point elle était délicieuse, vêtue simplement de sa chemise. Un désir vif embrasa ses sens, mais il se fit un point d'honneur de demeurer impassible. Anne le connaissait fort bien cependant. En voyant la concupiscence qui l'animait, elle fit marche arrière, le souffle court. Avant même qu'elle n'atteigne la porte, Joffrey l'avait rattrapée et fait captive. Il l'embrassa avec fougue, lui arrachant un gémissement consentant. Il la libéra aussitôt et lui releva le menton avec fermeté. Son expression était grave. Longuement, il la fixa, tentant de lire au plus profond d'elle. Embarrassée par cet examen soutenu, Anne frémit. «Que cherche-t-il exactement?» Ne sachant que faire, elle lui retourna un regard confus. Joffrey poussa un profond soupir en l'enlaçant de nouveau.

— Je suis désolé, Anne! murmura-t-il d'une voix cassée.

Pour toute réponse, elle pressa son visage contre son torse nu. Il sentit son souffle précipité sur sa peau et cela le bouleversa.

— Nom de Dieu, Anne ! Je n'ai jamais souhaité te faire de mal ! Il n'y a aucune raison valable pour excuser ma conduite. Pourras-tu me pardonner un jour ?

À ces mots, Anne cilla. Ainsi, elle ne s'était pas trompée. Joffrey était ébranlé et s'en voulait amèrement pour les événements de la veille. Ses muscles demeuraient bandés sous ses doigts, signe d'une tension extrême chez lui. De plus, l'intonation poignante de sa voix la déchirait.

— Anne…, supplia-t-il douloureusement en resserrant son étreinte.

Son cœur battait à coups redoublés contre sa poitrine et sa main droite était crispée dans la chevelure de sa femme. Tout son être vibrait dans l'attente d'une réponse de sa part.

— Je vous accorde mon pardon, Joffrey… mais à une seule condition, parvint-elle à chuchoter au prix d'un pénible effort.

— Laquelle ? demanda-t-il en la forçant à croiser son regard.

« Ciel ! Il est plus ravagé que je ne le croyais ! » songea-t-elle en avisant ses traits défaits. Reprenant courage, elle l'affronta sans détour.

— Vous devez me promettre de ne plus toucher à cette substance infernale… celle que vous fumiez à mon arrivée… sous aucune considération ! s'écria-t-elle avec vigueur, les yeux brillants.

Une telle ferveur se dégageait de la requête que Joffrey en fut remué. Il garda le silence et la laissa continuer.

— Vous n'étiez plus vous-même… c'était effroyable à voir ! Vous aviez le regard vide de toute expression. Je ne veux plus revivre une expérience similaire ! Vous m'entendez ? Sous aucune considération…, répéta-t-elle en s'étranglant sur les derniers mots.

Joffrey l'empoigna par les épaules et la scruta avec attention. Elle était sérieuse. Son comportement l'avait vraiment terrifiée. Il était prêt à parier que cela l'avait plus chamboulée que ce qui s'était passé sur la terrasse par la suite. Une si grande angoisse se lisait sur son visage qu'il ne tarda pas plus longtemps à lui répondre.

— Je n'ai pas l'intention d'en faire une habitude, si cela peut vous rassurer, ma mie. Cette substance est vicieuse pour qui l'utilise couramment. Les usagers en viennent facilement dépendants, et c'est quelque chose auquel je me refuse. J'aime demeurer maître de mes actions.

Anne fut à ce point soulagée que ses jambes se dérobèrent sous elle. La rattrapant par la taille, Joffrey la maintint avec fermeté. En remarquant son regard éclatant, un sourire fugace étira les lèvres de Joffrey.

— Est-ce là tout ce que tu as à me reprocher, ma belle ? demanda-t-il avec douceur. Ne voudrais-tu pas discuter aussi de ce qui s'est passé sur la terrasse ?

À la seule évocation de leurs ébats de la veille, Anne devint mal à l'aise. Il était hors de question qu'elle s'entretienne de quoi que ce soit avec lui à ce propos. Elle en éprouvait une gêne plus que vive. De plus, son opinion n'était pas très claire à ce sujet, ni ses émotions d'ailleurs. Elle ignorait même si elle serait apte un jour à en parler en toute franchise.

— Je… J'ai…, commença-t-elle d'une voix misérable.

— Chut, Anne! Nul besoin d'aborder ce point pour le moment. Sois rassurée, je n'exigerai rien de tel de ta part!

Ses inquiétudes dissipées dans l'immédiat, Anne respira plus librement. Certes, elle ne pouvait oublier ce qui s'était passé, mais elle espérait du moins ne plus avoir à revivre cette expérience, qui avait été beaucoup trop intense et impudique pour sa tranquillité d'esprit. Afin de clore le sujet, Joffrey s'empara d'une fleur de jasmin en lui cassant la tige et l'inséra derrière l'oreille d'Anne. Son cœur tressaillit de joie en la contemplant.

# 3
## Un apprentissage douloureux

La journée s'annonçait radieuse. Installés tous les cinq au jardin, Joffrey et sa petite famille goûtaient au plaisir simple de se retrouver ensemble, sans tierce personne. Pendant que Marguerite et Myriane riaient gaiement près d'un massif de fleurs, Charles-Édouard tentait d'attraper avec ses mains un poisson rouge dans le bassin. Joffrey l'observait d'ailleurs avec un sourire amusé sur les lèvres. « Mon fils éprouve vraiment une fascination particulière pour ces créatures inoffensives », s'étonna-t-il. Déviant son regard vers son épouse, sa fille et sa nièce, il sentit son cœur se gonfler d'allégresse. Anne avait la tête penchée sur le côté et sa lourde toison chatouillait ses épaules. Ne portant pour tout vêtement qu'une robe d'intérieur ample, elle offrait l'image même d'un ange bienveillant.

Marguerite, qui venait de grimper sur les jambes d'Anne, cherchait à atteindre les mèches cuivrées de sa mère. Radieuse, Anne la souleva à bout de bras, ce qui arracha un esclaffement enjoué à l'enfant. Avec une joie évidente, Anne la ramena à son niveau et l'étreignit avec amour en déposant une myriade de baisers dans son cou, au plus grand bonheur de Marguerite qui gloussa de plus belle. Ne désirant pas demeurer en reste, Myriane se jucha sur sa tante à son tour. Anne se laissa tomber mollement sur un coussin en entraînant les deux petites avec elle. D'humeur taquine, elle commença à les chatouiller sur le ventre, provoquant des éclats de rire chez chacune. Tout à leur plaisir, Marguerite et Myriane se trémoussaient sous ses doigts.

Charles-Édouard observait la scène, indécis. Il aurait voulu prendre part à l'exubérance générale, mais, en même temps, du haut de ses trois ans, il tendait de plus en plus à adopter le comportement posé de son père. Son minuscule nez froncé rappela à Joffrey l'expression d'Anne quand elle réfléchissait avec intensité. Devinant l'envie secrète de son fils, Joffrey se leva et vint le rejoindre. Faisant mine de se transformer en un tigre gigantesque, il se plia en deux et rugit avec force. Partagé entre l'excitation et sa réserve naturelle, Charles-Édouard hésita quelques secondes avant de s'élancer pour se dérober. Entrant dans le jeu, les fillettes crièrent à l'unisson de leurs voix aiguës. Tandis que Charles-Édouard tentait d'échapper à son père, Marguerite et Myriane entreprirent à leur tour de le pourchasser. N'étant pas encore tout à fait assurée sur ses jambes, Marguerite vacilla et aurait sans doute trébuché si Anne ne l'avait pas happée par la taille. En tournoyant sur elle-même, Anne enleva sa fille dans une ronde folle. À bout de souffle, elle s'arrêta et chercha Myriane des yeux, mais la petite avait disparu. Rencontrant le regard espiègle de Joffrey, elle échangea un sourire complice avec lui. Celui-ci lui désigna alors le plan d'arbousiers d'un signe de la tête et lui fit un clin d'œil. Comprenant que Myriane s'y cachait, Anne s'avança subrepticement dans cette direction en mettant un doigt sur ses lèvres pour indiquer à Marguerite de garder le silence.

De son côté, Joffrey rattrapa Charles-Édouard et le hissa sur ses épaules. En galopant, il se dirigea vers ses quartiers, au plus grand bonheur de son fils. Demeurée seule au jardin avec les deux fillettes, Anne poursuivit son chemin jusqu'au bosquet. Cependant, elle se figea sur place en percevant le sifflement caractéristique d'un serpent. Faisant volte-face, elle chercha le reptile des yeux. Une peur sourde lui noua l'estomac. D'instinct, elle resserra son emprise sur Marguerite. Mais Myriane se trouvait là, quelque part, à la merci de cette bestiole dangereuse. Hésitant à appeler Joffrey, de crainte d'effrayer l'animal, elle se déplaça avec prudence et inspecta le sol d'un regard inquiet. « Mais où se trouve cette sale bête ? » Se souvenant des mises en garde de Joffrey et du chevalier de Dumain, elle déglutit péniblement. Ils lui avaient bien spécifié qu'une simple morsure pouvait se révéler fatale. Inconsciemment, un gémissement de panique s'échappa de sa gorge, alertant aussitôt sa fille. En réponse à l'angoisse de sa mère, Marguerite cessa de rire et s'agita. Apercevant un mouvement parmi les feuillages, Anne sursauta. Du coin de l'œil, elle reconnut la manche colorée de la robe de Myriane. Sans réfléchir, elle effectua un bond de côté et agrippa la petite par l'avant-bras. Avec une force décuplée par la peur, elle la hissa sur sa hanche sans relâcher Marguerite pour autant. À l'instant où elle s'apprêtait à prendre la fuite, le serpent surgit devant elle, lui coupant toute retraite. Acculée dans l'un des coins du jardin, elle recula prudemment de quelques pas afin de mettre le plus de distance possible entre la bête et elle. Bien que réfugiée dans les bras de sa tante, Myriane commença à pleurnicher en avisant l'expression paniquée de celle-ci.

— Chut, ma chérie ! murmura Anne d'une voix tendue.

Elle devait parvenir à la calmer, car tout mouvement brusque de leur part risquait d'attirer l'attention du reptile et provoquer leur perte.

— Myriane, mon ange, nous allons jouer à un nouveau jeu, annonça-t-elle avec un entrain forcé. Vous allez, toi et Marguerite, cacher votre visage dans mon cou et demeurer aussi immobiles qu'une statue. La dernière à bouger ou à faire du bruit aura droit à une friandise.

Nullement convaincue, Myriane fit un bref signe de tête négatif. En remarquant la mine effrayée de la fillette, Anne sentit son cœur se serrer. De ses petits doigts, elle lui désigna le serpent en frissonnant. À l'évidence, les avertissements de Joffrey avaient aussi porté leurs fruits auprès des enfants. Le reptile se souleva à ce moment à demi et sortit la langue en sifflant, ce qui fit aussitôt paniquer Anne qui cria le nom de Joffrey. Devant le comportement agressif de la bête, Myriane poussa un cri strident à son tour, ce qui excita davantage le prédateur.

Dès qu'il entendit les hurlements de terreur, Joffrey lança son fils sur le lit en lui enjoignant de rester là. Puis il se rua vers le jardin, son cimeterre au poing. Il ne fut pas long à les repérer. Tout en progressant vers elles, il évalua la situation. Il n'y avait aucune marge d'erreur. Néanmoins, il fonça sur le serpent et lui trancha la tête d'un coup vif. À la vue de l'animal décapité, Myriane cria de plus belle, déclenchant une crise de larmes chez Marguerite. Enjambant le cadavre, Joffrey s'empara de Marguerite et la cala dans ses bras. Au même moment, il saisit la main d'Anne et l'entraîna à sa suite. Une fois tout le monde en sécurité à l'intérieur de la chambre, il ouvrit le battant qui donnait accès au couloir et fit venir plusieurs hommes. Il leur donna des instructions précises : le jardin et leurs appartements devaient être fouillés en profondeur. Assise en tailleur sur le lit, Anne serra Myriane contre sa poitrine. La petite sanglotait contre son épaule et s'accrochait à elle avec une énergie surprenante. Elle la berça avec douceur en caressant sa chevelure dorée afin de la réconforter. Avec incrédulité, Charles-Édouard les dévisageait de ses grands yeux, visiblement perturbé par tout ce remue-ménage et n'arrivant pas à comprendre ce qui avait déclenché une telle pagaille. En étreignant brièvement la main de son fils dans la sienne, Anne continua de rassurer Myriane. Par chance, les pleurs de celle-ci s'apaisèrent, ainsi que ceux de Marguerite, toujours dans les bras de son père. Le cœur d'Anne recommença à battre à un rythme régulier.

Joffrey observait Anne avec attention. Elle était toujours pâle, mais au moins elle ne tremblait plus. « Par tous les démons de l'enfer ! J'ai eu si peur qu'elle se fasse mordre ! » Il s'en était fallu de si peu. Avec tendresse, il frotta le dos de sa fille. Une question continuait de le tarauder : « Comment diable cette bête a-t-elle pu se retrouver en ces lieux ? » Le jardin était clos et entouré des hauts murs du palais. Aucune issue ne débouchait vers l'extérieur, et le seul accès donnait sur cette chambre. « C'est incompréhensible ! » Portant son regard sur Anne, il fut parcouru d'un frisson funeste. En deux enjambées, il la rejoignit et déposa Marguerite sur le lit. D'une main tremblante, il étreignit Anne, Myriane entre eux.

Tel qu'il s'y attendait, ses hommes ne trouvèrent aucune trace d'un autre serpent dans les parages. Il s'agissait d'un cas isolé et inexplicable. Par précaution, Joffrey ordonna qu'une vérification méticuleuse soit effectuée tous les matins durant leur séjour. Il ne voulait prendre aucun risque en ce qui concernait la protection de sa famille. Rassurée par ces mesures, Anne envisagea donc de retourner ultérieurement au jardin en compagnie des enfants. Cependant, elle ne tiendrait plus jamais pour acquise la sécurité des siens et demeura sur ses gardes malgré le fait qu'ils résidaient dans les quartiers privés de Joffrey.

⁕

L'incident avec le reptile ne constituait plus désormais qu'un vague souvenir dans la mémoire des petits. Par bonheur, Myriane ne se réveillait plus au beau milieu de la nuit en hurlant. Cela faisait maintenant trois jours qu'elle n'avait plus ses horribles cauchemars. Cet épisode continuait toutefois de tracasser Anne, et plus les jours avançaient, plus elle prenait conscience d'un fait : sa présence dans les appartements du maître mécontentait plusieurs personnes. Kahina et certaines de ses acolytes ne cessaient de couvrir Joffrey d'attentions quand il se retrouvait en leur compagnie, sans pour autant parvenir à éveiller son intérêt. Abbes, le chef des eunuques, s'était entretenu avec lui la veille afin de le convaincre d'honorer ses concubines. Le refus catégorique de Joffrey l'avait contrarié, n'améliorant pas leurs rapports ni l'ambiance générale.

Lors des absences prolongées que Joffrey planifiait, Anne deviendrait prisonnière du harem et dépendrait alors de la bonne volonté d'Abbes, tout comme les autres femmes. En effet, le sultan s'était manifesté et avait exigé que Joffrey inspecte les frontières de son empire afin de s'assurer qu'elles étaient toujours protégées. Cela impliquait qu'il s'absenterait plusieurs semaines d'affilée. Anne appréhendait ce moment car elle connaissait l'animosité d'Abbes à son endroit et lui rendait bien la pareille puisqu'elle n'avait aucune confiance en cette moitié d'homme. Par chance, lorsque Joffrey quittait le palais uniquement pour la journée, elle pouvait demeurer dans ses quartiers. Même si elle y était confinée, c'était déjà préférable au harem. Le fait que de Dumain se tenait en faction avec d'autres chevaliers devant sa porte la tranquillisait d'autant plus. Du moins, ils ne dépendaient pas exclusivement de Mouley et de ses gardes pour assurer leur protection. Tout comme Abbes, cet être sinistre ne semblait pas la porter dans son cœur. Plus d'une fois, elle avait surpris son regard mauvais posé sur sa personne et cela lui avait donné froid dans le dos. Son expression lui rappelait beaucoup trop celle de Rémi, quand il avait tenté de la livrer aux Anglais.

Mettant un frein à ces pensées moroses, Anne reporta son attention sur les enfants, qui écoutaient religieusement l'histoire racontée par sa mère. À l'écart, Berthe brodait un caftan coloré en chantonnant. Assise sur le bord de la fontaine, Crisentelle essayait d'enseigner quelques rudiments médicinaux à la pauvre Pétronille qui n'arrivait pas à la suivre. Dissimulant un sourire, Anne se tourna vers Amina, la seule des concubines qui fut autorisée à lui rendre visite. Elle prenait plaisir à leurs échanges. Celle-ci se révélait une mine d'informations précieuses sur les us et coutumes du harem. Au moins, Anne serait mieux préparée quand elle s'y retrouverait enfermée.

Avisant le front soucieux de la nouvelle venue, Amina déposa une main légère sur son avant-bras, la faisant tressaillir. Relevant la tête, Anne croisa le regard de son amie. Elle s'était ouverte à elle en toute simplicité et lui avait fait part de ses appréhensions. Anne éprouvait de vives réticences en ce qui avait trait à leur culture. Amina avait tenté de la rassurer, mais elle voyait bien qu'elle n'y était pas parvenue.

— Tout ira bien, Samia, déclara-t-elle avec conviction.

— Amina, soupira Anne. Pourquoi vous entêtez-vous à utiliser ce nom ? Vous savez pertinemment que ce n'est pas le mien.

— Je le fais pour vous, ma chère. Vous devez vous habituer à ce prénom puisque ce sera le vôtre sous peu. Dès que vous franchirez les murs du harem, toutes les femmes vous appelleront ainsi, que cela vous plaise ou non. Telles sont nos lois, et le maître est imprudent de ne pas se plier à cette règle en attendant. Certains pourraient en prendre ombrage.

— J'en suis tout à fait consciente. Vous n'avez eu de cesse de me le répéter depuis notre première rencontre.

— Et je continuerai de le faire, rétorqua la principale intéressée en lui souriant avec chaleur.

Anne se préparait à répliquer lorsque Marguerite arriva subitement en courant et se laissa tomber sur les jambes de sa mère. Anne l'aida à se relever et la prit sur ses genoux. Attirée par le plat de confiseries sur la table basse, la petite se trémoussa, cherchant à l'atteindre. Les deux amies éclatèrent de rire devant sa convoitise évidente. Saisissant un loukoum, Amina le lui tendit. Marguerite s'en empara avec un cri de joie et le porta à sa bouche.

— Amina, vous la gâtez affreusement, protesta Anne en affichant une mine amusée.

— Oh! Je sais, ma chère! Mais elle est si mignonne que je ne peux rien lui refuser. Je suis certaine qu'elle fera des ravages parmi les femmes du harem avec son joli minois angélique.

À cette seule perspective, l'estomac d'Anne se noua. Il ne lui restait plus que quatre jours de sursis avant le départ de Joffrey.

⸻

La nuit avait recouvert l'endroit de son manteau sombre depuis un bon moment. Trop fatiguée pour attendre Joffrey plus longtemps, Anne avait aidé Berthe et Pétronille à coucher les enfants, puis elle s'était retirée dans sa suite. Elle savait son époux en grande discussion avec Hadi dans le salon d'apparat. Pour sa part, elle souffrait d'un mal de tête de plus en plus insistant. Allongée dans le noir, elle somnolait plus qu'elle ne dormait, si bien qu'elle fut à même de sentir la présence d'une tierce personne dans la chambre. Les poils de son corps se hérissèrent, devinant d'instinct qu'il ne s'agissait pas de Joffrey. D'une main tremblante, elle s'empara de la dague qui ne la quittait jamais et l'extirpa de sa cachette sous l'oreiller en silence. Dans le passé, elle s'était fait enlever en plein cœur de la nuit. Elle refusait de subir un sort similaire une deuxième fois. Avec précaution, elle se redressa et sortit de son lit. Elle parcourut la distance qui la séparait de la porte menant au corridor sur la pointe des pieds. Si elle parvenait à l'atteindre sans être découverte, elle serait en mesure de donner l'alerte. À mi-chemin, pourtant, elle se figea. Quelqu'un se trouvait juste derrière elle, car elle percevait son souffle sur sa nuque. Mue par une impulsion, elle se baissa et fendit l'air de sa dague en lâchant un faible cri. Sa lame ne rencontra que le vide. La peur au ventre, elle recula en tenant l'arme devant elle. Au même moment, la porte s'ouvrit avec fracas. Sans réfléchir, elle attaqua l'homme qui se découpait en contre-jour dans l'encadrement. Un grognement sourd résonna dans la chambre. Avant qu'Anne ne puisse réaliser ce qui se passait, deux gardes pénétrèrent dans la pièce à leur tour et la ceinturèrent en lui tordant le poignet. Sous la douleur, elle lâcha prise et la dague percuta le sol dans un bruit sinistre. Le tranchant d'un cimeterre fut appuyé contre sa trachée et ses bras furent ramenés dans son dos avec brutalité. Une lumière éblouissante éclaira bientôt les lieux. Les yeux d'Anne s'agrandirent d'effroi en apercevant Joffrey, une tache de sang s'élargissant sur sa poitrine. Comprenant qu'elle venait de le blesser gravement, elle poussa une exclamation d'horreur.

— Nom de Dieu, Anne! s'écria-t-il en découvrant l'identité de son agresseur.

— Joffrey…, hoqueta-t-elle, désorientée.

Alors qu'elle tentait de se libérer pour le rejoindre, la pression de la lame sur sa gorge s'accentua, entaillant sa peau. La douleur vive la fit blanchir et elle se mordit la lèvre inférieure pour contenir sa panique. Joffrey réagit instantanément en remarquant les gouttes de sang qui perlaient de l'estafilade.

— Lâchez-la! ordonna-t-il d'un ton mordant.

— Maître, cette créature vous a attaqué! Elle doit être châtiée pour son crime! s'insurgea l'un des gardes avec vindicte.

— J'ai dit: lâchez-la! déclara Joffrey avec froideur.

Le regard que le maître darda sur l'homme fit reculer ce dernier d'un pas. Comprenant qu'il risquait sa vie à défier ainsi le cheikh, le vigile relâcha son emprise sur Anne et s'inclina avec raideur devant Joffrey.

— Si tel est votre désir, répondit-il avec un déplaisir évident.

Conscient que la sécurité d'Anne demeurait précaire, Joffrey lui intima avec sécheresse de gagner la salle des bains et d'y attendre son retour. Elle voulut protester, mais l'expression féroce de son époux l'en dissuada. En courant, elle trouva refuge dans l'autre pièce. Sans quitter les deux gardes des yeux, Joffrey somma le chevalier de Gallembert d'aller chercher immédiatement Sédrique et Crisentelle, ainsi que de Dumain.

Crisentelle rejoignit Anne, qui se trouvait recroquevillée dans un coin, une serviette comprimée contre sa gorge. Avec une douceur infinie, elle parvint à lui faire accepter son aide. En découvrant l'entaille, elle claqua la langue en signe de désapprobation, maîtrisant avec peine son exaspération. Par chance, la coupure n'était pas profonde, mais en contrepartie elle s'étendait en longueur. Même si l'estafilade avait beaucoup saigné de prime abord, le flot s'était tari de lui-même. Crisentelle nettoya la plaie avec minutie tout en tenant sa langue, car ce n'était ni le lieu ni le moment approprié pour laisser libre cours à son mécontentement.

Lorsque Joffrey les rejoignit, il avait été soigné et sa blessure pansée par Sédrique. En remarquant la mine défaite d'Anne, il se composa une expression impassible. Parvenu à sa hauteur, il s'accroupit. Seule une légère crispation de sa mâchoire laissait tout deviner des sentiments violents qui l'agitaient.

— Anne, qu'est-il arrivé ? demanda-t-il sans préambule.

Il avait besoin d'obtenir des réponses rapidement afin de calmer les esprits échauffés. Le regard qu'elle leva vers lui le transperça en plein cœur. Il aurait pu jurer que des fantômes du passé la tourmentaient de nouveau. Joffrey lisait aussi un mélange de culpabilité et d'incrédulité sur son visage.

— Anne…, poursuivit-il avec plus de douceur, caressant le visage de sa femme. Pourquoi avais-tu une dague avec toi ? Que cherchais-tu à faire ?

Déglutissant avec peine, elle observa sa paume qui avait tenu l'arme, puis le torse de Joffrey. En avisant la chemise ensanglantée, elle plaqua une main sur sa bouche et étouffa un sanglot. « Doux Jésus ! J'aurais pu le tuer ! » Si la lame s'était enfoncée dans sa poitrine au lieu d'entailler la chair, il ne serait plus de ce monde. Incapable de réfréner davantage les larmes qui brûlaient ses yeux, elle laissa libre cours à son chagrin. Touché jusqu'au plus profond de son être, Joffrey la prit dans ses bras et l'étreignit avec force. Il dut se mordre les lèvres pour ne pas laisser fuser un grognement douloureux. Tout son corps était tendu.

— Anne, parle-moi! chuchota-t-il à son oreille.

— Joffrey… Mon Dieu… Je n'avais pas l'intention de vous causer du tort…, répondit-elle d'une voix misérable.

— Je n'en doute pas un seul instant, Anne!

— Les gardes, ils ont cru… ils ont cru pourtant que j'avais voulu… vous tuer.

— Ce ne sont que des idiots! Ils ne te connaissent pas aussi bien que moi. Je sais que cette attaque n'était pas dirigée contre moi. Ce que je désire comprendre en revanche, c'est contre qui elle l'était.

— Il y avait quelqu'un avec moi dans la chambre, expliqua-t-elle en frissonnant. J'ai ressenti une présence hostile.

— En es-tu certaine, Anne? N'était-ce pas plutôt le fruit de ton imagination?

— Non! s'écria-t-elle avec conviction en s'écartant de lui. J'ai senti un souffle chaud dans mon dos.

— Anne! Lorsque je suis arrivé, je n'ai croisé personne. Il n'y a pas d'autres issues que celle que j'ai empruntée.

— Je ne suis pas folle, Joffrey! Je n'étais pas seule dans cette pièce. Peut-être existe-t-il un passage secret? suggéra-t-elle en s'agitant.

— Il y en a un, en effet, mais j'en ai fait condamner l'accès il y a longtemps déjà. Personne n'a pu entrer par là.

— Qu'est-ce qui nous dit qu'il n'en existe pas un deuxième ?

— Ce serait fort surprenant. En tant que cheikh de ce palais, j'ai été mis au fait de tout ce qui le concernait. Une telle information n'aurait pu être tenue sous silence.

Se relevant vivement, Anne fit les cent pas avec nervosité. «C'est impossible! Je n'ai pas rêvé! De cela, je suis certaine. Comment expliquer cette présence dans ce cas?» Se refermant sur elle-même, elle porta une main à sa gorge. S'étant redressé à son tour, Joffrey la rejoignit et frôla avec délicatesse le pansement qui s'y trouvait. Un éclair de fureur traversa son regard au souvenir de ce qui s'était passé. Les gardes du palais n'auraient pas hésité un seul instant à lui trancher la tête sans autre forme de procès. Il était hors de question que Joffrey la livre à ces brutes qui réclamaient un châtiment exemplaire. Ce nouvel incident lui faisait douter de la justesse de sa décision et il commença à regretter son séjour dans son harem. Il devrait en discuter avec de Dumain. Le vieux chevalier n'allait certainement pas manquer une telle occasion pour lui remettre sur le nez son choix de les exiler dans ce pays. Ce constat fit naître chez lui un rictus amer. Reportant son regard sur sa charmante épouse, il la contempla avec attention. Elle croyait réellement qu'il y avait eu quelqu'un d'autre avec elle dans la chambre. Il le voyait bien à son expression. Frôlant le pli soucieux sur son front, il l'embrassa avec une tendresse déroutante.

— Je vous promets de prendre toutes les mesures nécessaires pour mieux vous protéger à l'avenir.

— Merci, Joffrey! eut-elle pour toute réponse, avant de s'abandonner dans ses bras en toute confiance.

Ils restèrent ainsi enlacés pendant quelques minutes. Joffrey goûta au plaisir simple de la tenir tout contre lui. Crisentelle s'éclipsa discrètement. Elle était demeurée silencieuse dans un coin pendant leur échange. Au contraire de Joffrey, elle n'avait aucun doute quant aux affirmations de la petite. Cet événement la troublait, tout comme cette histoire de serpent. Ils n'étaient pas en sécurité dans cet endroit maudit, elle le sentait dans chacune des fibres de son corps. Elle comptait s'en ouvrir au vieux chevalier. Il en allait de leur survie à tous.

⸢⸢⸢

Deux jours avant le départ de Joffrey, ses concubines furent invitées à une réception donnée en leur honneur dans la grande salle des balcons. Anne, qui avait refusé d'être tenue à l'écart, reposait sur un amoncellement de coussins en retrait des autres femmes. Comme à son habitude, Amina se trouvait à ses côtés et devisait joyeusement avec elle. Amina comprenait, au regard chagriné de son amie, que cette soirée la blessait cruellement. Anne souffrait en silence et plaquait sur ses lèvres un sourire faux. Joffrey aussi était conscient de ses tourments et faisait tout ce qui était possible pour garder une certaine distance avec les concubines de son harem. Ce soir-là, il avait fait venir un groupe de musiciens afin de les divertir. Ceux-ci jouaient parfaitement et s'accommodaient sans problème du fait qu'ils devaient porter un bandeau sur les yeux. De cette façon, les femmes pouvaient évoluer en toute liberté dans la salle, sans se cacher derrière un voile.

Désirant se changer les idées, Anne détailla les lieux avec circonspection. Elle devait reconnaître que cet endroit, nouveau pour elle, était pourvu de charme. Une longue galerie qui parcourait le deuxième étage dans son ensemble surplombait cet espace ouvert. De multiples arches dentelées en marbre soutenaient la structure. Le sol, sous leurs pieds, était couvert de mosaïques beiges et bleues. Au centre, une fontaine reposait dans un bassin en forme d'étoile, alors que diverses plantes égayaient la place de façon agréable. Un sofa recouvert de satin rouge se situait à l'une des extrémités de la pièce. C'est d'ailleurs là que se trouvait Joffrey, à demi allongé et mangeant en silence les raisins qu'une concubine lui tendait. À ses pieds et debout derrière lui se tenaient d'autres femmes qui le touchaient et le caressaient avec adoration. Pas une cependant n'osa esquisser un geste déplacé, ce qui était déjà une piètre consolation pour Anne. Plus la soirée avançait toutefois, et plus elle enrageait. Si cette petite comédie grotesque ne prenait pas fin sous peu, elle risquait de faire un esclandre. Amina devina l'embarras grandissant de sa compagne et posa une main légère sur son bras et le serra en signe d'avertissement.

Ravalant sa colère, Anne tourna un regard flamboyant vers son amie. Du coin de l'œil, elle vit certaines des concubines se lever et danser pour leur maître. Leurs comportements la répugnaient, mais elle ne pouvait s'empêcher de ressentir malgré tout de la jalousie. Ces femmes se mouvaient avec une grâce qui fascinait les hommes, et Joffrey ne faisait pas exception à la règle. De surcroît, elles possédaient une assurance qu'Anne était loin d'éprouver. Elle les enviait d'une certaine façon de se sentir si à l'aise avec leur corps. Comprenant alors qu'il lui fallait rivaliser avec elles pour les battre à leur propre jeu, Anne prit une résolution des plus pénibles. Elle demanderait l'aide d'Amina et se familiariserait avec l'art de la séduction. Peut-être serait-elle vouée aux feux de l'enfer par la suite, mais elle détiendrait du moins toutes les armes pour garder son époux après d'elle et le détourner de ces créatures charnelles et tentatrices. Sa décision arrêtée, elle fixa Amina droit dans les yeux.

— Je désire que vous m'appreniez tout ce qu'elles savent. Tout.

Amina ouvrit de grands yeux, surprise. Devant la détermination farouche de son amie, un sourire malicieux étira ses lèvres.

— C'est avec plaisir que je vous enseignerai leur art. Il était plus que temps que vous preniez cette initiative, très chère. Je soupçonne que vous serez une élève accomplie. Sous vos dehors réservés se cache une âme passionnée qui ne demande qu'à éclore. Sans aucun doute, vous ferez une courtisane délicieuse. Le maître sera enchanté à son retour et, surtout, il sera subjugué. Il me tarde de commencer votre apprentissage…

Amina semblait si satisfaite de ce revirement inattendu qu'Anne ne put s'empêcher d'éclater de rire. Le cœur plus léger, elle lança un regard oblique en direction de Joffrey. Celui-ci la fixait, un sourcil dressé en signe d'interrogation. Son cher époux aurait droit à une surprise de taille, et elle se garderait bien de lui dévoiler ses plans. Finalement, cette absence se révélerait bénéfique et elle comptait utiliser chaque instant à sa disposition pour parfaire son éducation. Elle en était à cette réflexion lorsqu'une fine poussière blanche se répandit soudain sur sa jupe. Relevant la tête pour en chercher la provenance, elle eut tout juste le temps de prendre conscience du danger qui les guettait avant qu'un vase énorme ne tombe sur elles. Par réflexe, Anne agrippa le devant du caftan de son amie et la tira vivement avec elle sur le côté. Entraînée par l'élan, Amina s'affala de tout son long sur le sol. Le vase se fracassa à leurs pieds en une multitude de morceaux et en produisant un bruit assourdissant. Un fragment entailla la joue d'Amina au passage. Quant à Anne, elle eut la présence d'esprit de se protéger avec ses bras. Une infime couche de débris les recouvrit.

En proie à une terreur sans nom, Joffrey bondit de son sofa et se précipita vers elles. Tout autour de lui, les concubines s'agitaient en poussant de hauts cris. Alertés par tout ce tumulte, les gardes envahirent la salle au pas de charge.

— Sortez-les d'ici! aboya Joffrey.

Sans prendre la peine de vérifier si ses ordres étaient respectés à la lettre, il tomba à genoux aux côtés d'Anne et chercha un signe de vie. Une deuxième personne arriva sur sa gauche et ausculta Amina. Il s'agissait de Sédrique. Avant que Joffrey puisse dire un mot, Anne se souleva sur ses avant-bras en toussotant, suivie par Amina. Quelque peu sonnée, Anne passa des doigts tremblants sur son front. Deux mains puissantes l'aidèrent à se redresser.

— Seigneur, Anne! Es-tu blessée? la pressa Joffrey en la palpant avec frénésie.

— Tout va bien, Joffrey! le rassura-t-elle en apercevant sa mine atterrée.

— Bon sang! Rien ne va plus, au contraire! Cela commence à faire trop de coïncidences! On croirait que quelqu'un cherche à t'éliminer! Nom de Dieu! clama-t-il avec colère. N'y a-t-il donc aucun endroit où tu sois en sécurité?

Debout au centre de la pièce, de Dumain conservait sa mine soucieuse. Il n'aimait pas ce qui se tramait en coulisses. Il n'y avait aucun doute dans son esprit: quelqu'un cherchait à se débarrasser de la dame de Knox. «Cette personne a failli y parvenir cette fois-ci», songea-t-il en contemplant les débris au sol.

Joffrey se releva brusquement et arpenta la salle plusieurs fois avant de se planter devant Anne et de la dominer de toute sa hauteur. Il avait les poings crispés et les muscles de son corps étaient bandés à l'extrême. Il se sentait impuissant à la protéger et cela l'exacerbait à un point tel qu'il ressentait le besoin de se défouler sur quelque chose ou encore quelqu'un. Les yeux de Joffrey brillaient d'un feu incandescent. «Le responsable de cet acte n'aura droit à aucune clémence!» rumina-t-il intérieurement. Abasourdie, Anne le contemplait en silence. Elle n'éprouvait aucune frayeur face à ces éclats de rage légendaires. Pour sa part, maintenant que les battements de son cœur commençaient à se calmer après la frayeur éprouvée, elle était en mesure de concentrer toute son attention sur son époux qui parvenait avec peine à contenir le flot des émotions qui l'assaillaient. Anne franchit la distance qui les séparait et frôla le torse de Joffrey d'une caresse légère. Celui-ci tiqua, comme piqué à vif. Désireuse de l'apaiser, elle se lova tout contre lui.

— Anne…, rugit-il en guise d'avertissement.

Sans tenir compte de la mise en garde, elle tendit son visage vers le sien en esquissant une invite silencieuse. D'un geste vif, il captura sauvagement ses lèvres, une main ferme plaquée dans son dos et l'autre derrière sa nuque, la gardant ainsi captive de son étreinte. Une force brute émanait de lui. Lorsqu'il la relâcha enfin, tout son être vibrait. Incapable de quitter Anne des yeux, Joffrey inspira par à-coups, et c'est avec impatience qu'il ordonna à de Dumain de déployer leur troupe sur-le-champ afin de débusquer les coupables. Puis il s'adressa à Sédrique.

— Ramène Amina avec toi et assure-toi qu'elle reçoive les soins appropriés, lâcha-t-il d'un ton rude. Aide-la à s'installer dans la chambre des enfants. À partir de ce jour, je l'affranchis de son titre de concubine et elle officiera à titre de dame de compagnie auprès de mon épouse.

Sédrique s'inclina avant d'apporter son soutien à Amina. Médusée, Anne se retint de demander à Joffrey pour quelle raison il transgressait les règles du harem en agissant de la sorte. Nullement conscient de l'émoi d'Anne, Joffrey lui enserra les épaules dans une étreinte inébranlable.

— Quant à toi, je veux que tu demeures cloîtrée dans mes appartements. De Dumain assurera ta protection avec d'autres chevaliers. Tu ne dois quitter ces lieux sous aucune considération. Je suis sérieux, Anne !

Elle comprit à son regard qu'il ne souffrirait aucune réplique de sa part. Il attendait qu'elle soit en sécurité avant de partir à son tour à la recherche d'indices. Non sans crainte, elle retourna à leurs quartiers, le front barré d'un pli soucieux.

◦⋄⊰❈⊱⋄◦

Lorsqu'elle se réveilla, Anne constata sans surprise l'absence de Joffrey. Elle savait qu'il avait passé une bonne partie de la nuit à poursuivre le coupable. Elle l'avait brièvement aperçu à l'aube, quand il était venu vérifier si elle dormait. Il lui avait paru agité, frustré. Elle en avait alors déduit que son enquête piétinait. En s'assoyant, elle se mit à réfléchir aux événements de la veille et se rembrunit. « En temps normal, Joffrey et moi aurions dû profiter au maximum des derniers moments avant son départ », songea-t-elle avec tristesse. Se doutant que Joffrey se trouvait toujours avec ses hommes, elle décida de se changer les idées en vaquant à ses propres occupations. «Je devrais rendre visite à Amina pour voir comment elle se porte. J'irai ensuite voir les enfants.» Elle entreprit donc de déjeuner et avala le contenu d'un cabaret qui se trouvait sur un tabouret. Elle se rendit ensuite à la salle des bains afin de procéder à ses ablutions.

Elle se dirigea allégrement vers le bain et se glissa dans l'eau avec un plaisir réel. Elle ne fut pas longue à en ressentir les bienfaits. Une torpeur exquise s'empara d'elle. Fermant les yeux, elle laissa son esprit errer librement. Sur le point de s'endormir, elle souleva ses paupières et chercha à atteindre une lingette ainsi que le savon. Étrangement, ce simple geste se révéla si ardu que son bras retomba lourdement. Envahie par un pressentiment sinistre, elle essaya encore une fois de relever sa main, sans succès. De plus en plus angoissée, elle voulut se lever, mais rien ne lui obéissait. En outre, le besoin de sommeiller se faisait plus pressant que jamais. Paniquée, elle ouvrit la bouche pour appeler à l'aide, mais aucun son ne franchit ses lèvres. Réalisant alors qu'elle glissait vers le fond du bassin sans pouvoir arrêter cette descente infernale, elle tenta avec l'énergie du désespoir d'échapper au sort funeste qui l'attendait. Sur le point d'être submergée, elle aspira une dernière fois. Par un détour cruel de son esprit, elle songea à son père, mort dans des circonstances similaires lorsqu'elle avait neuf ans. «Au moment où la glace s'était rompue sous son poids et qu'il avait sombré dans les flots avec son cheval, avait-il éprouvé la même terreur que moi? S'était-il senti impuissant à changer le cours des événements? Avait-il vu la mort en face, comme je la vois en cet instant?» Tout près de suffoquer, elle se força à évoquer le doux visage de ses enfants et celui plus viril de Joffrey. Son corps tressauta et elle chercha désespérément de l'air. La rasade d'eau qu'elle avala l'étouffa et des points lumineux se mirent à danser devant ses yeux. Tout son être se crispa dans un ultime effort… et puis plus rien, sinon un trou sombre qui l'engloutissait.

La première chose que vit Crisentelle en pénétrant dans la salle, ce fut les cheveux d'Anne qui flottaient autour d'elle telle une auréole de feu. Son cri d'effroi alerta tout de suite Amina qui venait d'entrer à son tour. Le temps que celle-ci la rejoigne, Crisentelle avait déjà sauté dans le bain et essayait tant bien que mal d'en extirper Anne. Plongeant à sa suite, Amina agrippa Anne sous les aisselles. À deux, elles parvinrent à l'extraire du bassin et à la hisser sur le rebord. Avec des gestes sûrs, Crisentelle appuya sur la poitrine de l'inconsciente plusieurs fois. Elle ignorait depuis quand la jeune femme se trouvait là et s'il était seulement envisageable de la sauver, mais elle ne pouvait demeurer figée sur place sans tenter l'impossible.

Quel ne fut pas son soulagement quand Anne commença à tousser et à recracher le liquide qui envahissait ses poumons! La tournant sur le flanc, Crisentelle lui massa énergiquement le dos en l'encourageant à se battre pour sa survie. Sortant de sa torpeur morbide, Amina alla chercher des serviettes et s'empressa de frictionner son amie pour activer sa circulation. Émettant un croassement âpre, Anne aspira de grandes goulées d'air. Ses doigts étaient crispés sur la robe de Crisentelle tant cet effort lui était douloureux. Sa gorge et sa poitrine brûlaient à chaque respiration, lui infligeant une torture atroce.

— Doucement, petite! murmura Crisentelle d'une voix apaisante. Doucement… te voilà hors de danger! Calme-toi! Calme-toi! répéta-t-elle avec plus de force.

Toujours agrippée aux vêtements de Crisentelle, Anne ferma les paupières. Elle grelotait et claquait des dents. De plus, elle avait l'impression qu'elle ne réussirait jamais à se réchauffer. Prise de nausées, elle vomit sur le plancher de marbre blanc. Le corps secoué de spasmes violents, elle n'arrivait plus à se contrôler. Avec délicatesse, Amina dégagea son visage de ses cheveux, puis entreprit de lui laver la bouche et le buste. Peu à peu, Anne se tranquillisa, au plus grand soulagement des deux femmes.

— Nous devons la ramener dans son lit et prévenir le seigneur de Knox au plus vite, déclara Crisentelle.

— Non..., souffla péniblement Anne. Non...

— Samia, ce n'est pas sérieux ! Le maître doit en être informé sans plus tarder, s'écria Amina.

— Non..., parvint à murmurer de nouveau Anne.

— Petite, je comprends que tu ne veuilles pas inquiéter ton époux à la veille de son départ, mais ce qui vient de se passer est trop grave pour le garder sous silence. Tu ne peux lui cacher cette vérité ! Ménage tes efforts, car rien de ce que tu diras ne me fera changer d'idée.

De guerre lasse, Anne ferma les yeux en soupirant douloureusement. Il était inutile de s'obstiner avec Crisentelle, car elle pouvait se révéler aussi intransigeante que Joffrey.

— Allez, debout maintenant ! Tu seras plus confortable entre les draps de ton lit que sur ce plancher glacial.

Alors que Crisentelle l'aidait à se relever, Anne sentit ses jambes se dérober sous son poids. Amina la rattrapa de justesse et, avec le concours de la vieille femme, parvint à la maintenir à la verticale. Malgré toute sa volonté, Anne fut incapable de poser un pied devant l'autre. Face à ce constat, la sage-femme se désola. Confortée désormais dans son opinion, elle jugea d'autant plus nécessaire d'informer Joffrey de la situation. Il devait savoir que son épouse avait été droguée et avait failli par le fait même perdre la vie. Il devenait plus que jamais évident qu'Anne ne devait pas être enfermée dans le harem. « Elle n'y survivrait pas ! »

Les deux femmes réussirent malgré tout à transporter Anne jusqu'à son lit. Après l'avoir bordée avec soin, Crisentelle chargea Amina de rester à son chevet et de la veiller pendant qu'elle-même irait à la recherche du maître des lieux.

Lorsque Crisentelle le trouva enfin, Joffrey était en compagnie du chevalier de Dumain et de Hadi. Passablement irritable après une nuit sans sommeil, Joffrey la retourna avec brusquerie, sans prendre la peine de la regarder ni de s'informer du but de sa venue. Nullement intimidée, Crisentelle se planta devant lui, les mains sur les hanches. Ce grand seigneur ne l'impressionnait pas. Déterminée à lui faire entendre raison, elle ne cilla pas d'un pouce, même lorsqu'il releva un regard exaspéré vers elle. Avant qu'il ne puisse l'admonester, elle commença sa tirade.

— Qu'attendez-vous au juste pour réagir ? lui demanda-t-elle d'un ton hargneux.

Surpris par cette offensive brutale qui fit tressaillir Hadi, Joffrey se tendit. Crisentelle, qui se targuait d'avoir la langue acérée, n'avait pas pour habitude de l'attaquer de la sorte. « Que lui arrive-t-il tout à coup ? » Sur ses gardes, il croisa les bras et se cala dans sa chaise.

— Qu'as-tu à me reprocher cette fois-ci, vieille sorcière ?

— Votre stupidité ! lâcha-t-elle avec sècheresse.

À ces mots, Hadi sourcilla et lança un bref coup d'œil en direction de Joffrey.

— Tu vas trop loin! l'avertit Joffrey d'une voix glaciale.

— Vous croyez, mon seigneur? ironisa-t-elle. Dites-moi, comment traiteriez-vous un homme qui ne fait rien pour préserver son épouse du danger et qui refuse de voir la réalité en face? poursuivit-elle impitoyablement.

— Et que penses-tu que je fais, bon Dieu? Je suis justement en train de discuter avec de Dumain et Hadi des mesures à prendre.

— Qui protège votre épouse pendant ce temps?

— Elle se trouve en sécurité dans mes appartements.

— Ah oui? Dans ce cas, pouvez-vous m'expliquer comment il se fait que je vienne de la trouver aux portes de la mort dans votre bain?

— Quoi? s'écria Joffrey en se redressant.

— La petite a été droguée à votre insu, mon seigneur, et s'est retrouvée dans l'incapacité de s'extraire de l'eau au moment fatidique. Si je n'étais pas arrivée sur ces entrefaites, c'est un cadavre que vous auriez découvert à votre retour.

— Non! rugit-il en se précipitant vers ses quartiers.

Sans prendre garde, il bouscula Crisentelle sur son passage. Celle-ci se raccrocha au bras du chevalier de Dumain pour ne pas trébucher. Sans perdre de temps, celui-ci s'élança à son tour, Crisentelle et Hadi sur les talons.

Quand Joffrey déboula dans sa chambre, la première chose qu'il vit fut Anne qui reposait entre les draps, aussi pâle qu'une morte. Le cœur étreint dans un étau, il la rejoignit à grandes enjambées. «Enfer et damnation! Quel cauchemar! Combien de fois celle que j'aime frôlera-t-elle la mort avant que ce calvaire cesse enfin? Bon sang, c'est pire que la torture!» Effleurant son front du revers de la main, il fut consterné en constatant qu'elle était frigorifiée. S'allongeant à ses côtés, il l'attira à lui et l'enveloppa de ses bras. À peine parvint-elle à soulever ses paupières et à marmonner des propos incompréhensibles, affalée contre lui.

— Faites chercher Sédrique et trouvez ce qu'elle a ingurgité, ordonna-t-il d'une voix voilée.

— D'accord. Je vais le seconder, déclara Crisentelle avant de partir.

Une fois devant la porte, elle se retourna vers Anne afin de vérifier qu'elle allait mieux. Sa respiration semblait régulière, ce qui était bon signe. Reportant son attention sur Joffrey, elle le rassura.

— Votre épouse est forte! Elle s'en remettra! Selon toute probabilité, elle dormira un bon moment, mais après, tout devrait aller pour le mieux. Je ne crois pas qu'elle en gardera des séquelles.

— J'espère que tu dis vrai! eut Joffrey pour toute réponse.

Alors que Crisentelle sortait de la pièce, de Dumain s'avança près du lit et enveloppa la jeune femme d'un regard soucieux. Il aimait cette petite comme sa propre fille et ne pouvait souffrir de la voir ainsi. Sans doute son désarroi fut-il évident, car Joffrey le fixa à son tour. Une telle dureté se dégageait du seigneur que le vieux chevalier tressaillit.

— De Dumain, je veux que vous trouviez le coupable, déclara Joffrey d'un ton tranchant. Ne ménagez pas vos peines ! À partir de maintenant, vous doublerez la garde. Pour vous aider, je ferai venir des hommes du *Dulcina* avant qu'il appareille. Uniquement nos gens seront autorisés à approcher ces quartiers et vous ferez préparer vos repas par notre cuisinier. À aucun moment il ne devra y avoir de contact entre ma famille et les habitants de ce palais. Les trois seules exceptions seront Hadi, Amina et Hamida. De toute façon, Amina restera aux côtés d'Anne. Quant à vous, je vous ordonne d'intercepter tout message, cadeau ou objet en provenance d'une tierce personne. Est-ce bien compris ? demanda-t-il, plus incisif que jamais.

— Oui, mon seigneur ! répondit le chevalier avec vigueur. Je m'assurerai personnellement de la sécurité de la dame de Knox.

— Je n'en attendais pas moins de vous, de Dumain. Diantre ! J'exècre d'être coincé de la sorte ! Je ne peux me dérober aux exigences du sultan pour le moment, car il n'hésiterait pas à nous faire tous exécuter par des hommes de main de la trempe de Ghalib. À la première occasion par contre, nous quitterons ce foutu pays.

— Nous serons prêts ! promit de Dumain.

Sur ces paroles, il sortit à son tour prendre les dispositions nécessaires. Amina le suivit en silence et alla retrouver les enfants et dame Viviane.

꧁꧂

Comme prévu par Crisentelle, Anne dormit sans interruption jusqu'au lendemain. Toute la journée et la nuit, Joffrey la veilla rigoureusement, attentif au moindre signe de sa part. Bien que Sédrique eut tenté de le rassurer à son tour, après avoir examiné la jeune femme, Joffrey ne put se résoudre à la quitter. Le sort s'était si souvent joué d'eux qu'il ne pouvait s'empêcher d'appréhender le pire.

Durant l'après-midi, sa belle-mère et Pétronille vinrent lui tenir compagnie avec les petits. Pendant que Charles-Édouard s'amusait avec Myriane, Marguerite grimpa sur le lit et vint se recroqueviller contre le ventre de sa mère. Elle s'y pelotonna et ferma les yeux. Avec douceur, Joffrey caressa les boucles de sa fille, si semblables à celles d'Anne. Relevant la tête, il croisa le regard de dame Viviane. Elle était très inquiète, cela se voyait au voile qui assombrissait son regard.

D'entrée de jeu, elle ne s'était pas cachée du fait qu'elle le tenait responsable de l'état de sa fille. Elle lui en voulait amèrement et ses lèvres pincées démontraient avec clarté qu'elle ne ressentait que mépris pour lui. Si cela n'avait été que d'elle, cette union aurait été annulée dès le départ. Elle ne lui avait jamais pardonné de lui avoir forcé la main lors de cette fameuse joute, quatre ans plus tôt. Ce jour-là, Joffrey avait remporté le tournoi qui se déroulait au château de Vallière et avait exigé comme prix de récompense la main d'Anne. Joffrey se souvenait de l'expression horrifiée de dame Viviane lorsqu'il lui avait présenté une reconnaissance de dette ayant appartenu à son défunt époux et où il était inscrit que, en guise de paiement, le seigneur de Vallière lui accordait sa fille benjamine en mariage. Quant à Anne, elle avait été si abasourdie quand il l'avait embrassée sans pudeur devant tous qu'elle n'avait pas été en mesure de contester cette décision sur le coup. Face à l'injure faite à sa sœur, Jean avait été bien prêt de le trucider sans autre forme de procès. Si son beau-frère s'était trouvé ici, il y a belle lurette d'ailleurs qu'il se serait insurgé contre les conditions de leur réclusion. Joffrey fut donc soulagé lorsque dame Viviane retourna finalement à ses quartiers avec les enfants, et il put enfin se retrouver seul avec Anne.

⚬⟨❦⟩⚬

Un soleil matinal éclairait la chambre d'une chaude lumière réconfortante quand Anne ouvrit enfin les yeux. Joffrey, qui guettait son réveil, poussa un soupir. S'emparant d'un gobelet, il l'approcha des lèvres de sa femme et lui souleva la tête avec délicatesse. Anne but quelques gorgées et l'eau fraîche lui fit le plus grand bien. Elle avait la bouche pâteuse et l'esprit embrumé. Avec un effort évident, elle tenta de s'éclaircir les idées. Des images fugaces refirent surface de façon sporadique. Puis la mémoire lui revint avec une clarté effarante. En émettant un cri d'épouvante, elle se redressa.

— Chut, ma belle ! C'est terminé ! murmura Joffrey d'un ton apaisant en frottant son dos d'une main ferme.

— Je n'arrivais pas… à bouger…, hoqueta-t-elle. J'étouffais…

Incapable de dire un mot de plus, elle se réfugia dans les bras de Joffrey en tremblant. Une telle panique l'envahissait qu'elle s'accrocha à lui avec une force surprenante étant donné sa condition.

— Je veux retourner chez nous ! le supplia-t-elle d'une voix qu'il reconnaissait à peine. Par pitié… Joffrey…, implora-t-elle de nouveau avec désespoir.

Ce cri du cœur l'atteignit de plein fouet. Les larmes aux yeux, il l'étreignit si violemment qu'il lui arracha une plainte. Relâchant quelque peu son emprise, il tenta de lui faire entendre raison.

— C'est impossible! déclara-t-il d'un ton magnanime mais accablé. Anne, il faut attendre.

La sentant se raidir contre lui, il la maintint captive dans ses bras. Il ne désirait pas qu'elle le fuit et encore moins qu'elle le voit dans cet état. Il savait qu'il la blessait cruellement par son refus d'obtempérer à sa demande, mais il était piégé. Il ne pouvait agir autrement. Parvenant à se ressaisir au prix d'un immense effort, il déglutit avec difficulté.

— Je t'ai déjà promis, mon amour, de tous vous ramener dès que possible. Tu dois avoir confiance en moi, Anne, je t'en adjure!

— Non…, gémit-elle contre son torse. La situation n'est plus la même! Nous ne pouvons demeurer plus longtemps ici! Ils finiront par tuer l'un d'entre nous! poursuivit-elle en le martelant de ses poings.

— Non! s'écria à son tour Joffrey d'une voix puissante. Jamais je ne permettrai qu'une telle chose se produise! Anne…, rétorqua-t-il en faisant basculer sa tête vers l'arrière afin de croiser son regard, vous resterez tous dans mes appartements et nos gens assureront votre protection. Tu n'iras pas dans le harem et plus personne dans ce palais ne sera autorisé à vous approcher, toi et les enfants.

Plus que les paroles, c'est la détermination farouche qu'elle lut dans ses yeux qui la rasséréna. Ses prunelles brillantes la fascinaient. La gorge serrée par des émotions violentes, elle fut incapable de prononcer le moindre mot. À peine parvint-elle à opiner pour signifier qu'elle acceptait sa proposition. En réaction, Joffrey l'embrassa avec vigueur et la plaqua contre lui sans douceur. Dominée par la volonté de son mari, elle se soumit à lui et répondit à sa fougue avec la même ferveur. Quand Joffrey mit fin à leur baiser, ils étaient tous les deux à bout de souffle.

— Je t'ai fait une promesse et je m'en acquitterai! déclara-t-il solennellement en l'agrippant avec fermeté par la nuque.

À ces paroles, Anne ferma les paupières en poussant un profond soupir. Ses épaules s'affaissèrent et sa tête ploya vers l'avant. Appuyant son front sur le torse de son seigneur, elle capitula.

— Anne, je t'aime! Ne l'oublie jamais!

Comprenant qu'il était sur le point de se mettre en route, elle passa ses bras autour de son cou. Elle l'embrassa comme s'il s'agissait de leur dernière étreinte. Un grognement sourd s'échappa de la gorge de Joffrey et il dut se faire violence pour s'éloigner d'elle. Tout en vrillant son regard au sien, il caressa son visage du bout des doigts, s'imprégnant de sa douceur et de sa chaleur. Avec une brusquerie qui le caractérisait si bien, il la quitta sans un mot de plus. Anne savait qu'il détestait les adieux. Néanmoins, ce départ précipité lui fit mal…

⌒⌬⌒

Cela faisait maintenant cinq jours que Joffrey était parti et Anne avait retrouvé son entrain naturel. L'épreuve qu'elle avait subie s'estompait peu à peu de sa mémoire et il n'y avait pas eu de nouvel incident. Il faut dire que la présence discrète d'hommes dans le jardin, ainsi que la compagnie continuelle des femmes de son entourage contribuaient à la rassurer. La nuit, sa mère, Amina et

Crisentelle se relayaient à tour de rôle à ses côtés. Plus sûre d'elle désormais, Anne avait donc repris le contrôle de sa vie et de ses gens. Elle était redevenue la dame de Knox.

Anne s'était aperçue que la vieille Berthe était souffrante. Pour la contraindre à se reposer, elle avait délégué ses tâches à Hamida. Mais Berthe refusait d'abdiquer ses obligations et Hamida commettait maladresse par-dessus maladresse. Entre autres, la servante avait permis à Myriane et à Marguerite de se promener nues dans leurs quartiers à cause de la chaleur suffocante. Cela avait provoqué une commotion générale au sein du groupe, surtout auprès de dame Viviane, de Berthe et de Pétro-nille. Après avoir réprimandé Hamida, elles avaient entre-pris de rectifier la situation, mais les deux petites s'étaient rebellées, si bien que les trois femmes avaient dû négocier pour qu'elles acceptent de se rhabiller. Pour terminer, Hamida ne démontrait aucune inhibition et avait été surprise à plus d'une reprise à minauder auprès de certains des soldats attachés à leur protection. La dame de Knox se doutait qu'Hamida ne se comportait pas ainsi par malveil-lance, mais jugea préférable cependant de réfréner ses ardeurs et d'émettre de nouvelles lignes de conduite à respecter.

Quelques jours auparavant, Anne avait demandé à Amina de parfaire son éducation. Elle était consciente que sa mère n'approuverait pas son choix, alors elle se garda bien de lui en parler. Ne voulant pas heurter son entou-rage, Anne attendit de se retrouver seule avec Amina pour lui formuler sa requête de nouveau.

Maintenant que l'ancienne concubine de Joffrey consen-tait à l'appeler par son véritable prénom et la traitait comme une amie, leur relation s'était beaucoup simpli-fiée. Elles se trouvaient toutes deux au jardin et Amina dessinait des cercles dans l'eau du bassin du bout des doigts avec nonchalance quand Anne se décida à aborder le sujet. Se tournant dans sa direction, Amina la scruta attentivement.

— Anne, si tu es réellement déterminée à t'aventurer sur la voie de la séduction, il te faudra dans un premier temps apprendre à te sentir à l'aise avec ton propre corps.

Devant l'expression perturbée de la jeune femme, Amina afficha un sourire amusé. De toute évidence, Anne aurait quelques difficultés à se départir des préjugés qui lui avaient été inculqués depuis son enfance. Elle aurait besoin d'aide pour les surmonter.

— Ma chère, tu devras oublier tout ce que votre Église t'a enseigné en ce qui a trait au plaisir charnel. Vos prêtres vous étouffent avec leur moralité trompeuse et transforment les femmes de ton peuple en de petites choses frigides, dépourvues de toute sensualité.

— Ce n'est pas entièrement vrai, protesta Anne avec vivacité.

— Ah, oui ? Dans ce cas, oses-tu prétendre que tu n'as pas éprouvé de la honte face au désir primitif que t'inspirait parfois le maître ? N'as-tu jamais refusé certaines pratiques jugées incultes, ou bien ressenti de l'inconfort en t'abandonnant à la lumière du jour ? Tu dois être honnête envers toi-même, Anne !

Anne ouvrit la bouche pour répondre, puis se ravisa. Amina avait raison. L'Église prônait les rapports sexuels uniquement dans le but de procréer. La femme n'était pas censée éprouver du plaisir pendant l'acte et encore moins en rechercher. Se débattant avec sa conscience, elle demeura silencieuse et réfléchit longuement. Combien de fois Joffrey avait-il tenté de la convaincre de mettre en application certaines mœurs qu'elle estimait discutables ? À plus d'une occasion, à vrai dire. Elle ne devait pas laisser ses doutes la détourner de ses objectifs. « Et tant pis pour les préceptes religieux ! Après tout, je n'ai pas l'intention d'utiliser mes charmes pour séduire un autre homme, seulement mon époux. Alors quel mal y a-t-il à cela, en définitive ? "Aucun", me répondrait Joffrey. » Confortée dans sa décision, elle redressa la tête et fixa son amie droit dans les yeux.

— Continue ! Que dois-je faire ?

— Tu dois découvrir ce qui te plaît réellement et, pour y parvenir, il te faudra dans un premier temps explorer ton corps sans retenue.

— Oh, ciel ! s'exclama Anne en rougissant.

Devant sa mine déconfite, Amina rigola et l'entraîna à sa suite vers une porte dérobée située dans la chambre de Joffrey. Elle avait appris par les autres concubines qu'un passage secret reliait cette pièce au harem. Un moucharabié se trouvait tout au bout du tunnel et permettait au cheikh d'épier ses femmes, sans que celles-ci s'en aperçoivent. Après avoir tâtonné un peu, elle repéra le mécanisme d'ouverture derrière une tapisserie murale. En jetant un dernier regard à son amie par-dessus son épaule, elle actionna la poignée. Avec assurance, elle s'empara d'un bâton qu'elle embrasa avant de s'engager dans le couloir sombre. L'atmosphère était pesante et une forte odeur incommodante de moisi flottait dans l'air. Étant donné le faible éclairage, elles avançaient avec précaution. Lorsque enfin elles arrivèrent en vue du harem, Amina déposa la torche de fortune sur un socle dans le mur et poursuivit le reste du trajet à la pénombre. Elle ne voulait surtout pas attirer l'attention sur elles.

— Regarde bien, Anne! murmura-t-elle en désignant les femmes qui se prélassaient. Tout comme elles, tu dois considérer la nudité comme allant de soi. Il est tout à fait sain de s'exhiber devant son partenaire. Il n'y a plus de barrières qui tiennent dans l'alcôve, ce qui permet de se caresser en toute impunité. Cela procure une telle félicité qu'il serait absurde de s'en priver, lâcha-t-elle avec légèreté.

En jetant un coup d'œil derrière la petite fenêtre recouverte d'un grillage, Anne découvrit sans surprise que plusieurs des concubines étaient dénudées. Certaines s'amusaient à s'arroser dans le bassin d'eau, alors que d'autres demeuraient assises sur des tapis ou allongées sur le ventre en bavardant gaiement. Près du bain, deux jeunes filles enduisaient le devant de leur corps d'une huile aromatisée. Fascinée, Anne les vit glisser leurs doigts avec sensualité sur les courbes de leurs seins et de leurs hanches, pour se diriger ensuite vers l'intérieur de leurs cuisses. Les joues en feu, Anne détourna le regard. Ayant constaté l'embarras de sa voisine, Amina poursuivit en chuchotant.

— Le plaisir solitaire peut s'avérer extrêmement agréable et salutaire pour ces femmes isolées du monde extérieur. En outre, cela leur permet d'avoir une idée approfondie de ce qui les satisfait. Tu n'es pas sans connaître le bien-être que l'on éprouve après ces instants de volupté.

— Je… Non…, balbutia Anne, plus mortifiée que jamais.

— Ma chère, il faudra que tu apprennes à ressentir les choses et à t'abandonner. Tu dois cesser de réfléchir autant. Laisse libre cours à tes fantaisies !

Sur ces mots, elle reporta son attention sur la gauche. Anne suivit son regard et serra les dents. Kahina était confortablement installée sur un sofa recouvert de velours chamarré et se laissait dorloter, telle une reine. Aïcha et Faïha reposaient à ses pieds sur un tapis, ainsi qu'une troisième femme dénommée Chaïma. Toutes portaient des caftans soyeux richement brodés et arboraient une multitude de bijoux. Une servante leur apporta une corbeille de fruits qu'elle déposa sur une table basse. Pendant que Kahina dégustait des dattes, Aïcha entreprit de peindre le dessus des pieds de la favorite de motifs complexes au henné. Faïha en fit de même avec la main libre. Chaïma, quant à elle, se releva avec souplesse et vint se placer derrière la femme de façon à pouvoir peigner sa longue chevelure d'ébène. Kahina semblait la maîtresse incontestée du harem. Anne craignait de surcroît qu'elle détienne le droit de vie ou de mort sur chacune des concubines. Estimant qu'elle en avait assez vu dans l'immédiat, Anne retourna sur ses pas. Elle se rendit compte de la tension qui l'habitait au moment où elle franchit la porte du passage secret, car un soupir de soulagement s'échappa de ses lèvres malgré elle.

Afin de poursuivre l'éducation d'Anne, Amina fit venir Hamida à la salle des bains. Après avoir humé le contenu d'un flacon posé en bordure du bassin, elle vida une huile parfumée au jasmin dans l'eau et invita Anne à s'y prélasser en toute quiétude. Pendant que celle-ci s'exécutait, Amina s'installa sur un tapis avec une collation frugale composée d'une assiette de riz au poulet, du pain, du miel, ainsi qu'un thé à la menthe. Un peu mal à l'aise de se retrouver nue devant les deux femmes, Anne ne savait que faire et demeurait crispée. Amina réprima un sourire en coin. Elle devinait aisément que son amie avait toutes les peines du monde à se retenir pour ne pas dissimuler ses seins sous ses paumes. D'un signe de tête, elle indiqua à Hamida de poursuivre la toilette de sa maîtresse.

En réalisant qu'Hamida n'attendait que son bon vouloir, Anne s'abstint de tout commentaire en émergeant de l'eau et permit à la jeune servante de la sécher. Une fois cette tâche terminée, Hamida l'invita à prendre place sur une serviette. Comprenant que l'ancienne concubine la mettait à l'épreuve, Anne ravala sa fierté et s'installa. Se laisser enduire d'huile par Joffrey était une chose, mais par une étrangère c'en était une tout autre, surtout devant une tierce personne. Il était évident qu'elle n'arriverait pas à se détendre dans de telles circonstances, mais du moins parvint-elle à tenir jusqu'à la fin. Durant cette période, Amina continua ses leçons.

— Le plaisir charnel est un art en soi, Anne. On s'y adonne tout entière, avec son âme et son corps. Si tu désires être à l'aise avec ton époux, tu dois tout d'abord être en paix avec toi-même. Apprends à écouter tes sens. Tu découvriras étonnamment à quel point une simple odeur, une pensée peut influencer nos émotions. Tu n'as qu'à te remémorer comment le maître te contemple lorsqu'il te convoite.

Au seul souvenir du regard affamé de Joffrey lors de leurs ébats amoureux, Anne frémit de la tête aux pieds.

— Je note que tu comprends très bien ce que je veux exprimer, la taquina Amina. Tu n'as aucun problème à attirer l'attention du maître, cela, tous l'ont remarqué.

Cependant, il serait intéressant que tu le surprennes et que tu éveilles davantage sa passion.

Se remémorant alors l'expérience déchaînée sur la terrasse lors de cette fameuse nuit où Joffrey avait perdu le contrôle de lui-même, Anne se demanda s'il serait vraiment judicieux d'agir de la sorte. Il lui faudrait réfléchir sérieusement à cette question. En la voyant plisser le nez, Amina jugea qu'elle en avait assez dit pour l'instant. Anne aurait besoin d'une certaine période d'adaptation.

❧

Les journées défilèrent agréablement, sans autres incidents. N'étant plus constamment sur ses gardes, Anne se montrait détendue et appréciait d'autant plus son séjour en cette terre étrangère. Trois mois s'étaient écoulés depuis le départ de Joffrey et elle se languissait de lui. Maintenant que sa sensualité s'était éveillée, il lui tardait de le retrouver. Combien de temps devrait-elle attendre encore avant qu'il ne revienne ?

Redressant la tête, elle observa avec amour les enfants qui couraient tout autour de la fontaine en riant. Par chance, ils illuminaient sa vie et lui rappelaient son époux à tout moment, particulièrement Charles-Édouard qui lui ressemblait de plus en plus en grandissant. Comme à son habitude, elle passait toute la matinée en leur compagnie et jouait avec eux ou leur racontait des histoires. Ces instants lui étaient précieux et seule sa mère était autorisée à les partager avec elle. Quant à ses après-midi, ils étaient consacrés à son éducation. Maintenant qu'elle avait gagné en aisance, Anne s'épanouissait de jour en jour. Ce détail ne passa pas inaperçu auprès de Crisentelle, qui se garda toutefois de la juger ou de la décourager. Toutes les armes étaient bonnes à la guerre. De son point de vue, une femme devait être maîtresse de son corps et de sa destinée. C'était une pensée peu orthodoxe, mais c'était tout de même son opinion. Amina partageait un avis similaire en la matière, à la différence que pour arriver à une telle réalisation de soi il fallait, selon elle, exceller dans différents domaines.

C'est ainsi qu'Anne commença de nouveaux apprentissages. Tout d'abord, elle fut initiée à la langue arabe et aux principes de la religion islamique. Elle apprit ensuite à bouger avec grâce et sensualité, à danser au son d'une musique langoureuse, à parer ses pieds et ses mains de dessins au henné et à préparer des parfums et des onguents ensorcelants. Amina était un professeur exigeant qui n'hésitait pas à la faire répéter plusieurs fois de suite un mot prononcé incorrectement ou encore à lui faire exécuter un mouvement jusqu'à ce qu'il devienne fluide et naturel. Par moments, Anne était si épuisée qu'elle s'endormait en un instant et ne se réveillait qu'au petit matin.

✦

À plusieurs lieues du palais, Joffrey scrutait l'horizon avec diligence. Il savait pertinemment que le désert pouvait se révéler fatal pour qui ne prenait pas garde. Voilà pourquoi il avait jugé préférable de mettre sa troupe à couvert lorsqu'un vent de sable s'était levé. Aucune végétation n'apparaissait dans les environs, que des dunes à perte de vue. Cette terre était aride, la chaleur, insoutenable le jour, et les soirées, froides et traîtresses. L'un de ses soldats en avait d'ailleurs fait l'expérience au cours de la nuit. Le malheureux s'était fait piquer par un scorpion pendant son sommeil. Le matin venu, Joffrey avait retrouvé son corps sans vie où l'on distinguait nettement l'empreinte qui caractérisait si bien cette sale bête. Après cette macabre découverte, Joffrey avait préféré quitter les lieux. Les hommes étaient assez nerveux comme ça. Voilà pourquoi il avait jugé plus prudent de trouver refuge dans les falaises qui s'élevaient sur leur droite, du moins jusqu'à ce que le vent retombe et qu'ils n'encourent plus aucun danger.

À l'abri dans la caverne de fortune qu'il avait repérée, Joffrey laissa son regard errer sur les dunes. Leur couleur orangée semblait presque irréelle sous le soleil couchant. Un véritable océan de sable s'étendait à ses pieds. Mieux valait ne pas se perdre dans cet enfer. Relevant le voile qui protégeait son visage des rayons brûlants, il porta une gourde à ses lèvres. Sa gorge asséchée se contracta lorsqu'il avala l'eau au goût amer. Décidément, il préférait de loin battre les sentiers de la forêt française ou écumer les mers que de chevaucher sur cette terre abandonnée des dieux! De plus, le dromadaire n'était vraiment pas son animal de prédilection. C'était une bête têtue, sur qui l'on ne pouvait pas compter. Rien à voir avec son destrier.

Ébouriffant sa chevelure après s'être débarrassé de son turban, il songea aux trois derniers mois. Il avait parcouru ce satané pays d'un bout à l'autre et n'avait toujours pas trouvé la trace de l'ennemi. Ou bien ces hommes possédaient le don rare de se dissimuler aux regards de tous, ou bien ils n'existaient que dans l'imagination fantasque du sultan. Pour sa part, Joffrey penchait pour la deuxième option. En donnant un coup de pied contre quelques cailloux, il se releva avec brusquerie. Frustré et exaspéré, il marcha de long en large en serrant les poings. Il s'était absenté depuis trop longtemps déjà. Il lui fallait constater par lui-même que les siens se portaient bien. De plus, il se languissait de la présence d'Anne à ses côtés et du rire des enfants. Il ne pouvait envisager de repartir pour une nouvelle expédition sans les voir au préalable. Cela le retarderait dans son échéancier, mais il n'en avait cure. Il ferait un saut par le palais avant de poursuivre.

⁂

Ce jour-là, Anne en était à apprendre l'art de bouger ses bras avec sensualité lorsque, soudain, des bruits sourds en provenance de la cour annoncèrent l'arrivée d'un visiteur. En reconnaissant le timbre de voix assuré et énergique de Joffrey, elle poussa un cri de joie et se précipita vers la porte ; mais Amina l'arrêta dans son élan. La dame de Knox devait faire preuve de retenue et se préparer à recevoir son époux avec tous les égards qu'il méritait. Comprenant où son amie voulait en venir, Anne se dirigea vers la salle des bains et ordonna au passage à Hamida qu'une légère collation soit déposée sur la table de la chambre. Ensuite, elle lui indiqua d'informer les autres qu'ils ne devaient être dérangés sous aucun prétexte. Hamida se sauva en lui garantissant qu'il en serait fait selon ses désirs. Pendant qu'Anne prenait ses dispositions, Amina alla accueillir son maître avec amabilité et l'invita à passer au salon afin de s'y reposer en attendant que son épouse l'y rejoigne. D'abord surpris, Joffrey eut un temps d'arrêt avant de se plier à cette requête plutôt étrange.

Appuyée contre l'une des colonnes de la salle des bains, Anne tenta de conserver son calme. Ses mains tremblaient et les battements de son cœur étaient précipités. Il n'appartenait qu'à elle de mettre en pratique tout ce qu'elle avait appris au cours des derniers mois, mais cela se révélait plus ardu qu'elle ne l'aurait cru. Intimidée tout à coup, elle ne sut que faire et demeura figée sur place quelques minutes. Puis elle inspira profondément et se secoua. Elle se lava minutieusement et enduisit certaines parties de son corps d'un parfum envoûtant de sa concoction. Désormais maîtresse d'elle-même, elle étendit sur le sol un tapis soyeux et disposa tout près des bougies aromatisées à la rose. Elle alluma de l'encens au bois de santal et d'autres chandelles afin de créer une ambiance intimiste et voluptueuse dans la pièce. Des coussins vinrent compléter l'ensemble. En se préparant, elle prit soin de ne pas être vue par Joffrey. Pour terminer, elle déposa une bouteille d'huile aux ylangs-ylangs non loin d'une assiette de fruits. Le fait d'exécuter ces gestes devenus si familiers pour elle l'apaisa. Avec effervescence, elle enfila une légère robe d'intérieure qu'elle laissa entrouverte sur le devant, révélant ainsi sa gorge laiteuse.

Quand elle rejoignit Joffrey, elle se sentait fin prête. À son arrivée, celui-ci se releva d'un bond et la détailla avec stupeur. Cette attente lui avait paru interminable et il avait été tenté d'aller la retrouver plus d'une fois, mais il constatait avec satisfaction que ce supplice n'avait pas été en vain. Les sens en éveil, il s'avança d'une démarche souple. Lentement, il inséra sa main dans l'abondante chevelure d'Anne et se pencha vers elle. Un baiser dévastateur scella leurs lèvres. Échappant à son emprise, Anne recula d'un pas et coula un regard enjôleur entre ses cils.

— Rien ne presse, Joffrey! Allez, viens, mon amour! Je t'ai fait préparer un bain.

Joffrey cilla en l'entendant le tutoyer avec autant d'aisance. Non que cela lui déplaisait, bien au contraire. Il y avait si longtemps qu'il le désirait. Ce qui l'intriguait en revanche, c'est ce qui avait bien pu se passer en son absence pour qu'elle change à ce point. Avant son départ, Anne se comportait comme une petite souris timide dans l'intimité de leur chambre, et voilà qu'il retrouvait une femme sûre de ses charmes et dont la sensualité irradiait telle une flamme brûlante. Ce soudain revirement de situation le désarçonnait. Consciente de l'étonnement de son époux, Anne dissimula un sourire satisfait en baissant la tête. Enfin, c'était à son tour de le déstabiliser. Elle représentait tout à coup une énigme pour lui. Goûtant à ce pouvoir tout neuf, elle le précéda et se dirigea vers la salle des bains en balançant doucement les hanches. Elle sentit le regard de Joffrey rivé sur cette partie de son anatomie.

Arrivée près du bassin, elle se retourna et entreprit de le dévêtir avec une lenteur délibérée. Au passage, elle effleura son torse et son cou avec légèreté. Du bout des doigts, elle frôla son membre déjà durci par le désir, le faisant tressauter. Avec une grâce qu'il ne lui connaissait pas, elle souleva son avant-bras et l'invita à entrer dans l'eau. En silence, elle se pencha par-dessus lui, un savon à la main, puis commença à savonner son dos puissant, ses épaules et ses bras. Joffrey demeura impassible et ferma les yeux. Cependant, il retint son souffle lorsqu'elle s'aventura vers ses fesses et son entrejambe. Les doigts qui s'agitaient avec douceur sur sa virilité constituaient une vraie torture. De crainte de perdre le peu de contrôle qu'il lui restait, il garda les paupières closes. Mais les seins d'Anne pressés contre lui rappelaient avec insistance sa proximité. De plus, elle dégageait un parfum envoûtant. Plusieurs images indécentes prirent forme dans son esprit, faisant monter d'un cran l'excitation qui l'avait gagné. Soulevant les paupières, il tenta de concentrer son attention sur un point précis de la salle. Il ne souhaitait pas que ce petit jeu de séduction s'achève de sitôt. Il voulait voir jusqu'où Anne était prête à aller.

Au moment où il sortit du bain, il constata que la fine robe d'Anne imbibée d'eau moulait désormais son corps avec une précision ravageuse. Se raclant la gorge, il s'efforça de détourner le regard pendant qu'elle le séchait. Avisant alors son expression radieuse, il demeura songeur. « Ainsi, ma charmante petite épouse a décidé de se faire les griffes sur moi ! Dans ce cas, je la laisserai mener la danse un certain temps, puis je ne ferai qu'une bouchée d'elle ! »

À la demande d'Anne, Joffrey s'allongea sur le tapis et ferma les yeux. Sans bruit, Anne se départit de sa robe détrempée et s'installa à genoux près de lui. Elle versa quelques gouttes d'huile dans ses mains et les frotta ensemble pour mieux les réchauffer. Elle appuya ses paumes sur le dos de Joffrey, qui réprima un léger soubresaut. Elle s'appliqua à étendre le liquide sur tout son corps en esquissant des mouvements circulaires. Tout allait bien et ce massage le détendait… jusqu'à ce qu'elle l'enjambe et s'installe sur son postérieur. « Pardieu ! Elle est nue et n'en éprouve apparemment aucune pudeur ! » Alors qu'elle s'étirait pour pétrir ses avant-bras, ses seins l'effleurèrent dans une caresse exquise. Joffrey se sentait comme sur des charbons ardents. Avec assurance, elle entreprit de masser la partie plus charnue de ses fesses en laissant ses doigts s'égarer vers un endroit plus sensible de son anatomie. D'une main ferme, elle l'incita à se retourner. Faisant mine de ne pas remarquer l'érection, elle poursuivit sur son torse, ses bras et ses jambes. La vue de la peau d'Anne qui luisait sous la lumière diffuse des flammes fit monter le désir de Joffrey à un point critique. Elle était si belle et si attirante que résister se révélait une vraie torture.

Abandonnée à ce moment hors du temps, Anne se pencha sur son époux et commença à ponctuer chacune de ses caresses de son souffle chaud. Joffrey frémit et émit malgré lui un grognement rauque. À ce rythme, il ne tiendrait plus longtemps. Comme si elle pouvait lire en lui,

Anne s'empara avec douceur du membre durci et entreprit de bouger ses mains dans un lent mouvement de va-et-vient. Avec délicatesse, elle caressa la zone sensible du gland, s'approcha plus près encore et le prit tout entier entre ses lèvres. Incapable de se contenir davantage, Joffrey se redressa et la fit basculer sur le dos. Il constata avec soulagement qu'elle paraissait prête à le recevoir. Dans un cri de victoire, il la posséda sans aucune retenue. Anne enroula ses jambes autour des hanches de son époux et lui répondit avec une telle ardeur qu'il faillit se laisser aller.

Cette nuit-là, aucun d'eux ne dormit. Un feu similaire et un même désir pressant les habitaient. Quand Anne se réveilla plus tard le lendemain, Joffrey était déjà reparti, sans même avoir salué les enfants. Anne comprit alors plus que jamais que la quitter se révélait difficile, et que lui dire au revoir avait été au-dessus de ses forces.

⟅⟆

Malgré le mouvement en continu du dromadaire, Joffrey demeurait éveillé. Il se débattait avec sa conscience et ses regrets. Comme un couard, il avait préféré filer aux premières lueurs de l'aube, plusieurs jours plus tôt, sans regarder derrière lui. « Diantre ! Cela ne me ressemble guère ! » La nuit qu'il avait passée avec Anne lui semblait presque irréelle et, encore en ce moment, il ne cessait de se questionner. À l'évidence, elle avait su occuper son temps pendant son absence. Levant les yeux, il se rembrunit. La plaine qui s'étendait devant lui n'avait rien d'invitant. Elle était rocailleuse et le sol inégal en faisait un sentier hasardeux à suivre. Il aurait besoin de toute sa concentration pour traverser ce secteur. Jetant un regard noir en direction du rocher escarpé qui se dressait sur sa droite, il sera le poing sur sa bride. « Bon sang ! Mais qu'est-ce que je fous ? »

Il avait une épouse merveilleuse qui l'attendait au chaud dans leur couche, et des enfants qui ne demandaient qu'à partager des moments de bonheur avec lui. «Qu'est-ce que je gagne à parcourir cette région désertique et inhospitalière en compagnie d'hommes que je ne connais pas, pour la plupart, dans le seul but de satisfaire un souverain qui n'est pas le mien?» Déterminé à reprendre sa vie en main, il s'arrêta. Il était le seigneur de Knox! En tant que tel, il devait retourner sur ses terres et affronter la menace en face, comme il l'avait toujours fait. Les événements récents lui avaient démontré qu'Anne, Charles-Édouard, Marguerite et même Myriane seraient plus en sécurité parmi les leurs. Il aurait ainsi les coudées beaucoup plus franches pour se débarrasser de ce demi-frère nuisible une fois pour toutes. La peste ne devait plus représenter un danger maintenant, il lui fallait donc rapatrier les siens. Résolu, il fit demi-tour et ordonna aux hommes de faire marche arrière. L'esprit occupé par les préparatifs du départ, il ne remarqua point les déplacements furtifs qui avaient lieu sur le versant effrité. Quand il prit conscience du péril, l'ennemi était déjà sur eux.

# 4
# Quand tout bascule

L'après-midi tirait à sa fin et Anne se prélassait au jardin en compagnie de Pétronille et de sa mère. D'humeur morose après la désertion de Joffrey, elle avait préféré passer un moment avec les siens plutôt que de perfectionner son arabe. Dame Viviane, qui devinait que quelque chose la tracassait, ne cessait de lui jeter des coups d'œil interrogateur. Anne était perdue dans ses pensées, si bien que Pétronille dut s'y reprendre à deux fois avant d'arriver à capter son intérêt. La dame de Knox était sur le point de s'excuser pour son inconvenance quand, au même moment, de Dumain déboula sur les lieux. La mine contrariée et la crispation du corps du chevalier inquiétèrent aussitôt Anne.

— De Dumain, qu'y a-t-il ? s'enquit-elle d'une voix troublée.

— Un homme insiste pour vous rencontrer, ma dame, ainsi que Pétronille.

Fronçant les sourcils, Anne darda un regard scrutateur vers la servante, mais celle-ci semblait aussi confondue qu'elle. Perplexe, elle reporta son attention sur le vieux chevalier.

— Cet inconnu s'est-il présenté ?

— Il dit s'appeler Albéric et être un commerçant.

— Est-ce qu'il s'agirait du sieur Albéric, marchand drapier vénitien ? demanda aussitôt Pétronille avec une pointe d'espoir.

— C'est ce qu'il a soutenu, confirma de Dumain en plissant les yeux. Jeune fille, connaissez-vous cet étranger ?

— Très bien, en effet ! C'était un excellent ami de mon père. Tous deux avaient d'ailleurs entamé des négociations pour développer un réseau commercial au Moyen-Orient. Dame de Knox, mon père et moi étions censés le rejoindre lorsque nous avons été interceptés par un navire anglais. C'est de lui dont je vous parlais à la tour Blanche.

— Pétronille, es-tu certaine de ce que tu avances ? Pouvons-nous avoir confiance en cet homme ?

— Oui, ma dame ! répondit Pétronille avec assurance. À l'insu de mon père, j'étais tombée par hasard sur une missive que lui avait adressée le sieur Albéric. Celui-ci y demandait ma main. Mon père lui avait donné son accord avec joie, et je suspectais que notre voyage au Moyen-Orient avait également pour but de permettre au sieur Albéric de me faire la cour. Mon père ne se doutait pas que j'étais au courant…, se remémora la suivante avec nostalgie. Il souhaitait sûrement laisser à mon futur époux le soin de m'en informer.

— Et vous n'avez jamais eu de nouvelles par la suite ?

— Comment aurait-il pu en être autrement ? Mon père et l'équipage furent massacrés et, pour ma part, je fus ramenée en Angleterre comme prise de guerre. Le sieur Albéric ignorait sûrement ce qu'il était advenu de moi.

— À l'évidence, ce n'est plus le cas, nota le vieux chevalier avec méfiance.

— Si le sieur Albéric sollicite un entretien avec vous, ce n'est pas sans fondement. Il s'agit d'un homme posé et honorable. Je suis certaine qu'il ne représente aucun danger, insista Pétronille.

Déroutée par cette visite inattendue, Anne fit le tour du jardin en réfléchissant. Pour une raison inconnue, elle sentait comme une urgence dans la demande de cet étranger. Tandis qu'ils se promenaient, Anne examinait sa compagne attentivement.

— Autorisez sa venue, de Dumain, concéda-t-elle, plutôt tendue.

— Bien, ma dame! eut-il pour toute réponse en quittant la pièce.

Il savait par expérience qu'il ne servait à rien de tenter de la faire changer d'idée lorsqu'elle affichait cet air résolu. Cependant, rien ne l'empêchait de prendre toutes les mesures nécessaires pour assurer sa sécurité.

C'est donc dûment escorté que le sieur Albéric fut introduit au salon. Dès qu'il vit Pétronille, un sourire radieux apparut sur ses lèvres.

— Pétronille, chère enfant! s'exclama-t-il en s'élançant vers elle pour la serrer dans ses bras.

Mais à peine eut-il le temps de faire trois pas que, déjà, deux soldats lui barraient le passage, épée au poing. Leur expression peu amène le déstabilisa. Soucieux, il reporta son regard sur Pétronille.

— Que signifie tout cela? demanda-t-il d'une voix rocailleuse. Mon petit, est-ce que ces gens vous retiennent contre votre gré?

— Oh, non! Au contraire, c'est grâce à eux que j'ai pu échapper aux Anglais! s'empressa-t-elle de répondre.

— Dieu merci! murmura-t-il avec un soulagement évident.

De plus en plus certaine de pouvoir accorder son crédit à cet étranger, Anne s'interposa et s'avança vers lui avec assurance.

— De Dumain, vous pouvez rappeler vos hommes. Je ne crois pas que le sieur Albéric représente une menace, lâcha-t-elle en gardant son attention rivée sur le nouvel arrivant. Sieur Albéric, je suis désolée pour cet accueil quelque peu brutal, mais notre position dans ce palais est plutôt précaire. Il nous faut donc redoubler de prudence envers les nouveaux venus. Votre présence est pour le moins déconcertante et rend nerveux le chevalier de Dumain. Alors, si vous vouliez bien vous expliquer, cela aiderait grandement à alléger l'atmosphère.

Jetant un bref coup d'œil aux soldats, Albéric eut un moment d'hésitation. Il n'était pas armé et, même s'il avait possédé une épée, il aurait été incapable de s'en servir. De nature pacifique, il préférait de loin la tranquillité d'un foyer à un champ de bataille. Néanmoins, cet homme d'honneur comprenait très bien la fidélité que vouait le chevalier à la dame de Knox. Levant les mains en signe de reddition, il recula avec lenteur afin de mettre une distance respectable entre lui et les deux femmes. Instantanément, de Dumain abaissa sa garde et fit signe aux autres d'en faire tout autant. Réprimant un sourire amusé, Anne invita le sieur Albéric à prendre place sur un sofa. Celui-ci s'exécuta à contre-cœur, mal à l'aise.

— Parfait! Maintenant que les présentations sont faites, j'aimerais que nous en venions au motif de votre visite, monsieur, poursuivit Anne sans préambule.

Passablement décontenancé par l'approche directe de la dame des lieux, Albéric se gratta la nuque et jeta un bref coup d'œil nerveux en direction des soldats avant de reporter son attention sur la fille de son bon ami. Le calme de Pétronille le rassura, alors il se lança.

— Certaines rumeurs circulent en ville…

— Lesquelles? le coupa de Dumain avec impatience.

— Des personnes désirent renverser le cheikh Chahine, ou devrais-je plutôt dire le seigneur de Knox. Ma dame, la présence de votre époux n'est plus vraiment acceptée dans cette région du monde. Il est de notoriété publique qu'il vous laisse évoluer librement dans ses appartements au lieu de vous confiner au harem avec les autres femmes. Cela va à l'encontre des principes qui régentent ce peuple et la grogne gagne le cœur des Tlemceniens.

— Comment êtes-vous au fait de ces informations? s'emporta de Dumain.

— Les domestiques jasent, vous savez! répondit Albéric, plus anxieux que jamais. Qu'ils soient esclaves n'y change rien.

L'expression féroce qui se peignit sur le visage du vieux chevalier fit reculer le nouveau venu. Nullement rassuré, Albéric s'enfonça dans le sofa et glissa un regard inquiet vers la lame de l'arme de son vis-à-vis, toujours visible.

— Il y a quelque temps déjà que je glane des renseignements au sujet de ce qui se passe dans ce palais. J'avais entendu parler que des Français y résidaient. Lorsque le nom de Pétronille a été mentionné, ainsi que sa description, j'ai commencé à nourrir des espoirs fous en ce qui la concernait. Je devais découvrir s'il s'agissait de la fille de mon ami. Elle était ce qu'il avait de plus précieux au monde. Leur disparition en mer m'avait ébranlé et j'appréhendais le pire. De la retrouver saine et sauve s'avérait au-delà de toutes mes espérances. J'ose à peine croire à un tel miracle ! déclara-t-il avec ferveur, les yeux humides tant il était ému.

Sans tenir compte de la mise en garde silencieuse du vieux chevalier, Pétronille se précipita vers Albéric et se jeta dans ses bras. Soulagé, l'homme l'étreignit contre son cœur. Aucunement troublé par cette scène, de Dumain croisa les bras.

— Que savez-vous au juste de cette fomentation ?

— Rien de plus, je vous assure.

— Bon Dieu ! De quelle manière pouvons-nous nous préparer si nous ne connaissons pas la nature exacte du danger ? Les eunuques et les soldats de ce palais sont beaucoup plus nombreux que nous. En cas d'insurrection, il nous faudrait trouver une cachette sûre en attendant le retour du *Dulcina*. Comme si nous avions besoin de tels remous ! Et dire qu'il nous est impossible d'envoyer un message à Joffrey pour l'avertir de la situation.

— Chevalier, je suis conscient que vous n'avez aucune raison de me faire confiance. Néanmoins, si vous deviez fuir, ma porte demeurera toujours grande ouverte pour accueillir Pétronille et ses proches.

Loin d'être rassuré, de Dumain lança un regard soupçonneux en direction de l'étranger. Pour ce qu'il en savait, cet homme pourrait aussi bien les mener tout droit à leur perte. Sans prendre la peine de lui répondre, il sortit de la pièce. Si ces renseignements se révélaient fondés, la troupe devait se préparer. Après le départ du chevalier, Anne observa tour à tour les soldats laissés sur place et le couple entrelacé. S'en remettant à son instinct, elle s'approcha du nouveau venu.

— Sieur Albéric, j'ai décidé de vous accorder toute ma confiance. Seul l'avenir me dira si j'ai eu raison. Toutefois, vous devez comprendre que je ne peux forcer le chevalier de Dumain à en faire autant. Ce sera à vous de démontrer qu'il peut se fier à vous. Je vous suggère dans ce cas de retourner chez vous et de vous parer à toute éventualité. Si vous deviez entendre quoi que ce soit d'autre nous concernant, j'ose espérer que vous viendrez nous le rapporter.

Albéric prit congé après avoir incliné le buste en signe de salutation. Au fur et à mesure que le bruit des pas du drapier s'amenuisait, Pétronille s'agitait. Pour l'apaiser, Anne serra son bras avec amitié.

— Tout se passera bien, Pétronille. Nous connaissons désormais une personne de l'extérieur qui nous est dévouée, et nous pouvons compter sur une petite armée de chevaliers, prête à tout pour nous défendre. Ne perdons pas de temps à nous morfondre inutilement et prévenons plutôt le reste du groupe. Beaucoup de travail nous attend.

— D'accord, ma dame! répondit la jeune fille en lui retournant un sourire plus serein.

Jetant un regard derrière elle, Anne regagna la chambre des enfants et de Berthe. En pensant à celle-ci, un pli soucieux lui barra le front. Berthe avait beaucoup vieilli et son état de santé inquiétait Anne considérablement. Crisentelle lui avait indiqué que le corps de la vieille servante était fatigué et qu'il lui fallait du repos. C'est ce qu'Anne s'était évertuée à faire en déchargeant Berthe de ses tâches, mais la fuite précipitée qui les guettait risquait de lui porter un dur coup. Refoulant ses appréhensions, elle s'obligea à afficher sur son visage un masque impassible. Qui sait ? Avec un peu de chance Joffrey reviendrait peut-être avant que la révolte prenne trop d'ampleur.

⸙

La première visite du sieur Albéric remontait à trois semaines et, depuis, il s'était présenté deux fois au palais. Quatre jours plus tôt, il leur avait dévoilé une information qui les avait alarmés au plus haut point. Il n'y avait plus de doute possible, quelque chose se préparait, et pour très bientôt. Le problème, c'est qu'ils n'arrivaient toujours pas à déterminer la provenance de cette menace. Tout le monde restait sur un pied d'alerte, et Anne était de surcroît préoccupée au sujet de Joffrey. Ils n'avaient reçu aucune nouvelle de lui depuis son départ. Ce silence soutenu était mauvais signe. D'une façon ou d'une autre, il aurait dû leur faire parvenir un message depuis longtemps déjà.

Trop agitée pour manger en compagnie des enfants, elle emprunta le passage secret qui la menait vers le harem. Elle avait pris l'habitude d'observer Kahina et les autres à leur insu afin de demeurer au fait des tractations de sa rivale. Jusqu'à présent, elle n'avait rien appris au sujet de la révolte, mais elle avait toutefois découvert qu'Hassen, le fils de Joffrey, se trouvait au palais. Il n'avait pas cherché à la rencontrer ni à faire la connaissance de son demi-frère et sa demi-sœur. C'était mieux ainsi. Anne ne désirait pas qu'il y ait de rapprochement entre eux.

Alors qu'elle s'avançait en rasant les murs du couloir, Anne sentit une brise légère s'y engouffrer. Sur le qui-vive, elle se figea et essaya de percer le silence qui l'entourait. Le harem étant un espace clos, il ne pouvait y avoir de courants d'air en provenance de cette direction. Percevant tout à coup des sons étouffés, elle poursuivit sa route. Ce qu'elle vit en arrivant sur les lieux la sidéra. Plusieurs hommes à l'allure sinistre venaient de pénétrer dans le harem par un passage dérobé derrière les tapisseries. L'un d'eux discutait âprement avec Kahina. Celle-ci faisait de grands signes de négation, mais cela ne sembla pas convaincre le chef du groupe pour autant. De guerre lasse, celui-ci l'empoigna avec rudesse par l'épaule et la propulsa dans la pièce. La tête de Kahina heurta une colonne avec un bruit sourd. Sonnée, elle s'affala mollement sur le plancher, la tempe en sang.

Puis ce fut la débandade. D'un commun accord, les brigands se jetèrent sur les concubines avec une voracité abjecte. Une cohue générale s'ensuivit. Sans égards pour leur condition, les malfrats empoignèrent certaines femmes par les cheveux et les tirèrent jusqu'à un coin pour les regrouper, alors que d'autres se faisaient violer sous les yeux horrifiés d'Anne. Kahina, qui avait retrouvé ses esprits, essaya de se relever pour intervenir, mais le chef de la bande la transperça de sa lame sans manifester la moindre émotion. Les eunuques furent égorgés avant même qu'ils puissent esquisser le moindre geste pour venir en aide aux femmes qui tentaient de fuir. Alertés par les cris stridents, les gardes s'introduisirent enfin dans le harem et furent aussitôt cueillis par la pointe des épées. Pris par surprise, ils s'écroulèrent face au nombre des assaillants.

La peur au ventre, Anne porta une main tremblante à ses lèvres pour étouffer un cri et recula de quelques pas, figée face au spectacle. Des hurlements de terreur la firent sursauter et la sortirent de son état hébété. Affolée, elle courut jusqu'à sa chambre et referma avec précipitation la porte du passage derrière elle. De Dumain, qui se trouvait dans la pièce, se retourna en agrippant le pommeau de son épée. Il s'apprêtait à la sermonner pour avoir entrepris seule cette petite escapade lorsqu'il remarqua son air hagard et son visage livide. Anne était visiblement en état de choc. «À quel spectacle macabre vient-elle d'assister?» songea le vieil homme. Il comprit dès lors que le pire était arrivé: le palais était assiégé. La saisissant sans douceur par le coude, il l'entraîna vers sa suite.

Albéric était en compagnie de Pétronille. Ayant entendu des rumeurs peu rassurantes au marché ce jour-là, le drapier avait préféré venir les en informer. Il ne fut donc pas étonné lorsque le vieux chevalier leur ordonna de quitter les lieux sans plus tarder. Déterminé à protéger la fille de son ami, Albéric avait déjà pris toutes les mesures nécessaires et avait fait préparer l'une de ses résidences où ils seraient en sûreté. Le seul problème, c'est qu'il ignorait de quelle manière les faire sortir du palais sans alerter l'ennemi. De toute évidence, ils allaient devoir improviser à la hâte.

Le chevalier de Dumain et le chevalier de Gallembert n'avaient pas perdu de temps. Regroupant les femmes et les enfants au centre de la pièce, ils leur jetèrent des capes afin de dissimuler leur silhouette et leur visage, puis distribuèrent à chacune des dagues. Avec des gestes précis, de Dumain noua lui-même l'arme à la taille d'Anne, puis lui fit face.

— Ma dame, vous devez vous ressaisir! insista-t-il avec fermeté. Anne de Knox! lâcha-t-il plus rudement en la secouant par les épaules.

Surprise, Anne tourna ses grands yeux emplis d'effroi vers lui. Reprenant peu à peu pied dans la réalité, elle dévisagea le vieux chevalier longuement avant de retrouver ses esprits.

Une telle frénésie régnait dans la salle qu'elle fut déstabilisée l'espace d'un instant.

— Ma dame, qu'avez-vous aperçu ? demanda de Dumain d'un ton pressant.

— Je… Ils… Seigneur ! gémit-elle. Ces monstres ont violé et tué ces malheureuses. C'est horrible…, s'étrangla-t-elle d'une voix blanche.

— Qui étaient ces hommes ? s'alarma de Dumain. De qui s'agissait-il ?

— Je l'ignore ! s'écria-t-elle. C'est la première fois que je voyais ces individus. Ils ont envahi le harem par un passage secret. Les gardes ont tenté de les contenir, sans succès. Nous devons quitter le palais avant qu'ils nous découvrent.

De Dumain proféra une bordée de jurons et manda plusieurs de ses hommes afin de les informer de la situation. Pendant ce temps, à l'insu de tous, Crisentelle fit boire un breuvage aux enfants, puis elle les allongea doucement sur des coussins.

Sur ordre de Dumain, le chevalier de Gallembert s'empara de Charles-Édouard alors que le chevalier de Dusseau se chargea de Myriane. Quant à de Dumain, il souleva délicatement Marguerite. En avisant l'apathie générale des petits, il jeta un regard perçant en direction de Crisentelle. Interceptant cet échange silencieux, Anne se raidit et remarqua à son tour ce qui lui avait échappé dans cette agitation. Lâchant un cri douloureux, elle s'élança vers ses enfants. Crisentelle la freina dans son élan et la rassura du mieux qu'elle put.

— Il n'y a rien à craindre. Ils vont bien. Je leur ai fait boire un breuvage de ma composition pour les plonger dans un état léthargique. De cette façon, ils ne risqueront pas de trahir notre présence par leurs pleurs. C'est mieux ainsi…

Crisentelle s'abstint de lui dire aussi que, advenant le cas où ils seraient capturés par l'ennemi, les petits ne souffriraient pas et mourraient dans leur sommeil. Afin de calmer ses inquiétudes, Anne serra ses enfants avec amour contre sa poitrine et déposa un baiser rempli de douceur sur leur front. Tout en s'imprégnant de leur odeur, elle les remit entre les bras des chevaliers chargés de leur protection. Elle savait que chacun d'eux donnerait sa vie pour les protéger et cela la rassura d'une certaine manière. Ravalant ses sanglots, elle se tourna vers Albéric. Le sort de sa famille et des siens reposait entre les mains du Vénitien. Avait-elle eu raison d'avoir foi en lui? En pressant la paume de la main de sa mère entre les siennes, Anne s'efforça de demeurer calme. Il était hors de question qu'elle se laisse submerger par le doute et le désespoir. Refoulant les inquiétudes qui la minaient, elle s'efforça de concentrer son attention sur leur fuite. «Dieu, comme j'ai peur!»

Alors qu'ils sortaient tous de la salle, arme au poing, Hassen, à bout de souffle, déboula dans la pièce par une porte dérobée. Sous la surprise, tous se figèrent l'espace d'un instant, puis les hommes se regroupèrent autour des femmes et des enfants, plus menaçants que jamais. Incertain tout à coup du bien-fondé de son initiative, Hassen déglutit avec peine. Il n'était pas de taille contre ces soldats aguerris et craignait que la méfiance qu'il leur inspirait ne cause leur perte à tous. «Si je dois mourir, autant le faire avec dignité», se convainquit le garçon. Il se redressa et carra les épaules. Ce changement de contenance n'échappa pas au regard scrutateur de Dumain. Après tout, Hassen était le fils de Joffrey de Knox.

— Avons-nous droit à la visite d'un ami ou d'un traître ? demanda le vieux chevalier avec rudesse.

— D'un ami…, répondit Hassen d'une voix chevrotante. J'ai fait la promesse à mon père d'assurer votre sécurité si quelque chose arrivait, et je compte bien la respecter, poursuivit-il avec plus d'aplomb.

De Dumain releva un sourcil sceptique, mais Anne détailla l'enfant en plissant les yeux. Il y avait en lui la même fierté que Joffrey, la même détermination. En inspirant profondément, elle alla vers lui.

— Nous devons quitter cet endroit au plus vite. Des malfrats ont assiégé le harem et ils tuent tout ce qui se trouve sur leur chemin, se contenta-t-elle de dire afin de le ménager.

— Nul besoin de m'épargner, ma dame. Ma mère m'avait informé de son intention de laisser s'introduire l'ennemi entre nos murs pour causer votre perte. Sa traîtrise envers le cheikh est impardonnable. Je n'ai rien pu faire pour l'en empêcher, car elle m'avait fait enfermer dans mes quartiers et surveiller par les hommes de Mouley. Jounaidi m'a délivré en constatant l'étendue du danger. Il nous attend d'ailleurs dans le passage secret et guette le tunnel au cas où les mercenaires de Ghalib connaîtraient ces souterrains. C'est la seule issue qui nous reste…

Au nom de Ghalib, de Dumain cilla. Ainsi, Kahina avait pactisé avec l'ennemi juré de Joffrey. Pas surprenant dans ce cas que l'envahisseur mettait le palais à feu et à sang. La vengeance motivait ce monstre, et il n'y aurait pas de merci pour aucun d'entre eux s'ils tombaient entre ses mains. Anne dut faire le même constat, car elle blêmit. Elle se rappelait très bien l'étranger qui avait abordé le *Dulcina* en pleine mer, et Joffrey l'avait suffisamment mise en garde contre ce scélérat pour comprendre qu'ils se trouvaient tous en danger de mort. Devinant que le temps leur était compté, Hassen se tourna vers Anne.

— Si vous voulez sauver les vôtres, nous devons y aller, la pressa-t-il.

Sur un signe de tête affirmatif d'Anne, Hassen se dirigea vers les appartements du maître des lieux et toute la petite troupe s'ébranla. En apercevant l'ouverture réduite dans les moulures qui encadraient le lit conjugal, Anne ne put contenir une exclamation de surprise. Elle n'avait donc pas rêvé, cette nuit-là, lorsqu'elle avait senti une présence dans la chambre. Quelqu'un s'était bel et bien introduit dans la pièce grâce à ce passage dont Joffrey ignorait l'existence, de toute évidence.

Se penchant pour s'engouffrer dans l'étroit tunnel, elle retint son souffle. Cet endroit était forcément utilisé régulièrement, car on ne décelait aucune odeur de renfermé ni la moindre trace de toile d'araignée. Remettant à plus tard l'implication de cette découverte, elle reporta son attention sur Hassen. Lorsque la porte se referma en silence derrière eux, Anne eut un pincement au cœur en songeant aux soldats demeurés sur place pour couvrir leur fuite. Toutes ces vies sacrifiées à cause de la cupidité d'un seul être. Fermant les yeux, elle recommanda leur âme à Dieu.

Ils progressèrent en longeant les murs pour ne pas alerter l'ennemi. Derrière les parois, Anne entendait les échos étouffés des affrontements qui avaient lieu un peu partout dans le palais. Les gardes tentaient de refouler Ghalib ainsi que ses hommes. « Combien d'entre eux sortiront vivant de ce carnage ? » Se mordant la lèvre inférieure pour ne pas gémir, Anne chercha du regard les autres. L'expression de sa mère révélait tout des tourments qui l'accablaient. Même sous la lumière diffuse des torches, elle voyait les ombres qui alourdissaient le regard si pétillant en temps normal. Quant à Pétronille, elle était soutenue par Albéric et paraissait terrifiée. Crisentelle, fidèle à elle-même, cheminait avec détermination sans laisser transparaître ses émotions, tout comme Amina, les chevaliers et les soldats qui les accompagnaient. Hassen, le front soucieux, les guidait en silence. Jounaidi fermait la marche, le visage impassible. Chacun semblait pour le moment faire face aux événements sans trop de problème, à l'exception de Berthe. La vieille femme n'avait pas prononcé un seul mot depuis leur départ, ce qui n'était pas dans ses habitudes. Son souffle précipité indiquait qu'elle peinait à progresser. Tout en l'observant, Anne ressentit une vive inquiétude. De Dumain suivit son regard et plissa les yeux. Il était conscient également que Berthe éprouvait des difficultés à maintenir la cadence et ce constat n'était pas pour le rassurer. D'autant plus qu'il n'était pas au bout de leurs tourments. Malheureusement, il ne pouvait rien faire pour lui faciliter la tâche. Pestant contre ce nouveau coup du sort, il continua d'avancer, Marguerite calée dans son bras gauche.

Anne fut soulagée lorsqu'ils débouchèrent dans un recoin isolé à l'extérieur des murs protecteurs du palais. Elle n'en pouvait plus de ce parcours interminable entre les cloisons étroites et sombres. Plus d'une fois, elle avait trébuché et s'était rattrapée de justesse aux inégalités des parois. Le jour déclinait à l'horizon, et bientôt la ville en bordure de la résidence de Joffrey serait baignée dans la pénombre, ce qui masquerait leur fuite. Alors qu'Albéric s'approchait d'Hassen et de Dumain pour leur faire part de son plan pour la suite des choses, Anne rejoignit le chevalier de

Gallembert. D'une main tremblante, elle caressa la crinière de Charles-Édouard. Celui-ci sommeillait toujours entre les bras de son gardien. Relevant les yeux, elle croisa le regard tranquille du chevalier.

— Ayez confiance, ma dame, le plus dur est derrière nous ! la rassura-t-il avec maladresse.

D'un hochement de tête, Anne le remercia et retourna vers la vieille Berthe. Celle-ci se reposait sur une roche plate. Son teint livide et son front en sueur firent craindre le pire à Anne. Voyant sa maîtresse anxieuse à son sujet, Berthe tapota l'avant-bras de cette dernière avec affection et lui sourit faiblement. Au moment où Anne s'apprêtait à lui parler, l'éclaireur envoyé en reconnaissance revint, plus agité que jamais. Des hommes de Ghalib quadrillaient les environs ; ils ne pouvaient donc pas demeurer plus longtemps à cet endroit. Comprenant le message, Albéric prit le devant du convoi alors qu'Hassen gagnait l'arrière avec Jounaidi.

Leur entrée dans la ville ne passa pas inaperçue, mais personne ne leur prêta vraiment attention. Les Tlemceniens vaquaient à leurs occupations et discutaient entre eux, pendant que les quelques femmes sur place se hâtaient de retourner à leur maison, un panier à la main.

N'avait été la présence d'Albéric, il est certain qu'ils se seraient perdus parmi les dédales des ruelles. Celles-ci étaient si nombreuses qu'il s'avérait impossible pour un étranger de s'y retrouver. Leurs similitudes permettaient difficilement de les distinguer les unes des autres. Toutes étaient parsemées de hauts murs, de portes closes et d'appentis qui assombrissaient considérablement les lieux. De plus, une multitude de marches pavaient le sol, ralentissant ainsi leur course. Au bout d'un moment, alors qu'ils passaient sous une arche, des bruits de pas pressés se firent entendre au loin. En s'engouffrant sous la voûte, ils obliquèrent sur la droite et remontèrent un couloir étroit. L'escalier abrupt rendait leur progression encore plus ardue. Tournant à gauche, ils dévalèrent cette fois-ci une artère lugubre. L'endroit désert arracha un frisson d'appréhension à Anne. À bout de souffle, elle essuya son front couvert de sueur du revers de la main. Elle tourna la tête pour tenter de capter le regard de sa mère et celui de Berthe, qui perdaient du terrain depuis leur dernière ascension. Au demeurant, des soldats les soutenaient dorénavant. S'éraflant l'épaule sur les pierres inégales des murs, Anne reporta aussitôt son attention devant elle et serra les lèvres. Même s'ils n'en montraient rien, les hommes commençaient à ressentir eux aussi les effets de la fatigue.

La peur au ventre, elle s'efforça d'avancer, surtout que la clameur derrière eux se faisait de plus en plus vive. « Nul doute désormais ! L'ennemi est sur nous ! » Relevant la tête, Anne eut un instant d'incertitude et grinça des dents en apercevant la volée de marches qui leur faisaient face. Sur un signe d'Albéric, de Dumain s'approcha. Tous deux devinaient que Berthe et dame Viviane ne pourraient poursuivre au-delà. Il leur fallait en conséquence improviser au plus vite et envisager une autre solution. Ils se trouvaient à la croisée de deux chemins. Le premier, plus escarpé, remontait vers le cœur de la ville, tandis que le deuxième les menait au port. De Dumain hésitait à emprunter la seconde route, moins sûre. Il ne subsistait qu'une seule option : scinder le groupe en deux. Pendant qu'il s'empresserait de mener Anne et les enfants chez Albéric, des hommes resteraient derrière afin d'offrir la possibilité à dame Viviane et à Berthe de couvrir cette distance à un rythme moins effréné. Ils avaient l'avantage d'être situés dans un couloir étroit qui surplombait leurs adversaires, ce qui leur permettrait de les tenir en joue en cas de besoin.

C'est ce qu'il s'apprêtait à ordonner lorsque Berthe s'effondra subitement. Fort inquiète, Anne fit demi-tour et dévala les marches. Arrivée près de la vieille femme, elle tomba à genoux.

— Berthe ! Mon Dieu…, s'écria-t-elle. Berthe…

Constatant que le pouls de sa gouvernante faiblissait, Anne lui releva la tête avec délicatesse et l'appuya sur ses jambes. Berthe frémit et souleva les paupières avec lenteur. En apercevant le visage défait d'Anne, elle soupira.

— Il ne faut pas, mon petit, souffla Berthe d'une voix ténue.

— Chut, Berthe ! Vous devez vous ménager. Prenez le temps nécessaire pour récupérer. Nous pouvons attendre encore un peu.

— Il est trop tard…, parvint-elle à murmurer au prix d'un pénible effort. Laissez-moi… ici.

— Non ! protesta Anne en s'étranglant. Berthe… Il est hors de question de vous abandonner !

— Ça ira… De Dumain…, chuchota-t-elle avant de s'éteindre.

Comprenant le message silencieux de la vieille femme, de Dumain déposa Marguerite entre les bras de Crisentelle et s'approcha. N'arrivant pas à croire que Berthe venait de décéder si soudainement, Anne demeura interdite.

— Berthe ! l'appela-t-elle d'une voix cassée. Non ! Berthe ! Berthe !

Le cœur en lambeaux, de Dumain se pencha vers sa vieille amie et lui abaissa les paupières avant de recouvrir son visage d'un pan de sa cape. Puis il se tourna vers Anne.

— Ma dame, c'est terminé! Nous ne pouvons plus rien faire pour elle. Venez, nous devons quitter cet endroit tout de suite.

— De Dumain, nous ne pouvons pas la laisser ici, se rebella Anne. Pas comme ça…

— Nous n'avons pas le choix! lâcha de Dumain d'une voix blanche.

— Seriez-vous à ce point dépourvu de sensibilité? hurla-t-elle avec ressentiment.

Apercevant alors les yeux brillants du vieux chevalier, Anne se troubla. Sans lui donner la possibilité de se reprendre, de Dumain l'empoigna avec rudesse par le coude et la souleva sans effort.

— Nous devons partir… Maintenant! insista-t-il en la traînant presque de force.

Se dégageant d'une brusque secousse, Anne le toisa avec hargne. En son âme et conscience, elle ne pouvait se résoudre à abandonner Berthe ainsi. Elle se préparait à protester de nouveau lorsqu'une clameur assourdissante lui fit tourner la tête vivement. Les hommes de Ghalib fonçaient vers eux et rejoindraient bientôt sa mère qui se trouvait en contrebas.

— De Dumain, les enfants! cria-t-elle. Protégez-les…

Avant que le chevalier n'ait pu esquisser le moindre geste pour la retenir, elle dévala pour la seconde fois les escaliers afin de porter secours à sa mère. Elle venait de perdre Berthe, une amie fidèle qui l'avait soutenue dès son arrivée au château de Knox. Il était hors de question qu'elle renonce à sa mère. Déchiré entre son devoir envers la dame de Knox et les petits, de Dumain proféra une bordée de jurons. Il ne pouvait pas les sauver tous. Les soldats postés au pied des marches formaient un rempart pour l'instant, ce qui leur permettrait de fuir. S'il décidait de rejoindre Anne, il annihilerait cet avantage, et les enfants tomberaient aux mains de Ghalib. Il ne donnait pas cher de leur vie si cela devait se produire, alors qu'Anne avait peut-être une chance de s'en sortir vivante. Avec sa beauté naturelle, elle constituerait une prise de prédilection. N'ayant pas d'autres choix, il parcourut la distance qui le séparait du reste du groupe avec détermination. Au passage, il arracha Marguerite des bras de Crisentelle et leur ordonna à tous de le suivre. Son injonction formulée sur un ton tranchant et brutal n'admettait aucune réplique, et encore moins un refus. Ébranlées par la tournure des événements, Pétronille, Amina et même Crisentelle lui emboîtèrent le pas, ainsi que les hommes qui l'entouraient. En fuyant, de Dumain se maudit pour sa stupidité. Il aurait dû faire plus attention et prévoir le comportement d'Anne. À cause de sa négligence, elle se retrouvait désormais en fâcheuse posture.

De son côté, prenant le parti d'apporter son soutien à l'épouse de son père, Hassen demeura sur place avec Jounaidi et affronta l'ennemi en compagnie des soldats subsistants. Le bruit des lames qui s'entrechoquèrent fit sursauter Anne. Les coupe-jarrets tentaient d'atteindre les deux femmes, mais les guerriers tenaient bon. Aidant sa mère à se relever, Anne passa un bras autour de sa taille et l'incita à avancer. Anne concevait qu'il était utopique de croire qu'elles parviendraient à échapper à cette lutte inégale. «Je ne peux me résoudre à abandonner sans combattre!» De sa main libre, elle s'empara de sa dague et jeta un coup d'œil derrière elle. Avec horreur, elle vit Jounaidi se faire trancher la gorge alors qu'il cherchait à protéger Hassen de son corps. Une expression d'incrédulité se peignit sur le visage du guerrier, puis il s'écroula lourdement sur le fils de Joffrey. Prisonnier sous le corps de son protecteur, Hassen ne parvint malheureusement pas à esquiver leur agresseur, qui le faucha à son tour. Une mare de sang se répandit sur les pierres, forçant Anne à détourner les yeux. Animée par la peur, elle se précipita vers le haut de l'escalier. Incapable de soutenir la cadence de sa fille, Viviane s'affala de tout son long, s'écorchant les membres du même coup. En bas, quelques hommes continuaient de lutter avec bravoure, mais ce n'était qu'une question de temps avant qu'ils ne tombent également. À la vue de ce carnage, Anne s'effondra aux côtés de sa mère, la mort dans l'âme, tout désir de combativité envolé. «Toutes ces vies fauchées pour rien!» En apercevant le corps sans vie de Berthe dans la mêlée, des larmes roulèrent sur ses joues. Viviane l'enlaça avec tendresse, le cœur broyé par le chagrin. Que n'aurait-elle pas donné pour que sa fille soit en sécurité avec ses petits-enfants? Mais elle savait qu'Anne n'aurait jamais accepté de partir sans elle. Resserrant son étreinte, elle se mit à trembler.

C'est dans cette position que les malfrats les retrouvèrent. Leur expression funeste ne laissait présager rien de bon. Couverts du sang des hommes et des concubines qu'ils avaient massacrés, ils paraissaient encore plus terrifiants. Dans un silence pesant, ils se séparèrent en deux groupes afin de libérer le passage à Ghalib. Celui-ci s'avança vers Anne, un sourire mauvais sur les lèvres. De la pointe de son cimeterre, il dégagea le voile du visage de sa captive et l'obligea à relever la tête afin de déterminer de qui il s'agissait.

— Vous n'êtes qu'un être abject! lui siffla-t-elle avec hargne.

Interloqué, Ghalib reporta son attention sur l'air farouche d'Anne et abaissa sa lame. Éclatant d'un rire mauvais, il se pencha vers elle et l'agrippa par le bras sans douceur.

— Soit tu ne manques pas de courage, soit tu es trop écervelée pour mesurer l'ampleur du danger qui te guette.

En apercevant la lame sous la gorge de sa fille, Viviane prit peur.

— Attendez! cria-t-elle.

Amusé par leur audace, Ghalib suspendit son geste et darda un regard perçant vers l'autre forme voilée. D'un geste vif, il la dépouilla elle aussi de son voile. Une certaine noblesse émanait de cette femme qui n'était plus dans sa prime jeunesse. Il remarqua également une ressemblance frappante entre les deux. Reconnaissant alors à leur physique et leurs intonations les femmes entraperçues sur le bateau du cheikh Chahine, une lueur pernicieuse traversa son regard. Il avait enfin débusqué sa proie…

— Pourquoi devrais-je épargner vos misérables vies? demanda-t-il à Viviane d'une voix sinistre et dans un français impeccable. Vous appartenez à ce païen de Knox. Vous ne méritez que la mort…

Comme pour soutenir ses propos, il appuya davantage la pointe du cimeterre sur la gorge d'Anne, entaillant la peau par le fait même. Affolée, Viviane se prépara à se relever, mais une puissante bourrade la renvoya choir sur les marches.

— Je suis de la parentèle du roi et cette jeune femme est ma benjamine, plaida Viviane. Vous pourriez exiger une rançon substantielle en échange de nos personnes.

— Tiens donc! Comme c'est intéressant…, marmonna Ghalib pour lui-même.

— Si vous nous tuez, vous commettrez une terrible erreur, renchérit Anne avec aplomb.

— Si tu crois que je crains Joffrey de Knox, tu fais fausse route, ma jolie, lui répondit-il avec aigreur tout en resserrant son emprise.

— Ce n'est pas à lui que je faisais référence.

— Tu m'intrigues beaucoup… Parle! ordonna-t-il en la secouant.

L'esprit plus clair, Anne inspira profondément. Elle s'apprêtait à jouer leur dernière carte. Si elle échouait, sa mère et elle seraient aussitôt exécutées, et leurs corps, abandonnés à la charogne. Joffrey serait dévasté si une telle chose devait se produire… Refoulant l'image de son époux au fond de son cœur, elle serra les poings et déglutit avec peine. « Que Dieu me vienne en aide! J'aurai besoin de sa force pour surmonter la traîtrise que je m'apprête à commettre! » Relevant la tête, elle toisa Ghalib avec toute la froideur dont elle était capable.

— Je n'ai que faire de Joffrey de Knox, ce traître à la solde des Anglais. Cet être immonde m'a enlevée à ma famille et amenée de force devant un prêtre corrompu pour célébrer notre mariage. Par la suite, il m'a prise contre ma volonté afin de s'assurer que mon frère ne puisse rien intenter auprès du roi et du pape pour rendre cette union caduque, déclara-t-elle avec vigueur.

Elle ne sut dire qui des deux – sa mère ou Ghalib – sembla le plus surpris. Craignant de se compromettre, elle s'était rapprochée le plus possible de la vérité en puisant dans ses souvenirs afin de se montrer assez convaincante pour le duper.

— Même si tes arguments me paraissent tout à fait valables, je n'en demeure pas moins dubitatif.

Portant un nouveau regard sur les deux captives, il plissa les yeux, songeur. Il comptait bien les ramener dans son harem et les y retenir prisonnières afin de s'amuser avec la femme de son ennemi juré. Par ailleurs, s'il parvenait à l'engrosser, il pourrait se servir de cet enfant ultérieurement pour infiltrer la cour de France. Affichant une mine gourmande, il détailla Anne avec calcul. En prenant conscience du changement qui s'opérait en lui, Anne frémit et perdit de son assurance. Ghalib remarqua son émoi et s'en félicita. « Parfait ! J'aime inspirer la peur chez mes sujets ! De toute façon, si cette beauté se révèle trop farouche, je prendrai plaisir à la dresser. Personne ne peut résister indéfiniment à la morsure d'un fouet. »

Sur ses ordres, deux mercenaires les assommèrent puis les jetèrent sur leurs épaules comme une simple marchandise.

꧁ঔ꧂

Quand ils déboulèrent dans la ruelle qui menait à la cachette d'Albéric, de Dumain et sa troupe avaient le souffle court et les membres raidis par l'effort. Arrivé devant une porte, Albéric fit résonner durement le heurtoir contre la palissade de bois. Le battant s'ouvrit tout grand, laissant entrevoir un esclave de taille moyenne, mais au regard vif. À la vue du petit groupe et de son maître, il se recula promptement pour libérer le passage.

— Djelloul, envoie des hommes armés s'assurer que personne ne nous a pris en filature.

Pour toute réponse, l'intendant se courba en deux avec déférence et s'éclipsa en silence. Dans l'intervalle, trois servantes les rejoignirent et invitèrent les femmes ainsi que les guerriers qui tenaient les enfants assoupis dans leurs bras à les suivre.

En pénétrant dans les appartements qui leur étaient alloués, Pétronille tomba à genoux sur le sol de marbre. La nuque ployée, elle sanglota sans retenue, les mains crispées sur ses genoux. Amina s'approcha d'elle et la pressa contre sa poitrine. Le contraste soudain entre l'enfer qu'elle venait de traverser et la quiétude des lieux avait eu raison d'elle. Il est vrai que la pièce richement décorée aux couleurs chaudes paraissait presque irréelle. Tout avait été prévu pour leur confort et des mets qui semblaient succulents les attendaient sur une table. Le seul problème, c'est qu'il manquait trois personnes à ce tableau enchanteur. Levant la tête en direction de Crisentelle, Amina fut bouleversée en apercevant les larmes discrètes qui roulaient sur les joues de la guérisseuse. À sa connaissance, c'était la première fois qu'une telle chose se produisait. Avec un soupir poignant, elle ferma les paupières et adressa une prière silencieuse à Allah pour qu'il protège son amie.

⸺❧⸺

À son réveil, Anne éprouva un léger vertige, et une douleur lancinante se propagea dans tout son corps. De la main, elle frôla la partie sensible derrière sa nuque et grimaça en y sentant un petit renflement. Elle ignorait tout de l'endroit où elle se trouvait. Ouvrant les yeux avec prudence, elle attendit quelques secondes avant que sa vision se stabilise et ne fut pas trop surprise de constater qu'elle était dans un harem. Contrairement à celui qu'entretenait Joffrey, tout ici était sobre et à la limite de la propreté. Parcourant la pièce d'un regard inquiet, elle remarqua avec soulagement que sa mère reposait non loin d'elle. Sa respiration était régulière, mais elle n'avait pas repris connaissance. Anne se leva avec peine et s'approcha de Viviane, puis elle déchira un bout de sa cape qu'elle trempa dans un bol d'eau à sa portée puis tapota précautionneusement le front de sa mère. Par chance, Viviane ne tarda pas à retrouver ses esprits et lui adressa un sourire qui se voulait tranquillisant en l'apercevant penchée sur elle. Rassérénée, Anne pressa ses mains entre les siennes et déposa un baiser sur sa joue. En l'aidant à se redresser, elle plaça quelques coussins derrière son dos afin de rendre sa position plus confortable.

Ce n'est qu'une fois rassurée sur l'état de sa mère qu'elle se releva et explora les lieux. Les femmes qui évoluaient dans ce harem demeuraient silencieuses, renfermées sur elles-mêmes, et affichaient une expression hagarde sur leur visage. Quels supplices leur avait-on infligés pour les avoir dépouillé à ce point de leur volonté et détruit toute étincelle de vie en elles ? Réprimant un frisson, Anne se remémora le regard cruel que Ghalib avait jeté sur elle. Était-ce là le sort qui l'attendait ? S'avançant vers une fenêtre recouverte d'un moucharabié, elle tenta de percer la pénombre. En contrebas, elle entrevoyait un jardin qui exhalait un parfum entêtant. Au loin, elle percevait le bruit strident de plusieurs perroquets. Inconsciemment, elle les chercha et crut discerner les contours flous d'une immense cage.

— Leur criaillement couvre les plaintes des infortunés qui sont torturés, afin de ne pas indisposer les invités du maître, déclara d'une voix lasse l'une des concubines.

Interloquée, Anne se tourna pour mieux détailler celle qui avait parlé. La jeune fille qui lui faisait face se nommait Prudence et n'avait pas plus de 16 ans. La pauvre petite, indubitablement Française, était amaigrie et d'une extrême pâleur. Des cernes marquaient ses yeux, la faisant paraître plus maladive encore, mais ce qui frappa Anne surtout, ce fut la tristesse qu'elle perçut chez elle.

— Quel est cet endroit ? demanda-t-elle avec douceur.

— Nous sommes dans la demeure principale de mon maître. Le seigneur Ghalib est quelqu'un de redoutable qui n'hésite pas à frayer avec les Barbaresques dans le seul but de s'enrichir. C'est de cette façon qu'il nous a capturés, mon frère et moi. Dès notre arrivée, Simon a été enfermé dans les cachots qui se trouvent sous le palais. C'est un endroit sinistre où les gens ont tendance à disparaître…

Incapable de poursuivre, Prudence éclata en sanglots déchirants. N'écoutant que son cœur, Anne parcourut la distance qui les séparait et la prit dans ses bras en caressant son dos afin de lui apporter un peu de réconfort. Cela eut pour résultat de décupler la peine de la concubine. Ne sachant que faire, Anne leva un regard désespéré vers sa mère. Celle-ci hocha faiblement la tête en signe de négation. Elle ne pouvait rien faire de plus.

Le chagrin de Prudence s'apaisa au bout d'un certain moment. Tout en reniflant, elle essuya son visage avec les manches de son caftan défraîchi.

— Veuillez me pardonner cet instant d'égarement, mais il y a si longtemps que je suis seule dans cet endroit maudit, sans nouvelles de mon frère bien aimé, murmura-t-elle d'une voix misérable.

— Il n'y a aucune offense, mon enfant, s'empressa de dire Viviane avec chaleur. Que s'est-il passé au juste ?

— Peu de temps après notre arrivée, alors que je refusais de céder de mon plein gré au maître, celui-ci me fit conduire jusqu'aux cachots. J'y vis mon frère enchaîné à d'autres prisonniers, dans un état tout aussi pitoyable qu'eux. Malgré l'obscurité presque complète, il apparaissait évident qu'il n'avait pas mangé depuis notre capture.

— Ghalib s'est servi de votre frère pour faire pression sur vous, j'imagine ! déclara Viviane d'une voix empreinte de colère.

— C'est exact, ma dame, répondit Prudence en baissant les yeux sur sa honte.

— Oh, mon Dieu ! s'exclama Anne en réfrénant un haut-le-cœur.

— Nul doute que j'irai tout droit en enfer… Je me suis pliée aux goûts pernicieux du maître, mais c'était le seul moyen dont je disposais pour sauver mon frère…, poursuivit-elle d'une voix cassée.

Se levant à son tour, Viviane s'approcha lentement de la pauvre malheureuse et la berça avec bienveillance, comme l'aurait fait une mère aimante. Son visage impassible ne laissait rien transparaître des doutes qui l'assaillaient. « Ce monstre ignoble tentera-t-il également de faire pression sur ma fille en se servant de moi ? » Réprimant un frisson d'appréhension, elle ferma les yeux et adressa une prière muette au Seigneur Tout-Puissant.

— Dieu, dans son infinie bonté, vous a déjà pardonné, mon petit! murmura-t-elle contre l'oreille de Prudence.

La jeune captive se détendit entre les bras de Viviane et appuya sa tête sur son épaule. Il y avait si longtemps qu'on ne lui avait pas témoigné une telle gentillesse. D'un regard trouble, Anne l'observa. Cette scène faisait ressurgir des souvenirs éprouvants dans sa mémoire. Elle s'était retrouvée par le passé dans une situation similaire à celle de la jeune fille et elle préférait oublier ce chapitre de son existence. Sentant la panique la gagner, Anne se raccrocha au souvenir de ce qu'elle possédait de plus précieux au monde: son époux et ses enfants. Elle espérait du moins qu'ils se trouvaient en lieu sûr. Alors qu'elle ne s'y attendait pas, l'image de la vieille Berthe, étendue sans vie sur les marches, s'imposa à son esprit. La gorge étreinte par un sanglot, elle s'agrippa au chambranle de la fenêtre et gémit faiblement. Berthe était morte, et cette vérité douloureuse l'emplissait d'un profond chagrin.

La gouvernante avait été si bonne pour elle… À son arrivée au château de Knox, elle l'avait prise sous son aile et l'avait guidée dans son rôle de nouvelle châtelaine. Surtout, Berthe lui avait dévoilé la vraie personnalité de Joffrey, celle qu'il dissimulait sous ses dehors frustes. Sans Berthe, elle ne serait jamais parvenue à voir au-delà des apparences et n'aurait pas cherché à percer la carapace de son époux. Qui sait ce qu'il serait advenu d'eux sans son soutien! Elle avait été comme une seconde mère, et cela, au moment où Anne en avait le plus désespérément besoin. Tout comme le chevalier de Dumain, Berthe n'avait pas eu peur d'affronter Joffrey et de lui faire la morale lorsque cela s'imposait. Elle le connaissait si bien…

Joffrey n'accepterait jamais que la vieille femme ait été abandonnée de la sorte, pas plus qu'elle, d'ailleurs.

Perdue dans les abîmes de son chagrin, elle ne prit même pas conscience que sa mère l'avait rejointe. Ce n'est que lorsque celle-ci frôla son avant-bras d'une caresse légère qu'Anne reprit contact avec la réalité.

— Tu crois qu'elle repose en paix malgré le fait qu'elle n'ait pas été enterrée en terre bénite ? demanda Anne sans se retourner.

— Je n'en ai aucun doute, répondit Viviane en devinant à qui elle faisait référence. Peu importe ce qu'il adviendra de son corps, son âme se trouve désormais auprès de notre Seigneur ! Elle ne souffre plus et pourra dorénavant veiller sur les siens de là-haut. Tu ne dois pas te sentir coupable, Anne. Ghalib est responsable de sa mort, pas toi.

— Quelle sera la réaction de Joffrey lorsqu'il l'apprendra ?

— Il comprendra !

— Et les enfants… sont-ils seulement hors de portée de Ghalib ?

— J'en suis certaine ! Ghalib n'aurait pas hésité à se targuer d'avoir mis la main sur eux. J'ai confiance en le chevalier de Dumain. Il aura su les mettre en sécurité.

— C'est aussi ce que mon cœur me souffle. Que Dieu fasse qu'il en soit ainsi ! déclara Anne avec ferveur. Je ne pourrais supporter qu'il leur soit arrivé malheur !

— Tu dois garder espoir, ma chérie. De Dumain trouvera un moyen d'avertir Joffrey de la situation. Ton époux a beaucoup de défauts – comme celui d'être incroyablement obstiné –, mais il n'est pas un couard. Il récupérera les petits et retrouvera notre trace. Je sais qu'il fera tout pour y parvenir. Notre séjour entre ces murs ne sera que momentané. Sous peu, nous quitterons cette terre d'infidèles, déclara Viviane avec conviction.

Confortée, Anne leva les yeux vers le ciel et pria pour que Joffrey intervienne rapidement.

⊶⊷

Au cœur du désert, à quelques lieues de là, Joffrey guettait la silhouette qui s'approchait de leur campement sommaire. Ayant essuyé une attaque-surprise quelques jours auparavant, il demeurait sur ses gardes. Plusieurs de ses hommes avaient péri sous la lame de l'ennemi et lui-même s'en était sorti de justesse, comme en témoignait l'estafilade profonde sur le côté de sa gorge. S'il n'avait pas eu le réflexe de se reculer, c'est de sa chair dont se repaîtraient les charognards en ce moment.

Ils étaient finalement venus à bout de leurs attaquants, près d'une semaine plus tard, et s'étaient repliés dans les falaises. Il avait interdit tout feu, de crainte de révéler leur présence. Ils se préparaient donc à passer une nouvelle nuit glaciale, à geler sur place sans moyen pour se réchauffer. Cette perspective ne l'enchantait guère, mais il n'avait pas le choix. Ses effectifs étaient trop restreints pour affronter une seconde fois l'ennemi. Ils devaient se réorganiser avant tout.

Reportant son attention sur le cavalier solitaire, il fronça les sourcils. La tête de l'inconnu dodelinait et l'homme parvenait avec difficulté à demeurer sur sa monture. Il tenait sa bride d'une main, et l'autre pendait mollement le long de son flanc. Ce pauvre bougre devait vraiment être téméraire pour s'aventurer ainsi dans le désert sans aucune protection. Peut-être s'agissait-il plutôt d'une ruse ? Tendant l'oreille, Joffrey chercha à déchiffrer les bruits de la nuit, mais aucun sifflement ne l'avertit de l'arrivée de renfort. Cela signifiait que l'étranger était bel et bien seul. Joffrey sortit de sa cachette et descendit la falaise afin de l'intercepter.

Alors qu'il franchissait avec prudence la distance qui le séparait du nouveau venu, celui-ci arrêta son étalon et se laissa tomber au sol, épuisé. En s'approchant, Joffrey tenta de mieux distinguer la silhouette menue. Il ne s'agissait pas d'un homme. « Peut-être une femme ou encore un enfant… » Envahi par un curieux pressentiment, il s'agenouilla avec raideur et repoussa le capuchon qui masquait le visage à sa vue. En reconnaissant les traits de son fils, Joffrey fut parcouru d'un frisson d'appréhension. Hassen papillonna des paupières avant de fixer son regard fiévreux sur son paternel.

— Pardon… père…, lâcha-t-il dans un râle en se crispant de douleur. J'ai… failli… à ma… promesse…

Sur ces paroles, il rendit l'âme. Hébété, Joffrey le tint serré dans ses bras sans prononcer le moindre mot. Plusieurs minutes passèrent avant qu'il fut en mesure de recommencer à réfléchir. Qu'était-il arrivé durant son absence ? Pourquoi Hassen avait-il cherché à le retrouver à tout prix ? En quoi avait-il manqué à sa promesse ? Tant de questions sans réponses… En pressant son fils contre sa poitrine, il ferma les yeux. Il ne connaissait pas réellement Hassen, mais cet enfant était tout de même la chair de sa chair. Le même sang coulait dans leurs veines, si bien qu'un vide étrange se forma dans le cœur du seigneur de Knox.

Joffrey ne sut combien de temps il demeura prostré, mais vint un moment où il prit conscience qu'il n'était plus seul.

Les hommes qui l'accompagnaient avaient reconnu Hassen et l'entouraient. Déjà, ils se préparaient à accomplir le rite funéraire adéquat pour recommander son âme à Allah. Joffrey déposa un baiser paternel sur le front d'Hassen et le remit entre les mains de ses soldats. Dès la fin de la cérémonie, il partirait avec Sédrique. Le reste de la troupe irait prévenir le sultan. Il soupçonnait que quelque chose de terrible s'était produit au palais. Il devait s'assurer le plus vite possible que rien de grave n'était arrivé à Anne et aux enfants.

~⊂❀⊃~

Malgré leur angoisse, Viviane et Anne réussirent à trouver le sommeil. Othmane, un eunuque au service de Ghalib, leur apporta deux caftans à leur réveil le lendemain matin. Avec indifférence, il tendit le vêtement le moins somptueux à Viviane et s'empressa de se détourner d'elle pour faire face à Anne. Il la détailla en affichant une expression étrange, puis lui présenta un caftan de soie bourgogne brodé de fils d'or. Anne pinça les lèvres et le fusilla du regard. Othmane éclata de rire et tapa des paumes. Aussitôt, des jeunes filles s'avancèrent avec timidité en tenant des plateaux chargés de victuailles riches et diversifiées. Sans un mot, elles déposèrent sur une table basse du poulet aromatisé à la sauge, un bol de riz épicé, du yaourt, des fruits, ainsi que du thé à la menthe. Toujours en silence, elles s'inclinèrent et reculèrent en direction de la porte. Avec un sourire insidieux, Othmane se tourna vers les deux captives.

— Le maître s'excuse de ne pouvoir vous honorer de sa présence, mais des affaires urgentes à l'extérieur de la ville l'attendaient. À son retour, cependant, il prendra plaisir à vous distraire, poursuivit-il en fixant Anne.

Mal à l'aise, Anne détourna les yeux en frissonnant. Cet homme lui faisait penser à un serpent pernicieux et ne lui inspirait aucune confiance. Elle se détendit seulement lorsqu'il eut quitté la pièce.

Près de trois semaines passèrent sans qu'Anne et Viviane n'aient à subir la visite de Ghalib. Vingt et un jours qui s'écoulèrent avec une lenteur exaspérante et qui eurent pour effet d'exacerber davantage les nerfs d'Anne. Leur seul espoir résidait dans le fait que Ghalib avait déjà envoyé un message au roi de France. Avec de la chance, leur souverain mettrait bientôt fin à leur calvaire. Anne n'en pouvait plus de patienter. Elle devait savoir ce qu'il était advenu de ses enfants et de ses gens.

⎯⎯⎯⎯

Lorsque Joffrey arriva devant son palais, il sut d'emblée que quelque chose de grave s'y était produit. Une ambiance lugubre régnait dans l'endroit désert. Sédrique, qui l'accompagnait, se crispa. Avec précaution, ils pénétrèrent dans les lieux l'épée au poing. Contre toute attente, ils ne rencontrèrent aucune résistance. La place avait été dépouillée de toutes ses richesses et un silence de mort y régnait. D'une démarche chancelante, Joffrey passa toutes les salles de sa demeure au peigne fin à la recherche du moindre indice. D'abord hébété, il fut ensuite envahi d'une rage sourde qui obnubila toute pensée cohérente chez lui. Sédrique craignit un instant que son maître allait basculer dans la folie. Sourd à tout, Joffrey saccageait ce qui restait de ses quartiers en hurlant comme un possédé. Par sa faute, les siens avaient été massacrés. Il s'agissait là d'une souffrance qu'il ne pouvait supporter.

Épuisé après s'être déchaîné de la sorte, Joffrey s'affala sur son lit en lambeaux. Le corps tremblant, il prit sa tête entre ses mains, masquant ainsi son visage ravagé. En constatant que les épaules de son seigneur étaient secouées par des soubresauts, Sédrique comprit que Joffrey pleurait. Un tel désespoir se dégageait de sa personne que Sédrique ne savait que faire pour réconforter le guerrier. Jamais, durant toutes ces années passées ensemble, il n'avait vu son ami si abattu. C'était comme si toute vie avait déserté son être. Par respect, il demeura immobile et silencieux.

Joffrey se retira dans un recoin secret de son esprit. Il n'arrivait pas à croire à un pareil coup du destin. Pourtant, la vérité s'étalait cruellement sous ses yeux. Les dépouilles qu'ils avaient trouvées sur leur passage étaient à peine reconnaissables tant l'ennemi s'était acharné sur elles, les décapitant et les profanant sans aucune retenue. Il se rappela alors le doux sourire d'Anne. Elle l'avait tant charmé avant son départ la dernière fois, et la quitter s'était révélé extrêmement pénible. Il se souvint aussi du rire cristallin de ses enfants jouant au jardin. «Pardieu! Je ne peux croire que je les ai perdus! C'est impossible…» Il avait l'impression qu'on lui arrachait le cœur.

En retrait dans son coin, Sédrique entendit des pas furtifs ainsi que des grognements étouffés qui le mirent sur le qui-vive. Il se redressa d'un bond, prêt à frapper s'il le fallait. Joffrey ne broncha même pas. L'esprit en alerte, Sédrique prit position près de la porte. Quel ne fut pas son soulagement en apercevant les chevaliers français rattachés à la maison des Knox! Ils étaient cinq en tout, et l'un d'eux transportait une forme inanimée dans ses bras. Au moment où ils entrèrent dans la pièce, Sédrique examina le corps sans vie. En reconnaissant Berthe, il sentit un immense chagrin l'envahir. Il s'était attaché à la vieille femme au cours des années. Connaissant Joffrey, il se doutait bien que cette vue l'ébranlerait. Il jugea donc plus judicieux d'être celui qui l'informerait de ce malheur. En quelques enjambées, il fut à ses côtés. Avec un soupir affligé, il le secoua afin d'attirer son attention. Joffrey releva la tête en jurant et son visage se décomposa en apercevant Berthe. « Nom de Dieu ! Que s'est-il donc passé ? » Il s'élança en rugissant vers le soldat et s'empara de la dépouille. Il la serra dans ses bras avec douceur, puis déposa un baiser sur sa joue aussi glacée que la nuit.

Les hommes, qui guettaient le palais depuis la veille, commencèrent aussitôt à informer leur seigneur des derniers événements survenus.

— Mon seigneur ! Les vôtres ont réussi à s'échapper par un passage secret, grâce à votre fils Hassen. Nous avons toutefois perdu leur trace pendant le combat, et nous avons retrouvé le corps de Berthe par la suite. Il semble que son vieux corps n'ait pas tenu le coup face à tant d'adversité…

— Quoi ? s'écria alors Joffrey.

Quelque peu perturbé, le soldat recula d'un pas. Joffrey se sentait envahi d'un espoir nouveau. Mais se rappelant soudainement les paroles d'Hassen, il prit peur. Ainsi, Hassen avait dû être blessé durant cette escarmouche.

— Où avez-vous trouvé le corps de Berthe ? demanda-t-il d'un ton sec.

— Nous l'avons retrouvé gisant dans une ruelle de la ville, ainsi que certains des nôtres et Jounaïdi. Votre famille se rendait à un endroit secret où un ami, le sieur Albéric, avait accepté de les accueillir le temps que se calme la révolte. Nous ignorons cependant où se situait exactement la demeure, et les ruelles sont si sinueuses et il faisait si noir que nous serions bien en peine de vous dire dans quelle direction exactement ils se dirigeaient…

« Enfer et damnation ! Qui était cet homme qui avait volé inopportunément au secours de sa famille ? » Trop d'éléments manquaient. Il lui fallait découvrir à tout prix ce qui s'était passé et partir à la recherche des siens. Au vu des dernières informations, il refusait de croire que tout était perdu. Mais tout d'abord, il se devait d'honorer la vieille Berthe et de l'enterrer en terre consacrée.

Le lendemain, Joffrey commença ses recherches afin de retrouver la trace du drapier. Il ne fut pas surpris d'apprendre par ouï-dire que Ghalib le traquait. Il s'assura dès lors de se faire plus discret. Avec l'aide de Sédrique et de ses hommes, ils entreprirent de sillonner la ville. Les rumeurs les menèrent jusqu'au port. Déterminé à retrouver les siens, il remonta une voie achalandée à la recherche d'indices supplémentaires.

Cela faisait maintenant des jours qu'il jouait au chat et à la souris avec les hommes de Ghalib. Dans une ruelle sombre de la ville, Joffrey se permit de souffler un peu. Il venait encore de distancer ses poursuivants. Cette fois, il s'en était fallu de peu qu'il soit capturé. Ce matin-là, il s'était rendu au port en souhaitant pouvoir glaner des informations, mais des soldats l'y attendaient. « Diantre ! » Une tension sous-jacente régnait dans le quartier, et les habitants semblaient plus que jamais réfractaires à la présence des étrangers. S'il ne prenait pas garde, ils seraient tous tués avant même d'avoir pu quitter la région. Délaissant son abri temporaire, il scruta les environs avec attention et s'engagea dans l'étroit chemin d'un pas vif.

Au palais de Ghalib, Anne avançait dans la salle immense, la tête haute. Elle avait été convoquée le matin même par le maître des lieux. Kaci, l'un des gardes personnels de Ghalib, l'escortait d'une démarche raide. La première chose qu'Anne remarqua en effectuant son entrée fut l'homme assis en tailleur sur une estrade et la jeune fille à quatre pattes à ses pieds. En reconnaissant Prudence, elle se figea. « Sainte mère de Dieu ! » Avec pour seule parure une fine chaînette en or autour de la taille, la petite, entièrement nue, offrait sa croupe sans pudeur aux regards des hôtes dans la pièce. Ceux-ci ne se gênaient d'ailleurs pas pour la reluquer avec avidité. De toute sa vie, jamais Anne n'avait assisté à un spectacle si dégradant. Même les traitements infligés par Sir John durant sa captivité faisaient pâle figure en comparaison de ce que cet être répugnant exigeait de Prudence. En percevant l'émoi de la dame de Knox, Ghalib passa une main gourmande sur le postérieur de la jeune fille et lui assena une claque magistrale. L'empreinte des doigts resta marquée sur la peau sensible. Sous la douleur cuisante, Prudence hoqueta, ce qui lui attira un rire moqueur de la part de Ghalib et de l'assemblée en retour. Seul Kaci demeura de marbre. Sur un signe du maître des lieux, il obligea Anne à s'approcher. Se rappelant les recommandations de Joffrey, elle se prosterna à ses pieds en serrant les dents. Cependant, elle ne put s'empêcher de lancer un coup d'œil furtif en direction de Prudence, mais celle-ci n'osa pas croiser son regard, trop mortifiée par la honte. Sans considérer la jeune fille à ses pieds, Ghalib se pencha vers Anne. D'une main moite, il la força à relever la tête. Son expression était froide et calculatrice.

— Quel plaisir de vous revoir, dame de Knox ! J'espère que mon hospitalité vous convient, à vous et à votre mère ?

— Vous avez été très généreux avec nous, et nous vous en remercions, s'efforça de répondre Anne d'une voix neutre.

Sous aucune condition elle ne devait laisser transparaître ses émotions, leur situation était encore beaucoup trop précaire pour s'y risquer. Elle avait appris à jouer de finesse au cours des trois dernières années. Elle connaissait bien les hommes de la trempe de Ghalib. Avec humilité, elle s'inclina une nouvelle fois, arrachant un sourire ravi à Ghalib. « Eh bien, cette noble dame française se révèle plus accommodante que je ne l'aurais cru ! » Voulant faire durer le plaisir, il demeura songeur. Il aimait soumettre les gens et les provoquer. D'un ample geste de la main, il l'invita à prendre place sur sa droite.

Anne se plia de bonne grâce à la requête et s'installa sur un coussin de soie, le dos raide. S'intéressant tout à coup à Prudence, Ghalib agrippa une des nattes de sa concubine avec fermeté et l'attira à lui. Tout en obligeant la jeune fille à s'asseoir sur ses cuisses, il guetta Anne du coin de l'œil. Cette dernière savait que Ghalib n'attendait qu'une occasion pour la pousser dans ses derniers retranchements, alors elle ne devait sous aucun prétexte entrer dans son jeu. Il finirait par se lasser et libérerait Prudence. Serrant ses paumes l'une contre l'autre dans les replis de son caftan, elle demeura stoïque, le regard résolument fixé devant elle.

Frustré de ne provoquer aucune réaction de la part d'Anne, Ghalib pinça méchamment l'un des mamelons de Prudence. Celle-ci lâcha un cri perçant, vite remplacé par un hurlement d'effroi en apercevant la personne que les gardes escortaient maintenant dans la salle. Anne frissonna en remarquant le corps brisé qui était traîné jusqu'à eux. Le jeune garçon qui leur faisait face n'avait probablement pas plus de 14 ans. À l'évidence, il avait été roué de coups de bâtons, et plusieurs brûlures marquaient sa peau couleur de cendre. Des ongles manquaient à ses doigts et l'un de ses yeux était tuméfié. Il avait été sauvagement torturé et, à voir l'expression horrifiée de Prudence, il devait s'agir de Simon, son frère. Observant de nouveau le malheureux, Anne sentit un goût de bile au fond de sa gorge. Le pauvre avançait, entravé par une lourde chaîne liant ses pieds ainsi qu'un anneau de fer autour du cou. Il n'était plus qu'une loque et peinait à tenir debout.

Simon tourna vers eux un regard éteint. Plus aucune raison de vivre ne subsistait en lui. Prudence le dévisagea avec une infinie tristesse. Des larmes roulaient sur ses joues et tout son être était parcouru de tremblements violents. Anne redoutait le pire, car la jeune captive paraissait sur le point de s'effondrer. Savoir son frère en vie avait motivé son désir de survivre. Témoin de la défaillance de Prudence, Ghalib la repoussa avec brutalité et se leva. Il dominait le garçon de toute sa hauteur. Un rictus mauvais aux lèvres, il empoigna la dague qu'il portait à sa ceinture et trancha la gorge de Simon sans aucune émotion. Du sang gicla sur le visage des deux femmes qui assistaient à la scène, impuissantes. À peine le corps du gamin s'écroulait-il sur le sol que déjà Prudence se jetait sur lui en criant son nom. De ses petites mains, elle tenta d'endiguer le flot, mais sans succès. Son frère mourut dans ses bras en produisant un gargouillement sinistre. Pétrifiée, Anne observait la scène sans oser y croire.

Relevant la tête, Prudence fixa son maître de ses yeux fiévreux. Avec une rapidité effarante, elle s'empara du poignard d'un garde et visa Ghalib à la poitrine. Celui-ci n'arriva pas à esquiver totalement le coup et grimaça lorsque la lame s'enfonça dans son flanc. Avant qu'il puisse donner l'ordre de l'arrêter, la jeune fille se faufila entre les hommes et courut vers le balcon qui surplombait le haut mur de l'enceinte. Elle grimpa sur la balustrade, jeta un dernier regard derrière puis sauta dans le vide. Anne s'élança à sa suite et poussa un cri d'effroi en apercevant le corps disloqué sur le sol rocailleux. Sous le choc, elle n'opposa aucune résistance quand Kaci la ramena vers le quartier des femmes, alors que plusieurs personnes se massaient autour de Ghalib.

Kaci et Anne pénétrèrent dans le harem et Viviane devina à l'expression d'Anne que quelque chose de grave venait de se produire. Des taches rouge vif maculaient le caftan de sa fille. Inquiète, elle la palpa avec frénésie, à la recherche de blessures.

— Ce n'est pas son sang, déclara Kaci avec froideur avant de se retirer.

Dès que la porte fut close, Anne se dirigea vers une bassine d'eau, s'empara d'une étoffe au passage et l'y trempa. Avec acharnement, elle frotta le tissu de son vêtement. Des larmes roulaient sur ses joues pâles et elle marmonnait des propos incohérents. De plus en plus nerveuse, Viviane lui saisit les mains et l'obligea à la regarder.

— Anne, que s'est-il passé ?

Comme sa fille refusait de lui répondre, elle resserra sa poigne et la secoua.

— Anne…, l'appela-t-elle avec autorité.

Anne frémit et ferma les paupières. Elle revoyait en boucle les derniers événements. Sur le point de défaillir, elle se libéra de l'emprise de sa mère et courut vers les commodités. Elle eut tout juste le temps de se pencher au-dessus d'une cuvette avant d'être secouée de violents spasmes. En proie à une inquiétude encore plus vive, Viviane la rejoignit et dégagea le doux visage des mèches rebelles qui s'y collaient.

— Anne, ma chérie! Qu'est-ce qui te bouleverse à ce point?

— Oh, mère! C'est affreux! parvint-elle à articuler. C'est Ghalib… Il a… Il a tranché la gorge de Simon…, continua-t-elle en s'étranglant. Il l'a fait devant Prudence, alors qu'elle était nue et à sa merci. Elle s'est… Elle s'est jetée du balcon… pour se donner la mort…, termina-t-elle d'une voix à peine audible.

— Mon Dieu, non! Ce n'est pas possible! C'est un véritable cauchemar…

En proie à une agitation croissante, Viviane étreignit Anne contre son cœur. Pour la première fois depuis longtemps, Anne éprouvait une terreur sans nom face à la folie d'un homme. « Nous laissera-t-il sortir de cet endroit vivantes? » se questionna-t-elle.

⌒⚜⌒

L'étranger marchait d'un pas précipité et jetait à l'occasion de brefs coups d'œil derrière lui, comme s'il redoutait d'être suivi. Joffrey le surveillait de manière soutenue et demeurait sur ses talons depuis le port, sans toutefois se faire remarquer. Tout comme celui qu'il pourchassait, il portait un burnous qui le masquait au regard des autres. Ce n'était pas la première fois d'ailleurs qu'il tentait de le filer en douce, mais toujours l'homme avait réussi à le semer.

Concentré sur sa proie, il ne prit pas garde au nouveau venu qui s'était glissé furtivement derrière lui alors qu'il s'arrêtait à une intersection. Il réprima un sursaut lorsque la pointe d'une lame s'appuya sans équivoque entre ses omoplates.

— Qu'est-ce que tu veux ? demanda une voix sourde en arabe.

Joffrey tiqua en reconnaissant l'intonation si familière. Sans se retourner, il apostropha rudement son agresseur.

— Si j'étais toi, Hadi, j'éviterais de pointer cette arme sur moi.

D'abord surpris, Hadi ne broncha pas. Puis un soupir de soulagement s'échappa de ses lèvres. Cela faisait des semaines qu'ils cherchaient à retracer Joffrey, et voilà que celui-ci se jetait tout bonnement dans un piège qui ne lui était même pas destiné de prime abord. En fait, Albéric avait remarqué qu'il était suivi depuis un certain moment déjà, et étant donné qu'il ne pouvait prendre le risque d'exposer les hommes attachés à la maison des Knox, il avait contacté Hadi, à la suggestion du chevalier de Dumain, afin de solliciter son aide. Ils avaient élaboré un plan ensemble pour capturer la personne qui le traquait en espérant qu'il s'agissait d'un mercenaire à la solde de Ghalib et qu'il les mènerait tout droit vers Anne et dame Viviane. Parallèlement, ils avaient tenté de retrouver Joffrey, mais cette entreprise s'était révélée périlleuse étant donné la présence massive des hommes de Ghalib dans la ville.

— Mon vieil ami, ton arrivée réjouira plus d'un cœur. Nous commencions à désespérer de te revoir un jour. Mais assez parlé pour l'instant. Il n'est pas bon d'attirer l'attention en ces jours sombres. Mieux vaut gagner la demeure d'Albéric, ce serait plus prudent.

Comprenant que le moment n'était pas venu d'interroger Hadi, Joffrey le suivit sans un mot, l'esprit torturé par l'incertitude. Hadi avait laissé sous-entendre que les siens se trouvaient en sécurité, pourtant Joffrey n'arrivait pas à se défaire d'un pressentiment étrange. Les paroles qu'Hassen avait prononcées avant de mourir restaient gravées en lettres de feu dans sa mémoire et lui laissaient un goût amer. Néanmoins, il s'efforça de contenir son impatience et se concentra sur les alentours. Il n'avait pas l'intention de se faire surprendre une deuxième fois.

La maison où ils pénétrèrent quelques minutes plus tard était aménagée avec une opulence et un raffinement éloquents. Vraisemblablement, le métier de drapier était plus lucratif qu'il n'y paraissait. L'esprit en alerte, Joffrey dévisagea avec méfiance l'homme qui s'avançait vers eux. Pour l'avoir observé pendant plusieurs jours, il reconnut l'étranger qu'il poursuivait. Tout comme lui, le maître des lieux le considérait avec prudence et il ne semblait pas du tout apprécier sa présence sous son toit. Joffrey ne pouvait lui en vouloir, car après des mois d'exil en plein désert et d'errance dans les rues de la ville il avait plutôt l'air d'un malfrat.

— Hadi, que fait-il ici ? Auriez-vous perdu la raison ?

— Du calme, Albéric ! Ne vous fiez pas aux apparences, car elles sont parfois trompeuses, déclara celui-ci en riant. Trêve de balivernes, continua-t-il plus sérieusement. Laissez-moi vous présenter Joffrey de Knox, le père de Marguerite et Charles-Édouard, ainsi que l'époux de dame Anne.

L'incrédulité, le soulagement, puis une certaine forme de compassion se succédèrent sur le visage d'Albéric, ce qui rendit Joffrey plus nerveux encore. Se tournant vers son ami, il plissa les yeux.

— Hadi, où se trouvent mon épouse et mes enfants ?

En percevant la pointe d'anxiété dans la voix de Joffrey, Hadi ne jugea pas nécessaire de différer plus longtemps le moment où il devrait lui avouer la triste vérité.

— Mon ami, je suis si désolé ! Malgré leur bonne volonté, le chevalier de Dumain et Albéric n'ont pu sauver tous les tiens.

— Si tu fais référence à Berthe, je suis au courant. Son corps a été récupéré par mes hommes et j'ai été en mesure de l'enterrer en sol chrétien. Quant à mon fils Hassen, il m'a retrouvé dans le désert, puis il est mort dans mes bras, déclara Joffrey d'une voix sourde. Sauf qu'il ne s'agit pas seulement d'eux, n'est-ce pas ? poursuivit-il en apercevant la mine chagrinée de Hadi.

— Non… en effet ! lâcha celui-ci en soupirant. Ton épouse et dame Viviane ont été enlevées par les mercenaires à la solde de Ghalib et nous ne sommes pas parvenus à les retracer. Nous ignorons même si elles sont toujours en vie.

Joffrey accusa le coup sans broncher. Cependant, une douleur fulgurante lui transperça le cœur. Il ne pouvait croire que celle qu'il aimait ne soit plus de ce monde. Il s'y refusait !

— Anne est vivante ! affirma-t-il avec une conviction inébranlable. C'est une battante, et sa mère est plus rusée qu'un renard. Ensemble, elles auront trouvé un moyen de survivre. De cela, j'en suis certain !

— Qu'Allah t'entende, mon ami! Qu'Allah t'entende! lâcha Hadi en lui étreignant l'épaule.

Sur ces paroles lourdes de sens, il recula d'un pas et invita Joffrey à gagner le jardin clos afin qu'il puisse y retrouver ses enfants et le reste du groupe. La rage au cœur, Joffrey le suivit. Tout en marchant, il se fit la promesse de faire payer très cher à Ghalib cette traîtrise. Et si par malheur son ennemi avait osé s'en prendre à Anne, il ne répondrait plus de ses actes. Remarquant l'éclat dangereux qui brûlait dans les yeux du puissant seigneur, Albéric réprima un frisson et se fit la réflexion qu'il était préférable de figurer parmi les amis plutôt que les ennemis de cet homme. Pour rien au monde il ne voudrait croiser le fer avec ce guerrier à l'apparence redoutable. Il tenait beaucoup trop à la vie pour cela. Mais comment diable une jeune femme douce et délicate comme la dame Anne pouvait-elle aimer pareil homme? C'était là un mystère pour lui.

À sa plus grande stupéfaction, une transformation radicale s'opéra chez le seigneur de Knox lorsqu'ils franchirent le seuil du jardin. Dès que celui-ci aperçut les enfants, son expression se réchauffa et un réel bonheur illumina son regard. Charles-Édouard le vit le premier et se jeta dans ses bras. Son père le fit tournoyer dans les airs, ce qui lui arracha des cris de joie, puis il le déposa au sol et lui ébouriffa les cheveux avec affection. Myriane courut vers lui à son tour et se colla à ses jambes. Joffrey s'assit sur ses talons et l'embrassa sur le front, lui souriant avec chaleur et la chatouillant sur le ventre. Myriane se contorsionna en s'éclaffant et lui échappa dans un rire limpide. Toujours accroupi, il leva les yeux vers Marguerite. La petite s'était tenue à l'écart et demeurait silencieuse, un voile de tristesse sur le visage. Plus que jamais, Joffrey fut certain qu'un lien unique unissait Anne et leur fille. Sans sa mère, Marguerite avait perdu tous ses repères.

Tendant les mains dans sa direction, il l'invita à le rejoindre, ce qu'elle se résolut à faire après un moment d'hésitation. Arrivée à la hauteur de son père, elle l'observa longuement. De sa paume, elle frôla la joue râpeuse. Une émotion poignante prit Joffrey à la gorge.

— Tout ira bien! murmura-t-il avec tendresse. Je suis là maintenant…

Un frémissement parcourut le corps frêle de Marguerite, puis elle se jeta dans les bras de son père. Joffrey l'étreignit avec douceur en la berçant, caressant ses boucles cuivrées.

— Je veux ma maman! déclara-t-elle en sanglotant.

— Je sais, mon ange! Elle me manque également!

Relevant la tête, elle plissa le nez. Elle ressemblait tant à Anne que c'en était presque douloureux.

— Elle est partie pour toujours, comme Berthe? demanda-t-elle d'une toute petite voix en reniflant.

— Non, Marguerite! répondit-il avec une ferveur qui la fit sursauter. Maman est perdue quelque part, mais je la retrouverai! poursuivit-il d'un ton plus posé.

— Promis?

— Je t'en fais la promesse, mon ange!

Rassurée, Marguerite esquissa un sourire éblouissant. Heureux de la voir retrouver sa bonne humeur, Joffrey déposa un bec taquin sur son nez mutin. Oh, oui! Il la retrouverait! Peu importe ce qu'il lui en coûterait, il ramènerait son épouse auprès de leurs enfants.

⸙

Grâce à la blessure que Prudence avait infligée à Ghalib, Anne et sa mère eurent droit à un sursis avant de recevoir une nouvelle convocation. Par chance, car Anne se remettait difficilement de leur dernière entrevue et n'arrivait pas à extraire de sa mémoire les images de Simon et de Prudence. Il n'était pas rare qu'elle se réveilla en nage pendant la nuit. Consciente qu'elle ne pouvait demeurer vulnérable trop longtemps, elle s'astreignait donc à enfouir ces événements dans un coin isolé de son esprit pour ne plus y penser. Ghalib risquait de faire preuve de moins de gentillesse et d'attentions la prochaine fois qu'elle le reverrait. Elle devait se préparer à l'affronter. Craignant, à juste titre, qu'il s'en prenne à sa mère, elle demeurait sur ses gardes.

Malgré les trois semaines écoulées, la plaie de Ghalib tardait à cicatriser. La blessure s'était révélée plus profonde qu'il ne l'avait d'abord cru et elle s'était infectée. Une forte fièvre l'avait terrassé pendant plusieurs jours, si bien qu'il était encore affaibli et cela rendait son humeur d'autant plus redoutable. En outre, ses hommes n'étaient pas parvenus à mettre la main sur Joffrey de Knox et les siens. Pour couronner le tout, l'émissaire du roi de France s'était présenté le matin même devant sa porte et attendait depuis qu'on lui restitue les deux captives. Fou de rage, Ghalib l'avait laissé patienter, sans aucune nouvelle, dans une antichambre. Il comptait bien s'octroyer un petit divertissement avant de finaliser la transaction.

⁓❦⁓

En dardant un regard colérique sur les deux prisonnières qui s'avançaient, Ghalib retint une grimace de douleur en changeant de position. Une telle tension régnait dans la salle qu'Anne se crispa. Arrivée face à Ghalib, elle se plaça légèrement de biais devant sa mère, de façon à la soustraire aux mauvaises intentions de leur ravisseur. La mine hargneuse de l'ennemi de Joffrey ne lui disait rien qui vaille. Cet homme pouvait faire preuve d'une cruauté et d'une violence excessives, et Anne ne désirait pas que sa mère en fasse les frais. Un sourire inquiétant se dessina sur les lèvres de Ghalib, qui ne se gêna pas pour la déshabiller des yeux. Elle n'aimait pas du tout la tournure que prenaient les événements.

— Tu n'es pas sans savoir que le geste inconsidéré de cette garce a bafoué mon honneur. Étant donné qu'elle s'est enlevé la vie avant même que je n'aie pu la châtier comme elle le méritait, j'ai décidé que tu serais celle qui paierait pour cet affront.

Une expression de stupeur échappa à Anne lorsque Kaci l'empoigna par le coude et l'obligea à s'approcher de Ghalib. Voulant s'interposer, Viviane tenta de lui faire lâcher prise. Prompt à réagir, Ghalib se redressa et la gifla avec une telle violence qu'elle fut projetée au sol. Horrifiée, Anne essaya de se dégager pour rejoindre sa mère, mais elle fut vivement tirée vers l'arrière. Oubliant toute prudence, elle se débattit, n'hésitant pas à griffer son assaillant. Sans aucune pitié, Kaci lui coinça les bras dans le dos, lui arrachant un cri de douleur. Immobilisée, Anne ne put que dévisager Ghalib avec fureur.

— Ne vous avisez pas de me toucher, car vous devrez alors en répondre devant le roi de France. De pareilles pratiques ne sont pas tolérées à la cour, lâcha-t-elle avec rage.

— Ton monarque ne me fait pas peur, misérable chose. Je suis le seul maître chez moi !

Sur ces mots lourds de sens, il emprisonna le visage d'Anne et l'embrassa avec voracité. Écœurée, la jeune femme lui mordit la lèvre inférieure avec sauvagerie. Lorsqu'il se recula en jurant, elle en profita pour lui cracher au visage. Avec une lenteur démesurée, il s'essuya en voilant à peine ses intentions meurtrières. Saisissant une des longues torsades rousses de sa prisonnière, il l'entraîna vers deux colonnes qui se trouvaient tout au fond de la salle. Anne se débattit avec l'énergie du désespoir en l'abreuvant de propos cinglants. Sauf qu'elle n'était pas de taille contre la force brute de cet homme. Sur les ordres de Ghalib, elle fut attachée par les poignets entre les piliers. S'emparant de sa dague, Ghalib déchira le haut du caftan d'Anne d'un mouvement leste. Viviane se redressa et tenta de s'insurger, mais Kaci la maintint fermement par les bras.

Anne éprouva une telle terreur quand l'étoffe tomba à ses pieds qu'elle ne fut pas en mesure de prononcer le moindre son. Ce n'est que lorsque la morsure du fouet se fit sentir dans son dos qu'elle hurla de douleur. Le sifflement sinistre de la lanière résonna lugubrement dans la salle et s'abattit de nouveau, implacablement. Des zébrures d'un rouge vif apparurent sur sa peau claire. Incapable de se contenir, elle cria en tirant sur ses liens. Face à l'impuissance de sa fille, Viviane vociféra en vouant son tortionnaire à la damnation.

Alors que Ghalib s'apprêtait à fouetter Anne pour la cinquième fois, il fut interrompu par l'entrée marquée d'un homme de haute stature à la mine féroce. Le nouveau venu était accompagné de six chevaliers lourdement armés. En reconnaissant le représentant du roi de France, Ghalib tenta de pondérer son tempérament. À l'évidence, le messager à bout de patience ne souhaitait souffrir aucun délai supplémentaire. Un sourire sardonique sur les lèvres,

Ghalib délaissa son instrument de supplice et s'avança vers lui. Il n'avait pu goûter à la chair de la gueuse, mais il avait eu la satisfaction cependant de la châtier et il s'était délecté de chacun de ses cris. Songeant aux pièces d'or et aux pierreries qui l'attendaient dans le coffret que lui tendait l'émissaire, il retrouva sa bonne humeur. La vendetta qu'il avait menée contre Joffrey de Knox s'était révélée coûteuse. Par conséquent, il avait besoin de la rançon que cet homme lui amenait pour payer les mercenaires qu'il avait engagés à cet effet. Faisant fi des deux femmes, il s'approcha du messager, paumes en l'air.

Viviane tourna la tête en direction du nouvel arrivant et demeura interdite en identifiant les traits familiers. « Dieu du ciel ! Ce n'est pas possible ! » Croyant à un mauvais tour de son imagination, elle ferma les paupières en murmurant une courte prière. Pourtant, lorsqu'elle les rouvrit, force lui fut de reconnaître que celui qui lui faisait face n'était nul autre que son fils, Jean de Vallière. Ainsi, il avait survécu à la peste. « Seigneur ! Quel miracle ! » Sous le coup de l'émotion, ses jambes se dérobèrent sous elle. Alors qu'elle l'avait cru mort avec le reste des membres de sa famille au château de Vallière, voilà qu'il réapparaissait, semblable à un ange vengeur. Un tel soulagement gonfla sa poitrine qu'elle ne fut pas en mesure de contenir ses larmes davantage. Ses sanglots étouffés attirèrent aussitôt l'attention de Jean sur elle. En apercevant l'œil tuméfié de sa mère, celui-ci serra la mâchoire. Il avait beau être en mission diplomatique, il ne désirait qu'une chose : embrocher le porc qui avait osé commettre un pareil sacrilège. Toutefois, il devait se dominer. Sa mère et sa sœur demeuraient toujours prisonnières du salopard qui lui faisait face. Tant qu'elles restaient sous la coupe de Ghalib, il ne devait rien tenter qui puisse les mettre en danger.

Par chance, il se trouvait à la cour depuis un bon moment déjà lorsque la demande de rançon de Ghalib avait été remise en main propre au roi. Ayant gardé un lien avec les guerriers de Joffrey au château de Knox, Jean avait été en mesure de les contacter rapidement pour solliciter leur aide. Le chevalier de Coubertain avait fait affréter le *Dulcina* qui était à quai depuis peu et l'avait équipé en hommes d'armes supplémentaires. Ils avaient réuni les fonds nécessaires pour la libération des deux femmes à même les coffres de Joffrey et les siens, au plus grand soulagement du roi qui n'était pas en position d'amasser une telle somme en si peu de temps. Le capitaine Killer s'était joint à l'équipage et ils avaient ensuite filé tout droit vers Tlemcen. Dès leur arrivée au port, Jean n'avait pas perdu un seul instant. Il y avait trop longtemps que sa mère et sa sœur se trouvaient entre les mains de ce barbare. Il ignorait comment une chose semblable avait pu se produire, mais il se promettait d'en avoir le cœur net une fois sur place. Revenant au présent, Jean dévisagea Ghalib avec rancœur.

— Dites à votre homme de relâcher ma mère à l'instant même, ordonna Jean d'un ton tranchant.

En saisissant la portée de ces mots, Ghalib eut un léger sursaut. Il devrait faire preuve de sagacité pour ne pas indisposer ce grand seigneur plus qu'il ne l'était déjà. Finalement, le faire patienter une demi-journée n'avait peut-être pas été une si bonne idée en soit. Un sourire faux sur les lèvres, il fit signe à Kaci d'amener la prisonnière. Dès qu'elle fut à sa hauteur, Jean attrapa fermement sa mère par le coude et la fit glisser derrière lui. Viviane se raccrocha au dos de son fils en tremblant. Conscient de marcher sur la corde raide, Ghalib demeura impassible. Les pourparlers se déroulaient au mieux pour le moment, mais il n'était pas stupide. Lorsque ce noble français découvrirait le traitement qui avait été infligé à Anne de Knox, la situation risquait de dégénérer. Il devait donc protéger ses arrières. Désireux de mettre un terme à cette mascarade grotesque, Jean s'avança d'un pas.

— Où est ma sœur? demanda-t-il d'une voix glaciale.

— Tout près, tout près, n'ayez crainte. Cependant, avant de terminer cette petite transaction, il me faut vous informer d'un élément de taille. J'ignore si vous connaissez nos coutumes, mais chez nous il est interdit à une femme de contester l'autorité d'un homme. Or c'est ce que votre sœur a fait, et devant mes convives de surcroît. Étant le maître des lieux, il m'incombait de la faire châtier en conséquence de ses actes.

— Où est ma sœur? répéta de nouveau Jean en serrant les poings.

Comprenant qu'il ne pourrait différer plus longuement ce moment fatidique, Ghalib l'invita à porter son regard vers le fond de la salle. En apercevant Anne, Jean poussa un grognement des plus menaçants. D'instinct, Ghalib recula. À cause de sa blessure récente, il ne pouvait croiser le fer avec un adversaire de cette trempe. Il ne ferait pas le poids.

En voyant sa sœur, la tête inclinée mollement vers l'avant et le dos balafré de quatre marques sanguinolentes, Jean crut qu'il allait perdre le peu de contrôle qu'il lui restait encore. Conscient toutefois que leur survie dépendait de son sang-froid, il ravala sa rage. En quelques enjambées, il la rejoignit. Le souffle court, il la couvrit de sa cape de voyage et dut se reprendre par deux fois, tant ses doigts tremblaient, pour dénouer les nœuds qui la retenaient. Au moment où elle fut délivrée de l'emprise de ses liens, Anne s'affala contre la poitrine de son frère en gémissant. Jean dégagea doucement son visage des mèches rebelles qui le recouvraient et tenta de croiser son regard.

— Anne ! C'est fini ! Je te ramène en France ! murmura-t-il contre sa tempe.

Reconnaissant la voix, Anne leva prestement les paupières et dévisagea son frère avec incrédulité. Un tel soulagement se peignit sur ses traits que Jean en éprouva un pincement au cœur. En prenant soin de ne pas la blesser davantage, il la souleva dans ses bras et retourna auprès de ses hommes. Une fois ses enfants à côté d'elle, Viviane rajusta la cape autour de sa fille et serra ses doigts entre les siens.

Pas un mot de plus ne fut échangé. D'un signe de tête, Jean indiqua à deux de ses chevaliers d'aller chercher le coffre. Dès que Ghalib en eut vérifié le contenu, ils s'empressèrent de quitter cet endroit maudit. Jean n'avait aucune confiance en ce malotru. Il se doutait bien que cette crapule serait capable de les attaquer et de les éliminer lorsqu'ils se retrouveraient dans les rues. Ne désirant pas courir de risques inutiles, il s'était assuré qu'une troupe entière les attendrait aux portes du palais pour les escorter jusqu'au bateau.

⸎

Le capitaine Killer était extrêmement nerveux et ne cessait de guetter le port, à la recherche de Jean et des autres. Il sentait que quelque chose se préparait. Ils étaient les seuls à battre pavillon français et on n'apercevait nulle part la trace d'un quelconque navire anglais. Sur le quai, les passants se faisaient rares alors que, normalement, une panoplie de marchands déambulait parmi les matelots. De plus, aucun vendeur d'esclaves n'arpentait les environs, ce qui était assez inusité. Killer avait eu vent des révoltes qui sévissaient un peu partout dans la région. Il espérait seulement que leur présence n'attiserait pas la colère des Tlemceniens à leur encontre.

Il en était d'ailleurs à cette réflexion lorsqu'une main puissante s'abattit avec force sur son épaule. Se retournant avec vivacité, il porta la paume droite au pommeau de sa dague. Sa surprise fut grande en apercevant l'homme qui lui faisait face. Sans lui laisser le temps de parler, l'autre l'interpela sans ambages.

— Bon sang, Killer! Que faites-vous ici? demanda Joffrey, la mine grave.

Abasourdi, Killer fronça les sourcils en détaillant Joffrey lentement avant de comprendre que le seigneur lui avait posé une question et attendait toujours une réponse de sa part. En secouant la tête, le capitaine tenta de remettre ses idées en place.

— Nous avons escorté le seigneur de Vallière depuis la France afin qu'il puisse obtenir la libération de votre épouse et de dame Viviane en échange de la rançon exigée par Ghalib.

— Nom de Dieu! s'écria Joffrey en se passant une main dans le visage. Où sont-ils?

Le seigneur de Knox maîtrisait difficilement son agitation. Voyant que Joffrey était avide de renseignements, Killer poursuivit.

— De Vallière et plusieurs de vos hommes se sont rendus à l'un des palais de Ghalib ce matin. Ils devraient déjà être de retour. Si vous voulez mon avis, cela n'annonce rien de bon. Je n'aime pas du tout ce qui se trame dans le coin. J'ignore même si nous serons en mesure de quitter cet endroit. Un navire se trouve dissimulé derrière ces rochers, dit-il en pointant l'horizon, et je crains une embuscade des Barbaresques.

— Par tous les diables ! s'emporta Joffrey en arpentant le pont.

Il devait trouver un moyen de secourir sa famille avant qu'un conflit n'éclate. « Du moins, je suis certain désormais qu'Anne est toujours en vie. » C'était plus qu'il pouvait espérer. Cela faisait des jours et des jours qu'il tentait par tous les moyens de trouver le lieu où cette vermine avait emmené sa femme et dame Viviane, mais Ghalib possédait autant de palais que de repaires secrets. Il ne l'aurait jamais cru un jour, mais il remercia Dieu d'avoir épargné Jean de Vallière et de l'avoir envoyé auprès de son épouse pour la soustraire des griffes de Ghalib. Un tel soulagement l'envahit que sa gorge se noua sous l'émotion. Agrippant la balustrade, il pencha la tête vers l'avant quelques instants afin de se reprendre. Il devait intervenir avec rapidité et confondre Ghalib, et, pour ce faire, il formula un plan audacieux. Les risques étaient énormes, mais il n'avait plus le choix. « S'il y a une chose dont je suis certain, c'est que ce salaud n'en restera pas là, bien au contraire. »

Se redressant, il toisa le capitaine d'un regard déterminé. Killer devina qu'un affrontement s'avérait inévitable, alors il demeura attentif à l'exposé que lui fit Joffrey. À la fin du compte rendu, Killer afficha un sourire ravi. Étant un homme d'action, il préférait instiguer une bataille qu'en être la proie. Sur ses ordres, l'équipage se prépara à lever les voiles et à partir au combat, alors que Joffrey retournait chez Albéric avec empressement.

Faire sortir les enfants et les membres de la maisonnée de chez Albéric sans attirer l'attention ne fut pas aisé. Néanmoins, Joffrey parvint à mener tout son petit monde sain et sauf jusqu'au port. Par prudence, au lieu de se diriger vers le *Dulcina*, Joffrey les conduisit vers le *Latima*, le navire marchand espagnol d'Albéric. Après tout, l'Espagne et les pays arabes qui lui faisaient face de l'autre côté de la Méditerranée entretenaient des rapports amicaux de longue date.

Selon Joffrey, sa famille encourait moins de danger sur le *Latima*, et cela, même si le bateau n'était pas lourdement armé pour se défendre. Il pariait sur le fait que les Barbaresques s'en prendraient volontiers au *Dulcina*, bien connu d'eux, plutôt qu'au *Latima*. Par contre, si son plan échouait, il devrait tout mettre en œuvre pour protéger le *Latima* et lui permettre de fuir sans trop de dégâts.

De Dumain et Albéric avaient pris connaissance de son plan et, malgré qu'ils ne l'approuvaient pas, ils en reconnaissaient la justesse. Connaissant Anne, Joffrey devinait qu'elle n'accepterait jamais qu'il se sacrifie pour eux. Voilà pourquoi il avait fait promettre à de Dumain qu'il n'hésiterait pas à faire tout son possible pour la maintenir à bord du *Latima*, même si pour cela il devait employer la force et la ficeler au mât. Il avait besoin de la savoir en sécurité pour pouvoir agir sans contrainte. Mais pour en arriver là, elle devait d'abord atteindre le navire. Étant toujours sans nouvelles de Jean, il entreprit de former un petit groupe de marins du *Dulcina* et partit à leur rencontre.

Dès que Joffrey et ses hommes déboulèrent sur le quai, les passants se reculèrent sur leur passage. La férocité qui émanait du seigneur de Knox parlait d'elle-même. Suivant les directions que le capitaine Killer lui avait données, Joffrey s'engouffra dans une étroite ruelle. Celle-ci, miteuse et déserte, débouchait un peu plus loin sur une petite place ouverte. Deux vagabonds et deux ânes portant un amoncellement hétéroclite sur leur dos s'y trouvaient. À l'évidence, les deux Tlemceniens fouillaient dans les détritus, à la recherche d'objets intéressants ou de nourriture. En les dépassant, certains des matelots du *Dulcina* plissèrent le nez face à l'odeur fétide qu'ils dégageaient. Trop obnubilé par son objectif, Joffrey ne jeta même pas un regard derrière lui. Seul comptait pour lui de retrouver Anne… avant qu'il ne soit trop tard.

Il n'en avait rien laissé paraître devant les siens, mais le retard qu'accusait son beau-frère ne lui disait rien qui vaille. Il connaissait trop bien la fourberie de Ghalib pour ne pas imaginer le pire. Au détour d'une intersection, il tomba sur une panoplie de marches inégales. Malgré tout, il ordonna aux hommes de les gravir au pas de charge. Des portes donnaient sur l'intérieur de demeures sombres d'où des effluves épicés s'échappaient. S'assurant qu'aucun danger ne les guettait dans l'ombre, Joffrey poursuivit sa course. Tout ce temps, il s'obligea à faire le vide dans son esprit, se préparant mentalement à la bataille qui l'attendait probablement au bout du chemin.

Il ne fut nullement surpris de découvrir que Jean avait maille à partir avec des mercenaires de Ghalib un peu plus loin. Pour l'instant, le Français et ses hommes paraissaient contrôler la situation, mais le vent pouvait tourner à tout moment. Qui sait si du renfort n'était pas en chemin en provenance du palais de son ennemi? Parcourant le groupe du regard, il repéra avec une immense joie son épouse et dame Viviane au centre de la mêlée. Des chevaliers faisaient office de barrière entre elles et leurs assaillants. En s'en rapprochant, son cœur tressauta de bonheur.

Cependant, quelque chose dans la posture d'Anne l'alarma. Les deux femmes se serraient l'une contre l'autre et semblaient troublées plus que de raison, voire terrorisées. Apercevant l'œil tuméfié de sa belle-mère, il tressaillit. Envahi par un étrange pressentiment, il se lança dans la bataille, épée au poing, en lâchant un puissant cri de guerre. Les hommes qui se dressaient entre lui et son épouse furent fauchés avant même d'avoir pu réaliser ce qui se passait. Joffrey rejoignit Anne et fut abasourdi par sa pâleur et ses yeux rougis. Sa stupeur s'accrut en constatant sa nudité sous la cape. Une main glacée étreignit son cœur alors qu'une colère sourde faisait battre son sang à ses tempes.

— Anne ! s'écria-t-il en la saisissant par les épaules.

Son regard la transperça telle une lame de feu. Sans lui laisser l'occasion de réagir, il plaqua ses lèvres sur les siennes avec une ferveur qui lui coupa le souffle. Lorsqu'il la relâcha, Anne s'agrippa à son burnous en vacillant. À peine parvint-elle à murmurer son nom. Joffrey sut dès lors que quelque chose d'horrible s'était produit au palais. Ce comportement ne lui ressemblait guère. Alarmé, il leva la tête et croisa le regard incandescent de Jean dont l'expression reflétait un mélange de fureur et de froideur qui étonnèrent Joffrey. Résolu à extraire Anne de cet endroit, il la souleva dans ses bras. Ce simple geste arracha à la jeune femme un gémissement douloureux. Inquiet, le seigneur chercha une réponse à sa question muette auprès de Jean.

— Elle a été fouettée, déclara son beau-frère avec raideur.

Résistant à l'envie d'aller régler son compte à Ghalib sur-le-champ, Joffrey inspira à plusieurs reprises avant de parvenir à se calmer. Pour le bien des siens, il devait remettre à

213

plus tard tout désir de vengeance. Mais un jour viendrait où Ghalib paierait pour cet acte… Croisant de nouveau le regard de son beau-frère, il comprit que celui-ci avait suivi le cours de ses pensées. Ce n'est pas Jean qui l'empêcherait d'éliminer ce porc. D'un accord tacite, ils délaissèrent les lieux et s'empressèrent de regagner le bateau.

Personne d'autre ne se dressa sur leur route lors du trajet de retour. Pourtant, ce n'est qu'une fois à bord du *Latima* que Joffrey respira plus librement. Du moins, Anne était en sécurité auprès des leurs. Le navire s'avérait maintenant prêt à lever l'ancre et les vents étaient favorables. Il ne lui restait plus qu'à quitter le *Latima*. Malheureusement, il lui était difficile de s'exécuter. Il s'inquiétait énormément pour son épouse et rageait contre les détours cruels du destin. En prenant soin de ne pas la blesser davantage, il l'étreignit avec douceur. Serrant la mâchoire, il se contraignit par la suite à la relâcher. Joffrey caressa avec tendresse son visage et elle lui retourna un regard anxieux. D'un signe de la main, il signala à Jean de venir les rejoindre.

— Je t'aime, Anne ! murmura-t-il contre ses lèvres.

Son attitude semblait indiquer qu'il désirait s'imprégner d'elle une dernière fois. Confuse, Anne chercha à lire en lui lorsqu'il recula d'un pas. Dès l'instant où les bras de Jean se refermèrent sur ses épaules, elle comprit que Joffrey ne partait pas avec eux. L'allégresse qui l'avait envahie fit place à un désespoir sans nom. Incapable de parler, elle hocha la tête. « Non ! Je ne peux le croire ! Il n'envisage pas sérieusement de nous abandonner de nouveau ? » Malgré tout, c'était bel et bien ce qu'il s'apprêtait à faire. La peur au ventre, elle commença à se démener afin d'échapper à l'emprise de son frère, mais celui-ci la tenait fermement. Voyant Joffrey s'engager sur la passerelle, elle paniqua.

— Nooonnn… Joffrey…

Frappé par ce cri du cœur, Joffrey fit volte-face. Des larmes roulaient sur les joues d'Anne et elle se débattait désormais comme une furie, insensible à la douleur qu'elle s'infligeait à elle-même. Leurs regards se croisèrent, faisant frémir Anne de la tête aux pieds. Quel que soit son plan, son époux avait l'intention de le mettre à exécution.

— Joffrey…, murmura-t-elle dans un souffle. Je t'en supplie, reste ! Joffrey…

Sans un mot, il se détourna d'elle et descendit la plate-forme d'un pas décidé. Incapable de se résoudre à le perdre une autre fois, elle hurla comme une possédée, allant même jusqu'à mordre Jean et à le rouer de coups de talon. Jean réquisitionna l'aide de Dumain pour parvenir à la maîtriser.

Les marins se hâtèrent de tirer la planche de bois qui servait de passerelle et de lever l'ancre. Une fois le bateau en branle et éloigné du port, de Dumain relâcha Anne. Elle ne pouvait accéder à la rive, pas même à la nage. D'un coup d'épaule sur la mâchoire de Jean, elle se libéra et se précipita vers le gaillard d'arrière. Le *Dulcina* suivait dans leur sillage, mais demeurait hors d'atteinte. Cela ne l'empêcha pas pour autant de reconnaître la silhouette massive de Joffrey près du rempart du pont avant. Debout, les jambes écartées et les bras croisés sur le torse, son regard semblait rivé dans leur direction. Il y avait trop de distance entre eux pour qu'elle puisse discerner l'expression de son visage, mais elle n'avait aucune peine à l'imaginer sombre et austère. Rabattant une mèche derrière son oreille, elle crispa les doigts autour de sa cape. Elle lui en voulait amèrement de sa décision. Il aurait très bien pu laisser le soin au capitaine Killer d'assurer leur défense. Mais du moment où il s'agissait des membres de sa famille, Joffrey était prêt à prendre tous les risques pour les protéger, y compris mettre sa vie en péril. Il l'avait déjà fait par le passé et recommençait aujourd'hui. Il avait toujours su vaincre l'ennemi, mais cela ne la réconforta pas pour autant. Personne n'était invincible !

Entièrement absorbée par ses supputations, elle n'entendit pas venir son frère. Mal à l'aise, Jean tenta de lui faire entendre raison.

— Anne, c'était ce qu'il y avait de mieux à faire.

Furieuse, elle tourna la tête pour mieux le fusiller du regard. Le ressentiment qu'elle éprouvait à son égard étouffait toute joie de le savoir sain et sauf.

— Tu n'avais aucun droit de me retenir, déclara-t-elle avec froideur.

— C'était ce qu'il voulait ! Enfin, Anne, sois raisonnable !

— Raisonnable ! cracha-t-elle avec colère. C'est de mon époux dont il s'agit, l'homme que j'aime et que je n'avais pas revu depuis des mois. Que croyais-tu ?

— Il avait pris sa décision, Anne ! s'impatienta Jean à son tour.

— Une décision qui ne me convenait pas !

— Écoute, Anne ! Je sais que tu es inquiète, que tu souffres et que tu es bouleversée, alors il est normal que tu ne voies pas clair. Regagne ta cabine. Crisentelle t'y rejoindra pour panser tes plaies. Prends un peu de repos. Quand tu iras mieux, je ferai venir les enfants.

— Non ! Je demeure ici ! Je veux m'assurer personnellement que Joffrey n'encourt aucun danger.

— C'est ridicule, Anne ! Te voilà à moitié nue et blessée. En outre, tu dois être transie de froid.

— Dans ce cas, apporte-moi donc des couvertures. Pour ce qui est du reste, cela peut attendre, déclara-t-elle d'un ton implacable.

— Espèce de tête de mule ! s'exclama Jean, plus exaspéré que jamais.

Il se faisait du mauvais sang pour sa sœur et l'entêtement d'Anne ne lui facilitait pas la tâche. Il savait pourtant qu'il n'arriverait à rien en insistant davantage. À moins d'utiliser la force, il n'avait d'autre choix que de s'incliner. Incapable de se résoudre à la brusquer après les événements récents, il abdiqua. Réfrénant un juron de frustration, il interpella un matelot et lui enjoignit de lui quérir un plaid. Se plaçant derrière Anne, il secoua la tête et s'intéressa lui aussi au *Dulcina*. Son beau-frère ne manquerait pas de l'apostropher dès qu'ils toucheraient terre. Joffrey lui avait clairement fait comprendre d'un regard qu'il devait s'occuper d'Anne avec diligence et veiller sur elle.

⸱❦⸱

Sur le pont du *Dulcina*, l'équipage s'affairait avec une frénésie contagieuse. Seul Joffrey resta immobile. La mâchoire crispée, il pestait contre Jean de Vallière. «Diantre, pourquoi ce bon à rien est-il incapable de tenir tête à sa sœur ?» Jean aurait dû obliger Anne à regagner sa cabine. Au lieu de quoi, il demeurait avec elle sur le pont arrière. Si un combat devait s'engager avec les Barbaresques, comme le craignait Killer, elle serait exposée. Impuissant à changer les choses, il assena un coup de poing violent sur le rempart de bois. «Satanée bonne femme !» maugréa-t-il. «Pourquoi doit-elle continuellement s'insurger contre ma volonté ?»

Apercevant au même moment le bateau ennemi qui se dirigeait vers eux, il retrouva toute sa maîtrise de soi et se prépara à l'affrontement. Il ne pouvait déterminer encore quelle serait la cible de cette attaque, mais il comptait influencer le choix de l'adversaire. Les rames ayant été ramenées dès leur sortie du port, il pouvait faire relâcher les voiles. Des archers furent placés sur le pont, prêts à lancer une pluie de flèches enflammées une fois qu'ils seraient suffisamment proches, alors que d'autres préparaient les grappins qui leur permettraient d'accoster le navire sans problème. Plusieurs matelots s'empressaient de grimper dans les gréements afin d'être en mesure de sauter à bord du bateau barbaresque. En retrait, deux hommes avaient mélangé de l'huile et du goudron dans un chaudron et n'attendaient que le signal de Joffrey pour embraser le tout. Par la suite, à l'aide d'un tir précis, ils propulseraient ce «feu grégeois» sur l'ennemi.

Les Barbaresques croyaient à tort que le *Dulcina* transportait tous les gens et les membres de la famille de Knox, alors ils délaissèrent le navire marchand qui les précédait. Un sourire de satisfaction se dessina sur les lèvres de Joffrey en constatant que le *Latima* s'élançait sans contrainte vers la haute mer. D'ici peu, sa famille serait hors de danger. D'une démarche assurée, il se dirigea vers le capitaine Killer qui se tenait à la barre. À son commandement, ils changèrent de cap et foncèrent droit sur l'adversaire.

⟡

De sa position aux premières loges, Anne assista aux prémices de l'affrontement. Un gémissement lui échappa en apercevant les premières boules de feu propulsées. Au loin retentissaient des cris de guerre, alors que des grappins étaient lancés. Albéric, qui les avait rejoints, secoua la tête.

Le conflit serait de toute évidence sanglant s'il se fiait à ce qu'il voyait. Nul doute que le seigneur de Knox rencontrerait une vive résistance. Malheureusement, le *Latima* aurait parcouru trop de chemin pour que ses passagers connaissent le dénouement final, car il leur devenait déjà de plus en plus difficile de distinguer l'ennemi de l'équipage de Joffrey. Néanmoins, Anne gardait les yeux rivés sur la scène. À peine quelques minutes plus tard, tout ce qu'ils purent encore entrevoir fut la fumée épaisse qui s'élevait dans le ciel. De par son expérience, Albéric en déduisit que des mâts s'embrasaient. Puis il n'y eut plus rien, seulement la mer qui les entourait à des lieues à la ronde. Incapable de se résoudre à partir pour autant, Anne demeura immobile, le corps raide.

Déterminé à lui faire entendre raison cette fois-ci, Jean emprisonna les épaules de sa sœur d'une main ferme.

— Anne, c'est terminé ! Il ne sert plus à rien de rester ici. Nous faisons route vers la France. Il faut soigner ton dos avant que les blessures ne s'infectent. De plus, les enfants te réclament. Une fois que tu te seras reposée, je vous entretiendrai mère et toi des derniers événements survenus à la cour. Tu n'es pas au bout de tes peines, petite sœur, loin de là ! conclut-il avec gravité.

Au ton de sa voix, Anne comprit que quelque chose d'important était arrivé durant leur absence. Pressentant le pire, elle le suivit en silence, le cœur gros. « Que nous réserve l'avenir ? »

# 5
# Un ennemi redoutable

Jean n'avait pas menti lorsqu'il avait affirmé détenir des informations cruciales pour l'avenir de sa famille. D'un œil lugubre, Anne contempla le port français avant de s'engager sur la passerelle. Ayant laissé des hommes de main sur place avant son départ pour Tlemcen, Jean n'eut aucun mal à leur trouver des montures. Enfourchant une jument, Anne jeta un dernier regard vers le *Latima* qui s'éloignait. Pour ce voyage, seuls sa mère, son frère et le chevalier de Dumain l'accompagnaient. Le reste de l'équipage poursuivrait sa route jusqu'au château des Knox tandis que les chevaliers de Gallembert et de Dusseau assureraient la protection des enfants. La Cour du roi n'étant pas sûr, Anne se refusait à y amener Charles-Édouard et Marguerite. Cela constituait un trop gros risque.

Néanmoins, mettre les pieds sur la terre ferme fut pour elle un réel soulagement, surtout qu'elle se retrouvait désormais en sol français. Cependant, elle savait que son arrivée ne se ferait pas sans heurts. Déterminée plus que jamais à déjouer ses ennemis, elle s'élança et se dirigea sans plus tarder vers le sud-est de Paris. Par chance, le fait d'accoster à l'improviste sur un bateau marchand leur conférait un certain avantage en déjouant les plans de leurs détracteurs et leur permettrait certainement de gagner Fontainebleau sans encombre. C'est du moins ce qu'elle espérait de tout cœur.

Arrivée à Fontainebleau, elle leva les yeux et détailla les deux tours qui se dressaient devant eux, ainsi que le donjon carré, nouveau lieu de résidence du roi de France. La construction massive lui semblait des plus sinistres en cette journée pluvieuse de novembre. Munis d'un laissez-passer, ils purent franchir les grilles aisément. Connaissant déjà l'endroit, Jean les dirigea habilement vers la salle du trône, située au premier étage dans les appartements de Jean II, fils de Philippe VI, sacré roi de France à Reims deux mois plus tôt. Nullement impressionnée par le faste du palais, Anne demeura de marbre.

En réalité, elle était impatiente d'affronter le monarque et son favori en titre. Elle en avait assez de fuir et de se cacher. Le moment était venu de régler ses comptes et de réhabiliter Joffrey, qui s'était sacrifié pour leur permettre à tous d'en réchapper. Comme toujours, songer à son époux la rendit malade d'angoisse. Depuis le jour fatidique de leur départ, elle ne cessait de se poser les mêmes questions. « Qu'est-il arrivé au *Dulcina* et à son équipage ? Ont-ils survécu à cet affrontement avec les Barbaresques ? » Refusant de se laisser abattre, elle refoula la douleur qui la tenaillait. Joffrey était en vie. Il ne pouvait en être autrement, alors qu'elle avait découvert qu'elle portait de nouveau un enfant de lui. Elle devait se raccrocher à cet espoir, sinon la folie la gagnerait. Redressant la tête, elle lissa les plis de sa robe et rajusta sa pèlerine en s'assurant de dissimuler son visage sous la capuche. Sur sa droite, sa mère en fit tout autant. Jean se faufila parmi les courtisans pendant que de Dumain se glissait derrière elle, la mine sombre.

Lorsque les portes s'ouvrirent, Anne et sa mère s'avancèrent d'une démarche décidée. Anne prit soin de garder les yeux baissés et de ne pas dévoiler ses traits. Le moment n'était pas encore venu de révéler son identité à son ennemi juré, Rémi de Knox, le favori du roi. Une foule hétéroclite se massait autour d'eux. La plupart des courtisans qui se trouvaient sur place avaient acquis ce droit par leur naissance, d'autres espéraient que le souverain règlerait certains litiges les concernant, et un très petit nombre avait accès à la salle du conseil depuis peu. Il s'agissait de parvenus ayant su s'attirer les faveurs de Jean II bien avant que celui-ci ne fût couronné, et Rémi faisait partie de cette catégorie. Rémi, à qui le roi avait accordé l'intendance du château des Knox durant leur séjour à Tlemcen. «Comment diable un homme à la solde du roi d'Angleterre a-t-il pu se retrouver dans une position aussi avantageuse et se voir accorder de telles faveurs?» s'indignait la châtelaine. Cela dépassait l'entendement. Lorsque Jean l'en avait informée sur le *Latima*, elle avait cru qu'il se trompait, mais sa description n'avait laissé aucun doute possible.

Selon Jean, le scélérat s'apprêtait à regagner la forteresse au moment où la missive de Ghalib était parvenue à la cour. Rémi avait le premier tenté de décourager le monarque de verser la somme exigée pour leur libération, argumentant qu'il n'y avait aucune garantie. Jean avait proposé de payer lui-même pour sa mère et sa sœur, mais Rémi l'avait transpercé d'un regard meurtrier. Il avait dès lors deviné que cet homme ne reculerait devant rien pour posséder le fief des Knox. Ses doutes se confirmèrent lorsqu'il constata qu'une embuscade avait été préparée à son intention près de la porte nord de la ville au moment de son départ. À l'évidence, le sieur Rémi avait désiré l'empêcher de prendre contact avec le chevalier de Coubertain et d'accomplir sa mission. Par chance, ne suivant que son instinct, Jean s'était entouré d'une garde importante dès sa sortie du palais royal, ce qui leur avait permis d'avoir le dessus sur les brigands qui les attendaient pour les éliminer.

Sans un regard pour sa mère et sa sœur qui s'avançaient vers le trône, Jean se déplaça de façon à garder le sieur Rémi dans son champ de vision. Pour avoir fréquenté la cour à plusieurs reprises, Jean y était au fait des usages et des intrigues, alors qu'il en allait autrement pour Anne. Sa mère et lui avaient donc dû parfaire son éducation en la matière pendant le trajet du retour sur le navire. Rebelle dans l'âme, Anne éprouvait de la difficulté à se plier à toutes ses conventions ridicules, mais l'avenir du fief des Knox en dépendait.

Par chance, en sa qualité de parentèle de Jean II, Anne et sa mère pouvaient approcher le monarque de près, tout en ayant préséance sur les autres courtisans. À leur arrivée devant le roi et la reine, les deux voyageuses s'inclinèrent en effectuant une révérence pleine de grâce puis retirèrent leur capuche. Un murmure parcourut la salle. De sa position, Jean vit Rémi crisper brièvement la mâchoire, avant de reprendre le contrôle de ses émotions et d'afficher derechef un masque d'impassibilité.

En reconnaissant dame Viviane, Jean II se leva et vint à sa rencontre, un sourire de bienvenue sur les lèvres. Enserrant sa main dans les siennes, il l'escorta jusqu'à une chaise à ses côtés. Prenant de nouveau place sur son trône, il invita Anne à s'installer sur un tabouret à ses pieds. Non loin du roi, Rémi grinçait des dents. Même en sa qualité de favori, il n'avait jamais eu l'autorisation de s'asseoir en sa présence. Seuls quelques hauts personnages titrés bénéficiaient de cet honneur suprême, et apparemment cette gueuse de Knox faisait partie de cette élite. Elle aurait sans doute droit à une chambre spacieuse donnant sur les jardins, alors que lui-même devait partager avec deux autres jeunes hommes le réduit miteux alloué par Sa Majesté. Devant ce constat, Rémi se rembrunit. Cela ne l'arrangeait pas et risquait en outre de contrecarrer ses plans. Jetant un bref regard sur les bijoux éblouissants que portaient Anne et sa mère, il serra les poings derrière son dos. Jean de Vallière avait tout prévu. Ainsi parées, elles attiraient l'attention de tous les courtisans dans la salle. De plus, leur mine resplendissante et leur beauté influenceraient sûrement l'opinion du souverain. Anne de Knox ne ressemblait en rien à une pauvre petite chose vulnérable et brisée ; au contraire, un feu ardent l'animait. Elle ne laisserait personne prendre le contrôle de ses avoirs, et encore moins lui.

Rémi ne s'attendait pas à ce stratagème. Comment manœuvrer dans ces conditions pour atteindre le but qu'il s'était fixé ? Indifférent aux émotions de son favori, le roi se tourna vers la jeune femme en esquissant un sourire avenant.

— Eh bien, ma chère ! commença-t-il avec une bonne humeur évidente. Nous voilà bien heureux de vous savoir saine et sauve, ainsi que votre mère, qui nous est si précieuse. Nous sommes d'autant plus rassurés que le château des Knox aura de nouveau une châtelaine pour veiller sur ses gens. Cependant, nous n'arrivons pas à comprendre pourquoi le seigneur des lieux est toujours absent. Cherche-t-il à éviter notre présence ? demanda-t-il en masquant difficilement une pointe de déplaisir.

— Votre Majesté, déclara Anne en inclinant la tête avec déférence. Mon époux vous est loyal, comme il le fut envers votre père avant vous, et c'est avec joie qu'il se présentera devant vous pour renouveler ses vœux d'allégeance.

— Dans ce cas, qu'est-ce qui l'empêche de s'exécuter dès maintenant?

— Mon époux a dû couvrir notre fuite en engageant le combat avec les Barbaresques. J'ignore à ce jour l'issue de cet affrontement. Je peux néanmoins affirmer à Votre Majesté qu'elle sera la première informée dès que j'aurai reçu de ses nouvelles.

— Voilà un acte très courageux de sa part. Cela ne nous surprend guère, car sa valeur et sa bravoure sont bien connues à la cour. Nous prendrons donc en considération ces nouveaux éléments. Toutefois, ma dame, en l'absence du maître des lieux, le fief des Knox demeure vulnérable…

Comprenant que l'opinion de son souverain était déjà faite, Anne se crispa dans l'attente du jugement. Sur le point de s'insurger, elle scruta sa mère d'un regard enflammé, mais celle-ci secoua discrètement la tête en signe de négation. Le regard angoissé, Anne chercha des yeux la silhouette familière de son frère parmi les courtisans. Insensible au débat qui faisait rage en elle, Jean II leva la main droite et fit signe à Rémi de venir les rejoindre. Lorsque le demi-frère de Joffrey se posta à sa gauche, Anne se contint avec peine tant elle désirait lui sauter à la gorge. Déterminée à ne pas lui donner la satisfaction de lire sa frustration sur son visage, elle l'ignora.

— Ma chère, il a été porté à notre attention que vous connaissez bien le sieur Rémi, continua le monarque d'une voix affable.

— En effet, Votre Majesté. J'aurais pourtant souhaité qu'il en fût autrement! lâcha-t-elle avec plus de hargne qu'elle ne l'aurait voulu.

Stupéfait par cette réponse, l'entourage du roi s'agita. Dans la première rangée des courtisans, des sourires entendus furent échangés. De son emplacement, Jean retenait son souffle. À quel jeu jouait sa sœur? Attaquer ouvertement le favori du roi pouvait signifier sa perte. Toutefois, la réaction des nobles qui se tenaient en retrait du petit groupe se révélait un atout de poids. Personne dans cette assemblée ne portait Rémi de Knox dans son cœur. À leurs yeux, ce parvenu n'avait pas sa place parmi eux. Pris de court un bref moment, le souverain ne sut que dire, puis il se redressa. Son expression n'affichait plus rien d'aimable.

— En quoi la présence du sieur Rémi vous importune-t-elle, dame de Knox? demanda Jean II d'un ton beaucoup moins conciliant.

— Si j'ai offensé Votre Majesté, je m'en excuse humble-ment, s'empressa de déclarer Anne avec contrition. Ce n'était pas mon intention.

Un silence pesant s'installa dans la salle. Le cœur battant la chamade, elle réfléchit avec célérité à une justification pour se sortir de ce faux pas.

— Que Votre Majesté me pardonne! ajouta-t-elle. N'ayant pas l'étoffe d'un guerrier, il m'est donc impossible de me défendre physiquement contre la menace qu'il représente. Je n'ai aucune confiance en le sieur Rémi. En fait, il me terrifie! poursuivit-elle d'une voix chevrotante. Je sais que vous tenez cet homme en haute estime, et je tremble à la seule idée du châtiment que vous pourriez m'infliger pour oser douter de votre jugement.

De sa place, Viviane retint un hoquet de stupeur alors que la reine plaquait une main sur ses lèvres. Derrière elle,

Anne percevait la rumeur qui allait en grandissant. Elle était consciente de jouer dangereusement et de frôler l'outrage. Se jetant aux pieds du monarque, elle adopta la posture de soumission que lui avait enseignée Amina. Quelque peu inconfortable devant cette démonstration pour le moins inhabituelle à la cour de France, le roi se racla la gorge.

— Ma dame, ressaisissez-vous! Nous n'avons nullement l'intention de vous châtier pour votre franchise. C'est mal nous connaître! s'écria-t-il, ulcéré.

À ces mots, Anne releva la tête avec lenteur et fixa le roi de ses grands yeux emplis d'une innocence feinte. Afin de parfaire sa mise en scène, elle se mordilla la lèvre inférieure, laissant entrevoir une vulnérabilité touchante. Mystifié, Jean II s'adoucit.

— Comme vous le mentionniez, très chère, vous n'êtes qu'une femme, une petite chose délicieuse que l'on doit protéger, concéda-t-il d'un ton presque paternel. Nous ne pouvons ainsi tolérer que vous demeuriez seule en ces temps troubles. Cependant, même si vos craintes sont injustifiées, nous les prendrons en considération pour vous prouver notre attachement à votre personne.

Réalisant que le vent tournait et qu'il était sur le point d'être écarté, Rémi fut tout prêt de s'emporter. Le coup d'œil que lui lança le monarque réfréna par contre son envie d'en découdre. Il s'en fallait de peu qu'il perde tout, et il devait se ressaisir rapidement. De crainte de se dévoiler, il s'obligea à ne pas regarder en direction de la gueuse. Reportant de nouveau son attention sur Anne, Jean II la rejoignit et l'aida à se redresser.

— Ma dame, nous avons décidé de vous accorder la tutelle du domaine des Knox. Néanmoins, nous exigeons que le sieur Rémi en soit l'intendant, du moins jusqu'au retour de votre époux ou jusqu'à ce que l'un de vos enfants soit en âge de le faire.

Contre toute attente, Anne tomba à genoux devant le roi et pleura en silence. Ses épaules voûtées laissaient tout deviner de son désarroi. Déstabilisé, Jean II commença à montrer des signes de nervosité et les courtisans s'agitèrent de plus en plus.

— Ma dame, pourquoi vous mettre dans un tel état ? N'est-ce pas là ce que vous désiriez ?

— Votre Majesté fait preuve d'une infinie bonté. Toutefois, j'avoue éprouver de vives inquiétudes à l'idée de me retrouver sous peu à la merci du sieur Rémi. Un accident est si vite arrivé et mes enfants sont si jeunes…

— Mon Dieu, ma dame ! Pour quel monstre prenez-vous ce cher Rémi ? S'attaquer à des innocents…

Jugeant son silence plus éloquent que des mots, Anne demeura muette. Elle ignorait combien de temps encore elle pourrait jouer ainsi la comédie, car ses nerfs menaçaient de flancher à tout moment. Émettant un petit son étranglé, elle s'inclina davantage. Désireux de mettre un terme à cette situation explosive, Jean II lança un bref coup d'œil sur l'assemblée massée derrière Anne de Knox. Il avait besoin de l'appui de cette noblesse et ne pouvait se l'aliéner. Il lui fallait donc rassurer sa parente et regagner la confiance des seigneurs français. Sa décision prise, il s'approcha de Rémi et déposa une main ferme sur son épaule.

— Il ne sera pas dit que votre roi reste indifférent aux inquiétudes d'une gente dame.

Retenant son souffle, Anne leva la tête pour mieux scruter l'expression du monarque, ne sachant que penser de ses propos mystérieux.

— Ma dame, nous vous donnons notre parole qu'aucun mal ne sera fait à vous et à vos gens. Faites nous confiance.

— Ce n'est pas de vous dont je me méfie, Votre Majesté, mais de cet homme, déclara-t-elle d'une voix claire en pointant Rémi du menton.

— Dans ce cas, nous nous portons garants du sieur Rémi. Il veillera à votre sécurité et à celle de votre famille. S'il devait arriver malheur à l'un d'entre vous, le sieur Rémi serait dès lors tenu personnellement responsable et devrait en répondre devant nous.

Trop abasourdie pour dire quoi que ce soit, Anne se figea. Cette promesse allait au-delà de ses espérances étant donné les circonstances. Soulagée d'un poids énorme, elle afficha un sourire éblouissant. Loin d'éprouver la même euphorie, Rémi se crispa. « Que la peste soit de cette garce ! » À elle seule, elle venait de réduire ses plans presque à néant. Il lui faudrait maintenant trouver un moyen de contourner les exigences de son souverain pour arriver à ses fins. Peut-être qu'avec l'appui du roi d'Angleterre il parviendrait à redresser la situation. Jean II dut percevoir la tension subjacente qui habitait son favori, car il resserra son emprise sur l'épaule de Rémi et plissa les yeux en signe d'agacement.

— N'est-ce pas, mon cher ? Promettez-vous de protéger la dame de Knox et les siens envers et contre tout ? exigea-t-il d'une voix qui ne souffrait aucune protestation.

Comprenant que le roi s'adressait à lui comme à un sujet plutôt qu'à un ami, Rémi serra la mâchoire.

— Parfaitement, Votre Majesté !

— Bien ! Nous espérons que vous apprendrez tous les deux à mieux vous connaître et à oublier ces malheureux malentendus qui vous opposent !

Relâchant l'épaule de Rémi, il emprisonna la main droite d'Anne dans les siennes et la tapota avec affection. Tout en l'aidant à se relever, il approcha ses lèvres de son oreille.

— Vous auriez fait un merveilleux tacticien, ma dame, susurra-t-il contre sa tempe. Mais ne vous y trompez pas… Je cède à vos demandes aujourd'hui, mais j'exige en revanche que vous n'intentiez rien sur la personne du sieur Rémi. Ai-je votre parole ?

— Je lui témoignerai la même estime qu'il manifestera envers moi ou les miens, répliqua Anne du tac au tac.

Enchanté par sa réponse, le roi éclata de rire, surprenant toute l'assemblée. Seul Rémi demeura stoïque.

— Nous sommes d'humeur à fêter, mes amis. Nous donnerons ainsi un banquet en l'honneur de dame Viviane et de dame Anne, afin de célébrer leur retour en terre de France.

Puis se penchant vers Viviane, il afficha un sourire amusé. Intriguée, celle-ci inclina la tête pour l'inciter à verbaliser sa pensée.

— Votre fille n'a rien à envier à nos plus valeureux chevaliers, très chère. Elle est à même de se défendre et de veiller sur le fief des Knox. Nous comprenons mieux désormais pourquoi le seigneur de Knox l'a prise pour épouse. Un homme de sa trempe n'aurait pu faire meilleur choix. Cependant, elle ne semble pas tout à fait familière avec les us et coutumes de la cour. Nous comptons sur vous pour parfaire son éducation en cette matière.

— Je n'y manquerai pas, Votre Majesté, répondit Viviane.

— Nous voilà fort aise ! Vous êtes toutes les deux les bienvenues dans notre palais, et une chambre vous sera attribuée. Nous espérons que vous demeurerez quelques jours en notre compagnie.

— Avec plaisir ! ajouta Viviane en faisant une révérence.

Inclinant la tête dans un bref salut, Jean II tendit la main à son épouse et l'invita à le suivre. Ils quittèrent ensemble la salle emplie d'un silence déférent. Alors qu'Anne s'apprêtait à rejoindre sa mère, Rémi s'approcha d'elle et emprisonna son coude d'une main ferme.

— Sale petite garce ! chuchota-t-il à son oreille. Viendra un jour où il n'y aura plus personne pour s'interposer.

— Si j'étais vous, sieur Rémi, j'y réfléchirais à deux fois avant de me menacer, répondit Anne avec une assurance qu'elle était loin d'éprouver. Il suffirait d'un geste de ma part pour faire de vous un eunuque.

Sous la surprise, Rémi émit un grognement mauvais. La lame qui se trouvait entre ses cuisses fut appuyée avec plus d'insistance contre sa virilité. « D'où diable cette gueuse sort-elle cette dague ? » Elle avait agi avec tant de rapidité et d'agilité qu'il n'avait pas décelé le moindre danger avant qu'il ne soit trop tard.

— Ne vous y trompez pas, messire, susurra Anne avec cynisme. Je n'aurai aucune hésitation à le faire. J'ai beaucoup appris durant mon séjour à Tlemcen. Je n'ai plus rien en commun avec la jeune femme que vous avez terrorisée et séquestrée au couvent lors de votre tentative d'enlèvement. De plus, vous avez une dette envers les miens. Je n'ai pas oublié la mort de ma suivante. D'une façon ou d'une autre, vous paierez pour ce crime. Maintenant, je vous conseille de lâcher mon bras et de me laisser tranquille.

Conscient que l'avantage lui échappait pour le moment, Rémi relâcha son emprise et recula de quelques pas. Baissant les yeux, il ne vit nulle trace de la dague qui l'avait menacé quelques instants plus tôt. Ainsi, cette putain dissimulait plus d'un tour dans son sac. Il serait bien avisé de s'en souvenir à l'avenir. En attendant, il s'y prendrait autrement. Il jeta un rapide coup d'œil au-dessus de son épaule en jurant entre ses dents. Jean de Vallière était tout près et le chevalier de Dumain se dressait désormais devant lui. Battant en retraite, il s'éloigna de la salle d'une démarche raide.

Maintenant qu'il était parti, Anne tremblait de toutes parts. Ce face-à-face l'avait ébranlée à un point tel qu'elle craignait de s'effondrer au beau milieu des gens. Elle devait regagner leurs quartiers avant de n'être plus en mesure de se contrôler. Sa mère devina sans doute tout des émotions qui l'agitaient, car elle s'empressa de couler son bras sous le sien et de l'entraîner vers la sortie. Jean leur ouvrit le passage, aidé par de Dumain qui repoussait les curieux.

Après une multitude de dédales, ils arrivèrent enfin devant la porte menant à leur chambre. Une fois à l'intérieur, Anne se laissa glisser contre le mur en tremblant. Cette fois-ci, il ne s'agissait pas d'une mise en scène; elle était réellement secouée.

— Seigneur! Quel cauchemar! s'écria-t-elle en enserrant sa tête entre ses mains.

— Ma chérie, tout ira bien! la rassura sa mère. Cet être ignoble a les mains liées pour le moment. Il ne peut rien contre toi ou les enfants, sans risquer sa propre vie.

— Vous ne le connaissez pas, mère! Ce monstre assoiffé de sang n'aura de cesse qu'il se soit vengé. Seul Joffrey pourrait l'affronter et l'éliminer sans danger de représailles de la part du roi.

— Le chevalier de Dumain et les autres veilleront sur vous en attendant le retour de ton époux. Ils n'auront aucune difficulté à neutraliser ce scélérat s'il venait à rompre sa promesse. Tu as réussi à garder la gérance du château, c'est tout ce qui importe dans l'immédiat.

— Et si Joffrey ne revenait pas? S'il avait été fait prisonnier par les Barbaresques ou, pire encore, tué… que deviendrions-nous? Je n'arrête pas de me torturer l'esprit à son sujet. J'ai si peur… Il est toute ma vie!

Ce cri du cœur secoua Viviane. Sa fille vouait un amour inconditionnel à son mari. À l'évidence, elle lui appartenait corps et âme. Se débattant avec sa propre conscience, Viviane poussa un soupir. Elle n'avait jamais aimé ce guerrier arrogant et barbare. Pourtant, elle devait reconnaître qu'il s'avérait fidèle à Anne. Lorsqu'elle avait compris qu'il assurerait leurs arrières en restant sur le *Dulcina*, Viviane avait été déboussolée. Ce n'était pas la première fois qu'il risquait sa vie pour épargner celle d'Anne et des petits. À dire vrai, il n'avait plus rien de l'être sanguinaire qu'il était auparavant. Par un détour inexpliqué du destin, ou à moins que ce ne fut par amour pour sa fille, cet homme avait changé.

Tournant son regard vers Anne, elle poussa un nouveau soupir et caressa les boucles folles de sa fille avec tendresse. Anne avait toutes les raisons d'appréhender les jours à venir. Sans l'appui de son époux, elle ne pourrait garantir indéfiniment la survie des siens. Et l'inquiétude qui la rongeait au sujet de Joffrey minait ses forces. Hormis Viviane, Jean, Crisentelle et le chevalier de Dumain, personne ne savait qu'elle était de nouveau enceinte. Cette grossesse préoccupait Viviane au plus haut point. « À peine une année s'est écoulée depuis qu'Anne a perdu son dernier bébé… » De plus, elle semblait affaiblie par leur traversée en mer et le châtiment infligé par Ghalib. Les marques de fouet avaient cicatrisé, mais leur empreinte indélébile dans son esprit lui causait parfois d'horribles cauchemars. Chose certaine, la présence de Rémi dans son entourage constituerait une source constante d'angoisse.

Dépassée par les événements, Viviane attira sa fille dans ses bras et l'étreignit avec amour. Tout en la berçant, elle leva un regard embué vers Jean. Celui-ci était resté en retrait et observait sa sœur en silence, sa mine sombre témoignant de son inquiétude. Ne désirant pas l'abandonner pour le moment, il avait fait parvenir un message au château de Vallière pour informer son intendant qu'il comptait s'absenter encore quelques semaines. Il demeurerait auprès d'Anne et de leur mère durant leur séjour à la cour. Par la suite, il les accompagnerait au château des Knox, le temps nécessaire pour vérifier que les hommes étaient tous fidèles à Anne, car il n'avait aucune confiance en Rémi de Knox.

D'un sourire, il tenta de rassurer sa mère, mais cette tentative de réconfort sonnait faux. Réprimant un mouvement d'humeur, il s'approcha des deux femmes enlacées et captura le regard de sa sœur.

— S'il y a bien une chose dont je suis certain, Anne, c'est qu'il en faut beaucoup plus pour venir à bout de ce diable de Knox. Face à un équipage aussi redoutable que celui du *Dulcina*, les Barbaresques n'avaient aucune chance. Crois-moi, je suis bien placé pour savoir de quoi il est capable. Si Joffrey de Knox est déterminé à vous retrouver, rien ni personne ne pourra l'en empêcher. Il n'abandonnera pas le combat! J'en ai l'intime conviction! Joffrey est certainement en train de réparer les avaries survenues sur le *Dulcina* pendant l'affrontement. Bientôt, il sera en route vers la France. Alors aie confiance et, surtout, sois patiente! D'une manière ou d'une autre… ton époux reviendra!

Anne inspira profondément et redressa la tête. Son frère avait raison, elle ne devait pas se laisser abattre de la sorte, c'était indigne de sa part. Joffrey avait affronté l'ennemi sans aucune hésitation, elle se devait donc d'en faire autant, et ses gens l'y aideraient. Il lui fallait voir le bon côté des choses: avec Rémi entre les murs du château des Knox, il serait plus aisé de surveiller ses allées et venues. Ainsi, jusqu'au retour de son époux, elle ferait en sorte de garder intact ce pourquoi il s'était toujours battu: sa famille et ses biens. Quoi qu'il lui en coûte, elle ferait tout ce qui était en son pouvoir pour y arriver.

Plus que jamais déterminée, elle s'accorda un moment de réflexion pour y voir plus clair. Son frère lui avait appris sur le *Latima* que Rémi avait sauvé la vie de Jean II alors que ce dernier n'était encore que le dauphin. Le prince était tombé dans un guet-apens en revenant d'une rencontre avec son père. Comme par le plus heureux des hasards, ce scélérat s'était retrouvé au bon endroit, au bon moment. Cet illustre inconnu qui ne faisait même pas partie des courtisans était depuis devenu, au fil des mois, le meilleur ami du dauphin et son confident. Il s'était fait passer pour un chevalier en quête d'un seigneur à qui offrir ses services, mais Anne savait qu'il n'en était rien. Il avait utilisé un prétexte similaire pour infiltrer le château des Knox à l'époque. Lorsque le roi Philippe VI avait souhaité le remercier pour son acte de bravoure, Rémi avait refusé, argumentant qu'il préférait de loin servir le jeune prince, car il se sentait investi d'une mission. Le fait qu'il avait été grièvement blessé durant cette tentative ratée d'assassinat ajoutait du poids à sa demande. Quel homme serait assez fou pour risquer sciemment sa vie ? Personne ne s'était donc méfié de lui et Rémi s'était rapproché du prince considérablement. Lorsque Philippe VI mourut et que Jean II devint le nouveau roi de France, le demi-frère de Joffrey se vit attribuer le titre de « sieur ». Il évoluait désormais dans l'entourage de Jean II sans contraintes. Si elle voulait discréditer ce fourbe auprès de son souverain, Anne devrait présenter des preuves irréfutables. Son frère avait déjà essayé de le faire avant son départ pour Tlemcen, mais le monarque avait refusé de l'écouter.

Lançant un regard farouche en direction du chevalier de Dumain, elle se dégagea de l'emprise de sa mère et se releva avec une assurance déconcertante. C'était si soudain et inattendu que Jean souleva un sourcil interrogateur.

— Dénichez des soldats de confiance, de Dumain. Qu'ils soient discrets et compétents. Je veux qu'ils pistent Rémi de Knox de jour comme de nuit. Qu'ils notent tous ses faits et gestes. Nous devons trouver des renseignements qui nous permettront de montrer son véritable visage au roi ou encore de le condamner. Surtout, qu'ils ne soient pas découverts, nous n'avons pas le droit à l'erreur et ce fourbe ne doit se douter de rien. Quant à toi, Jean, je désire que tu prennes contact avec le vicomte de Langarzeau. Je dois absolument lui parler, ordonna-t-elle d'un ton tranchant.

Perplexes, les deux hommes la dévisagèrent sans dissimuler leur surprise ni leur désapprobation.

— J'ignore ce que tu mijotes, petite sœur, mais je n'aime pas ça ! Tu es une femme, pardieu ! Tu n'as pas à te mêler de cette histoire. Laisse-nous faire !

— Il n'en est pas question, Jean ! Joffrey est mon époux et les terres des Knox constituent mon domaine et celui de mes enfants. Je refuse d'être plus longtemps victime de l'infamie des autres. J'ai réussi à convaincre Joffrey de Knox de retirer son soutien au roi d'Angleterre pour le ramener dans le giron de la France, alors que tous les seigneurs de ce royaume tremblaient devant lui à l'époque. Je n'ai donc pas peur d'affronter son misérable demi-frère.

— Bon Dieu de bois, Anne ! Sois raisonnable ! Ce malade n'a rien de commun avec ton époux. Il est vicieux et prêt à tout pour parvenir à ses fins. Tu ne fais pas le poids devant tant d'ignominie.

— Parce que tu crois que j'ignore ce qui m'attend ? Les premières semaines de mon mariage avec Joffrey ont été un véritable enfer, Jean de Vallière. Tu n'as pas idée à quel point ! Je sais de quoi sont capables les Knox. Néanmoins, à l'inverse de Joffrey, Rémi ne possède aucun sens moral ni noblesse d'âme. Il n'y a pas de rédemption possible pour lui. Joffrey était rongé par des démons, mais il conservait cependant une certaine intégrité et de l'honneur au plus profond de lui-même. Rémi n'est qu'un monstre et un lâche. Il ne mérite aucun pardon…

— Dans ce cas, explique-moi ce que tu cherches à accomplir.

— Je servirai d'appât pendant que vous tenterez de trouver des indices pour l'incriminer.

— Ce fumier finira par découvrir la vérité. Ce jour-là, il n'hésitera pas à se débarrasser de toi, et cela, en dépit des exigences du roi.

— J'en suis consciente ! Je connais Rémi de Knox. Je suis parvenue à lui échapper une fois ; je serai à même de répéter l'exploit.

— Mais à quel prix, Anne ? Tu as perdu ton dernier bébé en le fuyant. Es-tu prête à mettre celui-ci en péril ? lâcha-t-il en désignant son ventre à peine arrondi.

— Je connais les risques, déclara-t-elle avec fureur entre ses dents, mais il est hors de question que je reste passive alors que cet homme menace ma famille.

— Joffrey n'approuverait jamais un tel plan, et tu le sais pertinemment ! Il serait plus sage d'attendre son retour !

— Non ! s'écria-t-elle. Je n'ai aucune confiance en Rémi de Knox. Il prépare quelque chose, de cela, j'en suis certaine, et je refuse que Joffrey ou les enfants en fassent les frais !

Impuissant à la raisonner, Jean donna un violent coup de poing sur le mur, faisant sursauter sa mère qui était demeurée silencieuse jusque-là. Jean fulminait et arpentait la pièce d'un pas saccadé. Contre toute attente, Viviane s'approcha de lui et déposa une main ferme sur son avant-bras.

— Ta sœur a raison, Jean ! déclara-t-elle d'une voix tenue.

— Mère! Vous ne pouvez pas être en accord avec ce plan suicidaire…

— Écoute-moi, mon fils! insista Viviane avec plus de force. Ta sœur a déjà prouvé sa bravoure maintes fois par le passé. Ne la sous-estime pas. C'est l'erreur que plusieurs ont faite, à commencer par Joffrey de Knox, et voit où cela l'a conduit, poursuivit-elle avec malice. Ce grand seigneur nous terrifiait tous, y compris toi, mais pas elle. Anne l'a manipulé avec un art déconcertant, si bien que le pauvre s'est débattu comme un beau diable pendant un bon moment avant de capituler. Est-ce que je me trompe, de Dumain?

— Non, ma dame! répondit le chevalier bien malgré lui.

— Soit, je vous concède ce point, mère! Anne a réussi là où d'autres ont échoué. Mais la situation est différente!

— En quoi, mon fils? Ta sœur a survécu à un emprisonnement à la tour Blanche et a goûté à la morsure du fouet plus d'une fois. Elle a eu à combattre des êtres aussi répugnants que Sir John et Ghalib. Elle a surmonté un carnage au palais de Joffrey, une traque des Anglais après sa fuite du couvent, et j'en passe. Alors ne lui fais pas injure en déclarant qu'elle est inapte à faire face au danger par le seul fait qu'elle est une femme.

Trop estomaqué pour répliquer, Jean chercha un quelconque soutien auprès du vieux chevalier, mais celui-ci semblait tout autant désemparé que lui. De Dumain fixa la châtelaine de Knox en se frottant la nuque. Force lui était de reconnaître que la mère d'Anne avait raison. Cette petite avait autant de courage et de ressources que n'importe quel guerrier servant sous les ordres de Joffrey. En poussant un soupir de résignation, il s'approcha d'Anne.

— Je sais d'avance que vous n'en ferez qu'à votre tête de toute façon, mieux vaut dans ce cas que je vous apporte mon appui. Du moins, je pourrai veiller sur vous et m'assurer que vous ne commettrez pas de bêtise, lâcha-t-il d'un ton bourru.

— Merci, de Dumain! Je me sentirai beaucoup plus en sécurité en vous sachant derrière moi.

— Ne comptez pas sur moi cependant pour tempérer la colère de Joffrey quand il découvrira le rôle que vous avez joué dans cette histoire. Il sera dans un tel état que même vous ne serez pas en mesure de l'apaiser.

— J'en fais mon affaire! répondit Anne, un petit sourire en coin.

— Hum! C'est ce qui me fait peur! Un jour ou l'autre, vous finirez par le rendre fou… à force d'inquiétude. J'espère ne pas être là lorsque cela se produira.

— Vous mentez, de Dumain! Avouez plutôt que, au fond, vous vous délectez de le voir se dépêtrer face aux émotions contradictoires que je lui inspire depuis mon arrivée au château…

Incapable de la tromper, le vieux chevalier préféra s'abstenir de commenter ses propos et n'émit qu'un vague grognement. Il est vrai qu'il était heureux de constater l'influence qu'avait eue la jeune femme sur Joffrey. Il ne pourrait jamais la remercier assez pour ce miracle. Néanmoins, si par malheur Rémi venait à découvrir qu'elle tentait de le piéger, sa réaction serait implacable. Il devait donc s'assurer qu'elle soit apte à se défendre en tout temps. Certes, elle était habile avec une dague, mais ce n'était pas suffisant. Il lui faudrait apprendre à utiliser un arc plus judicieusement, mais surtout il avait l'intention de l'initier au maniement de l'épée. Il lui suffisait d'en commander une plus légère et malléable à un forgeron, et il savait exactement où se la procurer. C'était peu orthodoxe, mais nécessaire en ces temps incertains.

Satisfaite de la tournure des événements, Anne toisa son frère avec une pointe de défi dans le regard. Furieux d'être ainsi piégé, Jean croisa les bras sur son torse et afficha une mine rébarbative. « C'est insensé ! Comment un homme aussi aguerri que le chevalier de Dumain peut-il se laisser manipuler de la sorte, et par une femme de surcroît ? » Comprenant son dilemme, de Dumain lui donna une tape amicale sur l'épaule avant de quitter la pièce. Devant la défection du vieux chevalier, Jean se rembrunit davantage.

— Je n'arrive pas à y croire ! lâcha-t-il, hors de lui. Que fais-tu aux hommes de ton entourage pour les amener à s'incliner de la sorte ? Sont-ils tous aveugles et inconscients ?

— Nullement, mon cher frère ! C'est seulement qu'ils voient en moi une femme déterminée, alors que je demeure une petite fille à tes yeux. Tu as endossé la responsabilité de me protéger envers et contre tout à la mort de père, et je t'en suis infiniment reconnaissante, déclara-t-elle avec douceur. Je sais que tu te sens coupable de n'avoir pu empêcher Joffrey de m'enlever de force et de me violée pour rendre définitif notre mariage. Mais tu ne dois pas. J'aime mon époux, Jean ! Pour rien au monde je n'échangerais ma vie contre une autre. Lui et les enfants sont mon unique raison de vivre désormais ! C'est pourquoi je n'hésiterai pas à détruire quiconque cherchera à leur nuire, enchaîna-t-elle d'un ton farouche.

Surpris, Jean la scruta avec attention, et ce qu'il lut dans son regard lui fit prendre conscience à quel point elle avait changé. Elle n'était plus la petite fille espiègle et insouciante qui se plaisait à le faire tourner en bourrique. Devant lui se tenait une femme à part entière, animée par un feu impératif, avec l'âme d'une guerrière et la ténacité d'une louve. Réprimant un sourire désabusé, il caressa la joue d'Anne avec tendresse.

— D'accord! Je consens à t'apporter mon soutien, concéda-t-il. Débrouille-toi cependant pour que je ne le regrette pas! termina-t-il en enserrant son visage entre ses mains calleuses.

Face à son expression douloureuse, Anne saisit à quel point il lui en coûtait d'agir de la sorte. Lui, plus que n'importe quelle autre personne, savait comment il était éprouvant de voir les siens s'éteindre sous ses yeux. «Son impuissance à sauver son épouse et l'enfant qu'elle portait lorsque la peste ravagea la France l'accable encore fortement», pensa Anne. Le même sort avait eu raison de leur sœur aînée et de son époux, si bien que leur nièce Myriane se trouvait bel et bien orpheline à présent. Jean se refusait à perdre la seule famille qui lui restait, c'est-à-dire sa mère et elle. C'est tout cela qu'Anne lisait dans son regard torturé. Elle comprenait ses tourments, d'autant plus qu'il lui avait relaté sur le *Latima* les derniers jours passés au château de Vallière, quand la mort avait frappé. Posant ses mains sur les siennes, elle lui sourit avec confiance.

— Je ferai très attention! Je t'en fais la promesse!

La gorge étreinte par l'émotion, il la serra dans ses bras et ferma les yeux. «Dieu qu'il est difficile d'avoir confiance en la vie! Surtout quand celle-ci se révèle si cruelle!»

— Tout ira bien, Jean! chuchota-t-elle d'une voix apaisante.

— J'espère que tu as raison, Anne! eut-il pour toute réponse, avant de la relâcher.

Portant un dernier regard sur les deux femmes, il sortit à son tour. Il savait le vicomte de Langarzeau à la cour avec son épouse. Il lui fallait le retrouver et arranger un rendez-vous secret entre sa sœur et lui. Le vicomte demeurait un allié précieux et intègre qui conservait ses entrées auprès du roi.

⁂

Anne et son frère patientaient dans la petite chapelle en attendant le vicomte de Langarzeau. Jean jeta un coup d'œil circulaire sur les lieux et s'attarda au fond où trônaient des statues de la vierge et de saint Saturnin. Ici, aucune possibilité de se dissimuler, ce qui en faisait un lieu de rendez-vous par excellence, et surtout un prétexte de choix à la prière s'ils étaient surpris. De Dumain et l'un des hommes de confiance de Jean montaient discrètement la garde à l'extérieur, et comme il n'y avait qu'une seule issue, c'était chose aisée à faire.

À l'arrivée du vicomte, Anne repoussa le capuchon de sa pèlerine doublé de fourrure et tendit les mains avec affection.

— Vicomte, je suis si heureuse de vous revoir!

— Tout le plaisir est pour moi, ma dame! répondit celui-ci en lui serrant les doigts avec chaleur. Toutefois, j'aurais préféré vous rencontrer en d'autres circonstances, et je déplore l'absence de votre époux. Vous devez savoir que d'étranges rumeurs circulent à son sujet à la cour. Je crains d'ailleurs que la source ne provienne de ce traître de Rémi. Il est impératif que le seigneur de Knox revienne en France, afin d'assurer sa défense.

— Ciel! C'est donc cela que manigançait cet être ignoble. J'appréhendais quelques fourberies de sa part, mais j'ignorais qu'il avait une telle influence sur le roi.

— Beaucoup trop à mon avis, et je ne suis pas le seul à penser ainsi. Les seigneurs français n'apprécient pas la présence de cet homme. Il a pris trop d'importance, et cela excite la colère et le ressentiment de plusieurs nobles.

Bouleversée, Anne recula de quelques pas et se frotta les tempes en réfléchissant. Il n'y avait aucun moyen de prévenir Joffrey de ce qui l'attendait à son retour. Agitée, elle marcha de long en large. Ils naviguaient tous en eaux troubles et ne savaient de quel front viendrait le premier coup. Non seulement devait-elle protéger ses enfants, mais de plus elle devait trouver une façon de démasquer Rémi de Knox et s'assurer dans la foulée que son époux ne tombe pas dans un piège. «Ciel! Pourquoi ne peut-on pas tout simplement vivre en paix? Quand cette folie cessera-t-elle?» Réprimant un soupir de frustration, elle revint se placer devant le vicomte.

— Nous avons besoin de votre aide! Je sais que Joffrey vous a envoyé une missive peu de temps avant notre départ. Il vous y expliquait qui était en réalité Rémi de Knox et ce qu'il avait tenté de faire sur ma personne.

— En effet, ma dame! Votre époux m'a mis dans la confidence, ainsi que mon père. Nous sommes peu à savoir que le sieur Rémi est à la solde des Anglais. Le problème, c'est qu'il n'agit pas seul. Nous avons constitué un petit groupe, mais nous ne sommes pas assez nombreux pour les démasquer. Nous ne voulons pas attirer inutilement l'attention sur nous et miner nos chances de réussite, ni faire du roi un ennemi. Néanmoins, l'un des nôtres a noté des déplacements suspects de la part du sieur Rémi en direction d'une échoppe du village voisin. Nous cherchons justement un moyen de vérifier cette information.

— Je peux m'arranger pour faire revenir discrètement du château certains de mes chevaliers afin de vous soutenir dans votre investigation. En attendant, je laisse de Dumain à votre disposition. Je ne saurais trop vous recommander la prudence. Cet homme est dangereux !

— Je vous remercie de votre sollicitude, ma dame, et de votre appui. Quant au sieur Rémi, la tête de ce fourbe tombera tôt ou tard. Je dois vous avouer par contre que l'idée de vous savoir impliquée dans cette entreprise me perturbe grandement. Je vous demande donc à mon tour d'être sur vos gardes.

Avant même qu'Anne ne réponde, son frère s'insurgea.

— J'y veillerai en personne ! lâcha-t-il d'une voix rude.

— Me voilà rassuré à ce sujet. Quoiqu'il arrive, sachez que ma demeure vous sera toujours ouverte.

— Merci, vicomte ! ajouta Anne avec sincérité.

— Nous vous laissons repartir le premier, vicomte, déclara Jean. N'hésitez pas à prendre contact avec moi au besoin. Nous mettrons au point une stratégie commune plus tard. Il nous faut dès maintenant regagner la salle de banquet si nous ne voulons pas attirer inutilement l'attention sur nous.

En accord avec lui, le vicomte de Langarzeau prit congé. Anne et Jean attendirent quelques minutes avant de lui emboîter le pas.

Une table à tréteaux pour six personnes était dressée avec magnificence au bout de la pièce, à l'image même de la grandeur du roi. Des couverts d'or étaient emplis de mets qui semblaient aussi délicieux les uns que les autres. Jean II se carrait dans son fauteuil, la reine sur sa droite. Il signifia à Viviane de prendre place à sa gauche. Ce fut ensuite au tour d'Anne d'y être conviée, de même que deux hauts personnages qu'elle ne connaissait pas. Anne apprit ultérieurement qu'il s'agissait de l'ambassadeur d'Espagne ainsi que d'un envoyé du pape. Les convives de second ordre, tels le vicomte et la vicomtesse de Langarzeau, furent installés sur les bas-côtés. Le reste de l'assemblée se trouvait confiné à l'arrière de la salle, simple spectateur de ce banquet. Parmi les observateurs se trouvait Rémi. Il n'en revenait toujours pas d'avoir été ainsi balayé de la main. Lui, qui en temps normal se restaurait à la table du monarque ou en sa compagnie dans ses appartements privés, se voyait relégué au second plan à cause de cette garce de Knox.

De son côté, Anne contemplait les mets nombreux qui ne cessaient d'arriver par vagues, d'un œil morne. Elle craignait de ne pas être en mesure de faire honneur aux plats gastronomiques, tant son estomac était noué. Par surcroît, elle n'avait plus l'habitude de ces repas riches et lourds depuis son séjour à Tlemcen. Ayant déjà goûté au potage, à l'entrée et au rôti, elle était incapable d'avaler une seule autre bouchée. Elle dut donc se résigner à picorer mine de rien afin de ne pas offenser le roi.

Plus de deux heures passèrent avant que Jean II décide de se lever. Un bal devait succéder au festin, ce qui laissait peu de temps aux dames pour se rafraîchir. Soulagée de quitter la table, Anne retrouva son entrain. Elle n'avait pas particulièrement apprécié tous ces regards posés sur elle. De plus, la raideur dans son dos lui rappelait qu'elle ne pouvait se permettre de rester longtemps assise dans la même position, du moins, pas tant que ses blessures ne seraient pas entièrement cicatrisées. Réprimant une grimace de douleur, elle s'étira avec discrétion. Sa mère, qui avait remarqué son geste, glissa son bras sous le sien et l'entraîna vers leur chambre. Jean les suivit de près.

En pénétrant dans la pièce, Jean surprit sa sœur alors qu'elle faisait des rotations du cou afin d'assouplir sa nuque. Devinant qu'elle souffrait, il s'approcha d'elle et entreprit de masser ses épaules avec dextérité. Peu à peu, il réussit à dénouer les muscles crispés, ce qui arracha un grognement de bien-être à Anne. Amusé, Jean se moqua d'elle, faisant naître à son tour un sourire sur ses lèvres. D'humeur plus sereine, elle coula un regard vers lui et déposa un baiser fraternel sur sa joue.

— Avec encore un peu de pratique, tu deviendras aussi habile qu'Amina, lança-t-elle avec une pointe de malice.

Tel qu'elle s'y attendait, Jean éprouva un léger malaise à l'évocation de l'ancienne concubine de Joffrey. En fait, Anne avait cru remarquer sur le *Latima* que Jean semblait fasciné par la jeune femme. Il y avait un an qu'il était veuf, et elle se désolait de constater qu'il avait perdu toute joie de vivre depuis ce tragique événement. La liberté d'action dont jouissait Amina paraissait le rendre particulièrement nerveux, d'autant plus qu'il était demeuré chaste depuis la mort de son épouse. Anne avait remarqué qu'Amina avait jeté son dévolu sur lui, et elle prenait plaisir à le voir se démener avec ses principes préconçus. Anne savait pertinemment que Jean n'avait jamais aimé Odile d'un amour profond. Il l'avait respectée et apprécié sa compagnie, mais sans plus. Depuis le début, cela avait été un mariage de convenance. En revanche, elle suspectait qu'Amina le bouleversait plus qu'il ne voulait se l'admettre. Incapable de s'empêcher de le tarauder un peu à ce sujet, elle faisait régulièrement référence à celle-ci devant lui. Sa mère, qui s'était aperçue de son manège, levait les yeux au ciel chaque fois qu'Anne y allait d'une réflexion dans ce sens. Mais Anne n'était pas dupe ; elle savait bien que sa mère essayait tout simplement de dissimuler son amusement.

Détaillant son frère avec attention, elle remarqua son regard songeur. Tout espoir n'était peut-être pas perdu pour lui. En y réfléchissant, elle se dit que, somme toute, cela pourrait s'avérer bénéfique pour les deux. Amina était une femme exceptionnelle qui méritait un mariage heureux et un foyer pour elle seule. Jean, quant à lui, s'avérait trop jeune pour ne pas refaire sa vie. Une compagne pétillante et fougueuse le sortirait de son apathie. Amina devenait donc une candidate idéale… Se promettant d'y revenir plus tard, Anne se rafraîchit et rajusta sa toilette.

Il lui fallait maintenant participer à une soirée fastidieuse pour sauver les apparences. Plaquant un sourire faux sur son visage, elle retourna avec sa mère et son frère dans la grande salle. Elle devait démontrer à tous qu'elle était sereine et ravie de se retrouver parmi les courtisans. Elle devait de plus convaincre Rémi qu'elle ne se doutait de rien au sujet de ses manigances, et montrer au roi qu'elle se soumettait à son autorité. Elle se préparait même à subir l'épreuve d'une danse au bras de Rémi de Knox afin de mystifier l'assemblée. Par chance, celui-ci ne fut pas assez idiot pour s'y risquer. Sans doute gardait-il en mémoire la menace qu'elle avait fait planer sur sa virilité avec sa dague. Anne put ainsi passer quelques moments agréables en compagnie du vicomte de Langarzeau et de son épouse Marie. Enchantée de revoir son amie, Anne en profita pour échanger longuement avec elle. La châtelaine du fief des Knox s'avérait à présent au fait de tout ce qui se déroulait à la cour. Qui sait, en temps et lieu, ces informations pourraient s'avérer utiles.

Fatiguée après une soirée à virevolter au son de la musique, Anne apprécia le calme de sa chambre à son retour. Désireuse de s'aérer les esprits et de se changer les idées, elle poussa la porte qui menait au jardin et s'y aventura sans crainte. Cet endroit merveilleux était en temps normal réservé à l'usage exclusif de la reine, mais il arrivait parfois que celle-ci partage la beauté des lieux avec quelques rares personnes de son entourage. Inspirant l'air vif, Anne leva les yeux vers la courtine qui longeait la façade et se sentit rassurée en y apercevant la garde qui se relayait. La pleine lune brillait dans le ciel étoilé. Resserrant sa pelisse de fourrure sur son ventre, elle laissa filtrer une fine buée de sa bouche. Les doigts gourds, elle revint sur ses pas et jeta un dernier regard vers l'astre lunaire. Où que soit Joffrey, elle espérait qu'il avait droit à la même vision enchanteresse. Peut-être se tenait-il sur le pont du *Dulcina* en ce moment, se languissant d'elle. Fermant les yeux, elle se le remémora à Tlemcen, dans toute sa puissance, alors qu'il fonçait vers eux pour leur venir en aide. Il avait plongé au cœur de la bataille sans aucune crainte et sans hésitation. Cela avait été si bon de se retrouver de nouveau dans ses bras. Malheureusement, cette étreinte avait été de courte durée. « Seigneur ! Être séparée de lui si longtemps est une vraie torture ! » Tout son être le réclamait avec une telle insistance qu'elle en avait le souffle court. Entourant sa taille de ses avant-bras, elle frémit.

Cela faisait déjà plus d'une semaine qu'ils se trouvaient piégés à la cour. N'ayant toujours pas reçu de nouvelles de Joffrey, Anne se morfondait. À son plus grand malheur, les festivités se succédaient sans relâche, ne lui accordant aucun moment de répit. Elle était lasse de cette frénésie et de tout ce faste, et n'aspirait qu'à une seule chose : retrouver la vie simple qui était la sienne au château des Knox, en compagnie de ses enfants et de ses gens. Elle n'éprouvait aucune prédilection pour les banquets fastidieux, les bals dans les pièces surchauffées, les intrigues et les séances interminables dans la salle du trône. Le roi dépensait à outrance, oubliant la misère qui accablait son peuple. La guerre et la peste avaient ravagé la France et les champs étaient dévastés. Les paysans mourraient de faim et la noblesse d'autrefois déclinait à vue d'œil. Le seul point positif dans toute cette noirceur était l'accalmie dont ils jouissaient depuis que la France et l'Angleterre avaient cessé les hostilités d'un commun accord. Anne ignorait si la paix serait permanente entre les deux pays – du moins l'espérait-elle –, mais la présence de Rémi à la cour de France laissait hélas présager le pire. Fronçant les sourcils, elle observa judicieusement les alentours. Demeurer constamment sur ses gardes mettait ses nerfs à rude épreuve. Sentant sa frustration prendre le dessus, elle s'ébroua. Ce n'était pas le moment de se laisser aller.

Pour l'instant, elle se trouvait au centre d'un attroupement de courtisans. Ils attendaient tous l'arrivée du monarque qui dirigerait une chasse à courre. En resserrant les rênes de sa jument, Anne l'obligea à se calmer. Très succinctement, elle coula un regard entre ses cils en direction de Rémi. « Que manigance-t-il au juste ? » La veille, de Dumain avait surpris un échange entre l'homme et un inconnu dont le visage était demeuré dissimulé par un capuchon. Il avait été question « d'accidents regrettables qui surviendraient durant une partie de chasse». Ne sachant si le roi était visé personnellement ou elle-même, Anne était nerveuse. Par chance, son frère, le vicomte de Langarzeau et d'autres seigneurs affiliés à leur cause avaient pour mandat de le surveiller étroitement. Anne éprouvait un certain inconfort à l'idée d'être exposée de la sorte, mais elle n'avait pas le choix. Ils piétinaient dans leur enquête et n'arrivaient toujours pas à trouver de faille qui leur permettrait de démasquer Rémi. Cet homme insaisissable ne laissait aucun indice derrière lui. Elle devinait que sa seule présence constituait une épine dans le pied de l'Anglais, et elle avait bien l'intention d'utiliser cet inconvénient à son avantage pour l'obliger à commettre un impair. Cette seule pensée la galvanisa et la rasséréna.

Captant soudain l'attention de son ennemi, elle lui adressa un sourire provocateur avant de lui tourner le dos et de rejoindre son frère. Se sentant insulté, Rémi serra les dents et laissa tomber son masque l'espace d'un instant. La présence de cette gueuse constituait un rappel constant de son échec auprès du roi. Elle n'avait de cesse de le narguer et de le traiter avec mépris depuis que Jean II lui avait remis la gérance du fief des Knox. Se retrouver sous les ordres de cette garce l'irritait au plus haut point. Elle aurait dû mourir dès son arrivée en France, mais par un détour ironique du destin, elle ne s'était pas trouvée là où elle aurait dû être. Si bien qu'elle était passée entre les mailles de son filet. Désormais, sa promesse faite au souverain entravait ses projets, mais elle ne perdait rien pour attendre. Elle se croyait en sécurité, mais la vérité était tout autre. À l'instant où il en aurait fini avec Jean II, il se débarrasserait d'elle une bonne fois pour toutes. Il lui suffisait de faire preuve de patience. Son plan, élaboré avec soin, s'était mis en branle et Rémi n'avait pas l'intention d'échouer cette fois-ci. Remarquant tout à coup le regard étrange que Jean de Vallière posait sur lui, il s'empressa de se composer une attitude plus sereine.

De son côté, Jean ne fut pas dupe. « Cet homme prépare un mauvais coup à sa manière. » Faisant avancer sa monture vers sa sœur, il s'efforça lui aussi d'adopter une expression plus enjouée, mais sans résultat probant. Dès qu'il fut à sa hauteur, Anne leva son visage vers lui, un sourire narquois sur les lèvres.

— Tu donnes l'impression d'avoir avalé un fruit amer, mon cher frère ! le taquina-t-elle pour tenter de le dérider.

— Si tu avais une sœur qui s'apprêtait à se jeter dans la gueule du loup en toute connaissance de cause, tu ne serais pas plus enchanté que moi, répliqua-t-il avec une pointe de reproche.

— Jean…, soupira-t-elle. Nous en avons longuement discuté. Nous avions conclu d'un commun accord qu'il s'agissait du meilleur moyen pour amener ce fourbe à commettre une erreur. Je te ferai remarquer que les autres ont donné leur aval.

— N'empêche, ils n'exposent pas leur propre sœur au danger, eux. Ton époux m'étripera vif à son arrivée, et je ne pourrai lui en vouloir. T'agiter ainsi comme un appât devant ce fou furieux est la chose la plus stupide que j'ai jamais commise de toute ma vie.

— Il suffit, Jean ! lâcha-t-elle avec impatience. J'ai pris ma décision ! Nous ne pouvons plus reculer maintenant, alors acquitte-toi de la tâche qui t'incombe et laisse-moi remplir ma part du contrat.

— Rappelle-moi dans ce cas de ne plus m'approcher de la gent féminine à l'avenir ! Vous côtoyer s'avère néfaste pour mon équilibre mental ! déclara-t-il avec humeur.

Cette pique de mauvaise foi fit pouffer Anne, ce qui la soulagea d'une certaine manière. Son éclat de rire cristallin arracha cependant une grimace acerbe à Rémi et un grognement réprobateur à Jean. Le roi arriva sur ces entre-faites. Attiré par l'enjouement d'Anne, il alla à sa rencontre.

— Eh bien, ma dame ! Vous nous semblez d'agréable compagnie en ce lever du jour frisquet. Vous irradiez de chaleur, ce qui nous réchauffe le cœur. Nous serions emplis de joie si vous acceptiez de nous accompagner.

— Avec plaisir, Votre Majesté, s'empressa de répondre Anne. Ce sera pour moi un grand honneur.

— Merveilleux ! Dans ce cas, que votre frère se joigne à nous également. Nous avons entendu parler de ses exploits à la chasse à courre.

— C'est exact, Votre Majesté.

Portant son regard sur l'étendue boisée qui se déployait au loin, Anne se réjouit. Le vaste territoire qui leur faisait face recelait une quantité importante de gibiers. Excitée à la perspective de cette chevauchée matinale, elle lança un coup d'œil amusé vers Jean. Celui-ci roula des yeux avant d'esquisser un sourire malicieux. Il comprenait l'euphorie qui l'agitait. Les bois cachaient des trésors et se révélaient la plupart du temps un défi stimulant à relever. Depuis qu'elle était toute petite, Anne adorait se promener en forêt. Elle avait souvent accompagné son frère à la chasse, au plus grand malheur de sa mère. Pour dame Viviane, c'était un manquement évident à son éducation de jeune fille. Selon elle, Anne aurait dû préconiser l'apprentissage de la broderie, la gestion d'un domaine, ou encore maîtriser l'art des plantes médicinales, et ainsi de suite, mais assurément pas arpenter la forêt à cheval en compagnie des hommes. Pourtant, elle avait dû se résigner à cette pratique peu orthodoxe, puisque Jean n'y voyait aucun inconvénient. Ce que leur mère n'avait pas su, en revanche, c'est qu'il avait profité de ces balades pour lui enseigner en cachette l'utilisation de l'arc. Anne y excellait d'ailleurs. Visiblement, elle possédait un don naturel en la matière, ce qui avait impressionné Jean plus d'une fois. Elle gardait cet atout en réserve, et même Joffrey ignorait totalement le talent secret de sa femme.

Le cor sonna, extirpant Jean de sa songerie. Le signal du départ venait d'être donné. Habitée par une fougue contagieuse, Anne s'élança au galop. Elle préférait de loin l'action à l'attente. En prenant son destin en main, elle avait au moins l'impression de pouvoir influer sur les événements. Humant l'air avec délice, elle reconnut l'odeur musquée des bois qui lui avait tant manquée. Retrouvant ses vieux réflexes, elle ajusta son assiette sur la jument et talonna l'étalon du roi sans difficulté. Un frémissement dans les buissons attira son attention. Un magnifique cerf avait perçu leur présence et cherchait maintenant à fuir. Jean II ordonna à tous de bifurquer vers la droite, à la poursuite de la bête. Se détachant alors du groupe, Rémi força sa monture à ralentir, si bien qu'un écart se forgea entre eux. S'éloignant du sentier, il se dirigea vers les profondeurs de la forêt. Des hommes à lui devaient rabattre la proie vers une clairière située à quelques lieues de leur position. De cette façon, le roi et la gueuse seraient poussés tout droit dans le piège qu'il avait élaboré. C'est à cet endroit que son écuyer et lui-même interviendraient. Atteignant avant les gens de la cour la lisière de la clairière par un raccourci, il sauta en bas de son étalon et alla vérifier que le trou qu'il avait fait creuser demeurait dissimulé sous les branchages. Des pieux affûtés s'enfonçaient dans la terre grasse tout au fond. Quiconque tomberait dans ce traquenard se retrouverait aussitôt embroché comme un vulgaire porc. Jubilant d'avance, il retourna à sa cachette. Étant donné que la tradition voulait que les courtisans chevauchent derrière le monarque, il ne faisait aucun doute que Jean II déboulerait le premier sur les lieux, et comme cette garce de Knox le suivait de près, elle serait la seconde à plonger vers la mort. Finalement, le hasard faisait bien les choses. Entendant l'écho des sabots qui approchait, Rémi remonta sur sa monture et se prépara à regagner le groupe au moment opportun.

Le vicomte de Langarzeau, qui avait remarqué l'absence inexpliquée de Rémi, éprouva soudain un malaise. Il était inhabituel qu'un convive déserte ainsi la troupe pour faire cavalier seul, et encore moins sans l'approbation du roi. Se rapprochant de deux autres seigneurs, il leur fit signe de se montrer vigilants. Avec aisance, il s'élança vers l'avant du peloton, en direction de Jean de Vallière. Il l'avait presque rejoint lorsque les chasseurs débouchèrent dans une clairière. En voyant Rémi quitter le couvert des arbres et se diriger vers eux par la gauche, il se crispa. D'autant plus qu'un étranger venait lui aussi de faire son apparition sur leur droite. De manière subtile, les deux hommes tentèrent d'orienter le groupe vers le milieu des hautes herbes. Tous ses sens aux aguets, le vicomte de Langarzeau rattrapa Jean et lui signala la présence de l'inconnu. Quelque chose clochait. D'une façon ou d'une autre, ils devaient freiner leur avancée. Jean fonça sans délai sur Anne, la dépassa et se retourna subitement pour lui barrer le chemin. Surprise, celle-ci ramena les rênes vers elle avec brusquerie, ce qui arracha un hennissement douloureux à sa jument. Mécontent, l'animal se cabra en agitant l'air de ses pattes. Il fallut à la châtelaine toute sa maîtrise pour ne pas se faire désarçonner. Prenant conscience de la précarité de la situation d'Anne, le roi ralentit sa course et se préparait à revenir sur ses pas pour lui porter secours lorsque le sol se déroba sous les sabots arrière de son étalon. La bête prit peur et tenta de retrouver son équilibre en se propulsant vers l'avant. Le vicomte de Langarzeau arriva à sa hauteur au même moment. S'emparant des brides, il tira de toutes ses forces. D'autres seigneurs le rejoignirent. Le monarque, qui demeurait agrippé aux rênes, aperçut sous sa monture la pointe des pieux qui apparaissaient tout au fond du trou. En aucun cas il ne devait lâcher prise, sinon c'en était fait de lui. Avec des paroles de réconfort, il essaya de rassurer l'étalon qui roulait des yeux affolés. Sa voix l'apaisa suffisamment pour permettre aux hommes de le sortir de cette fâcheuse position. Une fois sur la terre ferme, la pauvre bête fut parcourue de violents frissons et s'ébroua à plus d'une reprise. Encore étourdi par le choc, Jean II mit pied à terre et dut prendre appui sur l'épaule du vicomte de Langarzeau pour rester debout.

Pendant ce temps, Anne était parvenue à calmer sa jument et se préparait à en descendre. Secouée par ce qui venait de se produire, elle n'opposa aucune résistance lorsque son frère vint l'aider. Soutenue par lui, elle avança de quelques pas et blêmit en apercevant à son tour le trou tapissé de pieux affilés. Étouffant un cri d'angoisse, elle se blottit contre Jean à la recherche d'un peu de réconfort. Elle tremblait de toutes parts et ne pouvait s'empêcher de songer à ce qui leur serait arrivé, au roi et à elle, sans l'intervention de son frère et du vicomte de Langarzeau.

Tout à sa colère de voir ses efforts réduits à néant, Rémi ne remarqua pas les trois hommes qui se détachèrent du groupe et s'élancèrent aux trousses de son écuyer, pas plus que le reste des gens de la cour, trop accaparés par l'incident.

De son côté, le monarque retrouvait peu à peu ses esprits. Comprenant qu'on avait attenté à sa vie, il fut envahi par la rage. « Qui ose s'en prendre ainsi à ma personne ? » Il s'agissait d'une tentative infâme, digne d'un couard. Surtout que, dans la foulée, sa parente avait failli périr également. Désormais en pleine maîtrise de ses émotions, il se dirigea vers Anne.

— Ma chère, vous nous voyez désolé pour l'émoi qui vous fut causé. Nous vous donnons notre parole que le traître qui a agi aussi bassement sera châtié comme il se doit.

Redressant le menton, Anne plongea son regard dans celui du roi. Il venait de prononcer un serment qui lui en coûterait beaucoup dans un avenir rapproché.

— J'ai foi en votre justice, Votre Majesté. Je saurai me souvenir de cette promesse, déclara-t-elle d'une voix chevrotante.

Étonné par cette réponse, Jean II fronça les sourcils et observa longuement la jeune femme. Il eut alors la vague impression qu'il scellait leur destin à tous deux de façon irréfutable. Secouant la tête, il considéra de nouveau le vicomte de Langarzeau et Jean de Vallière.

— Mes seigneurs, grâce à votre bravoure et à votre loyauté, deux vies furent épargnées aujourd'hui. Nous sommes désormais votre débiteur.

Sur ces paroles, le roi retourna à sa monture et l'enfourcha. Le reste du groupe le suivit en silence. Plus d'une question s'imposa dès lors à l'esprit de chacun. Sans un regard pour

Rémi, Jean escorta sa sœur jusqu'au château de Fontaine-bleau. « Qu'est-ce que je ne donnerais pas pour avoir la possibilité d'embrocher ce scélérat ! » Il se devait pourtant d'être patient et d'attendre l'instant opportun pour intervenir. Au vu des derniers événements, il décida cependant que le moment était venu de ramener Anne sur les terres des Knox. Le monarque ne s'y objecterait assurément pas. Une fois dans son domaine, elle serait en sécurité. Du moins, là-bas, les moindres faits et gestes de Rémi seraient épiés et il ne pourrait s'attaquer directement à Anne. De plus, elle se trouverait en terrain connu et parmi les siens. Tournant son visage vers sa sœur, il l'interrogea du regard. Celle-ci lui adressa un bref signe d'affirmation pour lui signaler que tout allait bien. Toutefois, Jean en doutait. Elle était certainement encore bouleversée et il espérait que cette mésaventure n'aurait pas d'impact néfaste sur l'enfant qu'elle portait.

Le retour prit un temps considérable, et Jean entraîna Anne vers sa chambre aussitôt les grilles du château franchies. Au passage, il fit mander sa mère qui se trouvait en compagnie de la reine. Sans doute avait-elle eu vent de ce qui s'était produit, car Viviane affichait une expression anxieuse en pénétrant dans leurs quartiers. Sans un mot, elle rejoignit sa fille et l'étreignit avec amour avant de l'embrasser sur le front. À la demande de Jean et pour déjouer les oreilles indiscrètes, aucune parole ne fut échangée au sujet de l'incident. Mieux valait quitter les murs de Fontainebleau au préalable étant donné les circonstances.

Les bagages furent bouclés en un temps record et chargés sur les bêtes. Comme il l'avait prévu, le roi donna son accord pour leur départ et leur alloua même une petite escorte pour les accompagner. Contre toute attente, Rémi reporta son retour au château des Knox à plus tard, argumentant qu'il devait d'abord régler quelques affaires personnelles. Il fut donc décidé que le vicomte de Langarzeau demeurerait à Fontainebleau avec d'autres seigneurs pour garder un œil sur Rémi et interroger l'homme qu'ils avaient capturé.

# 6
# L'affrontement final

Les jours s'écoulaient paisiblement depuis le retour d'Anne au château des Knox. Son bonheur était d'autant plus grand qu'elle avait retrouvé ses enfants. Pendant leur longue absence, le chevalier de Coubertain avait dirigé la forteresse d'une main de fer. Les champs fertiles avaient permis d'engranger suffisamment de grains pour passer l'hiver. La maladie avait épargné le village avoisinant, si bien que l'économie locale florissait. Les soldats avaient veillé à ce qu'aucun étranger approche la région, coupant le fief du reste de la France. Par chance, ils avaient été en mesure de se suffire à eux-mêmes. Maintenant que la peste ne constituait plus qu'un affreux souvenir, la vie reprenait son cours normal.

Songeuse, Anne caressa son ventre légèrement arrondi d'un air rêveur. Elle se tenait debout devant la fenêtre de sa chambre et contemplait le paysage sans vraiment le voir. Plus d'un mois s'était écoulé depuis son retour parmi les siens. Ayant retrouvé sa routine, elle effectuait ses tâches du matin au soir en partageant ses temps libres entre les enfants et son nouvel entraînement imposé par de Dumain. Elle avait d'ailleurs été fort surprise lorsque le chevalier lui avait proposé de l'initier à l'art du combat. Croyant au début qu'il se moquait d'elle, Anne avait éclaté de rire, mais s'était vite ravisée au moment où il avait glissé entre ses doigts l'épée forgée sur mesure pour elle. D'abord abasourdie, elle était demeurée muette, puis une lueur étrange avait illuminé son visage. Avec un respect révérencieux, elle avait soupesé l'arme puis l'avait examinée méticuleusement. La lame était beaucoup plus légère que celles que les chevaliers maniaient. De plus, le pommeau était adapté à sa main plus menue. Elle était consciente que le mentor de Joffrey ne voulait pas la transformer en guerrière, seulement la rendre plus apte à se défendre durant l'absence de son époux, surtout face à la menace constante de Rémi. Anne connaissait la valeur d'un tel cadeau. Par ce geste, de Dumain enfreignait les règles. Aucune femme n'était autorisée à se servir d'une épée en temps normal et encore moins de combattre. Elle en avait été si émue que des larmes avaient roulé sur ses joues malgré elle. Un peu bourru, il lui avait suggéré de commencer dès le lendemain et lui avait donné rendez-vous sur le terrain d'exercice.

Se rappelant l'expression choquée des hommes à son arrivée à l'entraînement, un sourire amusé se dessina sur ses lèvres. Même aujourd'hui, elle ne saurait dire qui des trois guerriers avait été le plus offusqué par l'initiative du chevalier de Dumain. Dans tous les cas, le chevalier de Coubertain s'était révélé le plus éloquent. Son regard enflammé d'indignation aurait suffi à faire reculer le plus valeureux de leurs soldats. Malgré tout, de Dumain était demeuré campé sur ses positions et n'avait pas bronché d'un cheveu lorsque de Coubertain l'avait traité de vieux fou.

Depuis cet instant mémorable, de Dumain l'entraînait intensivement tous les jours de la semaine, au petit matin. Ils disposaient de peu de temps devant eux pour accomplir la formation d'Anne, alors de Dumain se montrait un maître redoutable. Le fait qu'elle était une femme ne changeait rien à son intransigeance. Le seul véritable obstacle demeurait sa grossesse. Le vieux chevalier se gardait bien de porter préjudice au bébé et vérifiait constamment avec elle que tout allait bien. Anne ne craignait rien : l'enfant qu'elle portait était un de Knox après tout.

Regardant ses mains, Anne poussa un soupir. Celles-ci avaient perdu de leur douceur et s'avéraient maintenant aussi calleuses que celles d'un soldat. La faute en revenait à l'épée en bois avec laquelle de Dumain la faisait pratiquer. Des cloques s'étaient formées sur ses paumes, si bien qu'effectuer ses tâches régulières se révélait parfois douloureux, mais elle ne s'en plaignait pas, trop heureuse d'apprendre enfin à se défendre adéquatement. Malgré sa rigueur, le vieux chevalier se refusait toutefois de la soumettre à l'épreuve de la quintaine. En contrepartie, il l'incitait à faire de longues marches d'un pas énergique pour renforcer son endurance. Pour ce qui était de son agilité, sa grâce naturelle jouait en sa faveur et l'avantageait à bien des égards. Les soirées passées à danser et à exécuter des figures complexes n'y étaient pas étrangères non plus. Au demeurant, étant plus souple que la plupart des hommes, elle se mouvait avec plus d'aisance et de fluidité. Il lui était donc plus facile de feinter et de déstabiliser l'adversaire.

De Dumain n'avait pas jugé nécessaire d'étendre son apprentissage au javelot, car Anne n'aurait pas eu la puissance requise pour lancer l'arme. En revanche, le vieux chevalier croyait que l'utilisation de l'arc s'avérerait un atout majeur. Il n'avait pas cherché à dissimuler sa surprise en découvrant qu'elle y excellait déjà. Tout au plus avait-elle besoin de parfaire sa technique en maniant l'arc à dos de cheval. Ce nouveau défi s'était révélé plus ardu qu'Anne le croyait de prime abord, mais elle avait persévéré. Après plusieurs essais ratés, elle était finalement parvenue à diriger sa monture à l'aide de ses cuisses, tout en décochant une flèche sur une cible.

Après un mois de travail acharné, voilà qu'elle était désormais apte à passer à l'étape suivante, soit s'entraîner avec une arme réelle. C'était une chose de s'amuser avec une épée de bois, c'en était une tout autre de le faire avec une véritable lame et de risquer par le fait même d'être blessée par son tranchant affuté. Bien qu'elle appréhendait cette partie du programme, Anne s'obligea à passer outre ses craintes. Rémi était attendu d'un jour à l'autre, alors elle devait se préparer à toutes les éventualités.

Inspirant profondément, elle s'arracha à la contemplation du paysage. D'une main tremblante, elle fixa le fourreau à sa taille. En descendant l'escalier en colimaçon, un tintement accompagna chacun de ses pas, la faisant grincer des dents. Lorsqu'elle traversa la salle principale, tous les regards convergèrent dans sa direction. Les femmes ouvraient de grands yeux ronds alors que les hommes s'agitaient, mal à l'aise. Crisentelle apparut à ses côtés, sa sacoche de plantes médicinales autour du cou.

— J'imagine que je n'arriverai pas à te convaincre de renoncer à l'idée ridicule d'affronter de Dumain avec une vraie épée ? s'enquit la guérisseuse.

— C'est quelque chose que je dois faire, afin de connaître la sensation d'un affrontement réel. Je veux être en mesure de me défendre en cas de nécessité, Crisentelle, répondit Anne avec détermination.

— Dans ce cas, je viens avec toi. Tu auras besoin de moi pour soigner les blessures que tu récolteras.

— Crisentelle…, lâcha Anne avec une pointe d'avertissement. Je ne suis pas d'humeur…

— Très bien ! Mais tu ne pourras pas dire que je ne t'ai pas prévenue, petite !

Refusant de s'engager sur cette voie, Anne lui lança un regard noir. De Dumain l'attendait dans la cour, ainsi qu'un attroupement de soldats, de paysans et de serviteurs. « Eh bien ! J'ai droit à un public de choix pour assister à mes déboires ! » Redressant fièrement les épaules, elle s'avança d'un pas décidé.

De Dumain surveillait son arrivée et vit qu'elle était sur les nerfs, mais il ne pouvait rien faire pour l'apaiser. Elle devrait gérer seule cette épreuve, et devant ses gens de surcroît. Anne était prête à faire fi de sa personne pour protéger ce qui lui était cher, car, si par malheur Joffrey ne revenait jamais d'Orient, elle devrait asseoir son autorité et imposer sa volonté. C'était l'unique moyen de tenir tête à Rémi si un tel scénario se produisait.

Faisant glisser son épée du fourreau, de Dumain se plaça en position de combat. Anne déglutit avec peine en s'emparant de sa propre lame. Même si son arme était plus légère, son poids demeurait substantiel dans sa main. Elle maintiendrait la cadence durant un certain temps, mais elle savait qu'elle se fatiguerait plus facilement que son adversaire. En affermissant sa prise, elle se positionna. De Dumain commença par tourner autour d'elle avec lenteur en feintant à plusieurs occasions pour tester ses réflexes. Satisfait du résultat, il se prépara à l'affronter. En réponse, elle leva son épée à deux mains en serrant les dents. Les lames qui s'entrechoquaient avec un bruit métallique firent ciller Anne. Parant le coup suivant, elle se déplaça avec agilité et évita de justesse le tranchant. Plus rapide qu'elle, de Dumain l'attaqua de nouveau. Cette fois-ci, Anne ne put esquiver l'impact et lâcha un cri perçant lorsque son avant-bras gauche fut entaillé. Des larmes de douleur montèrent à ses yeux, mais elle s'empressa aussitôt de les refouler. Elle ne devait pas s'effondrer devant ses gens, sous aucune considération. Se remémorant les conseils de Dumain, elle feinta à son tour et le blessa à la cuisse, lui arrachant un faible grognement. Devinant qu'il porterait le prochain coup, elle se concentra sur la lame. Entrant dans un état second, elle oublia tout le reste et combattit avec toute l'énergie dont elle disposait.

Lorsque de Dumain mit fin à l'affrontement, Anne était en sueur et tremblait de fatigue. Plusieurs entailles marquaient son corps et la faisaient atrocement souffrir. Quant au vieux chevalier, elle l'avait tout juste frôlé. S'approchant de la jeune femme, il chercha son regard. Le sien était empli d'inquiétude, ce qui rasséréna Anne. Incapable de parler, elle se contenta de serrer sa main et se dirigea d'une démarche raide vers le donjon. Remonter les marches qui menaient à sa chambre se révéla un vrai calvaire. Une fois à l'intérieur des murs, elle laissa couler librement ses larmes. Crisentelle entra au même moment et la rejoignit, le front soucieux. Elle comprenait pourquoi la petite avait refusé ses soins dans la cour et ne pouvait que l'admirer pour son courage. Cependant, elles étaient seules à présent et Anne n'avait donc plus à feindre. Pour avoir vu l'expression des hommes au passage de la châtelaine, la guérisseuse devinait en revanche qu'elle n'avait pas souffert en vain. Anne venait de forcer leur respect. Secouant la tête, elle se pencha sur son amie. Il lui incombait maintenant de la soigner et d'apaiser sa douleur.

⸛

Rémi arriva au château des Knox deux jours plus tard et fut surpris de constater à quel point les guerriers l'observaient avec une méfiance à peine voilée. Tous savaient qui il était et connaissaient la raison de sa présence en ces lieux. Il lui apparaissait évident que les chevaliers et les soldats préféraient se rallier à la dame de Knox plutôt qu'à lui. Même en étant le demi-frère de leur seigneur, il n'en demeurait pas moins suspect à leurs yeux. Le véritable seigneur des terres des Knox était Joffrey. Jusqu'à son retour, son épouse Anne méritait toute leur confiance. Pour chaque homme, protéger la châtelaine et les enfants constituait la seule priorité.

Rémi perçut leur ressentiment dès qu'il franchit les portes de la fortification. Leur haine était presque palpable. Serrant la mâchoire, il avança dans l'antre de l'ennemi. La dame de Knox se tenait tout en haut des escaliers, le chevalier de Dumain sur sa droite et le chevalier de Coubertain sur sa gauche. D'autres guerriers s'interposaient entre lui et la gueuse. Des soldats en faction surveillaient à partir du mur de ronde. Aucun paysan ni serviteur ne se trouvait dans les parages. Quant aux petits et à dame Viviane, ils demeuraient bien à l'abri à l'intérieur du donjon en compagnie de Jean de Vallière et des chevaliers de Gallembert et de Dusseau. Anne le toisa avec froideur.

— Vous n'êtes pas le bienvenu en ces lieux, monsieur. Sachez que votre présence n'est que tolérée, déclara-t-elle d'un ton cinglant en omettant volontairement de l'appeler par son titre. Vous ne pourrez évoluer librement sur mes terres, et tous vos faits et gestes seront contrôlés par mes hommes. Aucune visite ne vous sera permise durant votre séjour entre nos murs, et un couvre-feu vous sera imposé. De plus, vous n'êtes pas autorisé à approcher les membres de ma famille.

— Autant dire que je suis votre prisonnier, dans ce cas. Ce ne sont pourtant pas là les termes spécifiés par le roi.

— Vous serez considéré comme un invité particulier. Si mes mesures vous déplaisent, monsieur, vous pouvez toujours repartir et aller vous en plaindre à Sa Majesté. Sachez toutefois que tous connaissent vos intentions réelles ici, du simple aide-cuisinier au plus valeureux de mes guerriers. Vous ne trouverez pas d'alliés parmi eux, ni aucun être à corrompre. Si vous avez besoin de quoi que ce soit, c'est uniquement au chevalier de Dumain, au chevalier de Coubertain ou à moi-même que vous devrez en référer.

Furieux de voir ses plans contrecarrés, Rémi serra les poings. Cette garce avait réussi, il ne savait par quel miracle, à s'assurer la fidélité des hommes et des gens. Il ne pouvait plus jouer sa carte maîtresse et revendiquer le fief en tant que fils aîné de Merkios de Knox. Il avait pris trop de temps à rejoindre la forteresse. Dès le départ de la gueuse, il avait tenté de gagner le roi à sa cause, mais celui-ci s'était montré inflexible : Anne de Knox garderait la gérance de son domaine. Puis il y avait eu la disparition mystérieuse de son écuyer. Il l'avait cherché partout après la chasse à courre, même dans les alentours de Fontaine-bleau, sans succès. À bout de patience, il avait donc décidé de revenir au château des Knox. En découvrant que ses plans échouaient les uns après les autres, une telle rage l'envahit qu'il laissa tomber son masque l'espace d'un instant. Sans nul doute, son désir de vengeance dut-il trans-paraître sur ses traits, car des soldats s'emparèrent aussitôt de leur épée et l'encerclèrent. Lorsqu'il releva la tête vers son ennemie, celle-ci affichait un sourire narquois.

Ainsi, l'armure de ce fourbe commençait à craquer sous la pression. Satisfaite de la tournure des événements, Anne se redressa davantage.

— À votre place, monsieur, je m'abstiendrais de provo-quer inutilement mes hommes. Il s'en faudrait de peu que l'un d'entre eux décide de sa propre initiative de vous trancher la gorge.

Là-dessus, elle tourna les talons et regagna le donjon. Le chevalier de Coubertain s'avança vers lui en le dévisageant d'une expression glaciale.

— Vous avez ordre de nous remettre toutes vos armes, à l'exception de votre épée. Si cela n'avait été que de moi, vous l'auriez perdue aussi, mais notre châtelaine a été très claire à ce sujet. Elle ne veut pas être accusée de vous avoir dépossédé de l'unique moyen de vous défendre en cas de besoin.

— Elle paiera pour cet affront, murmura Rémi entre ses dents.

— Si j'étais vous, monsieur, j'éviterais de professer de telles menaces sur ces terres, déclara de Coubertain d'une voix dangereusement calme.

Percevant la mise en garde sous-jacente, Rémi ravala sa colère et darda sur son interlocuteur un regard meurtrier.

— Vous me sous-estimez, de Coubertain…

— Je ne suis pas assez idiot pour tourner le dos à un scélérat dans votre genre. Ne commettez pas l'erreur de *me* sous-estimer!

Sans crier gare, de Coubertain lui assena un violent coup de poing à la mâchoire. Pas un seul de ses hommes ne broncha. Se passant une main sur la lèvre pour en essuyer le sang qui y perlait, Rémi songea que, pour la première fois de sa vie, il s'était peut-être trompé. S'il avait cru que Joffrey de Knox représentait l'unique obstacle qui se dressait sur son chemin pour s'emparer du château des Knox, il venait de découvrir qu'Anne de Knox pouvait se révéler tout aussi redoutable que son époux. Il s'était laissé berner par la fragilité apparente de la dame.

Indifférent à l'humeur de l'Anglais, de Coubertain ordonna qu'on le fouille, ainsi que ses bagages pour plus de sécurité. Rémi fut ensuite dûment escorté jusqu'à ses quartiers. Aucune fenêtre ne perçait les murs lugubres de sa chambre. La seule ouverture disponible demeurait la porte, devant laquelle se tenaient quatre gardes lourdement armés qui faisaient le guet. « Comment diable pourrai-je tromper la vigilance de ces hommes et approcher suffisamment près de la garce pour l'éliminer ? » Car il n'existait plus d'autres options désormais. Il devait se débarrasser d'Anne et de Joffrey de Knox pour s'emparer du fief des Knox. Par bonheur, il avait semé le doute dans l'esprit du roi au sujet de son demi-frère. De plus, il avait fait préparer de fausses preuves accablantes pour confirmer ses dires. Celles-ci seraient remises en temps et lieu au monarque. Si jamais Joffrey de Knox revenait vivant en terre de France, il ne ferait pas long feu. Il serait aussitôt arrêté pour trahison et pendu haut et court au gibet de Montfaucon. « J'y veillerai ! » Dès lors, sa veuve deviendrait une proie plus facile à atteindre. Reprenant confiance à cette perspective, il carra les épaules et accepta son sort.

❧

Ce soir-là, quand il pénétra dans la grande salle pour le repas, Rémi se vit relégué au bout d'une table, à l'écart de la châtelaine des lieux. À peine s'était-il installé que les occupants qui se trouvaient à ses côtés se relevèrent en crachant par terre. Tous, sans exception, allèrent prendre place plus loin. Retenant une remarque acerbe, Rémi se tendit et s'obligea au calme. Pourtant, lorsqu'un des soldats fit tomber le contenu d'une louche dans son bol en bois en faisant éclabousser le bouillon au passage, Rémi se redressa brusquement. Aussitôt, la pointe d'une lame s'appuya sur sa gorge. Par réflexe, il voulut s'emparer de son épée.

— Si j'étais vous, monsieur, je ne commettrais pas un geste aussi stupide, lâcha de Coubertain en plaquant davantage la lame sur la trachée.

Avec lenteur, Rémi écarta sa main du pommeau de son épée et se rassit en serrant les dents.

— Voilà qui est beaucoup plus sage, déclara le chevalier avec cynisme, avant de retourner à son poste.

Manquant s'étrangler avec sa soupe, Rémi garda la tête baissée. Il ne devait rien laisser transparaître de la haine qui l'habitait. Anne ne fut pas dupe et elle capta la fureur démentielle qui transpirait de tout cet être. Réprimant un frisson, elle s'efforça de rester stoïque et échangea un regard entendu avec son frère. Elle savait qu'elle jouait un jeu dangereux, mais les résultats obtenus jusqu'à maintenant étaient encourageants. Ce n'était qu'une question de temps avant que ce monstre ne se compromette.

Durant tout le repas, une certaine tension demeura suspendue dans l'air et des œillades mauvaises furent lancées en direction de Rémi. Alors qu'il se relevait pour se dégourdir les jambes, l'homme fut bousculé par un chevalier. Un second lui fit un croche-pied vicieux, si bien qu'il dut se rattraper de justesse à une table pour ne pas s'affaler de tout son long. Finalement, il parvint à rejoindre Anne sans autres incidents. Cependant, il ne put aller très loin, car deux soldats à la mine revêche lui barraient le passage.

— Est-ce là une façon de recevoir un hôte de marque? cracha-t-il avec froideur.

— Vous ne faites pas partie de cette catégorie, monsieur. À mes yeux, vous représentez un être abject qui mériterait de croupir dans une geôle infâme ! répondit Anne avec un dégoût évident.

— Sale garce prétentieuse ! persifla-t-il entre ses lèvres.

— *Ma dame ?* demanda de Coubertain en s'approchant, la main sur le pommeau de son épée.

— Il n'est pas digne de notre intérêt, chevalier de Coubertain. Ne souillez pas votre lame de son sang perfide.

Sans un seul regard vers son beau-frère, Anne se releva et quitta la salle, le dos raide. S'emparant alors de Rémi par le bras, le guerrier le ramena vers ses quartiers, suivi de près par ses hommes. Une fois la porte ouverte, il le propulsa à l'intérieur sans considération et referma le battant. Rémi tourna sur lui-même et tenta de s'orienter dans la noirceur environnante. La gueuse ne lui avait même pas laissé de chandelles pour s'éclairer, et puisqu'il n'y avait aucune cheminée, il se pelotonna dans les couvertures du lit de fortune pour se réchauffer. Il demeura longtemps éveillé à ressasser sa vengeance.

De Coubertain rejoignit Anne qui se trouvait en haut du donjon. Tel qu'il s'y attendait, elle se tenait immobile au cœur même de la nuit, le regard cloué au rivage. Il savait qu'elle espérait chaque jour que l'aube nouvelle amène avec elle son époux. Se raclant la gorge, il s'approcha et s'inclina avec respect. Il se rappelait son arrivée au château près de six ans plus tôt. Ce n'était qu'une jeune fille naïve à l'époque, rien de comparable avec la femme déterminée qui se dressait devant lui. Il se souvenait très bien du jour où elle avait été enlevée sous leurs yeux par cet infâme Sir John. Il était alors responsable du fief avec de Dumain, durant l'absence de leur seigneur. Il n'avait jamais pu se pardonner cet impair, encore moins après avoir vu dans quel état l'avait mise son séjour à la tour Blanche. Il s'était juré dès lors qu'une telle chose ne se produirait plus sous son commandement. Il protégerait la dame de Knox envers et contre tous, même contre elle-même. Résolu à lui faire entendre raison, il rompit le silence.

— Ma dame, cette histoire ne me dit rien qui vaille, commença-t-il d'une voix puissante.

— Je sais, de Coubertain! Vous m'en avez déjà informée à maintes reprises, répliqua-t-elle avec une pointe d'humour.

— Et je poursuivrai jusqu'à ce que vous m'écoutiez! s'échauffa-t-il davantage.

— Je suis touchée par votre sollicitude, mais ma réponse demeure la même.

— C'est suicidaire, et vous le savez! Laissez-moi éliminer ce traître et en finir une bonne fois pour toutes, s'écria-t-il.

— Non, chevalier! s'emporta Anne à son tour. J'ai fait une promesse au roi et il est hors de question que je la rompe.

— Nous n'avons que faire de ce benêt de Jean II. Il n'est pas plus apte à gouverner la France que ne l'était son père.

— Attention, de Coubertain! le coupa-t-elle aussitôt. Vous devriez modérer vos propos! Si votre seigneur a choisi de prêter allégeance à Philippe VI il y a quelques années de cela, et de combattre les Anglais en son nom, vous êtes mal placé pour vous insurger. Le temps où les Knox étaient considérés comme des traîtres à la couronne de France est révolu. Tenez-vous-le pour dit. Jean II est de ma parentèle, ne l'oubliez pas ! termina-t-elle avec rudesse.

— Si vous permettez, ma dame, les nobles de ce pays auraient dans ce cas été mieux avisés de vous élire à la tête de ce royaume au lieu du roi actuel.

Médusée devant l'audace et le franc-parler du guerrier, Anne ne sut que répondre. Lorsqu'elle reprit ses esprits, le chevalier de Coubertain était déjà parti. Songeuse, elle repensa à sa première année passée au château des Knox. Elle s'était battue corps et âme pour parvenir à convaincre Joffrey de revenir dans le giron de la France. Elle avait souffert et supporté maintes épreuves pour en arriver à un tel résultat. Elle ne pouvait raisonnablement tourner le dos à tous ses idéaux, car sa loyauté envers la couronne de France était ancrée en elle. Même si tout son être lui criait de se débarrasser de Rémi de Knox, elle ne pourrait le faire tant qu'elle serait liée à sa promesse. Afin de calmer l'agitation qui l'habitait, elle inspira profondément l'air de la nuit.

⸱⸱⸱

Le lendemain matin, la journée commença sous de mauvais augures. Le temps était glacial et le soleil demeurait dissimulé derrière une épaisse couche de nuages. Lorsque Anne franchit la herse pour se rendre au village, un vent vif fit voltiger ses cheveux et rougir ses joues de froid. Resserrant sa pelisse autour de son corps, elle poursuivit sa route. Au hasard de sa promenade, elle rencontra différents marchands, dont le drapier Albéric. Le Vénitien profita de cette rencontre inopinée pour lui faire part d'une supplique peu orthodoxe. En fait, il souhaitait épouser Pétronille et requérait la permission de la châtelaine pour lui demander sa main. Étrangement, cette nouvelle ne surprit pas Anne outre mesure. Albéric avait entrepris de s'établir au village de façon permanente et rendait souvent visite à Pétronille depuis leur retour de Tlemcen. Sa bienveillance allait bien au-delà du simple désir de protéger la fille d'un ami. Il y avait beaucoup plus. Fort heureusement, Pétronille ne semblait pas insensible à ces marques d'attention. Cela constituait une chance inespérée pour une jeune personne considérée comme souillée par l'ennemi. Certaine que cela se révélait une merveilleuse idée, Anne s'empressa d'accéder à sa requête. Une telle joie anima le visage d'Albéric qu'elle fut rassurée d'avoir fait le bon choix. Ragaillardie par cet événement, elle retourna au château sans plus attendre. Elle remontait d'ailleurs le chemin lorsqu'elle croisa Rémi. Toujours entouré d'une garde rapprochée, celui-ci ne pouvait se permettre le moindre écart de conduite. Cependant, il lui restait encore ses paroles pernicieuses comme arme.

— Que voilà donc la dame des lieux, ironisa-t-il. Profitez de chaque instant, ma chère, car plus rien de tout cela ne vous appartiendra sous peu.

Déterminée à ignorer son fiel insidieux, Anne le dépassa avec indifférence, accentuant la frustration de Rémi.

— Tu feras moins la fière, sale garce, lorsque ton époux se balancera au bout d'une corde, cracha-t-il avec hargne.

Faisant promptement volte-face, Anne le fusilla de ses prunelles embrasées par la fureur. Conscient d'en avoir trop révélé, Rémi cala les épaules et braqua son regard sans-gêne sur elle. Sachant qu'elle ne ferait qu'entrer dans son jeu en le questionnant sur le sens exact de son propos, elle s'efforça de retrouver la maîtrise d'elle-même et se détourna de lui au prix d'un pénible effort. Chaque parole qu'il avait prononcée lui lacérait le cœur, mais elle se contraignit pourtant à ne rien en laisser paraître. De son côté, Rémi s'interrogeait. Quoi qu'il dise, il n'aboutissait à rien avec cette traînée. Elle demeurait chevillée à ses principes.

Retournant au donjon, Anne s'empressa de chercher son frère. Lorsque enfin elle le trouva, il était en grande discussion avec le chevalier de Dumain. Devant leur expression grave, elle sentit son estomac se contracter.

— Qu'y a-t-il ? demanda-t-elle, appréhendant le pire.

Une missive à la main, Jean s'approcha d'elle. Il s'agissait d'un message provenant du vicomte de Langarzeau et dont le contenu s'avérait assez inquiétant.

— Anne, des rumeurs circulent à la cour, et tout porte à croire que le roi les prend au sérieux.

— Il s'agit de Joffrey, n'est-ce pas ?

— Oui…, répondit Jean d'un ton monocorde. Il semblerait qu'il soit accusé de haute trahison.

— C'est impossible ! Pas de nouveau ! s'écria-t-elle d'une voix étranglée. Mais quand ce cauchemar cessera-t-il donc ?

— Écoute-moi, Anne ! Je vais de ce pas au château du Louvre, là où séjourne le roi actuellement, pour tenter d'en apprendre un peu plus à ce sujet.

— C'est à ce fourbe de Rémi qu'en incombe la cause. Voilà pourquoi il a déclaré que Joffrey se balancerait au bout d'une corde.

— Quoi ? Tu es certaine de ce que tu avances ?

— Absolument ! Je viens de le croiser, et la colère l'a poussé à se vanter et à me prédir ce que l'avenir me réservait. Comment aurait-il pu deviner s'il n'était derrière tout ça ?

— Dans ces conditions, il devient urgent que je me rende sur place. Ce scélérat est capable d'avoir produit de fausses preuves dans le seul but de faire condamner ton époux.

— Mon Dieu ! Non ! Joffrey n'est pas au courant de ce qui l'attend. Il tombera dans ce piège dès l'instant où il accostera. Il faut le prévenir !

— Une chose à la fois, Anne ! Nous ignorons à quel moment il regagnera la France. Cela pourrait tout aussi bien être dans deux jours, comme dans deux mois. Nous devons nous concentrer en premier lieu sur la source de ces rumeurs et la recherche des documents trompeurs, avant que ceux-ci ne se retrouvent entre les mains du roi.

— Je sais… mais j'ai si peur !

— Sois forte, Anne ! Rémi ne doit pas se douter que nous le suspectons. Afin de ne pas l'alerter inutilement, je vais demander à mère de m'accompagner avec la petite Myriane. Nous prétendrons qu'il nous faut retourner au château de Vallière.

— Jean, je considère Myriane comme ma fille. Pourquoi l'arracher à cette demeure ?

— Cela rendra notre départ plus crédible. Myriane est également ma nièce. Il est donc normal que je désire l'amener sur les terres où sa maman vit le jour et grandit. En ce qui a trait à mère, il est tout à fait probable qu'elle souhaite revenir dans son fief. De plus, elle sera à même de gérer l'endroit durant mon absence.

Un gémissement douloureux s'échappa des lèvres d'Anne. Même si elle comprenait la pertinence du plan de Jean, il n'en restait pas moins que cette séparation se révélerait déchirante. Elle s'inquiétait des répercussions que cela aurait sur la petite. Myriane était proche de Charles-Édouard et de Marguerite, ils étaient d'ailleurs tous les trois inséparables. Depuis un moment déjà, elle l'appelait «maman». Comment faire comprendre à Myriane qu'elle partirait en voyage avec son oncle et sa grand-mère pour une courte période de temps et non pour toujours? Être retirée de sa nouvelle famille lui porterait-il préjudice? Par chance, sa grand-mère faisait partie de son entourage depuis un an, sans doute cela suffirait-il à la rassurer. Anne l'espérait de tout cœur.

— Alors qu'il en soit ainsi…, soupira-t-elle, le cœur en peine.

— Tout ira bien, Anne, déclara Viviane qu'on avait fait appeler. Myriane est plus forte que tu ne le crois. Elle sera en confiance avec moi. Dès que tout danger sera écarté, je reviendrai avec elle.

— Il nous faut partir dès demain. Seras-tu à même de te défendre contre Rémi? s'inquiéta Jean.

— Avec les chevaliers de Dumain et de Coubertain à mes côtés, je suis en sécurité. En outre, je bénéficie de la protection de Crisentelle et d'Amina. Elles ne sont peut-être que des femmes, mais elles peuvent se révéler très efficaces en cas de problème. Quant à moi, j'ai plus d'une corde à mon arc, termina-t-elle, une étincelle de défi dans le regard.

Un sourire entendu se dessina sur les lèvres de Jean. Il savait que sa sœur ne parlait pas à la légère. Il la quitta l'esprit un peu plus tranquille et regagna la grande salle afin d'effectuer les préparatifs de son départ. Viviane retourna pour sa part à ses quartiers afin de prendre des dispositions adéquates pour elle et Myriane. Au passage, elle embrassa sa fille sur le front et étreignit ses mains en signe d'encouragement. Aucune parole n'était nécessaire entre elles. Demeurée seule après le départ du vieux chevalier, Anne croisa ses bras sur sa poitrine et poussa un profond soupir. Il lui tardait tant de retrouver Joffrey. Adressant une prière muette au Seigneur Tout-Puissant, elle resta immobile quelques instants avant de poursuivre ses tâches.

La journée s'éternisait à un point tel qu'Anne était à bout de nerfs lorsque arriva enfin le repas du soir. Elle s'était astreinte depuis le début du jour à ne rien laisser transparaître de ses tourments. Elle avait mal aux joues à force de sourire devant ses gens. Même si la cuisinière s'était surpassée, Anne mangea du bout des lèvres, l'estomac noué par l'appréhension. Elle craignait qu'il en serait ainsi jusqu'à ce que Jean regagne le château du Louvre et lui fasse parvenir une missive. Levant la tête, elle croisa le regard assuré du chevalier de Dumain et se contraignit à chasser de son esprit les sombres pensées qui l'habitaient. Elle devait retrouver une certaine sérénité, il en allait du bien-être de l'enfant qu'elle portait. Ravalant la boule qui lui étreignait la gorge, elle se concentra sur la nourriture étalée sur la table et s'efforça d'en apprécier le raffinement.

À l'autre bout de la salle, Rémi ruminait en silence. Comme d'habitude, le plat qui lui avait été servi était froid et d'un goût douteux. Malgré sa répulsion, il porta les mets à sa bouche en songeant avec amertume au fait que, depuis plus d'un an, il mangeait à la table du roi, trouvant ce contraste d'autant plus marquant. Jugulant sa mauvaise humeur, il fixa son attention sur chacun des membres de la famille de Vallière. Il avait surpris une conversation entre deux soldats et appris que Jean de Vallière, sa mère et sa nièce quitteraient le château dès le lendemain à l'aube. Ce soudain départ lui paraissait quelque peu suspect, mais rien ne transpirait de la dame de Knox ou des guerriers attachés à sa garde. De plus, il n'avait reçu aucune missive de ses complices chargés de l'alerter. Malgré tout, un malaise persistait en lui. Remettant à plus tard son analyse, il reporta de nouveau son regard sur la gueuse en tentant de songer à un moyen de l'atteindre. Elle et les enfants étaient sous la protection constante des chevaliers. Il ne pouvait approcher ses quartiers, la cuisine, l'écurie ni la salle d'armes. De surcroît, chacun de ses gestes était scruté avec minutie et il se trouvait sans cesse sous étroite surveillance. Il devait pourtant trouver un subterfuge et faire parvenir un pli à ses deux collaborateurs à la cour.

⁓⦊⁓

Cinq jours s'étaient écoulés depuis le départ de Jean, et Anne supportait de plus en plus difficilement le fait d'être sans nouvelles. Malgré sa bonne volonté, il lui était extrêmement difficile de ne pas croiser Rémi. Elle en venait même à se demander s'il ne guettait pas ses allées et venues dans le seul but de la tourmenter. Ce matin-là, alors qu'elle revenait de sa promenade à cheval, il l'avait interpellée avec familiarité. Nullement découragé par son regard noir, il était demeuré appuyé au mur de l'écurie, un rictus cynique déformant ses lèvres. Il s'approcha sans y avoir été invité et l'attaqua sans détour.

— Si vous supposez que le seigneur des lieux est toujours en vie, c'est que vous êtes plus crédule que je le pensais, ma chère, déclara sournoisement Rémi.

À ces paroles, Anne se figea. Conscient d'avoir touché une corde sensible, Rémi éclata d'un rire mauvais.

— Croyez-moi, les Barbaresques l'auront capturé et n'auront pas hésité à l'égorger vif! poursuivit-il avec un plaisir évident.

Déjà sur les nerfs, Anne réagit avec impulsivité. De Coubertain, qui s'apprêtait à corriger Rémi pour son impertinence, fut pris au dépourvu l'espace d'un instant lorsqu'elle le devança.

— Espèce de salaud! s'écria-t-elle d'une voix étranglée en s'emparant de son épée et en pointant la lame sur sa trachée.

Le souffle court de la jeune femme et son regard étincelant de rage laissaient tout deviner de l'intensité des émotions qui l'agitaient. Comprenant qu'il avait été trop loin et qu'il risquait de perdre gros, Rémi décida de se taire et releva les mains en signe de reddition. Il n'aurait suffi que d'une torsion du poignet pour lui trancher la gorge. Avec fermeté, mais sans geste brusque, de Coubertain obligea Anne à baisser le bras. Sous aucune considération la châtelaine ne devait corriger ce fourbe. Le châtiment que lui réserverait alors le roi serait désastreux. C'était à lui ou à l'un de ses hommes de le faire, mais au moment opportun.

— Ma dame, il faut vous reprendre, lui signifia-t-il avec raideur. Pensez à l'enfant que vous portez.

Peu à peu, les propos du chevalier firent leur chemin dans son esprit enfiévré. Fermant les paupières, Anne inspira plusieurs fois de suite avant de réussir à se calmer.

— Ne vous avisez plus jamais de m'adresser la parole, monsieur, siffla-t-elle entre ses dents en ouvrant subitement les yeux. Vous risqueriez de le regretter, termina-t-elle en l'abandonnant sur place.

Un silence lourd s'installa après son départ. Chacun des guerriers présents comprenait très bien la douleur qui la terrassait. L'absence du seigneur de Knox commençait sérieusement à se faire sentir dans la forteresse. Dardant un regard haineux sur Rémi, de Coubertain s'avança vers lui et le surplomba de toute sa hauteur.

— Si j'étais vous, monsieur, l'apostropha-t-il à son tour, j'éviterais à l'avenir de croiser la route de notre châtelaine. Un accident est si vite arrivé…, le menaça-t-il ouvertement. Sachez pour votre gouverne que je ne crains point votre protecteur, le roi de France.

Puis il se détourna et se dirigea vers la garnison. Encadré des soldats chargés de sa surveillance, Rémi resta immobile, le corps parcouru de tremblements violents. S'il avait eu une épée en main, il n'aurait eu aucun scrupule à s'en servir. De toute évidence, ses jours étaient comptés. Il lui faudrait trouver un moyen de tromper la vigilance de ses chiens de garde et quitter cet endroit.

⁓⧯⁓

L'après-midi tirait à sa fin et Anne apercevait au loin les paysans qui retournaient vers leur demeure respective après une dure journée de labeur. Le beau temps avait fait son apparition, amenant avec lui son lot de travail. Les hommes avaient entrepris de remuer la terre afin de la préparer à recevoir les semailles. Plusieurs enfants s'occupaient en arrachant les mauvaises herbes dans les champs, une corvée dont Anne se chargeait elle-même dans le jardin de plantes médicinales attenant au donjon. Ce jour-là, Crisentelle l'accompagnait, autant pour s'assurer qu'elle ne se fatiguait pas inutilement que pour s'affairer. La vie reprenait son cours normal et des marchands ambulants commençaient à arriver, ainsi que différents amuseurs publics. Anne avait d'ailleurs autorisé la veille qu'une troupe de théâtre donne une représentation humoristique sur la place principale du village. Le moine Adenot avait lui aussi donné son accord, ce qui était surprenant compte tenu du fait que l'Église réprouvait ces démonstrations. Selon les hommes de foi, ces troupes faisaient beaucoup trop référence aux péchés. Ils encourageaient ainsi le vice et faisaient preuve d'immoralité. Pour sa part, le moine Adenot pensait que le peuple avait besoin d'un exutoire après les affres de la peste et de la guerre. Un peu de divertissement ne pouvait que lui faire du bien. Son sourire espiègle avait convaincu Anne, qui reconnaissait ce religieux comme étant un homme droit qui lui avait témoigné sa loyauté dès son arrivée au château des Knox. À aucun moment il n'avait rechigné à la soutenir dans ses démarches. Anne ne pouvait que remercier le ciel de leur avoir envoyé un être aussi généreux et intègre.

Le soir venu, Anne et son entourage se rendirent au village pour la représentation. Les enfants furent déçus de ne pouvoir accompagner leur mère et durent rester au château, étant trop petits pour y assister. Une fois parvenue sur place, Anne put constater qu'une ambiance festive régnait sur les lieux. Les gens étaient détendus et d'humeur joyeuse. Lorsque le premier comédien monta sur les planches, habillé d'atours grossiers et provocateurs, la foule s'anima. Un deuxième personnage se présenta à son tour, vêtu pour sa part assez richement. Le langage coloré des acteurs palliait grandement à la mise en scène modeste et dépourvue d'accessoires. L'histoire se révéla particulièrement grivoise, faisant rougir les femmes de l'assemblée plus d'une fois. Aucune censure ne freina le jeu des artistes et plusieurs éclats de rire accompagnèrent le déroulement de la pièce. Anne se surprit même parfois à s'esclaffer devant leur humour singulier, et elle en éprouva un sentiment libérateur qui lui fit beaucoup de bien. De la monnaie fut lancée sur la scène, tandis que les spectateurs acclamaient les acteurs, en réclamant plus. Face à tant d'enthousiasme, le numéro s'étira davantage, au plus grand bonheur de la foule.

De retour dans sa chambre, Anne s'installa devant une bonne flambée, les jambes repliées sous elle. Amina l'avait rejointe et elles devisaient avec plaisir au sujet de la représentation qu'elles venaient de voir, riant au souvenir de certains passages fort cocasses. Depuis le départ de Jean, ces petites soirées étaient devenues une habitude vivifiante pour toutes les deux. Avec sa joie de vivre et sa simplicité, Amina se révéla plus d'une fois de compagnie agréable, ce qui rendait l'absence de Berthe plus facile à supporter. La dame de compagnie se doutait bien d'ailleurs qu'Anne s'ennuyait de la présence réconfortante et maternelle de la vieille femme. Même si Anne savait que la dépouille de la gouvernante avait été retrouvée et ses restes disposés avec respect par Joffrey, cela n'apaisait pas le chagrin qui habitait son cœur. Berthe était si loin d'eux désormais. Songer à elle l'attristait encore, la faisant sombrer dans la mélancolie. En constatant que l'humeur d'Anne s'était de nouveau assombrie, Amina se releva avec légèreté et l'invita à en faire tout autant.

— Il y a trop longtemps que ton corps est raide et tes muscles noués. Ce n'est pas bon ni pour toi ni pour le bébé. Je sais ce qu'il faut faire pour y remédier.

Sceptique, Anne porta ses mains à ses hanches et lança un regard dubitatif vers son amie. Celle-ci éclata de rire et s'approcha d'elle de sa démarche gracieuse. Il se dégageait d'Amina un parfum exotique qui rappelait l'Orient. De ses doigts fins, l'ancienne concubine fit signe à Anne de se dévêtir et de s'étendre sur son lit. Plus que jamais consciente des restrictions de son milieu, Anne éprouva tout à coup un certain embarras à l'idée de s'allonger dans son plus simple appareil devant une tierce personne. En devinant les scrupules de la châtelaine, Amina eut une expression moqueuse.

— Cesse de faire ta mijaurée, déclara-t-elle d'un air faussement récriminateur. Je ne crois pas que ton époux apprécierait de te voir redevenir prude et vertueuse comme par le passé.

En guise de réponse, Anne fronça le nez et s'exécuta, non sans lui avoir démontré son agacement au préalable. Nullement impressionnée, Amina s'empara d'un flacon d'huile aromatisée et entreprit avec des gestes précis de masser les épaules et la nuque de son amie. Anne se détendit progressivement et laissa son esprit vagabonder en toute liberté. Bientôt, sa respiration s'approfondit et elle commença à s'assoupir. En constatant qu'Anne s'était endormie, Amina ramena les draps et les couvertures sur son corps et moucha les chandelles. Avant de partir, elle activa les flammes de l'âtre, puis quitta la chambre sur la pointe des pieds. Elle salua les gardes en faction à la porte au passage et retourna à ses quartiers, l'esprit songeur. Elle était de plus en plus inquiète pour le seigneur de Knox. Plus que quiconque, elle connaissait les risques qu'il avait encourus en affrontant les Barbaresques sur leur propre terrain. Si par malheur il était tombé entre leurs mains, elle ne donnait pas cher de sa peau. Mieux valait pour lui de mourir rapidement. Ayant une pensée pour sa jeune amie, elle pria Allah pour qu'il épargne Joffrey de Knox.

⁂

Le soleil surplombait la contrée de ses rayons. La température était clémente en ce début d'avril, si bien qu'Anne s'était autorisée une petite pause avec ses enfants. Charles-Édouard creusait un trou dans le sol, pendant que Marguerite ramassait des cailloux dans la cour. Lorsque Anne les retrouva, ils étaient fin prêts pour une partie de fosse. À leur demande, elle se joignit à leur jeu. Marguerite eut l'honneur de commencer et de lancer ses pierres. En voyant sa fille plisser le nez tout en se concentrant, Anne sourit. Marguerite lui ressemblait sur bien des points, mais elle avait aussi la volonté de son père. De tempérament plus doux, Charles-Édouard devait souvent tempérer les ardeurs de sa cadette. Depuis leur départ de Tlemcen, il veillait sur elle avec un sérieux touchant.

Posant une main sur la tête de son fils, Anne caressa les boucles noires, similaires à celles de Joffrey. Son cœur se serra, mais elle n'en fit rien paraître. Ses enfants avaient plus que jamais besoin de sa force. Joffrey leur manquait et il devenait de plus en plus difficile de justifier son absence. Ils savaient que leur père se trouvait sur le *Dulcina* au moment de l'appareillage et qu'il les suivait de peu. Ils n'avaient pas assisté à l'affrontement avec les Barbaresques, car Crisentelle et le vieux chevalier s'étaient empressés de les ramener à leur cabine avant que la situation ne dégénère. Ils ignoraient ainsi que sa vie avait été menacée. Anne ne voulait pas qu'ils s'inquiètent inutilement ; elle le faisait déjà assez pour eux tous. De plus, étant donné qu'ils étaient tenus à l'écart de Rémi et prenaient leurs repas dans leurs quartiers, ils n'avaient pas conscience du climat tendu qui régnait au château. Cependant, Charles-Édouard vieillissait, et son sens de l'observation s'aiguisait. Nul doute qu'il serait pourvu d'un esprit aussi vif que celui de Joffrey. Parfois, il jetait des coups d'œil mitigés à sa mère et son regard d'un bleu similaire à celui de son père la scrutait, comme s'il cherchait à comprendre quelque chose qui lui échappait.

S'obligeant à ramener ses pensées sur le jeu et à faire preuve d'entrain, elle félicita Marguerite pour son lancer et compta avec elle le nombre de roches qui s'étaient retrouvées dans la cavité. Ramassant les pierres par la suite, elle les donna à son fils. Le garçon demeura quelques secondes immobile avant de se décider à bouger. Anne se pencha vers Marguerite et l'embrassa sur le dessus de la tête en l'entourant de ses bras pour la serrer contre son cœur. Sa fille se blottit avec bonheur dans son étreinte et éclata de rire. Oubliant ses doutes, Charles-Édouard lança les pierres à son tour et poussa un cri de joie en constatant que presque toutes se retrouvaient dans le trou. Emportée par son exubérance, Anne ne vit pas de Dumain qui se dirigeait vers eux à grands pas. Ce ne fut qu'une fois qu'il arriva à sa hauteur qu'elle remarqua sa présence. Un seul regard lui suffit pour comprendre que quelque chose de grave s'était produit. Amina, qui se tenait à l'écart sur un banc, vint les rejoindre prestement. D'un signe de tête, elle incita son amie à regagner le donjon avec le vieux chevalier, alors qu'elle-même prenait la relève auprès des enfants.

Le trajet jusqu'à la salle principale parut interminable à Anne, et le mutisme soutenu de Dumain n'arrangea pas les choses. À l'abri des murs protecteurs de la forteresse, il se tourna vers elle. De Coubertain et plusieurs de leurs hommes se trouvaient déjà dans la pièce et semblaient soucieux. Croisant ses doigts dans son giron, elle s'efforça de demeurer maîtresse de ses émotions. Ne sachant comment l'aborder, de Dumain la tint par les épaules, un geste qui laissait tout deviner de la gravité de la situation.

— Une missive de votre frère vient d'arriver. Il nous informe que Joffrey a été arrêté il y a quelques semaines de cela.

— Non…, murmura Anne avec appréhension. Mon Dieu ! Que s'est-il passé ?

Avant de lui répondre, de Dumain inspira profondément, ce qui accentua davantage l'inquiétude de la jeune femme. La peur au ventre, elle plongea son regard dans le sien.

— Votre frère a retrouvé la trace du capitaine Killer. Celui-ci et quelques-uns des matelots du *Dulcina* se trouvaient à Paris. C'est ainsi qu'il a appris ce qui est survenu après notre départ de Tlemcen. Comme vous le savez, Joffrey a engagé le combat avec les Barbaresques pour couvrir notre fuite. En revanche, ce que nous ignorions, c'est qu'alors que la bataille faisait rage un second navire s'est approché d'eux. Il s'agissait de celui de Ghalib.

À ce nom, Anne poussa un petit cri d'effroi et plaqua une main sur ses lèvres. Elle aurait dû deviner que cet être abject ne s'en tiendrait pas là. La rançon du roi de France n'avait pas suffi à assouvir la cupidité de cet homme. Soucieux de la rassurer à ce sujet, de Dumain poursuivit son récit.

— Selon les dires du capitaine Killer, ils sont venus à bout de la vermine barbaresque avant même que Ghalib ne les rejoigne. Cependant, le *Dulcina* avait subi des avaries, pas assez par contre pour les empêcher d'affronter un second ennemi. Gahlib a cru à tort que ses alliés réussiraient à dominer le *Dulcina*, ce qui était mal connaître Joffrey. Lorsque l'homme a pris conscience du danger qui le guettait, il était trop tard pour fuir. Le *Dulcina* fonçait déjà sur lui. Joffrey s'est occupé personnellement de Ghalib… Il lui a tranché la tête.

Malgré la répugnance qu'elle éprouvait pour ce monstre, Anne ne put retenir un sursaut d'horreur. Elle n'avait aucune peine à imaginer ce qui s'était passé. Mal à l'aise, de Dumain se racla la gorge.

— Remettre le *Dulcina* en état a demandé un temps considérable par la suite. Ils ont dû trouver refuge dans une petite crique, à l'abri des regards indiscrets, afin de pouvoir effectuer les réparations en toute tranquillité. C'est ce qui explique leur retard. Malheureusement, lorsqu'ils sont arrivés en vue des côtes françaises, ils ont aussitôt été abordés, et Joffrey arrêté au nom de Sa Majesté. Depuis, il est enfermé au Grand Châtelet. Jean vient tout juste de le découvrir. Le plus effroyable, c'est qu'il n'a pas eu droit à un procès, et son statut de noble n'a pas été pris en considération pour déterminer les conditions de sa détention. Enfin, ni votre frère ni le vicomte de Langarzeau n'ont obtenu la permission de lui rendre visite.

Faisant une pause, il jaugea longuement la jeune femme. Ce qu'il s'apprêtait à dire lui déchirait le cœur. Toutefois, elle était en droit de connaître la vérité.

— Joffrey est accusé de haute trahison, lâcha-t-il d'une voix éteinte. Il sera pendu au Gibet de Montfaucon…

Trop interdite pour réagir, Anne resta de marbre, le regard hagard et le visage d'une pâleur mortelle. Puis ses jambes se dérobèrent sous elle. De Dumain resserra son emprise autour des épaules d'Anne pour la soutenir. Incapable de prononcer un mot, elle s'effondra contre la poitrine de son compagnon. Toute la tension qui l'habitait depuis des semaines et l'inquiétude qui la rongeait nuit et jour avaient atteint leur paroxysme. Quelque chose se rompit en elle. Sous la souffrance, une plainte douloureuse fusa entre ses lèvres et elle éclata en sanglots. L'intensité de son chagrin rendit les hommes nerveux, si bien qu'il leur fut impossible de demeurer stoïque. Conscient que rien ne pourrait alléger la peine de la châtelaine, de Dumain se contenta de l'étreindre avec tendresse. Crisentelle, qui entrait dans la salle, n'eut pas besoin d'explications pour comprendre de quoi il en retournait exactement. De toute évidence, Anne était sur le point de se laisser submerger par ses émotions. C'était malsain. Si elle s'enfonçait dans le désespoir, il lui serait plus difficile de refaire surface. S'approchant de la jeune femme, elle l'obligea à la regarder, mais Anne gardait les yeux clos.

— Anne de Knox! tonna-t-elle avec force. Tu déshonores les tiens en t'effondrant de la sorte, continua-t-elle d'un ton impitoyable.

Surpris, de Dumain arbora une expression mitigée. «À quoi joue Crisentelle?» Choquée par l'attitude de son amie, Anne releva la tête et frémit. Satisfaite d'avoir capté son attention, Crisentelle poursuivit sur sa lancée.

— Depuis quand es-tu une couarde? Que dirait le seigneur de Knox en te voyant ainsi?

— Mon époux sera pendu au Gibet de Montfaucon, s'écria Anne d'une voix aiguë. Que crois-tu qu'il en pense ?

— Il n'apprécierait pas ton laisser-aller, voilà ce qu'en penserait ce guerrier ! Tu es sa femme, il t'imagine à sa hauteur. Se serait-il donc trompé à ce point à ton sujet ? la provoqua délibérément Crisentelle.

Soufflée par cette audace, Anne se préparait à répliquer avec virulence quand une discussion similaire, survenue cinq ans auparavant, lui revint tout à coup en mémoire. Joffrey avait été arrêté par le légat Enricas à cette époque, au nom du Saint-Père, le pape Clément VI. Il avait été séquestré au château d'Alleuze et torturé avec une cruauté telle que cela l'avait rendu méconnaissable. À ce moment-là, il avait aussi été accusé de haute trahison envers la France. En apprenant la nouvelle, Anne avait chevauché jusqu'à Avignon pour obtenir une audience afin de demander à Sa Sainteté d'épargner son époux. Le pape avait accepté, mais à la seule condition qu'elle se porte garante de lui. Ce qu'elle s'était empressée de faire. Lorsqu'elle avait découvert le corps mutilé de Joffrey dans ce cachot lugubre, elle avait réagi de la même façon qu'aujourd'hui. Sédrique lui avait alors tenu des propos similaires à ceux de Crisentelle.

Elle n'avait pas hésité à braver les interdits en se présentant devant le pape pour lui exposer sa requête. Rien ne l'empêchait d'en faire tout autant cette fois-ci avec le roi. Joffrey et elle n'avaient pas fait tout ce chemin et traversé autant d'épreuves pour revenir à leur point de départ. «Je refuse d'abdiquer !» Ensemble, ils avaient droit au bonheur, et son époux avait payé de son sang ses traîtrises du passé. Il ne méritait pas de mourir au bout d'une corde pour une faute dont il s'était déjà amendé. Se rappelant les propos de Rémi quelques semaines auparavant, elle se raidit. Elle était certaine qu'ils devaient cette situation à ce fourbe.

En prenant conscience de ce fait, elle prit sa décision. Tout comme par le passé, elle était à même de changer le cours des événements. Son regard devint soudainement déterminé. Serrant les poings, elle ravala ses larmes et se dégagea de l'étreinte réconfortante du vieux chevalier d'un mouvement brusque.

— Tu as raison, Crisentelle, lâcha-t-elle d'un ton sec. Si je veux me montrer digne du seigneur de Knox, il me faut reprendre ma destinée en main. Il est hors de question que je laisse mon époux être traité de la sorte. Je vais de ce pas regagner la cour et exiger une audience avec Sa Majesté.

À ces mots, de Dumain se crispa. «Pourquoi l'histoire se répète-t-elle inlassablement?» La petite avait été dévastée la dernière fois en découvrant le corps mutilé de Joffrey. Elle l'avait cru mort pendant un moment. Il ne souhaitait pas qu'elle revive de telles épreuves, pas alors qu'elle se trouvait de nouveau enceinte. Il la connaissait. Elle ne renoncerait pas. S'il y avait une chance de sauver Joffrey, aussi infime soit-elle, Anne tenterait l'impossible. Il le voyait à son regard buté et animé d'une flamme sauvage. Réprimant un soupir, il se retourna vers le chevalier de Coubertain.

— Faites préparer les chevaux. Nous partirons avant la fin du jour. Il nous faut des provisions en quantités suffisantes, des montures de rechange et plusieurs hommes fiables. Nous chevaucherons en continu et nous ne dormirons que sporadiquement en route, ordonna-t-il d'un ton qui ne souffrait aucune riposte. C'est bien ce que vous souhaitez, ma dame? demanda-t-il rudement à Anne en se tournant vers elle.

— En effet, chevalier ! Je vais avertir les enfants et donner des instructions à Amina en ce qui les concerne, puis je vous rejoins dans la cour.

Un silence lourd s'installa alors qu'elle quittait la salle d'une démarche vive. Toutefois, un sourire satisfait se dessina sur les lèvres de Crisentelle. À son tour, elle partit à la recherche de sa besace remplie de plantes médicinales. De Coubertain et de Dumain échangèrent un coup d'œil sombre avant de se diriger ensemble vers les hommes.

⚜

Ils chevauchaient sans arrêt depuis des heures et la fatigue commençait à se faire ressentir. Par chance, la nuit claire leur facilitait la tâche. Cependant, il n'en demeurait pas moins risqué de sillonner les routes à cette heure tardive. Jugeant le temps venu de leur accorder une pause, de Dumain ordonna à la troupe de s'arrêter. Anne aurait voulu poursuivre plus loin, mais elle était consciente que les chevaux avaient besoin de se reposer après une course aussi effrénée. Il ne servirait à rien de les épuiser inutilement.

Toute son attention concentrée sur le parcours rocailleux qu'ils empruntaient, elle n'avait eu aucun instant de répit. C'était mieux ainsi. Elle ne pouvait s'appesantir sur le sort réservé à Joffrey. Mais maintenant qu'ils faisaient halte, une panoplie d'émotions refluaient. Il restait tant d'interrogations sans réponses… Sur le point de défaillir, elle s'appuya sur un arbre et ferma les yeux. La peur lui étreignait la gorge et son cœur battait violemment contre sa poitrine. Même le bébé bougeait en elle avec plus de vigueur que de coutume. D'une main tremblante, elle chercha à l'apaiser en caressant son ventre arrondi. Une telle lassitude se lisait sur son visage que Crisentelle s'en inquiéta. Elle se rappelait trop bien dans quel état de faiblesse la jeune femme s'était retrouvée l'année dernière après la perte de son enfant. Il était hors de question qu'un événement similaire se reproduise. Crisentelle comptait bien la garder à l'œil. Fouillant dans sa besace, elle en ressortit une petite gourde qui contenait un fortifiant qu'elle avait concocté. D'un pas résolu, elle se dirigea vers Anne. D'une légère pression, elle l'invita à prendre la décoction, lui arrachant une moue dubitative car les préparations de Crisentelle étaient reconnues pour leur goût âcre. La guérisseuse semblait déterminée à ne pas broncher tant qu'Anne ne se serait pas exécutée. Renonçant à lui tenir tête, Anne s'empara de la gourde de mauvaise grâce et avala d'un trait le liquide. Un frisson la parcourut et elle grimaça. Crisentelle se retint de rire, se contentant plutôt de lui tapoter gentiment le bras.

Alors que le silence s'installait sur le campement provisoire, Anne grignotait le morceau de pain et le fromage que lui avait apportés de Dumain. Perdus dans leurs réflexions, ils en profitaient pour se reposer un peu et refaire le plein d'énergie. Une longue nuit de chevauchée les attendait encore avant d'arriver au château du Louvre. Une fois là-bas, ils y retrouveraient Jean et le vicomte de Langarzeau.

❧

La confusion que provoqua le départ subit d'Anne et des autres avait permis à Rémi d'échapper à la vigilance de ses gardiens. La nouvelle au sujet du seigneur de Knox s'était vite répandue au château, semant la consternation chez les gens. Pour sa part, Rémi se réjouissait. Ses instructions, données peu de temps avant de quitter Fontainebleau, avaient finalement été exécutées, ce qui signifiait qu'au moins l'un de ses complices sur place demeurait actif. Ayant prétendu un besoin pressant lors de sa sortie hebdomadaire dans les bois, il en avait profité pour s'éclipser. Préoccupés par le sort de leur seigneur, les gardes avaient relâché leur surveillance et réalisé trop tard la fuite de leur prisonnier. Lancé dans une course effrénée, Rémi rejoignit sans encombre une grotte dissimulée derrière les rochers où se terrait son plus fidèle serviteur. Bien avant son arrivée au château des Knox, il avait pris soin de l'y laisser avec deux montures, ainsi que des provisions abondantes. Son homme de main avait reçu l'ordre de demeurer discret et d'attendre son retour. Ce qu'il avait fait. Une fois parvenu sur place, Rémi n'avait eu besoin que de quelques minutes pour harnacher son étalon et s'emparer de son paquetage. Quand ils s'étaient élancés dans la nuit, Anne et les autres les devançaient à peine d'une demi-journée. «Enfin, je tiens ma vengeance à portée de main!»

⬦

Arrivée devant les portes de la demeure royale, Anne n'eut aucun mal à repérer son frère qui faisait le guet depuis la veille. Jean se doutait bien que sa sœur rappliquerait dès la réception de sa missive. Par chance, le vicomte de Langarzeau avait réussi à obtenir un laissez-passer à la cellule de Joffrey pour Anne et lui. Il appréhendait sa réaction, mais savait d'un autre côté qu'elle aurait déplacé des montagnes pour voir son époux. Mieux valait donc dans ces conditions qu'il évite une rencontre avec le roi pour le moment. En apercevant le visage tendu d'Anne, il se félicita de pouvoir l'escorter. Sans lui laisser le temps de descendre de sa monture, il enfourcha son étalon et vint à leur rencontre.

— Nous pouvons nous rendre au Grand Châtelet. J'ai en main une dispense pour nous deux, lâcha-t-il sans préambule.

À ces mots, Anne crispa ses doigts sur sa bride. Elle ne savait pas à quoi s'attendre et cette incertitude la minait. Devinant les craintes de sa sœur, Jean s'approcha d'elle et soutint son regard.

— Tu n'es pas obligée de venir avec moi, Anne. De Dumain peut m'accompagner. Je ne crois pas me tromper en affirmant que ton époux aimerait sans doute mieux t'épargner ce spectacle grotesque.

— Non ! C'est hors de question ! s'exclama-t-elle avec énergie. Je dois le voir…, poursuivit-elle en s'étranglant.

— Comme tu veux ! Cependant, si cela devenait trop difficile à supporter, n'hésite pas à me prévenir.

Préférant s'abstenir de répondre, Anne détourna la tête. Le souvenir de Joffrey suspendu au plafond par les poignets dans une cellule demeurait encore vif dans son esprit. « Que vais-je découvrir cette fois-ci ? » Chose certaine, elle ne devait pas laisser transparaître son trouble devant Joffrey, sous aucune considération.

⸽❦⸼

Quelques minutes plus tard, lorsqu'ils arrivèrent en vue du Grand Châtelet, Anne éprouva un pressentiment funeste. En observant la rive droite de la Seine, elle comprit pourquoi cet endroit était désigné comme le plus sinistre de Paris après le Gibet de Montfaucon. Une forte odeur de pourriture provenant des détritus empilés sur la chaussée publique, mêlés aux relents de matières fécales et d'urine, flottait dans l'air. Réprimant un haut-le-cœur, elle appuya la paume de sa main gantée sur sa bouche en gémissant. Tout aussi indisposés qu'elle, les hommes tentaient tant bien que mal de faire bonne figure. Ici, les rats côtoyaient les humains. Pas surprenant alors que ce coin de Paris avait été lourdement touché lors de l'épidémie de peste. Levant un regard inquisiteur vers la forteresse imposante, Anne se révolta. « Comment peut-on avoir enfermé mon époux dans cet endroit sordide ? C'est inacceptable ! » Joffrey, le comte de Knox, se trouvait à la tête d'un contingent entier de soldats à la solde du roi.

Alors qu'ils franchissaient le pont et dépassaient les deux grosses tours flanquées de part et d'autre de la bâtisse, cinq hommes s'interposèrent, arme au poing. Le dos droit, Jean s'avança vers eux et leur présenta le laissez-passer signé de la main du roi. Le chef du groupe prit un temps considérable à parcourir la missive et leva plus d'une fois des yeux hostiles dans leur direction. Après un bon moment, il se décida finalement à les autoriser à mettre pied à terre. Toutefois, le reste de la troupe se fit refuser l'accès à la place principale. Nullement rassuré, Jean jeta un bref coup d'œil en direction d'Anne. Celle-ci soutint son regard, plus déterminée que jamais. À l'instant où ils pénétrèrent dans l'antre de la forteresse, le garde qui les avait accueillis se retourna d'un bloc vers eux, un sourire mauvais sur les lèvres. Sur ses gardes, Jean scruta les environs. Ils se trouvaient dans une salle immense, surplombée de voûtes impressionnantes. Plusieurs colonnes parcouraient la pièce, alors que peu de lumière filtrait par les fenêtres minuscules. L'endroit était sombre et froid.

— Il a perdu d'sa prestance, l'traître ! cracha tout à coup le geôlier avec un dédain évident. Y faut dire que de s'retrouver dans 'fosse vous calme un homme, poursuivit-il en éclatant d'un rire gras.

Ne comprenant pas ce à quoi le gardien faisait référence, Anne se tourna vers son frère. À voir l'horreur qui se dessinait sur les traits de Jean, elle devina qu'il avait tout saisi des propos du geôlier.

— Jean…, commença-t-elle d'une voix incertaine.

Étant donné qu'il ne répondait toujours pas, elle pressa son avant-bras avec insistance. D'emblée, il se referma et contracta la mâchoire.

— Jean! lâcha-t-elle avec plus de force. De quoi s'agit-il exactement?

— J'ai changé d'avis, Anne! eut-il pour toute explication. Je te ramène auprès du chevalier de Dumain. Venir ici était une très mauvaise idée, déclara-t-il en tentant de l'entraîner vers la sortie.

Son ton tranchant et son expression glaciale laissaient présager le pire. Envahie par une peur viscérale, Anne secoua la tête frénétiquement et se cabra.

— Pourquoi te rétracter de la sorte? Qu'ont-ils fait à Joffrey? demanda-t-elle avec anxiété.

Comme il demeurait silencieux et fuyait son regard, elle perdit toute contenance.

— Parle! s'écria-t-elle alors, au comble de l'angoisse.

Jean se passa avec nervosité une main dans les cheveux. Il ne pouvait en son âme et conscience amener Anne auprès de son époux, pas dans les conditions actuelles. Levant alors un visage ravagé vers elle, il comprit qu'elle ne lâcherait pas le morceau sans avoir obtenu des réponses à ses questions. Réfrénant un soupir impatient, il la toisa avec irritation.

— La fosse est un trou profond et étroit dont le fond est recouvert d'eau croupie, commença-t-il d'un ton dur. Les prisonniers y sont descendus par une corde, et la trappe au-dessus d'eux est refermée, les isolant ainsi du reste du monde. C'est un environnement obscur et humide, Anne. Une fois à l'intérieur, il est impossible de s'asseoir. Un homme ne peut survivre très longtemps dans de telles conditions. C'est dans cet endroit sordide que s'est retrouvé ton époux, et j'ignore combien de temps il y est demeuré.

— Non…, cria-t-elle avec une force inouïe. Lâche !

Submergée par la colère, elle se jeta sur le gardien, toutes griffes dehors. Jean dut la saisir à bras-le-corps pour la contenir. Elle se débattait comme une vraie furie. Le garde recula de quelques pas afin de se placer hors de sa portée. Ne sachant que faire, il resta sur le qui-vive, et sa mine satisfaite disparut de son visage.

— Anne, arrête ! Nom de Dieu, calme-toi ! s'emporta Jean à son tour.

— Je vais tuer ces salauds ! déclara-t-elle avec une conviction effrayante. Ils paieront pour cet acte infâme !

— Ça suffit, maintenant ! Anne ! Tu n'arranges pas sa cause en te comportant de la sorte.

D'un coup sec, elle se dégagea et s'approcha du geôlier, le regard flamboyant d'une rage mal contenue.

— Je suis de la parentèle du roi, et l'homme que vous avez malmené est mon époux. Prenez garde à ce que vous ferez à l'avenir, car cela pourrait vous coûter la vie. Je serais très surprise que Sa Majesté ait autorisé une telle barbarie.

J'ignore qui vous en a donné l'ordre, ou qui vous a soudoyé pour le faire, mais vous risquez fort de le regretter. Assurez-vous que le seigneur de Knox soit traité avec plus d'égards désormais, c'est un conseil…

Jugeant préférable de se taire, le gardien lui désigna la porte et lui fit signe d'avancer. Ayant perdu de sa prestance, il s'empressa de déverrouiller la serrure et rentra la tête dans les épaules lorsque Anne le dépassa. Si la situation n'avait pas été aussi dramatique, Jean aurait trouvé fort drôle le changement radical qui s'était opéré chez l'homme. Probablement qu'il y repenserait à deux fois avant de la provoquer à l'avenir. Malgré sa petite taille, sa sœur pouvait se révéler convaincante par moments. Elle avait un tempérament de feu et une volonté de fer, et elle savait de plus forcer l'admiration.

D'un œil vigilant, Jean prit note de chaque détail lors de leur descente dans les entrailles du bâtiment. D'une démarche raide, le gardien les conduisit vers un long couloir suintant qui empestait le poisson en putréfaction. En prenant soin de ne pas glisser sur les pierres lisses, Anne tenta tant bien que mal de se ressaisir. Afin de ne rien laisser transparaître de l'agitation qui l'habitait, elle pressa ses mains tremblantes l'une contre l'autre dans les replis de sa robe. Son cœur battait la chamade et sa respiration était laborieuse. Elle avait l'impression que les murs se refermaient sur elle. Derrière les portes closes, des gémissements se faisaient entendre, témoin de la souffrance des pauvres âmes qui y étaient enfermées.

— Votre époux s'trouve aux oubliettes, tout au fond, déclara l'homme d'une voix moins assurée.

Aux aguets, Anne franchit l'espace qui la séparait de Joffrey. Une fois arrivée devant la grille, elle se figea. Tout d'abord, elle ne vit rien à part la paille souillée qui jonchait le sol. De plus, il semblait n'y avoir aucun ameublement. Ce n'est que lorsque le gardien ancra une torche dans le socle près de la cellule qu'elle l'aperçut. Tout son être se révolta face à cette vision cauchemardesque. De toute évidence, Joffrey avait traversé un véritable enfer. La forme recroquevillée dans le coin du cachot était nu-pieds et n'avait pour tout vêtement que des lambeaux qui retombaient lamentablement sur un corps amaigri. De plus, le prisonnier était à ce point crasseux qu'il dégageait une forte odeur de miasme. Incapable de détourner le regard, Anne s'approcha et agrippa les barreaux à deux mains. Comble de la décadence, Joffrey portait autour du cou un anneau de fer relié à une chaîne fichée au mur, et celle-ci l'empêchait de s'allonger ou de se lever. Sa tête pendait mollement sur sa poitrine. Il offrait l'image même de la résignation et du désespoir. L'homme fier qu'il avait été n'était plus…

Devant ce constat effroyable, Anne se rebella. Plus que jamais résolue à le sauver, elle laissa sa colère prendre le dessus sur son chagrin. Profitant de l'inattention des visiteurs, le garde s'éclipsa en douce, peu désireux de rester plus longtemps dans cet endroit sinistre. De son côté, légèrement en retrait, Jean observait Joffrey avec affliction. Aspirant à éloigner sa sœur de toute cette horreur, il leva une main pour l'inciter à faire demi-tour. Il suspendit pourtant son geste en croisant son regard enflammé.

— Joffrey…, appela Anne d'une voix enrouée.

Contre toute attente, celui-ci ne broncha pas et demeura prostré sur lui-même. Le cœur au bord des lèvres, Anne se sentit défaillir. «C'est impossible! L'homme que j'aime ne peut demeurer sourd à mon appel.»

— Joffrey! tenta-t-elle une seconde fois avec plus de force.

« Il m'entend, de cela, je suis certaine. Alors pourquoi refuse-t-il de me répondre ? » À la seule idée qu'il ait abdiqué, une terreur sourde la gagna. Elle devait faire quelque chose pour le provoquer, sinon elle craignait de le perdre à tout jamais.

— De quel droit baissez-vous les bras, mon seigneur ? lâcha-t-elle d'une voix légèrement chevrotante.

Joffrey releva la tête. Ses yeux aussi vides que le néant tardèrent à retrouver une étincelle de vie, comme si son âme avait déjà quitté son corps meurtri. Serrant les doigts autour des barreaux de fer, Anne approcha davantage son visage.

— Joffrey de Knox, n'êtes-vous donc qu'un lâche ? cracha-t-elle avec un mépris glacial.

Derrière elle, Jean s'agita. Il ne se serait pas permis d'insulter ce puissant guerrier de cette façon, même dans cet état. Sans se soucier de lui, Anne poursuivit de plus belle.

— Quelle honte pour votre fils aîné et pour celui qui grandit peut-être en moi !

Le regard braqué sur elle, Joffrey resta silencieux et impassible. Néanmoins, Anne aperçut un nerf tressauter sur sa mâchoire. Plissant les yeux, elle frôla son ventre d'une main tremblante. Joffrey suivit son geste et tressaillit. Ainsi il demeurait lucide sous ses dehors apathiques et ne semblait pas aussi insensible qu'il voulait le laisser croire. Reprenant courage, elle endurcit son cœur en refusant de céder et de faire preuve de pitié.

— Que devrais-je dire à l'enfant que je porte ? Que son père était lâche au point de n'avoir su résister à l'épreuve qui fut la sienne ! Qu'il a préféré abandonner plutôt que de se battre pour les siens ! déclara-t-elle avec plus de mordant encore.

S'obliger à afficher une expression de dégoût sur son visage lui demanda un effort considérable. Ravalant les larmes qui menaçaient de la submerger, elle détourna les yeux et porta son regard sur son frère. Comprenant la requête silencieuse d'Anne, Jean se posta derrière elle et étreignit ses épaules.

— Viens, Anne ! Il ne reste plus rien de ton époux ici. L'homme qui a pris sa place n'est plus qu'une loque dépourvue de toute volonté, qui se complaît dans son malheur, lança-t-il à son tour.

— Va au diable, de Vallière ! croassa Joffrey avec peine.

Réprimant un sourire moqueur, Jean leva la tête et dévisagea son beau-frère avec un dédain qui frôlait l'impudence.

— Tu n'as toujours été qu'une pourriture, de Knox ! Je l'ai deviné dès l'instant où tu as exigé la main de ma sœur.

Soulagée que Jean saisisse ce qu'elle cherchait à faire et qu'il lui apporte son soutien, Anne reprit courage. Cependant, jusqu'où iraient-ils pour faire sortir Joffrey de sa léthargie et réveiller sa combativité ? Déposant sa paume sur l'avant-bras de son frère, elle s'adressa à son mari.

— Vous n'avez donc aucun honneur ? demanda-t-elle avec force. Quel homme digne de ce nom abandonnerait son épouse et ses enfants sans défense face à l'ennemi ?

— Partez…, ordonna Joffrey d'une voix douloureuse en émergeant de sa torpeur.

— Vous aviez juré que vous nous protégeriez de votre demi-frère ! Quel grand seigneur vous faites, le railla-t-elle.

— Nom d'un chien ! Tais-toi, Anne ! lâcha Joffrey.

En percevant la colère poindre dans le ton, Anne se ragaillardit. Elle devait poursuivre sur cette voie, même si traiter Joffrey de la sorte lui brisait le cœur.

— Sans doute devrais-je songer à nouer des liens avec Rémi de Knox afin d'épargner nos vies…, commença-t-elle avec un détachement feint.

— Plutôt te tuer de mes mains que de laisser ce salaud te toucher, la coupa-t-il aussitôt avec férocité.

Satisfaite, Anne inspira plus librement. Enfin, il daignait redevenir fidèle à lui-même. Le corps tendu, Joffrey la fixa avec une intensité telle que Jean se sentit mal à l'aise. Rompant le silence lourd qui les enveloppait, Joffrey apostropha son épouse avec rudesse.

— Ne crois pas que je sois stupide ! Je lis très bien en toi.

— Vous m'en voyez ravie, mon cher époux, car je craignais de devoir me battre seule pour vous sortir de ce trou à rats. Votre aide me sera d'autant plus précieuse que vous êtes le tacticien de cette famille.

— Ce n'est pas un jeu, Anne ! Le roi lui-même souhaite ma mort et je serai pendu demain ou le jour suivant au Gibet de Montfaucon.

— Cela me laisse donc une journée ou deux pour le convaincre de changer son verdict, s'entêta-t-elle.

— Enfer et damnation ! Tu dois renoncer à ce délire ! s'emporta-t-il, la peur au ventre.

— Il n'en est pas question! Si vous croyez que je vais rester les bras croisés et ne rien faire, détrompez-vous. Je refuse que vous vous balanciez au bout de cette maudite corde! s'écria-t-elle d'une voix fébrile. Notre enfant ne viendra pas au monde orphelin de père.

— Bon sang, Anne! Ne peux-tu m'écouter pour une fois? Rémi agit en toute impunité. Il tire les ficelles dans les coulisses, avec la bénédiction de Jean II de surcroît. Tu cours à ta perte en t'attaquant à lui.

— Il est vrai que Rémi est le favori du roi, mais n'oubliez pas que je suis de sa parentèle. Je suis parvenue à arracher la gérance du fief des Knox à ce fourbe. Je peux le contre-carrer de nouveau.

— C'est trop dangereux! De Vallière, vous devez inter-venir et l'empêcher de commettre cette folie! rugit Joffrey en se retournant vers Jean.

— Les événements sont déjà en branle, de Knox. De toute façon, vous savez pertinemment que rien ne pourra *empêcher* Anne d'aller jusqu'au bout. Elle n'en fera qu'à sa tête!

Animé par une crainte sans nom, Joffrey tenta de se relever, mais la chaîne entravait ses mouvements. Ses jambes se dérobèrent sous lui. Il était si affaibli que le simple fait d'argumenter avec Anne le vidait de toutes ses forces. Las, il se passa une main sur le visage. Sa gorge brûlait d'avoir tant parlé. Il ne pouvait se résoudre cependant à la laisser poursuivre sur cette lancée. Il devait trouver un moyen de la faire renoncer à son projet, dut-il la blesser pour cela. Carrant les épaules, il s'efforça de dissimuler ses émotions.

— Vous voilà donc prête à sacrifier encore une fois l'enfant qui grandit en vous ? La leçon qui vous avait été servie la dernière fois n'a pas suffi, ma dame ?

La cruauté des paroles de son époux fit ciller Anne, qui émit une faible protestation. Jean resserra son étreinte. S'apprêtant à répliquer à cette accusation malveillante, il fut devancé par Anne.

— Cet enfant à venir m'est tout aussi précieux que Marguerite et Charles-Édouard. Contrairement à vous, mon seigneur, je n'ai pas l'intention de permettre à ce monstre de leur nuire. Que croyez-vous qu'il se passera dès l'instant où vous ne serez plus de ce monde ? Votre demi-frère se jettera sur nous, tel un vautour ! S'il me faut bousculer le roi pour éviter cela, je n'hésiterai pas à le faire.

Sur ces mots, elle se dégagea de l'emprise de Jean et s'éloigna d'une démarche raide. Elle devait sortir de cet endroit avant de suffoquer. À peine eut-elle fait trois pas que déjà Joffrey l'appelait avec force. Même si ce cri du cœur la chamboula, elle poursuivit son chemin. Elle était meurtrie jusqu'au plus profond de son être. L'homme qu'elle aimait n'avait plus rien en commun avec celui qui croupissait dans cette cellule infâme. Pour la première fois depuis longtemps, un doute s'installa dans son esprit. « Et s'il n'y avait plus rien à sauver ? » Étranglant un sanglot, elle s'obligea à mettre un pied en avant de l'autre. Deux mains vinrent l'étreindre et lui apporter le soutien dont elle avait besoin. Au loin, Joffrey hurlait son nom avec plus de violence encore. Sourde à tout, elle remonta l'escalier qui la ramènerait à l'air libre. Délaissant la noirceur, elle se précipita vers la sortie et passa en trombe devant le garde.

Ayant franchi l'enceinte de la bâtisse, Anne s'élança vers la Seine. En la voyant émerger de l'arche de pierre dans un tel état, de Dumain partit à sa suite. Lorsqu'il la rattrapa enfin, elle était accroupie sur la terre souillée et pleurait à chaudes larmes. Le vieux chevalier se laissa tomber à genoux à ses côtés et passa un bras autour de ses épaules. Elle semblait si dévastée qu'il en eut le cœur brisé. «Diantre! Je ne l'ai jamais vue si près d'abandonner le combat!» Dépassé par les événements, il lança un regard incertain vers le Grand Châtelet. «Que s'est-il passé entre ces murs?»

Comme en réponse à sa requête, Jean sortit à son tour de la prison et se dirigea vers eux. Son expression dure ne laissait présager rien de bon. Jean arriva à leur hauteur en apostrophant vertement sa sœur.

— Qu'est-ce que tu fais, nom de Dieu? J'espère qu'il s'agit seulement d'une faiblesse passagère attribuable à ta grossesse car, dans le cas contraire, je serai excessivement déçu! lâcha-t-il avec véhémence. Relève-toi, Anne!

En l'arrachant aux bras du vieux chevalier, il la secoua sans ménagement. Il avait besoin qu'elle fasse preuve de courage pour la suite des choses. Elle ne devait pas s'effondrer maintenant.

— Tu ne vas pas entrer dans le jeu de ton imbécile d'époux, tout de même! Ressaisis-toi, bonté divine! Serais-tu donc devenue pleutre à ton tour?

Ces propos cinglants faisant l'effet d'un véritable soufflet, elle se rebiffa. «Que croit-il au juste?» s'indigna-t-elle. Elle aimait Joffrey plus que tout, mais elle ne pouvait le sauver de lui-même s'il refusait de saisir la perche qu'elle lui tendait. Sans doute Jean suivit-il le cheminement de ses pensées, car son regard se fit plus redoutable.

— J'ai vu mon épouse mourir sous mes yeux alors qu'elle était sur le point de donner naissance à notre enfant. La peste me les a arrachés sans que je puisse les soustraire à leur funeste destin. J'étais impuissant, mais ce n'est pas ton cas. Tu as la possibilité d'interférer et de changer le cours des événements. Si tu ne fais rien, il disparaîtra de ta vie à tout jamais. Est-ce là ce que tu désires ? Veux-tu réellement vieillir seule ? demanda-t-il d'un ton pressant.

— Non ! répondit-elle d'une voix brisée. Mais que puis-je faire s'il refuse de vivre ? Je ne suis qu'une pauvre femme dans un monde d'hommes !

— *Tu n'es pas n'importe quelle femme !* Tu es Anne de Knox, celle sur qui Joffrey a toujours pu compter par le passé. Le laisseras-tu tomber à la toute fin, alors qu'il a le plus désespérément besoin de toi ?

— Espèce de fumier ! cria-t-elle en le martelant de ses poings. Tu n'as pas le droit de me juger de la sorte ! Je te déteste !

— Tu t'acharnes sur la mauvaise personne, Anne. Ce n'est pas moi qui ai fait emprisonner ton époux, mais Rémi de Knox. Lui permettras-tu de gagner ? Fuiras-tu toute ta vie la folie de ce scélérat ?

Acculée au pied du mur, sans aucune échappatoire possible, Anne hurla sa rage. Les passants se retournèrent sur leur passage et même les plus téméraires la contournèrent. Au loin, les hommes de Joffrey s'agitaient sur leur monture. Sachant pertinemment qu'Anne se débattait avec elle-même, Jean n'ajouta rien de plus. Il s'en voulait de lui infliger de tels tourments, mais il ne pouvait la laisser capituler. Pour le restant de ses jours, elle se reprocherait de ne pas avoir tout tenté pour sauver Joffrey, et cela finirait par la détruire. Impassible, il se contenta de la dévisager en silence. Comme il s'y attendait, Anne ne fut pas longue à se reprendre. Les yeux rougis, elle inspira plusieurs fois avant de se risquer à parler.

— Quels choix s'offrent à moi ? demanda-t-elle d'une voix rauque.

— Tout d'abord, nous devons obtenir une audience avec le roi. Le vicomte de Langarzeau nous a proposé son aide pour y parvenir. Pour ma part, je prendrai plaisir à rappeler à Sa Majesté qu'elle me doit une faveur. J'ai bien l'intention d'exiger un transfert pour ton époux et un ajournement de son exécution.

— Et ensuite, que pouvons-nous faire de plus ? Nous n'avons aucune preuve pour accuser Rémi.

— C'est là que tu te trompes, sœurette. Le vicomte de Langarzeau a en sa possession des éléments clés qui pourraient jouer en notre faveur. Il attend aussi une missive des plus importantes de l'un de ses contacts, qui pourrait définitivement incriminer ce mécréant. Il nécessite un peu de temps encore.

— Dans ce cas, je n'hésiterai pas à mon tour à remémorer à Sa Majesté une promesse qu'elle me fit lors de notre dernière chasse à courre.

Le cœur empli d'un espoir nouveau, elle se concentra sur le plan qui prenait forme. Il n'y avait aucune place pour l'erreur, leur marge de manœuvre était mince. N'osant croire à ce détour inattendu du destin, elle ferma les yeux un bref instant, puis les rouvrit, plus résolue que jamais. S'il restait une chance d'épargner la potence à Joffrey, elle devait la saisir à pleines mains, et cela, en dépit de la résignation de son époux. S'ils parvenaient à l'extirper de cette fâcheuse position, elle aurait une vie entière pour l'aider à reprendre pied. Lançant un regard chargé de défi vers les murs du Grand Châtelet, elle serra les poings.

⚜

Lorsque Anne fut introduite dans l'antichambre du roi au Louvre, elle était dûment escortée par son frère et le vicomte de Langarzeau. Ils n'avaient eu aucun mal à obtenir une audience. Étonnement, plusieurs grands dignitaires de la cour se trouvaient sur place, dont le père du vicomte de Langarzeau, le vicomte de Tonquédec. Dans l'assemblée, Anne reconnut quelques visages familiers, ce qui la rasséréna.

Le dos droit et la tête haute, elle s'avança vers le monarque d'une démarche assurée. Elle ne devait faire preuve d'aucune faiblesse, car il en allait de la survie de son époux. Reléguant l'image du corps brisé de Joffrey au second plan, elle inspira bruyamment. Elle devait à tout prix garder ses idées claires. Conscient du trouble de sa sœur, Jean se crispa à son tour. Ce n'était pas le moment de flancher. Par chance, Anne se ressaisit avant d'arriver devant le roi et s'inclina gracieusement. Pour mettre toutes les chances de son côté, elle s'efforça de ne rien laisser transparaître de la colère qui l'habitait. Elle ne devait pas oublier que Rémi demeurait le favori en titre de Jean II. Le discréditer en sa présence ne serait pas aisé et pourrait se révéler dangereux. C'est pourquoi elle avait insisté pour que le vicomte de Langarzeau ne s'associe pas à leur démarche, mais celui-ci avait refusé d'accéder à sa requête. À ses yeux, le seigneur de Knox était innocent et il ne méritait pas de mourir par la faute du sieur Rémi. Selon son point de vue, ce parvenu avait déjà fait suffisamment de tort autour de lui. Il était temps qu'il soit jugé pour ses crimes. Peu importait qu'il écorche le roi au passage. Il en allait de l'avenir de la France.

Nullement heureux qu'on lui ait forcé la main pour accorder cette audience, Jean II demeurait renfrogné dans son fauteuil. Un regard rapide sur les seigneurs qui l'entouraient le ramena pourtant bien vite à de meilleurs sentiments. Il ne pouvait se mettre la noblesse à dos sans encourir des conséquences graves. La défense de son royaume dépendait en partie de leur soutien financier et de leur armée. Sans eux, il ne faisait pas le poids devant Édouard III. Réfrénant son agacement, il s'efforça d'accueillir sa parente avec plus de civilité.

— Que nous vaut cette charmante visite ? demanda-t-il d'un ton faussement aimable.

Alors que Jean s'apprêtait à répondre, Anne s'approcha d'un pas gracieux, une expression d'affliction sur le visage.

— Votre Majesté, je me présente avec humilité devant vous aujourd'hui pour vous faire part d'une injustice scandaleuse.

Quelque peu déconcerté par cette entrée en matière, le roi fronça les sourcils et tourna la tête de biais pour indiquer qu'il croyait ne pas avoir bien compris.

— Plaît-il, très chère ? rétorqua-t-il avec prudence.

S'imprégnant de son personnage, Anne se laissa tomber à genoux devant lui en tenant son ventre arrondi d'une main et en ployant la tête. Elle savait pertinemment que le souverain détestait qu'elle agisse de la sorte, car cela l'indisposait. Il ne fut d'ailleurs pas long à réagir. Les

susurrements outrés de certains seigneurs présents incitè-
rent le roi à poursuivre.

— Ma dame, relevez-vous, de grâce ! Vous n'avez pas à
vous prosterner ainsi devant nous, telle une esclave
païenne.

— Votre Majesté est trop bonne ! C'est pourquoi je ne
puis penser que ce fut à votre demande que mon époux
fut enfermé dans les cachots du Grand Châtelet, sans autre
forme de procès.

À ces mots, le murmure qui circulait se changea en
protestations vives. Une indignation palpable s'éleva
soudain. Dissimulant un sourire satisfait, Anne demeura
silencieuse, attendant la suite avec impatience. De par son
rang, Joffrey aurait dû être traité avec plus d'égards, et non
comme le dernier des brigands. Submergé par l'irritation
sans cesse croissante des seigneurs présents, Jean II sentit
l'inquiétude le gagner.

— Ma dame, nous ne pouvons croire qu'un pareil
incident se soit produit à nos dépens. Êtes-vous certaine
de ce que vous avancez ?

— Parfaitement, Votre Majesté ! Je reviens à l'instant
même du Grand Châtelet. J'ai pu constater par moi-même
l'état pitoyable dans lequel j'ai trouvé mon époux. Le
seigneur de Knox, en loques et pieds nus, est enchaîné telle
une bête sauvage dans un cachot lugubre et dépourvu de
toute commodité, si bien qu'il se retrouve obligé de demeurer assis dans ses propres excréments, sur de la paille infes-
tée de vermine. Du reste, il arrive d'un séjour prolongé
dans la fosse. Vous devez aussi savoir qu'il est prévu qu'il
soit sous peu pendu au Gibet de Montfaucon…, déclara-
t-elle d'une voix cassée avant de s'étrangler.

À cette perspective, des larmes silencieuses coulèrent sur ses joues. Nul besoin de jouer la comédie pour amadouer l'assistance, sa douleur était belle et bien réelle.

— C'est inadmissible, s'indigna le vicomte de Tonquédec. Je ne peux croire que Votre Majesté ait autorisé une pareille inconvenance ! C'est contre les règles les plus élémentaires de notre code ! ajouta-t-il avec puissance.

D'autres se joignirent rapidement à lui pour protester. « Où va la noblesse, si de pareils actes sont permis ? » Le roi tenta de ramener le calme dans la salle. À bout de patience, il s'emporta.

— Il suffit ! clama-t-il.

Aussitôt, tous les yeux convergèrent vers le souverain. Une vague hostile le percuta de plein fouet. Tout en agrippant les accoudoirs de son fauteuil à s'en faire blanchir les jointures, il darda son regard colérique sur la cause de toute cette agitation. La jeune femme qui lui faisait face avec bravoure dégageait une vulnérabilité dangereusement trompeuse. Il devait y mettre bon ordre tout de suite.

— Ma dame, nous sommes stupéfaits d'apprendre cette nouvelle. Nous ignorions ce qu'il en était et nous vous assurons que votre époux sera dorénavant traité avec tous les égards qui lui sont dus. Quant à sa condamnation, son exécution sera suspendue jusqu'à ce que nous ayons fait la lumière sur cette affaire.

N'osant croire à sa bonne fortune, Anne s'inclina avec déférence. Joffrey n'était pas encore libre, mais du moins sa vie n'était plus menacée dans l'immédiat. De son côté, nullement désireux d'en rester là, le vicomte de Langarzeau fit signe à un chevalier de sa suite de faire venir le mécréant qu'il avait capturé le jour de la chasse à courre.

— Si Votre Majesté le permet, je souhaiterais lui soumettre une information de la plus haute importance qui concerne votre personne et le seigneur de Knox, commença-t-il sans ambages.

Piégé, le roi ne put faire autrement que de l'inviter à poursuivre. Cependant, il n'aimait pas la tournure que prenait la situation, surtout en reconnaissant l'écuyer du sieur Rémi, qu'on lui amenait mains et pieds liés de surcroît. L'arrivée de l'homme échauffa d'autant plus les esprits que plusieurs des nobles présents le connaissaient pour l'avoir maintes fois croisé à la cour.

— Qu'est-ce que cela signifie, vicomte? demanda Jean II avec une pointe d'exaspération.

— Voici l'un des traîtres qui a attenté à votre vie lors de la chasse à courre, Votre Majesté.

Ne s'attendant pas à cela, le monarque blêmit d'un coup. Ne parvenant pas à croire une pareille chose, il attaqua le vicomte avec rudesse.

— De quel droit vous permettez-vous de porter de telles accusations, vicomte de Langarzeau?

— Hélas! C'est la vérité, Votre Majesté. Cet homme a confessé ses crimes devant plusieurs témoins. Selon ses dires, Rémi de Knox serait d'ailleurs de mèche avec lui et aurait orchestré cet attentat sur votre personne.

— Mensonge que tout cela! s'écria le roi. Le sieur Rémi est attaché à notre personne. Il ne nous veut aucun mal!

— Des preuves accablantes existent contre lui, Votre Majesté. Des missives ont été retrouvées, signées de sa main. Il entretiendrait de plus une correspondance secrète avec certains sbires d'Édouard III.

Atterré, le souverain se figea. «Cela ne peut être possible ! Le sieur Rémi m'a secouru au péril de sa vie. Il doit y avoir erreur sur la personne ! »

— Ces documents sont assurément faux, déclara-t-il d'un ton tranchant. Selon toute apparence, quelqu'un cherche à nous mystifier.

— J'attends un messager sous peu, Votre Majesté. Il s'agit de l'un de vos chevaliers, chargé d'espionner Édouard III à la cour de Londres pour votre compte. Si Rémi de Knox est à la solde des Anglais, il pourra aisément le reconnaître et l'identifier comme tel.

— Qu'il en soit ainsi. D'ici là, nous refusons d'intenter quoi que ce soit contre le sieur Rémi. Il doit avoir la possibilité de se défendre.

— Comme ce fut le cas pour le seigneur de Knox ? questionna judicieusement le vicomte.

Bouche bée, le roi ne sut que répondre. L'étau se resserrait autour de lui et il ne pouvait s'en dépêtrer. Profitant de leur avantage, Jean se décida à intervenir.

— Cela ne vous paraît-il pas étrange, Votre Majesté, que Rémi de Knox ait insisté pour avoir la gérance du fief des Knox, alors que le seigneur des lieux et son épouse étaient toujours vivants ? Plus surprenant encore, à l'instant où vous rejetiez cette demande, des preuves incriminantes contre Joffrey de Knox apparaissaient subitement. Un homme qui a porté allégeance à votre père et combattu maintes fois pour la couronne ne peut constituer un traître pour la France.

Devant le mutisme soutenu du roi, Jean se posta derrière sa sœur et poursuivit de plus belle.

— Vous affirmiez il y a un instant que les preuves contre Rémi de Knox étaient probablement fausses. Et s'il en allait de même pour Joffrey de Knox ? lâcha-t-il d'une voix implacable.

Relevant la tête avec fierté, Anne lança un regard perçant vers le monarque. Le temps était venu de lui rappeler son engagement.

— Votre Majesté, commença-t-elle d'un ton doucereux. Lors de cette fameuse chasse à courre où nous avons failli tomber dans un piège mortel, vous m'avez fait une promesse.

Au souvenir de ce qu'il avait dit alors, Jean II perdit contenance. Il était bel et bien prisonnier du traquenard que lui avait tendu la dame de Knox. Il n'y avait plus aucune issue possible. Conscient qu'il avait perdu la partie, il prononça lui-même à voix haute les paroles fatidiques.

— Je vous ai fait le serment, ma dame, que le coupable paierait pour son crime.

— C'est exact, Votre Majesté. En considération du témoignage du vicomte de Langarzeau, je demande à ce que Rémi de Knox soit démis de ses titres et fonctions, et qu'il soit traduit devant la cour pour répondre des crimes qui lui sont imputés. De plus, je réclame qu'il lui soit interdit d'approcher les miens. Je réitère mon accusation contre cet homme : il a autrefois tenté de me capturer dans le seul but de me livrer aux Anglais. J'ose espérer qu'il sera sanctionné pour ce forfait. Enfin, une de mes dames de compagnie mourut de sa main ce soir-là. Elle mérite que justice soit faite. Je soupçonne aussi Rémi de Knox d'être l'auteur des rumeurs qui courent au sujet de mon époux et d'avoir fabriqué de fausses preuves. Il m'avait laissé sous-entendre que mon époux serait pendu, alors que nous ignorions que Joffrey était de retour en France. Je vous laisse donc déduire par vous-même les conclusions qui s'imposent.

— Ma dame, s'il est vrai que le sieur Rémi est coupable de tous ces crimes, nous nous engageons à le faire payer de sa vie cette traîtrise, déclara le roi d'une voix lasse. Un mandat d'arrêt sera rédigé dès aujourd'hui. D'ici à ce que la lumière soit faite sur cette affaire, le seigneur de Knox sera maintenu captif dans des quartiers privés au Grand Châtelet. Il y sera traité avec respect, nous vous en faisons la promesse.

— Merci, Votre Majesté !

Elle esquissa une dernière révérence puis s'éloigna, le cœur plus léger. Le brouhaha qui suivit son départ s'intensifia davantage. Épuisée, elle s'appuya au bras de son frère et gagna avec lui les appartements qui lui avaient été alloués. Il lui fallait attendre que Joffrey soit transféré et présentable avant d'avoir la permission de lui rendre visite.

⁂

L'après-midi tirait déjà à sa fin lorsque le moment fut enfin venu de voir Joffrey. Folle d'inquiétude, Anne trépignait d'impatience dans sa chambre, les nerfs à vif. Jean était parti depuis un bon bout de temps en compagnie du vicomte de Langarzeau. Elle ignorait ce qui les retenait si longtemps, mais elle n'en pouvait plus de patienter. « Cette journée est tout simplement interminable et il me tarde de retrouver Joffrey ! »

La porte s'ouvrit enfin et livra le passage à son frère et au vieux chevalier. Anne sut immédiatement que quelque chose n'allait pas en voyant le visage sombre et le corps tendu de Jean. Inquiète, elle croisa le regard de Dumain alors qu'il refermait le battant derrière lui.

— Je suis désolé, Anne ! déclara Jean sans préambule. Je ne peux te conduire au Grand Châtelet. Joffrey refuse de te voir.

Accusant le coup, elle s'appuya à la table derrière elle et ferma les yeux sur sa douleur. Trop choquée pour dire quoi que ce soit, elle demeura immobile, le cœur broyé. Mal à l'aise face à ce mutisme soutenu, Jean s'approcha.

— Anne…, commença-t-il d'une voix misérable.

D'un signe de la main, elle lui imposa le silence. Il aurait suffi de peu pour qu'elle éclate de nouveau en sanglots, et elle ne pouvait l'accepter. Elle avait besoin d'un bref moment de répit pour se reprendre. Ne sachant plus que faire, Jean lança un regard furtif vers le vieux chevalier. Pour toute réponse, celui-ci secoua lentement la tête. Mieux valait attendre que la petite soit prête avant de poursuivre. Même s'il n'était pas d'accord avec la décision de Joffrey, il comprenait. Ce grand seigneur n'était plus que l'ombre de lui-même désormais. Il n'avait plus rien du fier guerrier qu'il avait été auparavant. En fait, il était si faible qu'il arrivait à peine à tenir debout sans appui. Ses mains avaient tremblé lorsqu'il avait soulevé son gobelet pour boire, et il était si affamé que plus d'une fois il s'était étouffé en mangeant. Craignant de régurgiter ce qu'il était parvenu à avaler, il avait dû s'astreindre à ne prendre que quelques bouchées. Pour terminer, il avait fallu plus d'un bain pour le départir de la crasse qui le recouvrait, et le débarrasser de la vermine qui polluait sa chevelure avait demandé un temps considérable. Dans ces conditions, il refusait de se présenter devant son épouse, et le fait qu'elle avait assisté à sa déchéance dans le cachot l'avait profondément heurté.

Lui, si arrogant, ne pouvait souffrir la moindre compassion, surtout pas venant d'Anne.

— Il exècre le fait que je l'ai vu dans cet état, n'est-ce pas ? déclara-t-elle en relevant la tête.

— En effet, ma dame ! répondit de Dumain avec sa franchise habituelle.

— C'est ridicule ! éclata-t-elle.

Préférant s'abstenir de tout commentaire, de Dumain resta coi, mais Anne le connaissait bien. «Les hommes et leur satanée fierté ! »

— Vous approuvez sa résolution !

Indécis, le vieux chevalier tritura la ceinture à sa taille. Il ne souhaitait pas s'avancer sur cette voie, car lui-même ignorait ce qu'il aurait fait dans de pareilles circonstances. Il semblait si piteux qu'Anne eut pitié de lui.

— Ce n'est pas grave, de Dumain. De toute façon, j'ai déjà pris ma décision. Qu'il le veuille ou non, j'ai l'intention de le rencontrer dès ce soir. Vous pouvez soit m'accompagner tous les deux ou vous en remettre au chevalier de Coubertain et à ses hommes.

Jean déposa solennellement une main sur l'épaule de sa sœur. Il appréhendait la suite des choses, mais il n'avait pas le courage de lui interdire l'accès à la prison.

— Es-tu certaine de ton choix, Anne ? demanda-t-il néanmoins. Nous avons longuement discuté avec lui cet après-midi. Ton époux sait pertinemment qu'il peut encore se retrouver pendu au bout d'une corde. Rémi reste une menace tant qu'il ne sera pas reconnu coupable et exécuté. Nous devons donc demeurer sur nos gardes.

— Je connais le danger, c'est pourquoi il est d'autant plus important que je vois Joffrey. J'ignore s'il sera seulement en vie dans quelques jours. Ne me prive pas de ces instants si précieux. Je t'en prie ! le supplia-t-elle.

— Très bien ! Dans ce cas, je t'accompagnerai et je prendrai les dispositions nécessaires pour que personne ne vous dérange.

— Merci, Jean ! lâcha-t-elle dans un souffle.

— Ne me remercie pas trop rapidement, petite sœur ! déclara-t-il avec un sourire triste. Cet entretien n'aura rien d'une partie de plaisir. Attends-toi à un affrontement. Ton époux est aigri et plus cinglant que jamais. Tu risques fort d'être blessée par ses propos et son indifférence.

— J'en suis tout à fait consciente !

— Anne… tu dois comprendre que ton mari est un homme brisé…, tenta-t-il une dernière fois de la prévenir.

— Cela, je ne peux le croire ! Pas Joffrey…

Dans un soupir, Jean la relâcha. Il voyait dans son regard qu'elle gardait foi en la vie. Il espérait que le Dieu Tout-Puissant serait clément à son encontre.

⁂

Le dos bien droit sur sa monture, Anne patientait à l'entrée du Grand Châtelet en attendant que le garde lui autorise l'accès à la cellule de Joffrey. Son cœur battait avec violence contre sa poitrine, surtout lorsque Jean revint vers elle et l'aida à descendre de sa jument. Sur un signe de tête, il invita de Dumain à les suivre, alors que le restant des guerriers demeuraient sur place. Les mains moites, Anne gravit les multiples marches menant au dernier étage. Une fois arrivée sur le palier, elle s'immobilisa, la peur au ventre. Prise d'un moment d'incertitude, elle lança un regard tourmenté vers son frère.

— Rien ne t'y oblige, Anne, murmura celui-ci avec douceur.

— Je sais… mais il le faut! Si je ne trouve pas la force de lui faire face maintenant, cet épisode restera à jamais entre nous. C'est malsain de le laisser se replier ainsi sur lui-même. Je dois l'aider à traverser cette épreuve.

— Dans ce cas, courage…

Après avoir déposé un baiser fraternel sur son front, il donna l'ordre qu'on lui ouvre la porte. Dès qu'elle l'eut franchie, le battant se referma derrière elle en crissant sinistrement puis la clé tourna dans la serrure. Elle comprit qu'il n'y avait plus de retour possible. C'était à elle de jouer désormais, car les gardes avaient été grassement payés pour n'ouvrir qu'à sa demande. Joffrey pourrait tempêter autant qu'il le voudrait, personne ne l'écouterait. Forte de cette conviction, elle s'avança dans la pièce à pas mesurés. L'endroit semblait désert, et seul le crépitement des flammes brisait le silence. Se dirigeant vers l'âtre, elle l'aperçut alors. Il somnolait dans un fauteuil qui avait connu des jours meilleurs, mais qui avait au moins l'avantage d'être plus confortable qu'un plancher de pierres froides et humides. Il était d'une pâleur cadavérique et des cernes profonds marquaient ses yeux. Réprimant un sanglot, elle le détailla avec plus d'attention encore. Il avait énormément maigri et ses mains étaient meurtries, tout comme ses pieds qui dépassaient de la couverture étendue sur ses jambes. Autour de son cou, l'empreinte de l'anneau de fer qu'il portait dans le cachot s'était imprégnée dans sa chair. Le faible gémissement qui franchit les lèvres d'Anne trahit sans doute sa présence, car Joffrey se redressa d'un mouvement brusque.

Le regard ombrageux qu'il darda sur elle la transperça aussi cruellement qu'une lame affutée. Il ne disait rien, mais tout son corps criait sa rage. Anne comprit dès lors ce qui faisait de lui un guerrier si redoutable sur un champ de bataille. Même affaibli, il dégageait une férocité impressionnante. Elle carra les épaules en signe de défi. Il était hors de question qu'elle se laisse intimider, et surtout pas par lui. Face à ce constat, Joffrey serra la mâchoire et émit un grognement menaçant.

— Il ne te servira à rien de me rabrouer ainsi. Je n'ai pas peur de toi, Joffrey de Knox ! lâcha-t-elle crânement.

— Tu devrais, pourtant ! répliqua-t-il d'une voix rude.

— Tu ne me feras aucun mal ! De cela, j'en suis certaine.

Pour toute réponse, il éclata d'un rire mauvais. Tout son être lui criait qu'elle n'était pas désirée en ces lieux, et cela la blessa plus que toute autre chose.

— Tu n'as pas le droit de me repousser de la sorte !

— Tu as tort, ma chère ! L'homme que tu connaissais est mort dans cette fosse, après avoir passé des jours à supplier qu'on l'en ressorte.

— C'est faux ! s'écria-t-elle en s'approchant. Il est toujours là quelque part, enfoui au plus profond de toi. Il ne demande qu'à se libérer de ses chaînes.

— Tais-toi, femme ! Tu ignores de quoi tu parles ! Je ne suis qu'une coquille vide…

— Si c'était le cas, tu ne réagirais pas si vivement à ma présence. Si tu refusais de me voir, c'est que tu craignais que je trouve une faille dans ta carapace et que je réussise à t'atteindre. Cela n'a aucun rapport avec ton état physique, en définitive. Ce que tu appréhendes par-dessus tout, c'est d'éprouver de nouveau des émotions.

— Sors d'ici ! hurla-t-il en tentant de se relever.

Réfrénant son premier réflexe, elle demeura immobile et ne lui apporta pas son soutien en le voyant vaciller. Au contraire, elle le foudroya du regard.

— Tu auras beau rugir, personne ne viendra à ton secours. La porte de cette chambre ne s'ouvrira pas tant que je ne l'aurai pas décidé.

— Satanée bonne femme ! Qu'attends-tu exactement de moi ? cracha-t-il avec rancœur.

— Je désire retrouver mon époux !

Sur le point de craquer, Joffrey se saisit la tête à deux mains. Il ne voulait plus rien ressentir et préférait de loin l'état d'hébétude dans lequel il baignait dorénavant. Mais cette vipère ne dérogeait pas de son objectif, et il connaissait trop bien son opiniâtreté pour ne pas appréhender le pire. Il devait se débarrasser d'elle avant qu'elle ne l'atteigne et ne fasse ressurgir l'espoir, ce sentiment beaucoup trop dangereux pour son équilibre mental.

Anne avait déjà libéré ses tresses cuivrées et ses cheveux l'auréolaient maintenant avec une sensualité à faire damner un saint. Parcouru d'une fièvre lubrique, il la vit se départir de sa robe et de son jupon avec une lenteur qui mettait à rude épreuve ses sens. Anne avait appris l'art de la séduction au palais de Tlemcen et elle semblait déterminée à en faire bon usage.

Incapable de détacher son regard de ces mains qui se mouvaient avec grâce au rythme d'une mélodie entendue d'Anne seule, il bloqua sa respiration. En toute impudicité, sa femme se plaça devant les flammes de façon à ce que sa silhouette se dessine sous sa fine chemise. Du bout de la langue, elle humecta ses lèvres dans une invite muette en dégageant ses épaules. Du bout des doigts, elle effleura la peau soyeuse de sa gorge jusqu'à la pointe de ses seins. Avec souplesse, elle s'avança vers lui et s'arrêta uniquement lorsque leurs deux corps se frôlèrent. Ses yeux plongés dans les siens, elle se tendit vers sa bouche. Le souffle court, Joffrey se crispa et une expression de souffrance traversa son visage. Le baiser qu'elle lui donna fut aussi doux que la caresse d'une aile de papillon, mais cela l'électrisa à un point tel qu'il la repoussa sauvagement.

Se détournant d'elle, il regagna le coin opposé de la pièce d'une démarche raide et hésitante. À bout de force, il prit appui au mur et lui tourna le dos avec résolution. Une pulsation traîtresse battait entre ses jambes, alors que des images teintées d'érotisme s'imposaient à son esprit. Il devait les chasser avant qu'elles ne l'imprègnent. Concentré sur le combat qu'il se livrait à lui-même, il n'entendit pas Anne approcher. Il prit conscience de sa présence lorsqu'une main chaude s'insinua sous sa chainse pour le caresser. N'ayant pas la force de se soustraire, il frémit. Anne en profita pour se glisser entre ses bras. Avec une tendresse inouïe, elle déposa ses lèvres sur ses paupières closes, puis sur sa bouche. Un tel amour se dégageait d'elle que Joffrey fut transpercé par une flèche déchirante. Submergé par un violent flot d'émotions , il frappa le mur de ses poings puis il s'empara du visage d'Anne.

Son baiser fut vindicatif. Il lui en voulait de l'obliger à refaire surface et, simultanément, il était assoiffé. Il la dévorait, la blessant au passage sans remords, mais Anne ne protesta pas. Au contraire, elle répondit à son étreinte avec une urgence similaire. Ses doigts suivirent bientôt le même chemin, la pétrissant sans douceur. Animé par un besoin dévastateur, Joffrey s'apprêtait à la posséder avec rage lorsqu'il sentit un léger coup sous sa paume. Sa main se figea sur le ventre d'Anne. La fureur qui obscurcissait son bon sens se dissipa en un instant. Il venait de prendre conscience de la présence de leur enfant. Telle une digue qui se rompt, il s'affala contre son épouse en pleurant. Anne le pressa contre son cœur avec toute la force dont elle disposait, mélangeant ses larmes aux siennes.

Ils demeurèrent ainsi un long moment avant que Joffrey ne refasse surface. Le regard qu'il leva alors vers elle n'était plus cruel. À la place, un amour inconditionnel brillait, de même qu'une nouvelle détermination.

— Joffrey…, parvint-elle seulement à murmurer, tant sa gorge était nouée.

— Chut, ma belle! chuchota-t-il contre ses lèvres.

— Joffrey… J'ai eu si peur de te perdre…, lâcha-t-elle d'une voix cassée.

En entendant la souffrance qui perçait sous ces paroles, il la serra avec désespoir. «Par tous les diables de l'enfer! Que m'est-il arrivé?» Il s'était égaré quelque part en chemin et avait été tout près d'en faire payer le prix à la seule personne au monde qui comptait réellement à ses yeux. Résolu à reprendre son existence en main, il essuya doucement les larmes qui roulaient toujours sur les joues d'Anne. Sur le point de s'écrouler, il l'entraîna sur le lit et s'allongea à ses côtés.

— Anne…, souffla-t-il en soupirant. Pardonne-moi…

Incapable de parler, elle caressa le visage de son époux avec tendresse. « Dieu, comme j'aime cet homme ! » La profondeur de son attachement dut faire étinceler son regard, car Joffrey se pencha vers elle et l'enlaça. Cette fois-ci, une telle douceur se dégagea de lui qu'elle fut parcourue d'un frisson.

Se soulevant sur un coude, elle l'obligea à s'étendre. Elle le déshabilla avec précaution, tout en prenant plaisir à parsemer son torse de légers baisers. Sa peau était fraîche sous ses lèvres tremblantes. Joffrey renversa la tête vers l'arrière en fermant les yeux. Le cœur débordant d'amour, Anne embrassa chaque cicatrice que lui avait laissée son combat contre les Barbaresques, chaque ecchymose récoltée lors de son séjour au cachot. Avec une lenteur affriolante, elle descendit jusqu'au bas-ventre, frôlant sa virilité au passage. Joffrey retint son souffle.

Tendrement, il l'incita à s'allonger sur le côté, puis se lova contre son dos. D'instinct, Anne replia ses jambes, alors que Joffrey épousait avec bonheur son corps souple. Du bout des doigts, il effleura son cou, tout en suivant la courbe gracieuse de son épaule. Anne s'abandonna entièrement. Bientôt, les lèvres de Joffrey prirent le relais, mordillant en passant son oreille. De ses mains, il poursuivit son exploration, caressant ses seins, puis son ventre avec volupté. En réponse, Anne se pressa contre lui, tout en ondulant des hanches. Des gémissements s'échappèrent de sa gorge au moment où il titilla le bourgeon niché au cœur même de sa féminité. Tout son être s'embrasait, réclamant davantage. Elle était si belle ainsi, la bouche entrouverte, le corps frissonnant et les prunelles brillantes, que Joffrey désirait étirer cet instant hors du temps.

Sur le point de chavirer, Anne se tendit en s'accrochant à lui. Joffrey en profita pour glisser en elle, lui arrachant un faible râle de plaisir. Dans un lent mouvement de va-et-vient, il l'amena vers des sommets encore plus haut. Au moment de jouir, elle s'arqua contre lui dans un sanglot. Tout en l'étreignant, Joffrey se perdit en elle.

Épuisé, il la recouvrit d'une couverture et l'entoura d'un bras protecteur. Le visage enfoui dans sa chevelure, il perçut la respiration profonde d'Anne et s'assoupit à son tour.

⊱•❀•⊰

Deux heures plus tard, il se réveilla en sursaut. Il vécut quelques secondes d'incertitude avant d'être en mesure de retrouver le fil des événements. Décelant la présence de son épouse tout proche, il la retourna sur le dos avec précaution afin de ne pas l'éveiller. Puis il la contempla longuement avec amour, une main possessive sur le ventre rebondi, le cœur empli d'un bonheur indescriptible à l'idée qu'elle portait de nouveau son enfant.

L'aube pointait à peine derrière les nuages lorsqu'il se résigna finalement à la tirer du sommeil. Durant cette nuit d'insomnie, il avait eu tout le temps de réfléchir à leur situation. Il en était venu à la conclusion que certaines choses devaient être dites entre eux rapidement. En caressant les boucles d'Anne avec affection, il murmura son nom. Un doux sourire naquit sur les lèvres de la femme avant même qu'elle n'ouvre les yeux, mais à la vue de l'expression grave de Joffrey toute plénitude la quitta. Du bout des doigts, il frôla le pli soucieux qui se forma sur son front. Une interrogation muette se lisait désormais dans le regard de son épouse. Ne désirant pas différer plus longtemps leur discussion, il se releva sur un coude et la scruta avec une détermination farouche.

— Anne, nous ignorons ce que l'avenir nous réserve, commença-t-il abruptement. C'est pourquoi je dois profiter de cette occasion pour te faire part d'une requête qui ne souffrira aucune contestation.

La voyant prête à se braquer, il déposa un doigt sur sa bouche afin de lui intimer le silence. Il devinait tout des tourments qui l'agitaient, mais il ne pouvait se permettre de faiblir.

— Ma belle, si les événements devaient mal tourner, je veux que tu me promettes une chose.

Tendue, elle retint sa respiration, appréhendant la suite. Joffrey soupira avant de poursuivre.

— Anne, à aucun moment tu ne devras mettre ta vie en péril pour sauver la mienne. Je t'ordonne de demeurer dès maintenant en dehors de cette histoire.

— Joffrey, non… Tu ne peux pas exiger cela de moi! s'écria-t-elle, au bord de la panique.

— Anne, si je devais disparaître, il ne resterait plus que toi pour prendre soin des enfants. J'ai besoin de te savoir en sécurité et de croire qu'un jour tu retrouveras le bonheur, même si je ne suis plus là.

— Tais-toi, Joffrey! Je refuse d'envisager un avenir sans toi. C'est au-dessus de mes forces! s'étrangla-t-elle.

— Pourtant, si cela devait se produire, il te faudrait continuer sans moi. Tu es jeune. Il te serait possible de trouver de nouveau quelqu'un avec qui partager ta vie. Je ne veux pas que tu te refermes sur toi-même et que tu vives dans le passé.

— Tu n'arriveras pas à m'arracher cette promesse! Tout ira bien…

— Bon sang, Anne! J'ignore ce qu'il adviendra de moi dans les jours à venir. Mieux vaut nous préparer au pire.

Devant son air buté, Joffrey s'impatienta. Ne pouvait-elle comprendre que la seule pensée de la laisser sans défense derrière lui le rendait malade d'angoisse? Si les événements se corsaient, il ne pourrait partir l'âme en paix, surtout s'il n'avait pas l'intime conviction qu'elle saurait se débrouiller sans lui. Il aurait voulu la secouer pour lui faire entendre raison, mais ses yeux brillants l'ébranlèrent.

— Anne, ces six dernières années ont été les plus belles de ma vie. Jamais je n'aurais osé aspirer à un tel bonheur. Malgré toutes les difficultés auxquelles nous avons dû faire face, je n'hésiterais pas un instant à t'enlever une seconde fois. Je souhaiterais pouvoir vieillir à tes côtés et voir grandir nos enfants, mais rien ne nous garantit que je serai gracié, en particulier si Rémi manigance dans l'ombre.

Se figeant soudain, il jeta un regard mitigé en direction de la porte. Un bruit sourd lui parvint par-delà le battant. Inquiet, il se releva et se rhabilla le plus rapidement possible. Dans la foulée, il ordonna à Anne d'en faire tout autant. Elle s'exécuta sans protestation en percevant son agitation. À peine venait-elle d'enfiler sa robe que déjà des hommes de la garde faisaient irruption dans la pièce sans crier gare. Retrouvant ses réflexes, Joffrey fit passer Anne derrière lui, la protégeant du mieux qu'il pouvait de son corps. Cependant, il était tout à fait conscient qu'il ne ferait pas le poids dans son état actuel. Ce fut donc avec un réel soulagement qu'il aperçut Jean et de Dumain dans la mêlée. À l'évidence, ses amis avaient essayé de s'interposer, car du sang coulait de la lèvre fendue de Jean et le vieux chevalier arborait une mine sombre. Un soldat s'avança dans la direction de Joffrey et le somma de le suivre. Un ordre du roi exigeait que le traître soit pendu séance tenante au Gibet de Montfaucon. À ces mots, Anne poussa un cri déchirant et chercha à se mettre entre son époux et les gardes.

Avant même que Joffrey puisse intervenir pour la calmer, le chef du groupe écarta la jeune femme et la gifla avec une force démesurée. Sous la puissance du soufflet, Anne se cogna violemment la tempe gauche contre le montant du lit. Sonnée, elle s'effondra au sol en gémissant. Fou de rage, Joffrey se jeta sur le scélérat en rugissant, mais il fut aussitôt cueilli par la pointe d'une épée. La lame appuyée sur sa gorge l'obligea à reculer. Le regard rivé sur Anne, il tenta de s'éclaircir les idées. Tirant parti de la situation, deux autres soldats l'agrippèrent et l'enchaînèrent. Refusant d'obtempérer, il résista du mieux qu'il put, mais sans succès.

Pendant ce temps, Jean s'approcha de sa sœur. Avec douceur, il la souleva et examina sa blessure. Rassuré sur l'état d'Anne, il scruta Joffrey et lui fit un bref signe pour lui indiquer qu'elle s'en sortirait. Tout en inspirant profondément, Joffrey contempla sa jeune épouse une dernière fois avant d'être emmené.

Une fois arrivé devant la porte, il se tourna dans leur direction pour lancer une ultime recommandation à son beau-frère.

— De Vallière! cria-t-il. Fais en sorte qu'elle n'assiste pas à cette exécution. Je ne veux pas qu'elle me voie me balancer au bout d'une corde.

Il eut juste le temps d'apercevoir le hochement de tête de Jean, puis il fut tiré à l'extérieur de la pièce sans ménagement. La rage au cœur, il suivit ses bourreaux.

Lorsque Anne revint à elle, Joffrey avait disparu. Sur le point de défaillir une fois de plus, elle se raccrocha au bras de son frère. De Dumain se trouvait également près d'elle et l'observait d'un regard tourmenté. La gorge étreinte dans un étau, elle n'arrivait pas à s'exprimer. Des émotions violentes se bousculaient en elle. Par chance, Jean demeurait assez lucide pour réagir et prendre en main la suite des opérations. Après s'être assuré que sa sœur allait mieux, il l'entraîna à l'extérieur du Grand Châtelet et rejoignit les hommes de Joffrey. Il ignorait ce qui s'était produit, mais il était certain d'une chose : l'ordre d'exécution ne pouvait pas venir du roi. Jean II était peut-être facilement influençable, mais il n'avait qu'une parole. Il devait donc s'agir d'une manigance de Rémi. Ils devaient gagner sans plus tarder le Louvre afin d'éclaircir la situation pendant qu'il en était encore temps.

⋯⊱❧⊰⋯

Ils pénétrèrent dans l'antichambre sans cérémonie. Le monarque se pétrifia à la vue du sang qui maculait la chevelure d'Anne et l'ecchymose qui devenait de plus en plus apparente sur sa joue droite. Ses yeux rougis et sa pâleur extrême étaient d'autant plus alarmants. Le roi se releva avec raideur.

— Ciel! Que vous arrive-t-il, ma chère? s'informa-t-il.

Trop bouleversée pour répondre, Anne leva un regard suppliant en direction de son frère. En surprenant cet échange silencieux, Jean II appréhenda le pire. Pour que la dame de Knox se retrouve dans un état aussi désemparé, c'est que quelque chose d'horrible s'était produit. Nerveux tout à coup, il se tendit.

Pressé d'éclaircir la situation, Jean salua tout juste le monarque avant d'entreprendre de lui exposer les faits. En apprenant que le seigneur de Knox venait d'être arraché avec brutalité à sa chambre afin d'être conduit à la potence à sa demande, Jean II sentit une sueur froide couler dans son dos. Étant donné qu'il n'avait rien ordonné de tel, cela ne pouvait signifier qu'une chose : quelqu'un détestait assez Joffrey de Knox pour risquer l'impensable, et était suffisamment proche du roi pour fabriquer de faux documents en imitant sa signature et en utilisant son sceau. Malheureusement, une seule personne correspondait à cette description, et il s'agissait du sieur Rémi. Le roi se remémora les différents événements récents avant de s'avouer la traîtrise de son favori.

Ainsi, les accusations portées contre lui par le vicomte de Langarzeau et Jean de Vallière se révélaient exactes. Cet ami si cher à son cœur était bel et bien un traître à la couronne de France. En réalisant qu'il avait été mystifié depuis le début, Jean II s'insurgea. Il devait réagir avec rapidité s'il voulait éviter un incident diplomatique de taille. Sa parente avait été molestée avec brutalité. Si Joffrey de Knox venait à mourir pendu au bout d'une corde comme un vulgaire brigand alors qu'il était innocent, les grands seigneurs de la cour ne feraient qu'une bouchée de lui. Il ne pouvait faire face à une révolte de la haute noblesse.

Priant pour que le cours des événements puisse être modifié, il émit un mandat pour faire arrêter le sieur Rémi sur-le-champ et un autre pour gracier le seigneur de Knox. Afin d'être certain que la missive se rende à temps au Gibet de Montfaucon, il fit accompagner la dame de Knox et son frère par plusieurs hommes de sa garde personnelle.

Tout se déroula avec une rapidité effarante, ce qui n'empêcha pas Anne de s'inquiéter et de s'impatienter pour autant. Elle redoutait tant d'arriver trop tard qu'elle avait peine à respirer. Un soulagement indescriptible l'envahit au moment où le roi remit le pli à son frère. Sans plus attendre, ils s'en retournèrent à leur monture d'un pas précipité. Ils trouvèrent le vicomte de Langarzeau en grande discussion avec le chevalier de Coubertain. En apercevant le visage d'Anne, celui-ci cilla, mais garda néanmoins le silence. Alors qu'elle se préparait à enfourcher sa jument, de Dumain lui tendit son épée et son fourreau. Sur le signal de Jean, le groupe s'élança à un train d'enfer dans les rues animées de la ville.

Plus d'une fois, Anne félicita la sagacité du roi. Sans le concours de sa garde royale, ils auraient perdu un temps précieux avant d'arriver à bon port. Sur leur passage, les gens se poussaient précipitamment sur les bas-côtés afin de libérer l'accès. Elle faillit pleurer de soulagement en constatant, à leur arrivée sur place, qu'aucun prisonnier n'avait encore été pendu. En fait, les bourreaux se préparaient à faire monter les suppliciés. N'ayant jamais vu ce sinistre gibet par le passé, Anne fut déconcertée l'espace d'un instant. Érigé sur une butte au nord-est de Paris, l'endroit se révélait des plus saisissants. Un attroupement s'était amassé tout autour des trois énormes murs de pierre. Des piliers avaient été dressés sur les fondations et soutenaient des poutres en bois sur lesquelles avaient été accrochées des cordes. Bâti sur trois étages, le gibet pouvait recevoir jusqu'à cinquante condamnés. Au centre de la structure se trouvait une trappe qui débouchait sur une cave infecte où l'on jetait les corps sans vie.

Tant bien que mal, ils parvinrent à effectuer une trouée dans la foule compacte. Anne distribua même quelques coups de pied pour disperser les badauds. Le bruit environnant était si assourdissant qu'il ne leur servait à rien de tenter de héler la garde sur place. Leur unique chance de sauver Joffrey résidait dans leur rapidité à intervenir. Par chance, ils venaient d'atteindre la rampe qui donnait accès à l'intérieur de la construction. Déjà, les bourreaux faisaient monter des condamnés aux échelles pour les amener jusqu'au niveau supérieur. En les voyant passer la corde autour du cou des malheureux, Anne fut prise de panique. D'un regard fiévreux, elle détailla chacun des prisonniers. Heureusement, aucune des silhouettes ne correspondait à celle de Joffrey. Au moment où les corps furent poussés dans le vide en se balançant au bout de leur corde, elle hurla d'effroi. Le cœur au bord des lèvres, elle obligea sa jument à avancer.

En arrivant aux portes du gibet, ils furent cependant refoulés avec brusquerie. Des hommes à la mine lugubre leur barraient le passage. Le chef de la garde royale eut beau agiter le pli sous leur nez en vociférant, les soldats ne bougèrent pas. Pire, ils dégainèrent leur arme. Comprenant que quelque chose n'allait pas, Anne s'empara prestement de l'arc et du carquois accroché à sa monture et scruta l'endroit avec frénésie. C'est alors qu'elle vit Joffrey. Deux soldats le tiraient vers l'une des cordes situées au premier étage. Le bourreau qui l'attendait portait une épée à sa ceinture, ce qui ne manqua pas d'étonner Anne. En scrutant les traits de l'homme, elle reconnut avec horreur

Rémi. Sans prendre le temps de réfléchir ni d'avertir les autres, elle attrapa une flèche et visa. La pointe siffla aux oreilles des gardes avant de se ficher dans l'épaule de Rémi, le faisant reculer sous l'impact. En grognant de douleur, celui-ci retira la cagoule de la tête de Joffrey et darda un regard menaçant vers eux. En découvrant l'identité de son tortionnaire, Joffrey fulmina. Toutefois, il avait les mains attachées dans le dos et la corde passée autour du cou, si bien qu'il lui était impossible de se défendre.

En l'identifiant à leur tour, Jean, le vicomte de Langarzeau et de Dumain chargèrent les salopards qui leur barraient la route. Lâchant son arc, Anne s'empara de son épée et tenta une percée à son tour. Comprenant que les mercenaires qui leur faisaient face étaient à la solde de Rémi, elle n'hésita pas une seule seconde et transperça l'un d'eux de sa lame avant de s'élancer à la suite du reste du groupe. Pour sa part, en constatant la progression de ses assaillants, Rémi entra dans une rage démentielle et cassa l'empennage de la flèche fichée dans son épaule d'un geste brusque. Un bref instant, le temps fut suspendu, alors qu'il fixait Anne d'un regard brûlant d'un plaisir pervers. Anne sut que son époux était condamné et son cœur rata un battement. Avec un rire mauvais, Rémi poussa Joffrey dans le vide. Anne hurla un « non » chargé de désespoir.

Les oreilles de Joffrey bourdonnaient et son sang battait furieusement contre ses tempes. Sachant pertinemment que se débattre ne servirait à rien, sinon qu'à resserrer davantage l'étau autour de sa gorge, il s'exhorta au calme. Ce n'est qu'au prix d'un pénible effort qu'il y parvint. Néanmoins, chaque seconde qui passait amoindrissait ses chances de survie. Déjà, sa vision se brouillait et respirer devenait de plus en plus laborieux. Une brûlure vive irradiait dans sa poitrine. Agité de soubresauts incontrôlables, il sentait sa vie le déserter. La peur au ventre, il chercha à se remémorer les traits d'Anne.

Anne et les siens étaient sur le point de rejoindre la passerelle. Voyant que son demi-frère vivait toujours, Rémi s'empara de son épée avec l'intention évidente de le pourfendre. S'étant rapproché, le vicomte de Langarzeau fut en mesure de s'interposer avec rapidité, pendant que Jean sautait en bas de sa monture et courait vers Joffrey. Une fois arrivé à sa hauteur, il se glissa sous lui tout en se protégeant d'éventuels agresseurs. En percevant le corps solide sous ses pieds, Joffrey reprit espoir et tenta de prendre appui sur les épaules de Jean, mais la manœuvre se révélait difficile. Ses pieds ne cessaient de déraper, le mettant au supplice. Des points noirs dansaient désormais devant ses yeux et demeurer en équilibre relevait presque de l'exploit tant son beau-frère était instable. En constatant la situation précaire des deux hommes, Anne voulut les rejoindre par tous les moyens, mais la bataille faisait rage tout autour d'elle. De son côté, de Coubertain assuraient leurs arrières. Elle voyait bien que le vicomte de Langarzeau se battait avec acharnement contre Rémi en essayant de l'éloigner de Jean et de Joffrey, mais leur sauvegarde ne tenait qu'à un fil. Croisant alors le regard de son frère, elle comprit qu'il ne pourrait pas maintenir cette position encore longtemps. Par-dessus le tumulte, il lui cria de couper la corde d'un ton pressant. Changeant de direction, elle amena sa monture jusqu'à l'un des piliers. D'un coup vif, elle trancha la corde. Aussitôt, Joffrey s'affala sur la pierre rêche, entraînant Jean dans son élan. Conscient qu'ils offraient une cible de choix, celui-ci se redressa à toute vitesse et releva son épée.

Parvenant à les rejoindre, Anne se glissa derrière Joffrey et entreprit de desserrer le nœud autour de son cou.

Roulant sur le flanc, il toussa et s'étouffa plusieurs fois de suite avant d'arriver à respirer librement. Sa gorge brûlait douloureusement, mais du moins était-il en vie. Pendant qu'elle s'acharnait sur les liens qui enserraient les poignets de son mari à l'aide de sa dague, Anne constata tout à coup que les bruits de combat s'estompaient. Leur groupe avait réussi à décimer l'ennemi et Rémi était tenu en joue par le vicomte. Libéré enfin de ses entraves, Joffrey s'allongea sur le dos et tressaillit en reconnaissant sa jeune épouse au-dessus de lui. D'une main tremblante, Anne frôla son visage. Un tel soulagement l'envahit à sa vue que son cœur tressauta dans sa poitrine. Des larmes de joie roulèrent sur ses joues alors que ses lèvres ne cessaient de murmurer son nom. Incapable de parler tant son pharynx était compressé, Joffrey l'agrippa par la nuque et l'attira à lui dans un geste rude. Simultanément, un mouvement brusque capta son attention. Rémi venait de blesser le vicomte avec une dague qu'il gardait dissimulée dans son pourpoint. Avant même que Joffrey ne puisse réagir, l'instinct d'Anne l'avertit d'un danger. Sans réfléchir, elle resserra son emprise sur le pommeau de sa propre dague et se retourna abruptement en frappant au hasard avec une vigueur décuplée par la rage. La lame rencontra une chair tendre. En jetant un regard par-dessus son épaule, elle vit le visage révulsé de douleur de Rémi. Il tenait entre ses doigts la lame sanguinolente qu'il venait d'arracher de son cœur. Dans un râle lugubre, il s'affaissa sur la pierre.

Obnubilée par cette vision cauchemardesque, Anne demeura figée, un cri d'horreur bloqué dans sa gorge. Il fallut que Joffrey la presse contre son torse pour arriver à la détourner de cette scène macabre. Pour la jeune femme, c'en était trop. Elle tremblait de toute part, un rire hystérique montant du plus profond de son être. Joffrey la savait sur le point de craquer, et lui-même d'ailleurs se trouvait à bout de nerfs. Sous le coup de l'émotion, il appuya sa joue sur le dessus de sa tête et ferma les yeux, savourant le plaisir simple de la serrer dans ses bras. Avec tendresse, il caressa les boucles rebelles alors que le souffle chaud de son épouse effleurait son cou. En réponse, Anne glissa ses mains sur son dos et remonta lentement jusqu'à ses épaules qu'elle étreignit avec force. Cet instant hors du temps les coupa de tout le reste.

Malgré son émoi face à cette scène, Jean s'obligea à y mettre un terme. Il ne désirait pas s'attarder plus longtemps sur place. Selon lui, mieux valait quitter les lieux avant que la foule ne s'échauffe. D'une poigne solide, il redressa Joffrey et le laissa aux bons soins de ses hommes. Puis il s'empara de sa sœur et l'installa devant lui sans qu'elle n'oppose la moindre résistance. Pour sa part, le chevalier de Dumain s'assura lui-même que le vicomte de Langarzeau était en mesure d'enfourcher seul son destrier. La blessure ne semblait pas trop grave, mais il préférait prévenir d'éventuels problèmes. D'un commun accord, ils regagnèrent le Louvre. Le trajet du retour se fit dans le silence le plus total, chacun méditant à sa façon sur ce qui venait de se dérouler.

Dès leur arrivée dans l'enceinte du château, Jean profita de la confusion générale pour informer Joffrey du fait que le roi l'avait gracié. Soulagé au-delà des mots, le seigneur de Knox serra son épaule en signe de reconnaissance. Ayant retrouvé un peu d'aplomb, il agrippa Anne par la taille et l'entraîna à sa suite jusqu'à leurs quartiers. Une fois dans la chambre, il s'allongea avec elle dans son lit et l'attira contre son flanc. Dans un soupir, elle se blottit tout contre lui. Anne demeura longuement accrochée à ses bras, mais le contrecoup des derniers événements eut bientôt raison d'elle. Après avoir combattu âprement le sommeil, elle succomba. Ce n'est qu'après s'être assuré qu'elle dormait que Joffrey s'autorisa à la quitter. Sur le seuil de la porte, il lui jeta un regard empli d'amour. Au passage, il donna des ordres précis aux chevaliers de Coubertain et de Dumain. Dès son réveil, elle devait être reconduite au château des Knox. Pour sa part, il irait rencontrer le roi pour mettre un point final à cette histoire sordide, puis il lui resterait une chose à régler avant de regagner le château à son tour. Nul doute qu'Anne serait désemparée par son brusque départ, mais s'il ne partait pas séance tenante, cela se révélerait plus éprouvant encore pour eux deux. Il ne pouvait plus différer le face-à-face qui l'attendait avec leur dernier ennemi, Édouard III.

S'il voulait vivre enfin en paix avec Anne et les enfants, il devait entreprendre ce voyage et en finir une bonne fois pour toutes avec cette guérilla ridicule. Étant donné qu'il se doutait bien qu'Anne et ses hommes auraient tout tenté pour l'empêcher de commettre une telle folie, il n'avait confié son plan à personne. Maintenant que Rémi et Ghalib n'étaient plus de ce monde, il ne restait plus qu'Édouard III. Il ne pouvait pas décemment éliminer le roi d'Angleterre. Il devrait donc être convaincant pour l'amener à lâcher prise. Par chance, il avait les moyens d'y parvenir.

# Épilogue

Anne parcourait le chemin de ronde d'un pas traînant, tenaillée par l'angoisse. Comme tous les matins depuis trois semaines, elle guettait le retour de Joffrey. Tout d'abord en colère contre lui, elle se résignait peu à peu à l'atrocité de sa décision.

Elle avait éprouvé un tel sentiment d'abandon en constatant la disparition de son époux à son réveil au Louvre qu'elle en avait eu pour plusieurs jours avant de réussir à se calmer. De plus, étant donné que personne ne connaissait la raison de l'absence de Joffrey, elle se rongeait les sangs. La seule chose dont elle était certaine, c'est qu'il avait regagné le *Dulcina*. «Qu'y avait-il de si important à entreprendre pour les laisser en plan de la sorte? Cela ne lui ressemble pas! C'est à n'y rien comprendre!» Elle n'avait eu de cesse de retourner cette question dans sa tête, sans pouvoir trouver de réponse satisfaisante. Par chance, sa mère et Myriane étaient de retour au château des Knox, ce qui mettait un peu de baume sur son cœur malmené. Malgré tout, les journées étaient longues et les nuits, plus interminables encore. Elle ne cessait de tourner en rond et son humeur s'assombrissait de jour en jour. Même les serviteurs marchaient sur la pointe des pieds, de crainte de l'exaspérer davantage. Les seuls moments de bonheur qu'elle vivait, c'était en compagnie de ses enfants. Du moins, pendant un court laps de temps, ils arrivaient à lui faire oublier ses tourments.

Portant son regard au loin pour la énième fois, elle détailla l'horizon avec un sentiment d'impuissance. C'est alors qu'un mouvement en bordure des bois attira son attention. Une silhouette à dos de cheval se détachait en contre-jour. À cette vision, son cœur rata un battement. Elle ne pouvait distinguer les traits du cavalier, mais quelque chose s'agita en elle. S'agrippant aux pierres rugueuses, elle se pencha plus en avant. « Ça doit forcément être lui ! Il le faut, sinon ma raison vacillera à me morfondre de la sorte ! » L'esprit en alerte, elle attendit le signal de la vigie. Le temps s'écoula avec une lenteur cruelle qui mettait sa patience à rude épreuve. Puis, tout à coup, elle reconnut le maintien fier. Au risque de se rompre les os, elle dévala les escaliers et traversa la salle principale à toute vitesse, manquant de peu d'entrer en collision avec le chevalier de Dumain qui venait à sa rencontre. Une fois parvenue aux marches qui la conduisaient à la cour, elle s'immobilisa, la poitrine douloureuse. En reprenant son souffle, elle porta une main tremblante à son cœur. Le bruit familier des sabots sur la terre dure fit battre ses tempes. Elle fixa l'arche de pierre d'un regard empli d'espoir.

Au moment où il arriva sur place, Joffrey repéra Anne. Un sourire éblouissant se dessina sur ses lèvres à sa vue. « Enfin, je la retrouve ! » Il lui tardait tant de la tenir dans ses bras. En définitive, cette séparation n'avait pas été vaine. Il avait mis quelques jours à trouver Édouard III, et l'approcher s'était révélé beaucoup plus hasardeux qu'il ne l'aurait cru de prime abord. Il avait dû user de finesse pour survivre à cet entretien, mais après des pourparlers serrés il avait finalement eu gain de cause : en échange d'une somme colossale, le roi d'Angleterre acceptait de cesser toutes formes de représailles envers lui et sa famille. La guerre contre la France et les ravages de la peste avaient considérablement grugé les coffres du royaume. Si bien que, même si Édouard III ne lui pardonnait toujours pas sa défection, il demeurait réceptif à toute entrée d'argent sonnant. Étant donné que c'était quelque chose que Joffrey possédait en quantité suffisante, cela avait grandement pesé dans la balance. Cela s'avérait somme toute peu cher payé pour obtenir la paix et être débarrassé une bonne fois pour toutes de cette menace. Il n'y aurait donc plus ni enlèvement ni règlement de compte, et c'est tout ce que Joffrey désirait. De plus, dans la mesure où le roi de France l'avait déchargé de ses obligations militaires en guise de dédommagement pour son emprisonnement et sa tentative d'exécution, il pourrait se consacrer dorénavant à ses terres, à ses enfants et surtout à son épouse.

Ayant retrouvé toute sa vitalité pendant son séjour sur le *Dulcina*, grâce aux soins de Sédrique, il sauta en bas de sa monture avec aisance. Au même moment, Anne s'élança à sa rencontre et se jeta dans ses bras avec allégresse. Il mêla son rire au sien en la soulevant dans les airs. La faisant ensuite glisser contre son corps de façon impudique, il plongea son regard dans ses yeux limpides. Il y avait tant d'amour qui s'y reflétait qu'il ne put résister à la tentation de l'embrasser sur-le-champ, devant tous leurs gens. Le baiser qu'ils échangèrent fut langoureux… Une promesse des félicités à venir…

Un raclement de gorge les ramena à l'ordre. Rouge de confusion, Anne se blottit contre le torse de Joffrey alors qu'un rire tonitruant le secouait. «Seigneur! C'est si bon de l'entendre s'esclaffer!» songea-t-elle. Relevant la tête, elle le détailla longuement. D'une main légère, elle frôla la mâchoire volontaire de son époux. Un frisson merveilleux la parcourut tout entière lorsqu'il la plaqua fermement contre lui.

— Joffrey…, souffla-t-elle, les yeux brillant de bonheur.

— Je t'aime, Anne ! chuchota-t-il avec une tendresse infinie qui la fit vibrer. Plus rien ne nous séparera désormais ! C'est une promesse, ma mie ! poursuivit-il d'une voix rauque en l'embrassant de nouveau.

Sous les acclamations de leurs gens, il la souleva sans effort et la transporta jusqu'à leur chambre. Il n'avait qu'une hâte : la faire sienne et la chérir. Un avenir heureux les attendait désormais, sans sombres nuages pour le ternir.

# Remerciements

Je souhaite remercier mon époux pour son amour inconditionnel et sa force tranquille. Merci de me permettre de vivre mon rêve.

Merci à mes enfants d'être si patients lorsque je m'enferme dans mon monde pour écrire… et que je ne vois plus l'heure passer.

Je voudrais aussi remercier Claudine, Rachel, Lucille, Mario et Gonzague qui me font une si belle promotion sur le Web et les réseaux sociaux.

Encore merci au comte et à la comtesse de Rougé, qui ont si bien collaboré à mes recherches sur leurs aïeuls et le château de Tonquédec.

Et finalement, merci à Daniel Bertrand des Éditeurs réunis de m'avoir donné la chance de réaliser mon rêve une troisième fois.